ESTHER COPIA

Hinter hessischen Gittern

UNBERECHENBAR Nichts ist mehr wie es war. Nach einer folgenschweren Geiselnahme innerhalb der JVA Dieburg ist das Leben der Justizvollzugsbeamtin Maria Saletti ein anderes. Ihr Freund trennt sich von ihr, Angst und Unsicherheit bestimmen ihren Alltag. Als im Aje-See, in der Nähe von Dieburg, die Leiche einer unbekannten jungen Frau gefunden wird, übernimmt das Landeskriminalamt Wiesbaden den Fall, da es sich möglicherweise um einen Serientäter handelt. Kommissar Alexander Neubert überprüft alle Freigänger der JVA Dieburg und lernt auf diesem Weg Maria kennen. Beide sind sofort voneinander fasziniert. Die Überprüfung eines einschlägig vorbestraften Freigängers bringt kein Ergebnis, da sich der Häftling zum Tatzeitpunkt in der JVA Dieburg befand. Nur Maria ist sich sicher, dass hier ein Fehler vorliegt. Bei ihren Ermittlungen stößt die Justizvollzugsbeamtin auf Widerstände und wird plötzlich selbst mehrerer Straftaten bezichtigt. Hat sie in ein Wespennest gestochen – und steckt am Ende viel mehr dahinter?

Esther Copia wurde 1964 in München geboren und wuchs in der hessischen Kleinstadt Dieburg auf. Nach absolvierter Ausbildung zur Fremdsprachenkorrespondentin arbeitete sie mehrere Jahre in ihrem Beruf und zog nach dem Fall der Mauer nach Greifswald, wo sie als Gastronomin einige Jahre erfolgreich war. Aus Liebe zu ihrer Heimat kehrte sie nach Dieburg zurück und begann in der dortigen JVA im Aufsichtsdienst zu arbeiten, genauso wie Maria Saletti, die Heldin ihrer Kriminalromane. Durch die jahrelange Erfahrung innerhalb der Mauern eines Männergefängnisses gelingt es ihr, erdachte Geschichten wirklichkeitsnah zu schildern.

ESTHER COPIA

Hinter hessischen Gittern

Kriminalroman

GMEINER

Personen und Handlung sind frei erfunden.
Ähnlichkeiten mit lebenden oder toten Personen
sind rein zufällig und nicht beabsichtigt.

Immer informiert

Spannung pur – mit unserem Newsletter informieren wir Sie
regelmäßig über Wissenswertes aus unserer Bücherwelt.

Gefällt mir!

Facebook: @Gmeiner.Verlag
Instagram: @gmeinerverlag
Twitter: @GmeinerVerlag

MIX
Papier aus verantwortungsvollen Quellen
FSC® C083411
FSC www.fsc.org

Besuchen Sie uns im Internet:
www.gmeiner-verlag.de

Im Ehnried 5, 88605 Meßkirch
Telefon 07575/2095-0
info@gmeiner-verlag.de

1. Auflage 2021

Lektorat: Claudia Senghaas, Kirchardt
Herstellung: Mirjam Hecht
Umschlaggestaltung: U.O.R.G. Lutz Eberle, Stuttgart
unter Verwendung eines Fotos von: © Cmon / stock.adobe.com
Druck: CPI books GmbH, Leck
Printed in Germany
ISBN 978-3-8392-0033-9

Für Mario

TÖDLICHER FREIGANG

Zellenkontrolle, eine Aufgabe im täglichen Einerlei als Justizvollzugsbeamtin. Maria zog ihre Handschuhe an und betrat die Zelle II515. Die Gefangenen waren beim Sport, niemand würde sie stören. Schon beim Betreten des Raumes nahm sie den Alkoholgeruch wahr. Das Zellenfenster war mit der braunen Wolldecke, die jeder Insasse beim Einzug erhielt, verhängt. Nicht ungewöhnlich bei Außentemperaturen von 35 Grad Celsius, jedoch war hier etwas anders, sie spürte Gefahr. Sie ging auf das Fenster zu, um die Decke abzunehmen, da sah sie ihn, den zerbrochenen Einwegrasierer, aus dem die Klinge entfernt worden war. Augenblicklich war sie in Alarmbereitschaft. Sie spürte etwas ganz nah hinter sich, fuhr herum und musste den Kopf in den Nacken legen. Sergej Supulev starrte ihr direkt in die Augen.

»Warum bist du nicht beim Sport?«, sagte sie leise. Der Kahlköpfige mit den eingefallenen Wangen stand direkt vor ihr, in blauer Knastarbeitshose und weißem Feinrippunterhemd. Eine riesige Spinne war vom Schlüsselbein über den Hals bis zum Ohr tätowiert.

Sie prüfte seinen Blick, um zu erkennen, ob er gerade auf Heroin war. Jahrelange Arbeit mit süchtigen Gefangenen hatte ihre Wahrnehmung geschult. Maria erfasste die Situation sofort, er war betrunken, die Alkoholfahne schlug ihr ins Gesicht, seine Feindseligkeit war spürbar, sie strömte geradezu aus seinen Poren, doch da war es schon zu spät. Ohne Vorwarnung griff Supulev nach ihrem Zopf und riss brutal ihren Kopf nach hinten. Sie verlor das Gleichgewicht und taumelte zur Seite. Mit ihrer rechten Hand konnte sie sich auf dem Bett abfangen, mit der linken schaffte sie es, das Funkgerät aus der Halterung an ihrem Gürtel herauszuziehen. Schnell warf sie es unter das Bett. Supulev hatte sie derweil von hinten umklammert. Sein linker Arm umfasste ihren Oberkörper. Dabei drückte er so fest zu, dass Maria einen stechenden Schmerz in den Brüsten verspürte. In seiner rechten Hand befand sich eine Zahnbürste. Die Borsten waren abgeflammt, und stattdessen klemmte im Plastik die Rasierklinge aus dem Einwegrasierer. Sie konnte das Wort *HASS* auf seinen Fingern eintätowiert lesen. Langsam näherte sich diese Hand ihren Augen, um dann blitzschnell nach unten zu verschwinden. Er drückte ihr die Klinge an den Hals. Sein fürchterlicher Atem, eine Mischung aus Zigaretten, Alkohol und verfaulten Zähnen, drang in Marias Nase. Der Gestank in Verbindung mit seinem Körpergeruch war kaum zu ertragen. Bilder einer Vergewaltigung jagten durch ihren Kopf. Nur nicht panisch werden, ruhig bleiben. Sie atmete bewusst tief durch und entspannte ihren Körper. Gegenwehr war eindeutig zwecklos.

»Hey, Supulev, was ist los mit dir?« Sie versuchte, freundlich zu klingen und ihn abzulenken.

Sie spürte seinen feuchten Atem an ihrem Hals. Heiser keuchte er ihr ins Ohr: »Ich bin kein Verräter.«

Maria war bewusst, dass ein Russe womöglich dem Tod geweiht war, wenn er von seinen Landsleuten als Verräter beschimpft wurde.

Maria sprach langsam, um ihn zu beruhigen. Sie zwang sich, locker zu wirken und zählte innerlich die Sekunden, bis die Zentrale sie anfunken würde.

»Mann, Supulev, jeder weiß: Du bist niemand, der mit uns Beamten reden würde. Wo ist dein Problem?«

»Heute in Freistunde hat Kollege gesagt, ich würde mit euch reden. Du weißt, was passiert mit Verrätern bei uns? Sie machen mich tot.

Endlich versuchte die Zentrale, Maria zu erreichen.

»Burg 48 für Burg.« Burg 48, das war Maria. Burg war der Funkname der Zentrale.

Supulev begriff nicht, was gerade ablief.

»Beruhige dich, das können wir klarstellen. Wenn du willst, verlegen wir dich in einen anderen Knast.«

»Was soll das bringen? Du weißt, Saletti, Russenfunk geht von Knast zu Knast. Ich bin noch nicht dort, und alle wissen, Verräter kommt.« Maria wusste das, aber sie hatte gehofft, ihn so zu beruhigen.

»Burg 48 für Burg.« Rolf Kleins Stimme wurde nachdrücklicher.

Maria flehte: »Komm, Supulev, wir beide hatten nie Stress miteinander. Lass uns reden.«

Supulev entspannte sich ein wenig, aber sie spürte weiterhin die Klinge an ihrem Hals.

Nach einer gefühlten Ewigkeit hörte sie Rolf Klein durch das Funkgerät rufen: »Alarm auf Station II5. An alle: Alarm auf Station II5!« Ein Ruck durchfuhr Supulevs Körper. Er hatte die Situation erfasst.

»Das ist Scheiße, Saletti. Wenn kommen deine Kollegen, ich mach dich tot.« Mit diesen Worten drückte er die Rasierklinge noch fester an Marias Hals, doch noch ehe er weitermachen konnte, hörten sie hinter sich die

Stimme von Jan Gerber. Der Sicherheitsdienstleiter muss sich in der Nähe der Station aufgehalten haben, als der Alarm ausgelöst wurde.

»Jetzt, Maria!«

Das war der Startschuss zur Befreiung. Gerber schlug mit einem Schlagstock exakt auf den Nacken von Supulev. Gleichzeitig konnte Maria ihren rechten Ellenbogen in Supulevs Rippen schlagen und gekonnt nach unten wegtauchen. Sie war der Umklammerung entkommen. Jan ergriff blitzschnell Supulevs rechten Arm, drehte ihn auf den Rücken und drückte ihn nach oben. Supulev schrie vor Schmerz auf, ließ die Zahnbürste fallen, zeigte aber keinerlei Gegenwehr. Maria atmete auf. Die Anspannung wich langsam aus ihrem Körper. Wie konnte das passieren? Wieso war er nicht beim Sport? Hatte er sich beim Ausrücken zur Sporthalle irgendwo versteckt? Das würde sie klären müssen, damit so etwas nie wieder vorkam. Sie hatte das Gefühl, als wiche all ihre Kraft aus ihrem Körper. Schnell hielt sie sich am Stuhl in der Zelle fest. Sekunden später waren im Stationsflur etwa zehn Kollegen aus der Schicht versammelt. Die Schmerzensschreie nutzten Supulev nichts. Gerber und zwei weitere Beamte nahmen ihn in die Mitte und drückten ihn zu Boden. Er wurde peinlich genau abgetastet, und erst nachdem sichergestellt war, dass er nicht noch weitere gefährliche Gegenstände bei sich trug, sagte Jan Gerber:

»Ab mit ihm in die B-Zelle. Und ruft sofort einen Notarzt, die Kollegin ist verletzt.«

Erst da bemerkte Maria, dass ihr Diensthemd blutverschmiert war. Sie stellte sich vor den Spiegel in der Zelle. Aus einer kleinen Wunde an ihrem Hals sickerte

Blut. Sofort kam Panik in ihr auf. Wenn die Klinge schmutzig war, hatte sie zwar den Angriff überstanden, aber sich vielleicht mit einer todbringenden Krankheit angesteckt.

EIN JAHR SPÄTER

DIENSTAG, 4. SEPTEMBER

1

Irgendetwas störte sie. Ein Geräusch, das nicht in die Ereignisse passte. Maria driftete langsam in die Wirklichkeit. Gerade eben noch war sie in der Zelle des Geiselnehmers, sie spürte noch den feuchten, ekelhaften Atem an ihrem Hals. Diese Angst, die sie fast lähmte. Sie versuchte, Luft zu bekommen, aber sie atmete so schwer, als würde etwas auf ihrem Brustkorb liegen. Wieder und wieder vernahm sie das sonore Brummen des Weckers. Sie hatte nur geträumt, Gott sei Dank. Sie zwang sich, ihre Augen zu öffnen und nahm die letzten Gedanken des Traums mit in die Wirklichkeit. Ihre Hand ertastete den leeren Platz neben sich im Bett. Da war sie sofort wieder, die Traurigkeit und Leere, wenn sie an ihren Ex-Freund David dachte. Mühsam richtete sie sich auf. Bleiplatten schienen auf ihren Schultern zu lasten. Er hatte ihr nach dem Angriff im Gefängnis unmissverständlich klargemacht, dass er mit ihr nur zusammenbleiben konnte, wenn sie diese Arbeit aufgab. Er sagte, er könne die Angst, die er täglich hatte, wenn sie in der JVA war, nicht länger ertragen. Maria liebte David, sie konnte seine Befürchtungen auch verstehen, aber sie wollte ihre Arbeit nicht aufgeben. Nicht, dass sie die Arbeit in der JVA besonders liebte. Sie hatte schon einige brenzlige Situationen erlebt und empfand bei manchen Gefangenen echte Abscheu, aber sie hatte so für diese Arbeit gekämpft und war auch ein wenig stolz, dass sie es als Tochter von italienischen Einwanderern geschafft hatte, Beamtin zu werden. Diese Anstellung machte sie finanziell unabhängig, eine Tatsache, die für Maria sehr wichtig war. Sie hatte erlebt, wie sehr ihre Mutter nach der Trennung von ihrem Vater hatte kämpfen müssen. Keinesfalls wollte sie jemals von einem Mann abhängig sein. Beamtin zu sein, war für sie der Inbegriff der finanziellen Sicherheit, außerdem hätte sie umschulen müssen. Welchen neuen Beruf wollte sie denn erlernen? Nein, eine berufliche Veränderung kam für sie nicht infrage. So hatten sie die Beziehung nach fast sechs Jahren, in denen sie mehr oder weniger glücklich miteinander gewesen waren, beendet.

Wie sehr sie diese Trennung schmerzen würde, hatte Maria unterschätzt. Es verging keine Stunde, in der sie nicht an David dachte. Ihre gemeinsamen Abende, an denen sie gekocht und von einer glücklichen Zukunft mit Kindern geträumt hatten, fehlten ihr sehr. Sie vermisste ihn mehr, als sie vor sich selbst zugeben wollte. Erschwerend kam hinzu, dass sie nicht wusste, wo sie einen anderen Mann kennenlernen sollte. Im Knast ganz sicher nicht. Sie war schüchtern und hatte es schon früher nicht geschafft, einen Mann anzusprechen. Online Dating war für sie nichts, da sie befürchtete, an einen ehemaligen Gefangenen zu geraten. Alleine ihr Profilbild in solchen Dating Portalen konnte ihr im Job das Leben schwer machen.

Sie zwang sich, die Gedanken zu verscheuchen. Energisch schlug sie die Decke zurück.

Seit einem Jahr musste sie wieder und wieder die furchtbare Situation in der Gefängniszelle durchleben. Eine posttraumatische Belastungsstörung löste sich nicht so schnell auf. Ihr Psychologe, den sie seit dem Angriff alle zwei Wochen aufsuchte, war zuversichtlich, dass es mit der Zeit besser würde.

Fröhliches Vogelgezwitscher drang an ihr Ohr, und die Kirchturmuhr mahnte sie zur Eile. Sie schlüpfte aus dem Bett. Das Morgenrot kündigte die aufgehende Sonne an.

Mit ihren Gedanken war sie schon in der Anstalt. Die letzten Monate hatten sie sehr angestrengt. Sie arbeitete in der JVA Dieburg, einem Männergefängnis, welches sich inmitten der Altstadt von Dieburg befand. Ein Job, der sie jeden Tag vor neue Herausforderungen stellte. Die unterschiedlichen Gefangenen machten die Arbeit spannend. Da gab es die Betrüger, die täglich bewiesen, dass sie studierten Psychologen in nichts nachstanden. Sie erkannten die Schwachstellen der Beamten sofort und verhielten sich bei jedem ein wenig anders, gerade so, wie es die Situation erforderte. Oder auch die gewaltbereiten Gefangenen, die, wenn ihnen die Worte fehlten, einfach zuschlugen. Da gab es diejenigen, die aufgrund ihrer Drogensucht und der damit verbundenen Beschaffungskriminalität einsaßen, und deren Gedanken den ganzen Tag nur um Drogen kreisten und wie sie diese in den Knast schaffen konnten. Und natürlich waren da die Unschuldigen, die aufgrund eines fürchterlichen

Justizirrtums verurteilt waren. Viele Knackis erzählten dies so überzeugend, dass Maria manchmal wirklich an den Urteilen zweifelte. Bei genauerem Lesen der Akten erkannte sie jedoch schnell, dass viele Täter die Tat nur vor sich selbst verdrängten, weil sie so schlimm war, dass sie ihr eigenes Handeln nicht begreifen konnten. Dass nicht sein durfte, was nicht sein konnte.

Maria drehte den Wasserhahn auf und trat unter die Dusche, wie immer morgens, ein Wettlauf gegen die Zeit. Nach 20 Minuten war sie soweit. Noch ein kurzer Blick in den Spiegel. In der Uniform gefiel sie sich ganz gut. Die dunkelblaue Hose in Kombination mit der taillierten weißen Bluse brachte ihren durchtrainierten Körper zur Geltung. Sie war schlank, obwohl sie von ihrer Mutter immer noch mit Pasta verwöhnt wurde. Das wöchentliche Karatetraining und auch das tägliche Treppenlaufen in der JVA mit ihren fünf Stockwerken hielten die Figur in Form.

Als sie vor die Haustür trat, lugte gerade die Sonne über die Dächer der Kleinstadt. Sie liebte es, früh aufzustehen und so den Tag zu beginnen. Die Luft war frisch, und die Stadt war noch in ein warmes Licht getaucht. In wenigen Stunden würde es wieder sehr heiß sein, aber um die Uhrzeit war es noch angenehm kühl. Sie hörte die Amseln, die ihr Morgenlied anstimmten, als wollte der eine oder andere Vogel ihr einen schönen Tag wünschen. Den Rucksack gefüllt mit einem Thunfischsandwich und einer großen Flasche Wasser, lief sie die Straße zur JVA entlang. Sie ging mit großen Schritten, denn sie wollte auf keinen Fall zu spät kommen. Sie stoppte. Von Weitem sah sie eine schwarze Katze, die von links nach rechts über die Straße schlich, als Maria die Groß-Umstädter-Straße entlang ging. Oh nein, nun durfte sie auf keinen Fall weiterlaufen. Pech konnte sie in ihrem Beruf nicht gebrauchen. Sie wartete einige Sekunden, die ihr wie eine Ewigkeit vorkamen. Endlich fuhr ein Auto an ihr vorbei und nahm den Unglücksfluch mit sich.

Als sie die Anstalt betrat, blickte sie in übernächtigte Gesichter. Die Kollegen der Nachtschicht waren bereits in der Pforte versammelt und warteten auf sie und die anderen Kollegen der Frühschicht. Sie durften erst nach Hause gehen, wenn ein Großteil der neuen Schicht anwesend war.

Vor ihrem Schlüsselfach stand Markus Müller, der sie müde ansah und ihr einige Infos gab.

»Guten Morgen, Maria, du hast wieder auf der II5 Dienst. Der Hattinger geht ab heute in die Schule, er darf um 6.30 Uhr die Anstalt verlassen, damit er seinen Bus erreicht. Er beginnt eine Ausbildung zum Fachinformatiker in Darmstadt.« Müller gähnte.

»Okay, ich werde mal schnell auf der Zentrale mein Funkgerät holen und dann den Hattinger wecken.« Maria öffnete ihr kleines Schlüsselfach und holte den Anstaltsschlüssel heraus. Danach begab sie sich zur hinteren Pfortentür, die zum Anstaltshof führte. Alle Eingangstüren und Tore in der JVA hatten eine Schleusenfunktion und konnten nur durch einen Kollegen in der Pforte per Knopfdruck entriegelt werden. Sie hörte den Summer und konnte die Anstalt betreten. Mit wenigen Schritten überquerte sie den Hof und öffnete die alte Holztür zur Verwaltung. Jede Tür musste sie zuerst auf- und, nachdem sie durchgegangen war, auch wieder zuschließen. Vor der Zentrale angekommen, wartete

Maria auf den Einlass, denn auch diese Türen waren mit Schleusenfunktion versehen.

»Guten Morgen, Rolf.« Maria zwinkerte ihm zu. Seit dem Zwischenfall ein Jahr zuvor verstanden sich die beiden bestens. Kein anderer Zentralist hätte so schnell reagiert wie Rolf Klein damals. Dies hatte Maria das Leben gerettet.

»Guten Morgen, heute auch wieder gut gelaunt. Wie machst du das nur?« Rolf war ein Kollege mit über 20 Jahren Diensterfahrung.

»Das ist meine italienische Natur, da kann man nicht anders.« Maria zuckte mit den Schultern.

»Beneidenswert. Ich brauche ungefähr drei Liter Kaffee, um diesem Tag etwas Positives abzugewinnen.« Er nahm das Funkgerät 48 aus der Ladestation und übergab es Maria.

»Und weil es dir so gut geht, hast du heute wieder die Ehre, im Zirkus Maximus die Dompteuse zu spielen. Die ganze Station II5 nur für dich.« Klein grinste sie an.

»Zu gütig. In letzter Zeit bekomme ich immer die Superstars der Anstalt. Bin ich irgendjemandem, ohne es zu wissen, auf die Füße getreten?« Maria sah aus dem Fenster der Zentrale auf den Anstaltshof. Nichts als Tristesse und Beton. Das einzig Farbige war der rote Kunststoffboden in der Mitte des Hofes, der als Fußballplatz diente.

»Ich glaube nicht, aber jeder andere hier drin hat 1.000 Erklärungen, warum er auf einer anderen Station arbeiten möchte.«

Die Station II5 war zweifelsfrei die schwierigste Station der gesamten Anstalt, und obwohl sie die Katastrophe vor einem Jahr hatte erleben müssen, wurde sie fast immer genau da zum Dienst eingeteilt. Nicht nur Frank Hattinger, ein verurteilter Mörder, sondern auch die Chefs der Russenmafia sowie ein ehrenwertes Mitglied der *Hells Angels* waren hier untergebracht.

»Na, dann werde ich mal loslegen. Nicht, dass Herr Hattinger noch Grund zur Klage hat, weil ich ihm zu spät aufschließe.« Maria schnappte sich das Funkgerät und ihren Rucksack, während Rolf Klein die Schleusentür entriegelte. Mittlerweile stand die Sonne höher, und der hässliche Bau erstrahlte im Morgenrot. Maria blickte auf ihre Armbanduhr: 5.40 Uhr. Sie musste sich beeilen. Der Geruch, der ihr im Gefangenenhaus entgegenschlug, war bei solchen Außentemperaturen im wahrsten Sinne des Wortes atemberaubend. Wo so viele Menschen auf einem Haufen lebten, entstanden Gerüche wie sonst nirgends. Immer zwei Stufen auf einmal nehmend, stieg sie die Treppe bis in den fünften Stock hinauf und schloss die Tür zum Stationsbüro II5 auf. Ein verglastes Büro mit uralten Holzschreibtischen und einem Computer. Der Bezug und die Armlehnen des Stuhls waren abgewetzt. Durch das vergitterte Bürofenster drang die Morgensonne, und Maria konnte den Staub in der Luft tanzen sehen. In einer Ecke befanden sich ein altes Waschbecken und davor noch ein kleiner Tisch, auf den Maria ihren Rucksack warf. Sie machte das Fenster weit auf und nahm einen tiefen Atemzug, dann schaltete sie die Notrufanlage ein, sodass ihre Durchsage in jeder Zelle dieser Station gehört werden konnte. Die Notrufanlage war für die Gefangenen die einzige Möglichkeit, mit einem Beamten Kontakt aufzunehmen, wenn sie unter Verschluss waren. Ebenso konnte der diensthabende Beamte vom Büro aus Kontakt mit einem oder allen Gefangenen über die Notrufanlage herstellen.

»Guten Morgen, es ist 5.45 Uhr, bitte aufstehen. Aufschluss zur Arbeit um 6.30 Uhr.« Sie ging zur Stationsgittertür, öffnete diese und begab sich zur Zelle des Hausarbeiters. Dragan Savic, ein freundlicher Zeitgenosse, war als Hausarbeiter einstimmig von allen Kollegen auf dieser Station eingesetzt worden. Ein Serbe, etwa einen Meter 90 groß und schlank. Er verbüßte eine Strafe von drei Jahren wegen Einbruchdiebstahl.

»Guten Morgen, Herr Savic.« Ein Blick in die kleine Zelle genügte für Maria, um zu erkennen, dass Savic schon wieder seit Stunden wach war. Alles war picobello aufgeräumt und sauber, das Bett gemacht, gelüftet, auf dem Boden war kein Krümel zu entdecken. Der Serbe stürmte mit großen Schritten aus der Zelle und rieb sich dabei mit beiden Händen über sein Gesicht.

»Oh Mann, Frau Saletti, der Knast macht mich fertig. Ich kann keine Nacht schlafen. Diese Wahnsinnshitze.« Gemeinsam liefen sie die fünf Etagen nach unten, dann über den Anstaltshof, um den Essenswagen aus der Gefängnisküche abzuholen. Savic war redselig und wusste immer was zu erzählen. Eine echte Frohnatur.

»Na, Frau Saletti, heute so schnell zu Fuß, haben Sie Angst, Sie verpassen den Bus?« Er lachte laut über seinen eigenen Witz.

»Nein, aber ich muss um 6.20 Uhr dem Hattinger aufschließen, damit er pünktlich um 6.30 Uhr an der Pforte steht. Auf geht's, haide, haide, wir haben keine Zeit.«

»Ihr Serbisch ist heute wieder akzentfrei! Wie Sie jede Sprache doch so schnell lernen, echt der Hammer.« Savic versuchte, ihr ins Gesicht zu sehen und ihr ein Lächeln zu entlocken, aber Maria rannte geradezu über den Hof.

»Savic, hör auf, mir zu schmeicheln, du willst doch nur wieder für eine halbe Stunde in den Sportraum heute Morgen, oder? Ich kenne deine Tricks schon, vergiss es, schnapp dir den Wagen und los.«

»Oh, Frau Saletti, warum sind Sie so hart zu mir? Geben Sie Ihrem Herzen einen Stoß. Ich brauche Sport, sonst bin ich hier drin nicht ausgelastet.« Maria hatte mittlerweile die Küchentür aufgeschlossen, Savic trabte zum Essenswagen der Station II5. Auch andere Hausarbeiter trafen mit den Beamten ein und holten ihre Wägen ab. Einige Kollegen standen mit müden Gesichtern in der Küche und zählten die Marmeladengläser, die an diesem Tag an die Gefangenen verteilt werden sollten.

»Na, Maria, warst du nicht brav? Oder warum musst du schon wieder bei den Kaputten Dienst machen?« Oliver Schmidt, ein Kollege mittleren Alters, immer Solarium gebräunt und peinlich auf sein Äußeres bedacht, der ganz offensichtlich keine Lust mehr verspürte, sich täglich mit schwierigen Gefangenen herumzuärgern, sah Maria spöttisch an.

»Nein, ich wollte auf die II5, da ist die Aussicht schöner.« Maria lächelte eisig zurück. Auf diese blöden Sprüche hatte sie um diese Uhrzeit keine Lust.

Savic, der den schweren Küchenwagen über den Hof rollte, sah sie an:

»Ist schlecht drauf Ihr Kollege?«

»Ja, Frust gibt es nicht nur bei euch Gefangenen. Wundert mich aber nicht, wann erlebt man im Dienst mal was Positives? Der eine oder andere Gefangene ist hier zum dritten oder vierten Mal. Wie soll man da noch glauben, dass man mit engagierter Arbeit bei euch eine erfolgreiche Resozialisierung erreichen kann?« Savic senkte den Kopf, auch er war zum dritten Mal in Haft.

2

Es war kurz nach 6 Uhr, als Susanne Herzberg die Tageszeitung aufschlug und genüsslich in ihr Brötchen biss. Katie, ihre braune Labradorhündin, lag zu ihren Füßen und ruhte sich nach der anstrengenden Joggingrunde am Morgen aus. Susanne war mit sich und der Welt zufrieden. In den Jahren, die seit dem Tod ihrer Eltern vergangen waren, hatte sie es geschafft, ein neues Leben zu beginnen. Die ersten Monate nach dem Autounfall, bei dem beide Eltern das Leben verloren hatten, waren schwierig gewesen, aber die Zeit heilte wirklich langsam die Wunden. Die Liebe ihres Mannes hatte ihr damals geholfen, gegen ihre Ängste und Depressionen anzukämpfen. Ihr Bruder war ihr leider keine Hilfe gewesen. Der Tod der Eltern hatte ihn nicht sonderlich berührt. Ihr Blick wanderte durch das große Wohnzimmer und den herrlichen Garten. Der angrenzende Wald ließ das Grundstück noch größer erscheinen. Die Ruhe in dieser noblen Wohngegend in Darmstadt-Eberstadt war traumhaft. In ihren kühnsten Träumen hätte sie nicht daran geglaubt, jemals hier zu wohnen. Sie war erfolgreich. Viele Jahre der Mühe und Entbehrung waren nötig gewesen, aber durch ihren Fleiß und ihr Gespür, was die Kundinnen heute wollten, konnte sie sich auf dem Markt etablieren. Anfangs stand ihr Unternehmen zweimal auf der Kippe, jedoch seit etwa vier Jahren machte sie mit ihrem Kosmetik-Onlinehandel Millionenumsätze. Katie hob den Kopf und wedelte ein wenig mit dem Schwanz, als ihr Mann Dirk das Esszimmer betrat.

»Guten Morgen, meine Schöne«, sagte er und hauchte ihr einen Kuss auf die Stirn. »Wie war deine Joggingrunde?« Er nahm sich im Vorbeigehen ein Brötchen aus dem Korb und setzte sich zu Susanne an den Frühstückstisch.

»Es war heute besonders schön. Die frische Luft am Morgen tut nach so einer Tropennacht gut. Erst ab 5 Uhr kühlt es ein wenig ab, und wenn man dann so gegen 6.30 Uhr durch den Wald läuft, ist es, als würde man eine erfrischende Dusche nehmen.« Sie strahlte ihn an.

»Ich kann dem morgendlichen Gerenne nichts abgewinnen, tut mir leid. Da gehe ich doch lieber Golf spielen.« Sein Blick war leer, er sah deprimiert aus.

»Da wir hier so nahe am Wald wohnen, wäre es eine Schande, wenn ich das mit Katie nicht nutzen würde.« Sie sah ihre Hündin an, die sich mittlerweile in ihren Hundekorb neben dem Kamin verzogen hatte. »Wie kommst du mit der Klage gegen *JAJK Investment* voran?« Maria fragte vorsichtig, da sie wusste, mit *JAJK Investment* traf sie bei ihrem Mann einen wunden Punkt. Er blickte sie verloren an und erwiderte:

»*JAJK Investment* ist wahrscheinlich nicht beizukommen. Ich habe heute Nacht noch mit Anlegern aus den

USA geskypt, auch sie sind betrogen worden. Wir werden eine Sammelklage in den USA einreichen. Was wir jedoch damit erreichen werden, ist fraglich.«

3

Maria schlug mit ihrem großen Schlüsselbund kurz an die Zellentür 525. Eine freundliche Geste ihrerseits, damit der Gefangene, falls er nackt war oder auf der Toilette saß, vorgewarnt war. Gerade in dem Moment, als sie aufschließen wollte, hört sie über Funk den Alarm.

»Alarm auf Station II3, Alarm Station II3.« Blitzschnell zog Maria den Schlüssel aus dem Schloss und rannte die zwei Stockwerke hinunter zur Station II3. Sie und zwei andere Kollegen kamen zeitgleich dazu, als ein offensichtlich verwirrter Gefangener die Schöpfkelle um sich herumschleuderte und schrie:

»Kommt nur her, dann ziehe ich euch das Ding über den Schädel.« Er blickte wirr um sich und tanzte über den Stationsflur. Einige andere Insassen, die die Szene amüsiert beobachteten, lachten ihn aus. Maria zog ihre schnittfesten Sicherheitshandschuhe an, die sie immer am Gürtel trug, und machte sich bereit. Andere Kollegen, die zwischenzeitlich eingetroffen waren, gaben sich ein stilles Zeichen, welches bedeutete, dass sie von der anderen Seite der Station an den Gefangenen gelangen wollten. Der junge Mann tanzte wie vom Teufel besessen über den Flur und schlug dabei immer wieder mit der Kelle an die noch verschlossenen Zellentüren. Er hatte offensichtlich den großen Teebehälter vom Essenswagen gerissen, und einige Liter Tee überschwemmten den Flur. Maria sah sich im Geiste schon mit ihm kämpfen. Da kam ihr eine Idee. Sie nickte ihren Kollegen zu und ging dann völlig unbeeindruckt und entspannt den langen Flur auf den Gefangenen zu. Von einigen Diensten, die sie auf dieser Station hatte, kannte sie seinen Namen.

»Guten Morgen, Herr Meier, ich wusste gar nicht, dass Sie so gut tanzen können.« Marias Kollegen verstanden, dass sie damit den Gefangenen nur ablenken wollte. Die Beamten, die im Rücken zu ihm standen, schlichen langsam auf ihn zu, während Maria versuchte, ihn in ein Gespräch zu verwickeln.

»Ich heiße nicht Meier, Sie kennen mich doch. Mein Name ist Thomas Heckler.« Maria machte ein ungläubiges Gesicht und lächelte ihn an. Die Kollegen hinter ihm waren nur noch wenige Schritte entfernt.

»Thomas Heckler, wirklich? Also ich hätte schwören können …« Maria musste den Satz nicht vollenden. Zwei Kollegen ergriffen seine Arme und drehten sie auf den Rücken. Er ließ die Kelle fallen und schrie noch ein wenig herum, leistete aber keine größere Gegenwehr.

»Habt ihr ihn?« Maria zog die Handschuhe aus und befestigte sie wieder an ihrem Gürtel.

»Ja, danke, Maria. Gut gemacht. Er hat ganz sicher wieder seine vom Arzt verordneten Psychopharmaka einem Junkie überlassen. Es ist immer dasselbe. Er tut so, als hätte er die Medikamente eingenommen, hat sie aber unter der Zunge. Dann tauscht er die Pillen gegen ein paar Zigaretten.« Maria nickte ihren Kollegen kurz zu, nahm die Beine in die Hand und trabte zur Zelle 525. Stickige Luft schlug ihr entgegen, als sie die Zellentür öffnete.

»Guten Morgen.« Maria stand im Türrahmen und suchte Hattingers Blick. Er sah aus dem geschlossenen, vergitterten Fenster und schien sie zu ignorieren. Ein wirklich unangenehmer Zeitgenosse. Seine Feindseligkeit war geradezu greifbar.

»Es wird Zeit, dass Sie aufschließen«, knurrte er. »Ich muss um Punkt 6.30 Uhr die Anstalt verlassen, wenn ich den Bus erwischen will, und muss mich noch in der Kammer umziehen. Wie soll das gehen?« Hattinger wandte sich zu ihr um und sah sie mit zusammengekniffenen Augen an.

»Ganz einfach, mitkommen zur Kammer, umziehen und dann zur Pforte. So geht das.« Maria verzog keine Miene. Sie konnte die anmaßende Art dieses Typen nicht leiden. Hattinger war groß und sehr muskulös. Offensichtlich hatte er die letzten neun Jahre Knast in Schwalmstadt darauf verwendet, seinen Körper zu stählen. An seinen Manieren hatte er leider nicht gearbeitet. Eine ständige unterschwellige Aggression war ihm anzumerken, auf der Station ging er keiner Auseinandersetzung aus dem Weg. Provokante Sprüche und Pöbeleien den offenbar körperlich Unterlegenen gegenüber waren an der Tagesordnung. Kein anderer Häftling, soweit Maria es wusste, wollte mit ihm Kontakt haben. Nur Carlos Ribeiro, ein schmächtiger, blasser Knacki, der früher seine Drogensucht auf dem Straßenstrich in Frankfurt finanziert hatte, stand ab und zu mit ihm zusammen auf dem Stationsflur. Ribeiro saß wegen Verstößen gegen das Betäubungsmittelgesetz ein. Er war für die anderen Hardcoregefangenen das typische Opfer. Wahrscheinlich war er für Hattinger, der bekanntermaßen bisexuell war, ein gefügiger Sexpartner. Hattinger schritt stolz erhobenen Hauptes aus seiner Zelle, und Maria meinte, leise im Vorbeigehen das Wort »Weiber« vernommen zu haben. Sie verzog keine Miene, ließ sie sich doch von solchen Kommentaren schon lange nicht mehr provozieren. Sie verschloss seine Zellentür und ließ ihn vor sich herlaufen. Gemeinsam trabten sie durch das Treppenhaus, am Arztzimmer vorbei zur Kammer, und etwa drei Stahltüren und zwei Minuten später stand Hattinger bereits im Umkleideraum der Kleiderkammer und konnte sich umziehen. So ein Wichtigtuer. Sie holte den Ausgangsschein von der Zentrale, der es Hattinger ermöglichte, die Anstalt zu verlassen. Kurz darauf stand sie an der Kammer, um den Gefangenen an die Pforte zu bringen. Es war genau 6.30 Uhr, als sie dort eintrafen und Maria ihm sein Handy gab, welches ihr zuvor von einem Kammerbeamten ausgehändigt worden war.

»Herr Hattinger, Sie müssen pünktlich um 17 Uhr wieder in der Anstalt sein.« Sie stand vor ihm und blickte direkt in seine kalten, wässrig blauen Augen. Hattinger bedachte sie mit einem abwertenden Blick, nickte, blieb stoisch stehen und wartete, bis Maria ihm den Weg freigab. Der Summer der Türentriegelung ertönte, und mit einem süffisanten Lächeln trat er aus der Anstalt auf die Straße. Völlig entspannt und hoch erhobenen Hauptes schlenderte er in Richtung Bushaltestelle An der Schießmauer. Maria sah ihm nachdenklich hinterher. Da vernahm sie eine Stimme aus einer Ecke der Pforte.

»Wenn der heute um 17 Uhr nur eine Minute überfällig ist, schreibe ich ihn zur Fahndung aus.« Jan Gerber, der Sicherheitsdienstleiter der Anstalt, stand neben einem Schrank in der Pforte und folgte Hattinger ebenfalls mit seinem Blick.

»Guten Morgen, Jan, wusste gar nicht, dass du schon da bist.« Er antwortete nicht und war scheinbar in Gedanken versunken. Ihr Bereichsleiter hatte sie ein Jahr zuvor bei dem Angriff in der Zelle befreit, und Maria stellte fest, dass sie seit diesem Zwischenfall gerne seine Nähe suchte. Jan schaffte es durch seine Mut machende Art immer wieder, dass sie die oft an ihr nagenden Selbstzweifel dahin beförderte, wo sie hingehörten: in den Müll.

»Der hat etwas Eiskaltes. Dem traue ich nichts Gutes zu. Ich habe noch nie gehört, dass ein wegen Totschlags Verurteilter nach neun Jahren im geschlossenen Vollzug so mir nichts dir nichts gelockert wird, ohne soziale Kontakte draußen. Kannst du mir das erklären, Jan? Ich dachte, damit man gelockert wird, muss ein ordentliches soziales Umfeld vorliegen. Ehefrau, Eltern oder so. Hat der Hattinger überhaupt jemanden?« Maria versuchte, eine Reaktion in Jans Gesicht zu deuten.

»Ja, ist mir auch unbegreiflich, besonders wenn du den Tathergang liest, da läuft es dir kalt den Rücken runter. Hattinger hat eine Prostituierte vom Balkon eines Hochhauses geworfen. Die Frau war auf der Stelle tot.« Jan sah nachdenklich aus dem Fenster.

»Wer einmal diese Grenze überschritten hat, wird es vielleicht noch einmal tun?« Maria schauderte es bei dem Gedanken.

4

Senior: Glaubst du, er ist der Richtige?

Bursche: Ich nehme heute Kontakt zu ihm auf. Ich bin zuversichtlich, dass er den Auftrag übernimmt. 20.000 ist eine schöne Summe und die Aufgabe nicht sonderlich schwer.

5

Frank Hattinger zog den Reißverschluss seiner Sportjacke noch etwas höher. Er sah aus, als wäre er auf dem Weg ins Fitnessstudio, lediglich die Knastblässe passte nicht zu diesem Outfit. Er ging mit großen Schritten zur Bushaltestelle. Einige Passanten standen schon dort, starrten vor sich hin oder schauten auf ihr Smartphone. Als Hattinger sein Handy anschaltete, ertönten viele Signaltöne. Einige SMS und WhatsApp-Nachrichten waren eingegangen.

Darunter befand sich auch eine SMS seines Kumpels Thomas Enders mit den Worten *7 Uhr, DA Hauptbahnhof*. Sehr gut. Hattinger lehnte sich zufrieden zurück und lachte in sich hinein. Der Bus fuhr nur ein kurzes Stück durch Dieburg, um dann nach wenigen Minuten auf die Schnellstraße B26 abzubiegen. Eine seltsame Nachricht befand sich noch in seinem Posteingang: *Du bist clever und möchtest mit wenig Arbeit Geld verdienen? Warte auf neue Informationen.* Die SMS kam von einem Schweizer Anschluss. Er rief zurück, konnte aber lediglich einen Anrufbeantworter erreichen. Er nannte seinen Namen und sagte nur, er habe Interesse. Als er alle Neuigkeiten in seinem Handy gecheckt hatte, sah er sich ein wenig um. Der Bus war bis auf den letzten Platz besetzt. Müde Gesichter auf dem Weg zur Arbeit. Für Schüler war es um diese Zeit noch zu früh. Etwa 30 Minuten später stoppte der Bus am Eingang des Hauptbahnhofs in Darmstadt. Hattinger sprang leichtfüßig aus dem Bus und schlenderte in die Bahnhofshalle im Jugendstil, die erst kürzlich renoviert worden war. Es herrschte geschäftiges Treiben, und die verschiedenen Stände mit Croissants und Kaffee waren gut besucht. Er stellte sich vor den Zeitungsladen und hielt Ausschau nach Thomas Enders. Die vielen Leute hier und die Hektik, die alle ausstrahlten, stressten ihn. Vieles war nach neun Jahren anders. Das Tempo der Passanten war eindeutig schneller geworden. Oder kam es ihm nur so vor, als ob alle rannten? Einige quälende Minuten vergingen. Eine innere Stimme sagte ihm, dass es keineswegs sicher war, dass sein Kumpel kam. Wo blieb dieser Idiot nur? Er atmete auf, als er ihn in Richtung Bahngleise entdeckte. Mein Gott, war der fett geworden. Sie hatten fünf Jahre in der JVA Schwalmstadt zusammen ihre Haft abgesessen. Mit ihm auf Doppelzelle gab es nie Probleme. Er konnte die Schnauze halten, das hatte er damals schon bewiesen. Enders trug verwaschene Jeans, ein schwarzes T-Shirt und ein schwarzes Basecap mit der Aufschrift »Jungle Boy«. Vor Jahren war er eine beeindruckende Erscheinung gewesen. Bodybuilding machte er offensichtlich nicht mehr.

»Guten Morgen, du Träne, ich dachte schon, du kommst nicht.« Hattinger sah Thomas grimmig an und streckte ihm die Ghettofaust entgegen. Thomas zog seine rechte Augenbraue etwas in die Höhe und sah Frank entspannt in die Augen.

»Guten Morgen, Alter. Bist noch ein bisschen blass, geh mal unter den Toaster, so glaubt noch einer, du kommst aus dem Knast«, konterte er und lachte.

»Du musst pünktlich sein, sonst gibt es gleich Theater.« Hattinger riss Enders das Basecap vom Kopf. »Und lass dieses hässliche Teil von deinem Schädel. Damit siehst du ja aus wie ein Idiot.«

Die Miene von Enders verfinsterte sich. »Mann, ich glaube, du gehst mir schon jetzt auf die Eier. Wenn ich nicht so dringend das Geld bräuchte, könntest du mich mal …«, er sprach nicht aus, was er dachte.

»20 Euronen für heute und für jeden anderen Schultag, okay? So hatten wir es abgemacht.« Hattinger griff in seine Hosentasche und holte 20 Euro heraus. Er hielt sie Enders vor die Nase, als dieser sie greifen wollte, zog er sie blitzschnell zurück.

»Lass die Scheiße und gib die Kohle her.« Enders verlor langsam die Nerven. Hattinger gab ihm zögerlich das Geld, und Enders schüttelte nur den Kopf.

»Okay, wenn die Schule heute fertig ist, schicke ich dir 'ne SMS!« Enders drehte sich um und ging langsam in Richtung Innenstadt.

»Tommy, verarsch mich net«, rief Hattinger hinter ihm her. Diese Worte gingen fast im allgemeinen Lärm des Bahnhofs unter. Hattinger zog die Stirn in Falten.

»Würd' ich niemals tun, bis Mittwoch dann, gleiche Zeit hier. Ich kann ja nicht jeden Tag hierher pilgern. Wenn die irgendwas Besonderes in der Schule wollen, sage ich dir sofort Bescheid. Vergiss am Mittwoch die Kohle nicht«, rief Enders. Kurz darauf war er in den Menschenmassen Richtung City verschwunden.

Ein wohliges Gefühl durchströmte Frank Hattinger. Wie lange hatte er darauf gewartet. Neun Jahre und drei Monate musste er das tun, was andere von ihm verlangten. Nun endlich konnte er einige wenige Stunden genießen. Auf Enders war Verlass, er würde ihn nicht hängen lassen.

Er entdeckte den Fahrplan, der nur wenige Schritte entfernt von ihm an der Wand hing, um die nächste Verbindung nach Frankfurt herauszusuchen. Alle 30 Minuten fuhr eine Bahn nach Frankfurt. Ein Blick auf die Uhr zeigte ihm, dass er noch etwas Zeit hatte. Der Duft von frisch aufgebrühtem Kaffee und warmen Croissants wehte ihm um die Nase. Das Wasser lief ihm im Mund zusammen, und er hielt an einem Stand kurz an, kaufte sich ein Schokocroissant und einen Espresso. Wie hatte er das vermisst. Kurz darauf saß er im Zug und schaute aus dem Fenster, die Landschaft glitt ruhig an ihm vorbei, da erhielt er die nächste SMS.

Es war wieder die Telefonnummer aus der Schweiz: *Außergewöhnliche Arbeit erbringt außergewöhnlich hohen Lohn!!! Kontakt über Darknet!* Er stutzte. Wie war jemand an seine Telefonnummer gekommen? Er konnte sich keinen Reim darauf machen, aber er antwortete: *Bin interessiert!!* In seinem Hirn ratterte es, wer konnte ihm diese SMS geschickt haben? Und was sollte er tun? Kurz darauf erhielt er den Code für das Darknet.

In Frankfurt angekommen, staunte er nicht schlecht, der Bahnhof sah anders aus als in seiner Erinnerung. Geschäfte und Schnellrestaurants belebten die Bahnhofshalle, aber leider war auch die Polizei überall präsent. Sofort zog er sich das Basecap von Thomas Enders tiefer ins Gesicht. Die freien Stunden, die er sich dank der Mithilfe seines Kumpels verschafft hatte, würde er für die wichtigen Dinge im Leben nutzen, da war er sich sicher.

6

Vor einem Jahr hatte sich Marias Leben schlagartig verändert. Immer wieder tauchten vor ihrem inneren Auge diese Bilder auf, wie sie in der Zelle die Rasierklinge an ihrem Hals spürte. Der Überfall hatte Spuren hinterlassen. Sie schüttelte den Kopf, als könnte sie so ihre düsteren Gedanken vertreiben. Zellenkontrollen standen an, und so zog sie ihre Handschuhe an und klopfte an die Zelle II523 und schloss sie auf.

»Guten Morgen!«, rief Maria laut in Anbetracht der Tatsache, dass der Insasse noch in seinem Bett lag und schlief.

Walter Schneider richtete sich auf und blinzelte Maria müde an. Mürrisch fragte er: »Was gibt es denn?« Die Gardine war halb vor das Fenster gezogen, und ein unbeschreiblicher Gestank schlug Maria entgegen. Mit einem offenen und einem zugekniffenen Auge versuchte der Gefangene Schneider, in der Wirklichkeit anzukommen. Er spiegelte das Klischee eines Knackis wider. Seit Tagen unrasiert, die Haare wie auch der gesamte Körper hatten wer weiß wann das letzte Mal Wasser gesehen, und auch das T-Shirt, welches unter der Bettdecke hervorlugte, stand vor Dreck.

»Bitte stehen Sie auf, ich komme in zehn Minuten, dann möchte ich Ihre Zelle kontrollieren.« Maria war schon im Begriff zu gehen, da bekam sie die Antwort: »Sie können mir mal 'nen Kaffee bringen, dann klappt das auch.«

Mit einem leisen Grunzen drehte sich Schneider noch einmal entspannt in seinem Bett um und zog sich die Bettdecke über die Schulter. Maria kannte derlei Allüren schon von anderen Gefangenen. Leise flüsterte sie zuckersüß: »Sie glauben wohl, ich bin der Roomservice? Sie verwechseln das hier mit einem Hotel?« Dann erhob sie ihre Stimme: »Schauen Sie mal aus dem Fenster.«

Schneider setzte sich abrupt in seinem Bett auf und sah sie verblüfft an.

»Ja, sehen Sie mal raus.«

Schneider setzte sich blitzartig auf und tat, wie ihm befohlen.

Maria lächelte süffisant. »Na, was sehen Sie da? Gitter, oder? Sie träumen nicht, Sie sind im Knast. Ich bringe Ihnen auch keinen Kaffee, sondern ich bringe Ihnen mal Manieren bei. Aufstehen, und in zehn Minuten sind Sie angezogen. Alles klar? Ach, und ganz wichtig, lüften Sie mal Ihren Raubtierkäfig!« Maria hielt die Luft an, damit sie nicht noch mehr Duft von Herrn Schneider einatmen musste. Dann trat sie mit zwei großen Schritten an das Fenster und öffnete es weit. Sie verließ die Zelle und verschloss die Tür lauter, als es notwendig gewesen wäre.

Zellen zu kontrollieren, diese Arbeit widerstrebte ihr zutiefst. Dabei musste sie Dinge in die Hand nehmen, die dermaßen schmutzig und versifft waren, dass sie manchmal direkt Brechreiz verspürte. Ab und zu hatte sie noch ein mulmiges Gefühl, wenn sie eine Zelle betrat. Sie spürte den Schweiß auf ihren Handflächen und merkte, wie ihr Herz zu rasen begann. Durch das Mantra einatmen und ausatmen, einatmen und ausatmen beruhigte sie sich selbst ein wenig. Auf keinen Fall durfte ein Kollege oder gar ein Gefangener bemerken, wie es um sie stand.

Die wenigen Quadratmeter waren für einige Gefangene der Lebensraum für viele Jahre. Sie wusste, wie wichtig Zellenkontrollen für alle waren. Nur so konnte man sicherstellen, dass keine gefährlichen Gegenstände innerhalb der Anstalt kursierten. Der eine oder andere war sehr erfindungsreich, wenn es darum ging, Gegenständige des täglichen Gebrauchs in Waffen umzufunktionieren. Sie hatte schon eine Gabel gefunden, die rundgebogen und die Zacken so nach vorne gebogen waren, dass sie wie ein Schlagring eingesetzt werden konnte. Auch Glasscherben an einem Kleiderbügel, mithilfe von zerrissenen Baumwolltüchern fixiert, konnten zur lebensgefährlichen Waffe werden. Eine mit einer Rasierklinge versehene Zahnbürste wäre ihr selbst fast zum Verhängnis geworden. Es war wichtig, diese Dinge zu finden und aus dem Verkehr zu ziehen. Leider kannten nur die wenigsten Insassen Sauberkeit und Hygiene. Einige fühlten sich offensichtlich in ihrem eigenen Dreck wohl.

Auf ihrer To-do-Liste für den heutigen Tag stand noch die Zelle II510, die Zelle von Karl-Heinz Kurz, einer armen Socke von 60 Jahren, der wegen Fahren ohne Führerschein einsaß. Da sie mit seiner Zelle sicherlich schnell fertig sein würde – er gehörte zu den arbeitenden Insassen – beschloss sie, die Durchsuchung seiner Zelle dazwischenzuschieben. Denn Schneider würde noch einige Minuten brauchen, außerdem hoffte sie, dass in der Zwischenzeit der Gestank aus der Zelle etwas abgezogen war.

Sie schloss die Zelle auf. Karl Heinz Kurz war offenbar ein Mann, der wusste, wie man Ordnung hielt. An der Wand über seinem Bett hing ein Foto von einem kleinen Mädchen, ansonsten wirkte die Zelle geradezu spartanisch. Maria begann links oben in der Zelle, dort befand sich ein kleines Wandregal, auf dem zwei Bücher standen. In den Büchern, die sie durchblätterte, fand sie nichts. Rechts neben dem Regal war das Waschbecken mit einem Spiegel darüber. Sie nahm den Spiegel ab, aber auch hier war auf der Rückseite des Spiegels nichts festgeklebt. So ging sie im Uhrzeigersinn weiter vor. Sie hatte ihre schnittfesten Handschuhe an und tastete vorsichtig in den Spind hinein. Immer schwang ein wenig die Angst mit, in eine Spritze zu greifen. Viele Drogensüchtige tauschten innerhalb einer JVA die wenigen Spritzen miteinander, sodass man davon ausgehen konnte, dass mehr oder weniger alle, die Heroin drückten, an HIV oder Hepatitis erkrankt waren. Nachdem sie auch im Schrank und unter dem Bett nichts fand, nahm sie sich noch die Sportschuhe vor, die ordentlich unter dem Bett standen. Als sie die Sohle innen befühlte, bemerkte sie, dass diese nicht voll verklebt war. Sie zog sie vorsichtig heraus und fand ein kleines Tütchen mit einem bräunlichen Pulver darin. Wahrscheinlich Heroin. Im zweiten Schuh fand sie nichts. Sie steckte das Tütchen in ihre Hosentasche. Danach untersuchte sie noch alle weiteren Hohlräume der Zelle, und nachdem sie unter großer Kraftanstrengung auch den Bezug der Matratze abgezogen hatte, gab sie einen Funkspruch an Jan Gerber durch. »Burg 46 für die 48«, ein Signalton ertönte. »Burg 46 hört«, gab Gerber als Antwort.

»Bitte mal zur Zelle II 510 kommen.«

»Burg 46 hat verstanden, bin sofort da.« Jan Gerber brauchte für die zwei Stockwerke, die zwischen seinem Büro und der Station II5 lagen, keine Minute. Mit großen Schritten kam er den Stationsflur entlang. Ihr Vorgesetzter war ein interessanter Mann, groß, blond, gutaussehend, mit einem gewinnenden Lächeln. Man nannte ihn in der gesamten Anstalt *Miami*, von der US-Fernsehserie *Miami Vice*, in der in jeder Folge dieser Serie Drogen eine Rolle spielten. Und da Jan Gerber wie ein Terrier in der Anstalt Drogen suchte, hatte er schnell den Spitznamen weg. Maria fühlte sich in seiner Gegenwart wohl, er sah sie als gleichwertige Kollegin an. Auch fragte er sie oft nach ihrer Meinung, ein Umstand, der in einer reinen Männerhierarchie nicht selbstverständlich war. Immer wieder musste Maria bei anderen Kollegen um Anerkennung kämpfen.

»Na, Maria, was gibt es?« Jan Gerber kam nun in die Zelle und sah sie fragend an.

»Ich habe hier dieses Tütchen in den Turnschuhen gefunden«, Maria übergab ihren Fund an Gerber, der ihn kurz gegen das Licht hielt.

»Könnte Heroin sein. Ich mache in meinem Büro gleich einen Schnelltest. Wer ist in der Zelle untergebracht?«

»Karl-Heinz Kurz, Fahren ohne Führerschein«, antwortete Maria prompt.

»Ist er schon einmal wegen Drogen aufgefallen?« Gerber sah Maria fragend an.

»Nicht, dass ich wüsste, aber er ist in letzter Zeit sehr nervös, ich habe ihn die letzten Tage beim Einrücken von der Arbeit reden hören. Er spricht ohne Punkt und Komma. Früher war er eher zurückhaltend, scheinbar hat er Stress.« Maria schnappte sich die Schuhe, und gemeinsam verließen sie die Zelle.

»Na, dann schreibe bitte den Bericht. Ich lasse den Kurz von der Arbeit holen. Wir treffen uns in meinem Büro, mal sehen, was er uns zu erzählen hat.« Mit diesen Worten machte Jan Gerber auf dem Absatz kehrt und ging über den Stationsflur in Richtung Büro. Maria verschloss noch die Zellentür und folgte ihm. An der Stationstür angekommen sagte sie: »Das ist 'ne arme Socke, ich denke, den haben sie hier unter Druck gesetzt.« Maria blickte nachdenklich auf den Turnschuh.

»Da kannst du recht haben, aber ich will wissen, wer ihn unter Druck setzt.« Gerber steckte das Heroin-tütchen in die Brusttasche seines Hemdes und lief die Treppe runter zu seinem Büro.

7

Eine Viertelstunde später saß Kurz im Büro von Jan Gerber. Der Sicherheitsdienstleiter betrachtete ihn genauer. Ein kleines Männlein, etwa ein Meter 60 groß und schmächtig, seine dünnen Ärmchen sahen aus, als würden sie bei der geringsten Anstrengung zerbrechen. Auf seinem Vollstreckungsblatt, eine Din A4 Seite, auf dem der Grund der Inhaftierung und eventuelle Vorstrafen vermerkt waren, stand nur die derzeitige Haftstrafe: wiederholtes Fahren ohne Führerschein unter Alkoholeinfluss, was ihm zwei Jahre ohne Bewährung einbrachte. Der Gesichtsausdruck von Kurz sprach Bände, er ahnte, weshalb er im Büro des Sicherheitsdienstleiters saß. Sein Blick war nach unten gerichtet, und er knetete nervös seine Finger.

»Also, Herr Kurz«, begann Gerber, seine Stimme war freundlich. »Frau Saletti hat dieses Tütchen mit Heroin in einem Ihrer Sportschuhe gefunden.« Jan hielt die Drogen direkt vor seine Nase. Kurz blickte auf, seine Augen flatterten hektisch hin und her.

»Das kann nicht sein«, sagte er, »ich nehme keine Drogen.« Die letzten Worte waren kaum zu verstehen. Gerber hob den Sportschuh hoch und fing gerade an, die Sohle herauszunehmen, als Kurz rief: »Das ist nicht mein Schuh!«

Maria und Jan blickten sich an.

»Aha, und wessen Schuh ist das dann, in Ihrer Zelle?«, fragte Maria.

»Weiß ich nicht, aber der sieht auch viel zu groß aus für

mich.« Kurz hatte rote Flecken am Hals und schluckte nervös.

»Wenn das nicht Ihr Schuh ist, warum ist er dann in Ihrer Zelle?« Gerber sah Kurz durchdringend an.

»Ich kenne diesen Schuh gar nicht. Ich habe Schuhgröße 40 und der ist mindestens 43, das sieht man doch.« Kurz wurde langsam sicherer, seine Stimme wurde fester.

»Nun gut, Herr Kurz«, fuhr Gerber fort, »wir nehmen das mal so zu Protokoll.«

»Aber wo sind dann Ihre Sportschuhe? Ich habe nur dieses eine Paar in Ihrer Zelle gefunden.« Maria stand direkt vor Kurz. Der kleine Mann musste seinen Kopf in den Nacken legen, um Maria in die Augen zu blicken.

»Ich habe keine Sportschuhe, oder sehe ich aus, als ob ich hier unten in die Muckibude gehe?« Kurz schob den kurzen Ärmel der Arbeitsjacke nach oben, damit man seine Spatzenärmchen in voller Pracht sehen konnte. Ein erleichtertes Lächeln huschte über sein Gesicht. Er war sich sicher, man konnte ihm nichts nachweisen.

Eine Wespe flog gerade geräuschvoll von innen an die Fensterscheibe des Büros, sie hatte das offene Fenster nur um einige Zentimeter verfehlt. Karl-Heinz Kurz lehnte sich in seinem Stuhl zurück und beobachtete, wie Maria ein Glas aus dem Regal nahm und es über das brummende Tier stülpte.

»Sie dachte, sie wäre frei, dabei habe ich sie in der Hand«, sagte Maria und schob ein Blatt Papier unter das Glas. Die Wespe war gefangen.

»Also gut«, sagte Gerber, »dann bringt Sie ein Kollege mal wieder zu Ihrem Arbeitsplatz.«

Als Kurz das Büro verlassen hatte, sahen Jan und Maria enttäuscht aus dem Fenster.

»Für wen bunkert der das Dope, das ist hier die eigentliche Frage.« Gerber kratzte sich hinter dem rechten Ohr.

»Das werde ich noch herausfinden.« Sie betrachtete den Schuh genauer, ein *Nike* Basketballschuh Größe 43. »Irgendwer wird ihn sicher die Tage vermissen. Mal sehen, wer in seiner Zelle keine Turnschuhe hat.«

»Da hast du ja was vor.« Gerber ließ das Plastikrollo am Fenster runter. Ein verzweifelter Versuch, die Affenhitze im Büro ein wenig zu mildern. Die Luft war heiß, es war kaum auszuhalten. Maria ging zum Waschbecken und ließ kaltes Wasser über ihre Unterarme laufen. Dies brachte ein wenig Abkühlung. Die Wespe kämpfte im Glas um ihr Leben, bis Maria zum Fenster ging, das Glas durch das Gitter aus dem Fenster hielt und sie in die Freiheit entließ.

»Aber das Heroin haben wir. Vielleicht wird Kurz, wenn er nicht liefern kann, so unter Druck gesetzt, dass er bei uns freiwillig auspackt.« Jan Gerber setzte sich an seinen Computer und begann, seinen Bericht für die Kripo zu schreiben.

Maria sah aus dem Fenster und beobachtete die Mauersegler, die schreiend ihre Kreise immer an den Gefängniswänden entlang zogen. »Wenn ich logisch überlege, kommen nicht viele Gefangene für das Heroin infrage. Eigentlich nur die Russen, oder?«

Gerber war ganz in seinen Text vertieft und hatte Maria nur halb zugehört. Ohne aufzusehen sagte er: »Ja, aber die Russen, das weißt du selbst, bunkern nicht bei Nichtrussen.«

»Stimmt, also sagen wir mal, die scheiden aus. Wer konsumiert noch Heroin?« Maria sah im Geiste einige

Gefangene ihrer Station. War ihr da schon einer aufgefallen?

»Am besten, du gehst die Vollstreckungsblätter durch, wer wegen Verstoß gegen das Betäubungsmittelgesetz einsitzt. Oder aber du siehst dir die Herren genauer an. Wer könnte auf Heroin sein? Vielleicht hat dann einer noch Schuhgröße 43, dann sind wir dem Ganzen schon näher.«

»Oh, Mann. Ich glaube, der Kurz hat soeben überhaupt nicht begriffen, dass er nun ein echtes Problem hat.« Maria griff sich die Wasserflasche, die auf dem Tisch stand und goss sich ein großes Glas ein.

»Ja, er dachte, wir wären sein Problem. Dabei bekommt er bestimmt mit demjenigen Stress, dem das Heroin gehört.«

8

Susanne Herzberg hatte den gesamten Vormittag mit ihren Angestellten die Einführung einer neuen Anti-Aging-Creme geplant. Marketing war in der heutigen Zeit fast noch wichtiger als das eigentliche Produkt. Wie konnte sie die Kundinnen von der neuen Creme überzeugen? Nach und nach spürte sie immer stärker werdende Kopfschmerzen, und auch ihr Nacken war total verspannt.

»Also, ich denke, für heute machen wir Schluss. Wenn jemand noch eine gute Idee hat, kann er sie mir mailen oder bis Freitag zu Papier bringen, wir treffen uns hier um 9 Uhr. Alles klar?« Susanne sah fragend in die Runde. Ein Raunen ging durch den Raum. Alle Anwesenden waren mindestens so abgekämpft wie sie selbst. Die Hitze des Sommers war kaum zu ertragen. Seit Monaten war kein Tropfen Regen gefallen, und das Thermometer kletterte beständig über 30 Grad, da wurde selbst die robusteste Natur schwach. Obwohl Tag und Nacht die Klimaanlagen liefen, waren die Räume aufgeheizt und stickig. Susanne stand auf, sofort war Katie an ihrer Seite und trottete neben ihr her durch den langen Flur zu ihrem Büro. Frau Krüger, ihre Vorzimmerdame und der Fels in der Brandung, hatte die eingegangene Post bereits für sie bereitgelegt.

»Gibt es etwas Wichtiges in der Post?« Susanne stand am Kühlschrank und holte eine Flasche Wasser heraus.

»Nein, ein paar Rechnungen, aber sonst nichts von Bedeutung. Im Moment ist es ja angenehm ruhig, viele sind im Sommerurlaub. Sagen Sie, fahren Sie dieses Jahr denn nicht an die Ostsee? Die Hitze ist dort sicherlich besser zu ertragen. Die letzten Jahre waren Sie immer um diese Zeit dort.« Frau Krüger richtete bei diesen Worten den kleinen Tischventilator direkt auf ihr Gesicht.

»Doch, ich möchte noch nach Usedom fahren, mir war wichtig, erst noch die Kampagne mit der neuen Creme ins Laufen zu bringen. Sie kennen mich doch, ich beiße mich an so etwas fest und vergesse darüber, dass man auch mal entspannen muss. Sowie das erledigt ist, packe ich meine sieben Sachen und bin weg. Sie haben recht, ich werde das gleich fix machen, sonst komme ich nie hier raus.« Susanne lächelte und ging eilig in ihr Büro, dabei ließ sie die Tür zu ihrem Vorzimmer offen. Jeder Luftzug, und war er auch noch so schwach, brachte ein wenig Abkühlung. Das moderne, großzügige Büro mit seinen bodentiefen Fenstern drückte eine schlichte Eleganz aus. Dicker Teppichboden schluckte jedes störende Geräusch, und eine kleine Sitzgruppe in der Ecke lud zum Verweilen ein. Auf ihrem gläsernen Schreibtisch herrschte das Chaos. Sie drückte auf ihrem Telefon die Schnellwahltaste und schaltete den Lautsprecher ein, damit sie während des Telefonats mit ihrem Mann einige Unterlagen sortieren konnte. Nach dreimaligem Signalton meldete er sich:

»Was gibt es denn?« Seine Stimme klang deprimiert. Susanne hoffte, mit ihrem Telefonat seine Stimmung ein wenig aufzubessern:

»Schatz, Frau Krüger hat mich gerade daran erinnert, dass wir ja eigentlich wieder nach Usedom fahren wollten. Was meinst du? Wenn das Hotel ein Zimmer frei hat, könnten wir doch morgen Mittag losfahren, oder?« Susanne hörte, wie Dirk tief einatmete und dann sehr ungehalten in den Hörer brüllte: »Glaubst du, ich kann in der Situation, in der ich mich befinde, in Urlaub fahren? Mir steht das Wasser bis zum Hals. Ich habe andere Sorgen. Ich fahre heute Abend noch in die Schweiz. Wenn du nicht so unsensibel wärst, würdest du so etwas nicht vorschlagen.« Sie hörte nur noch ein Klicken, er hatte aufgelegt.

9

In der Bahnhofshalle war es etwas kühler als auf der Straße. Frank Hattinger sah sich um. Menschen aller Herren Länder waren an diesem Ort versammelt. Reisende, die noch einen Kaffee trinken wollten, bevor sie mit ihrem Koffer zum Zug eilten, Büroangestellte mit ihrem Aktenkoffer in der Hand. Roma-Mädchen liefen mit Leidensmiene von Passant zu Passant, um ein paar Euro zu erbetteln. An den Tischen einer bekannten Fast-Food-Kette sah sich eine alte Frau mit abgewetzter, aber sauberer Kleidung auf den Tischen um, ob vielleicht jemand eine Pfandflasche oder auch etwas zu essen hatte liegen lassen. Die Welt hier draußen war eine andere geworden. Glaubte er es nur, oder war es tatsächlich so, dass es viele arme Menschen in Frankfurt gab? Sein Kaffeebecher war leer, und er suchte mit seinem Smartphone die Adresse eines Internet-Cafés in der Nähe. Nach kurzer Zeit hatte er eines in der Speyerstraße gefunden. Das war gleich um die Ecke. Er zog sich das Basecap von Thomas Enders tiefer ins Gesicht und verließ den Bahnhof. Mit dieser hässlichen Kappe würde ihn so schnell niemand erkennen. Seine Laune konnte nicht besser sein, als plötzlich sein Handy klingelte. Auf dem Display erschien der Name seines Rechtsanwalts Doktor Kriebel.

»Guten Morgen, Herr Hattinger, gut, dass Sie ans Telefon können. Wie ist der erste Tag in der Schule?« Kriebels sonore Stimme klang freundlich.

Frank Hattinger fühlte sich ertappt. Er spürte, wie sein Gesicht rot wurde. Schnell sagte er: »Gut ist die Schule.

Gut. Ich bin mir sicher, das schaffe ich.« War es die Hitze oder schwitzte er aus Angst plötzlich so.

»Weshalb ich Sie anrufe: Falls es irgendwo Schwierigkeiten gibt, melden Sie sich bitte sofort bei mir. Sie wissen, ich habe gute Beziehungen zur Vollstreckungskammer. In der Anstalt ist man ja nicht ganz so glücklich darüber, dass Sie täglich den geschlossenen Vollzug verlassen. Also bitte, wenn was sein sollte, rufen Sie umgehend an.«

Hattinger vernahm noch ein Räuspern und sagte dann schnell: »Geht klar, Herr Kriebel. Ich melde mich.« Er sah auf sein Handy. Kriebel hatte aufgelegt. Hattinger war einigermaßen durcheinander. Mit einem Anruf seines Anwalts hatte er am wenigsten gerechnet.

Im Internet-Café angekommen, fing er an, in den einschlägigen Kontaktbörsen nach einer Bekanntschaft für schnellen Sex zu suchen. Seine frühere Suche auf dem Straßenstrich konnte er vergessen. Die Gefahr, in eine Polizeikontrolle zu kommen, war zu groß.

Er suchte nach einem zarten Jungen, der für alles offen war. Schon beim Öffnen mancher Profile wurde er ganz geil. Viele hübsche Gesichter sahen ihn an, die Boys waren mit nacktem Oberkörper zu sehen, manche hatten ihre geilen Hintern fotografieren lassen. Er sah auf die Uhr, die Zeit verging im Netz viel zu schnell. Die Chance, noch einen Lover zu finden, der sich mit ihm sofort in einem Hotel für einen schnellen Fick traf, war gering. »Das muss man auch wieder vorbereiten, vielleicht doch besser unauffällig im Bahnhof nach einem Jungen Ausschau halten«, murmelte er vor sich hin. Er wechselte die Internetseite und sah sich die aktuellen Social Media Seiten an. Facebook gefiel ihm, und er meldete sich unter einem Nickname an. Als Foto nahm er das eines Pferdes, welches er sich vorher aus dem Netz heruntergeladen hatte. Er versuchte sein Glück bei den Foren der Fans von *Eintracht Frankfurt* und anderen Fußballvereinen. In diesen Foren findet man bestimmt geile Jungs, dachte er. Beim Blick auf die Uhr erschrak er. In wenigen Minuten musste er sich schon wieder auf den Weg nach Dieburg machen. Keinesfalls durfte er zu spät kommen. Er schloss alle Seiten im Computer, setzte sein Basecap wieder auf, ging zum Tresen und bezahlte. Vor der Tür war die Stadt voller Leben, und die Innenstadt von Frankfurt hatte sich enorm aufgeheizt. Die Sportjacke lässig über die Schulter geworfen, ließ er die Sonne auf seine muskulösen Arme scheinen. Unterwegs schrieb er Thomas Enders eine SMS. Nach einigen Minuten antwortete dieser, dass alles glatt gelaufen sei. Jeder hielte ihn für Frank Hattinger, kein Problem. Und die Schule sei ein Witz.

10

Marias Ehrgeiz war geweckt. Wem gehörten diese Sportschuhe? Es ließ ihr keine Ruhe. Sie schloss Zelle für Zelle auf und sah nach.

Hausarbeiter Savic, der Maria immer genau bei ihrer Arbeit beobachtete, wunderte sich: »Frau Saletti, heute übertreiben Sie es aber mit den Zellenkontrollen. Lassen Sie noch ein paar für Ihre Kollegen übrig.« Er stand im Türrahmen und zwinkerte ihr zu.

»Sag mal, Savic, du kannst mir bestimmt sagen, wer hier drin *Nike* Sportschuhe hat, oder?« Maria sah ihn fragend an.

»Wieso interessieren Sie sich für die Sportschuhe von den Idioten hier drin?«, dann sah er sich um, kam näher und sagte ganz leise: »Die Schuhe, die sie bei Kurz in der Zelle gefunden haben, sind nagelneu. Der Hattinger ist vor Kurzem mit den Dingern hier zum Sport. Aber von mir haben Sie das nicht.« Savic drehte sich um, nahm seinen Schrubber und wickelte den Putzlappen darum. Er sah sie bedeutungsvoll an und wischte dann weiter den Stationsflur.

Jan Gerber stand wenige Minuten später in Marias Büro: »Der Kollege vom Werkbetrieb hat angerufen. Der Kurz hat gerade gesagt, er hätte Angst vor Frank Hattinger.«

»Das passt. Savic hat mir gesteckt, dass die Schuhe Hattinger gehören. Aber was hat der mit Heroin am Hut? Der hat doch gar nichts mit Drogen zu tun?« Maria setzte sich kurz auf den Stuhl.

»Der Hattinger ist bekanntermaßen schwul. Er hat all die Jahre, in denen er im Knast saß, sicherlich nicht keusch gelebt, oder? Irgendeiner wird hier drin mit ihm schon Sex haben. Wer könnte das sein?« Gerber hatte sich mit seinem Stuhl umgedreht und sah Maria fragend an.

»Da kommt eigentlich nur der Ribeiro infrage.«

Jan öffnete im Computer eine Seite. »Und bei der letzten Urinkontrolle war Ribeiro auch positiv auf Heroin.«

Maria schnappte sich ihren Rucksack. »Dann wird er den Ribeiro ab sofort gut mit Stoff versorgen können. Er ist ja seit Kurzem fast täglich im Ausgang.«

11

Pünktlich um 17 Uhr betrat Frank Hattinger die Anstalt. Er gab dem Pfortenbeamten sein Handy, aus dem er zuvor alle SMS und WhatsApp-Nachrichten gelöscht hatte. Die Schweizer Nummer hatte er sich auf einem Geldschein notiert, den er zwischen die anderen in sein Portemonnaie gesteckt hatte. Aus der Schweiz hatte sich niemand mehr gemeldet. Und die Nachricht, die er im Darknet auf einem Marktplatz hinterlassen hatte, war unbeantwortet geblieben. Man brachte ihn in den Nebenraum, damit ein anderer Kollege ihn abtasten konnte. Er war zufrieden, für den ersten Freigang war alles nach seinem Geschmack gelaufen. Dank Thomas Enders hatte er nun wirklich *Freigang*.

Er setzte sich auf eine Bank und wartete. Am nächsten Tag wollte er gleich richtig loslegen. In den Chatrooms wäre es für ihn ein Leichtes, einen süßen Kerl zu finden, mit dem er die nun gewonnene Freiheit feiern konnte. Obwohl er vor seiner Inhaftierung ab und an Sex mit Frauen gehabt hatte, war dies nach seiner Tat für ihn kein Thema mehr. In seinem Kopf arbeitete es. Was hatte die SMS zu bedeuten? Die Minuten schlichen dahin. Endlich kam ein Beamter und holte ihn ab. Er durchsuchte ihn nur oberflächlich, weder durchsuchte er die Taschen der Jeans noch tastete er ihn ordentlich im Schritt ab. In der Kammer erhielt er seine Knastklamotten, und um 17.30 Uhr war er wieder auf der Station II5. Langsam und ängstlich schlich Carlos Ribeiro sichtlich nervös auf ihn zu. Er knetete seine Hände, und Schweißperlen standen ihm auf der Stirn. Vorsichtig sah er sich um und flüsterte:

»Das Dope wurde heute gefunden.«

»Scheiße, dann hast du nun nichts zum Drücken.« Hattingers Miene blieb wie versteinert.

»Ja, aber hoffentlich finden die nicht raus, wem das Zeug gehört.« Ribeiro fing hektisch an, seinen Oberkörper zu kratzen, und fuhr sich durch seine lockigen schmierigen Haare.

»War das Zeug in meinen Schuhen bei dem Kurz in der Hütte?«

»Ja, klar. So, wie du gesagt hast.«

»Dann gibt es kein Problem. Ich melde meine Schuhe als geklaut. Die wurden mir nach dem letzten Sport aus meiner Tasche genommen, als ich unter der Dusche stand. Der Kurz geht nicht zum Sport und hat nichts mit Drogen am Hut. Ich bin kein Junkie. Da dürfen die erst mal Rätselraten. Jedoch wenn du hier weiter so 'nen Affen schiebst, dann können die drei und drei zusammenzählen und nehmen dich in die Mangel. Halte dann ja die Fresse, du weißt, was sonst passiert.« Hattinger sah Ribeiro durchdringend an.

»Mach dir keine Sorgen. Ich kann schweigen.« Ribeiro

schleppte sich mit hängenden Schultern zu seiner Zelle. Als Hattinger sich umdrehte, entdeckte er Hausarbeiter Savic, der etwa drei Meter entfernt bewegungslos auf einem Stuhl saß und zwar in eine andere Richtung blickte, aber garantiert das Gespräch mitverfolgt hatte.

»Und du hältst schön das Maul, sonst wird es hier ungemütlich für dich.« Hattinger ging zwei Schritte auf ihn zu und baute sich vor ihm auf.

»Ich weiß nicht, von was du redest. Was willst du von mir?« Savic setzte seine Unschuldsmiene auf.

»Du hast mich schon verstanden.« Hattingers Blick durchbohrte ihn.

»Jaja, alles klar.« Savic konnte drei und drei zusammenzählen. Er war Hattinger ganz klar körperlich unterlegen und trollte sich.

Als Hattinger seine Zelle betrat, sah er auf den ersten Blick, dass jemand den Raum durchsucht hatte. Siegessicher setzte er sich hin und nahm sich ein Formular. Wie es für ihn üblich war, richtete er seine Anliegen stets an den für ihn zuständigen Beamten in der JVA, Anstaltsleiter Richard Meurer. *Hiermit melde ich meine Nike Turnschuhe Gr. 43 als gestohlen. Frank Hattinger.* – Die Schweizer SMS ging ihm nicht mehr aus dem Kopf.

MITTWOCH, 5. SEPTEMBER

1

Er war zu weit gegangen, verdammt noch mal. Dirk Herzberg saß zusammengesunken hinter seinem Schreibtisch. So fühlte es sich also an, wenn die Welt unter einem zusammenbrach. Die Fahrt in die Schweiz hatte bisher auch nicht das Ergebnis gebracht, das er sich erhofft hatte. Vor diesem Augenblick hatte er sich immer gefürchtet. Alles zu verlieren, für das er jahrelang gekämpft hatte. Dabei sah bis vor einem Jahr alles noch so gut aus. Er hatte mit Investments ein stattliches Vermögen aufgebaut. Es schien wie von selbst zu laufen, und so wurde er immer mutiger und leider auch leichtsinniger. Der Spruch *Gier frisst Hirn* traf leider auch auf ihn zu. Anstatt mit sicheren Investitionen weiter langsam voranzukommen, wollte er den ganz großen Wurf auf einmal. Eine Rendite von 20 Prozent lockte ihn, einen großen Teil seines Vermögens in Aktien zu investieren, die ihm ein guter Freund und angeblicher Insider an der Börse empfohlen hatte. Es kam, wie es kommen musste, die Insiderinformationen erwiesen sich als falsch, und die Aktie stürzte ins Bodenlose. Er verlor innerhalb weniger Tage fast sein gesamtes Vermögen. Die Schmach, diesen Verlust vor seiner Frau, die zeitgleich ihrem unternehmerischen Höhepunkt entgegenstrebte, zuzugeben, kostete ihn eine Menge Überwindung. Aber er musste es tun, die Leasingfirma seines Mercedes hatte die überfälligen Raten bereits dreimal angemahnt. Es war nur noch eine Frage der Zeit, wann der Wagen abgeholt wurde.

Susanne hatte den Ernst der Lage nicht erkannt, denn sonst hätte sie ihn nicht mit Urlaubsplänen behelligt, aber wie sollte sie auch verstehen, wie das war, wenn man am Abgrund stand. Der Schweiß lief ihm in Bächen den Rücken runter. Seinen Angestellten hatte er bereits vor Wochen gekündigt, jedoch rief der eine oder andere noch an und erinnerten ihn an die offene Lohnzahlung. Freunde aus seiner Studentenzeit, darunter sein Freund Michael, hatten ihm vertraut. Es war zum Verzweifeln. Sie alle hatten viel Geld verloren. Zum Golfplatz nach Groß-Zimmern traute er sich nicht mehr. Der heiße Tipp seines »Insiders« hatte auch den einen oder anderen Golffreund schmerzlich getroffen. Irgendwie musste er schleunigst an Geld kommen.

2

Susanne war tief getroffen. Es war das erste Mal gewesen, dass Dirk dermaßen ausfällig geworden war. Sie musste sich setzen. Seit über fünf Jahren kannte sie nur einen charmanten, aufmerksamen und äußerst kultivierten Dirk, der ihr jeden Wunsch von den Augen ablas. Er musste wirklich in großen Schwierigkeiten stecken, anders war seine Reaktion nicht zu erklären. Seit einiger Zeit war er oft mürrisch und schnell gereizt. Als sie seine finanziellen Schwierigkeiten einmal zum Thema machen wollte – sie hätte ihn leicht unterstützen können – wies er sie mit den Worten:

»Da wir Gütertrennung vereinbart haben, gehen dich meine finanziellen Sorgen nichts an«, brüsk zurück. Danach sprach sie das Thema nicht mehr an. Dieser Angriff jedoch am Telefon war eindeutig zu viel für sie. Egal, welche Schwierigkeiten er hatte, es gäbe ihm nicht das Recht, so mit ihr zu reden. Sollte er ruhig in Darmstadt bleiben, sie würde mit Katie einige Tage auf der Insel Usedom verbringen. Ein wenig frische Luft und Erholung hatte sie sich wahrlich verdient. In ihrem Telefonbuch war die Nummer des *Grand Hotels* in Heringsdorf gespeichert, mit ein wenig Glück würde sie morgen ihr Abendessen auf der wunderschönen Terrasse einnehmen und den Sonnenuntergang genießen. Abstand würde ihr und Dirk sicher guttun. Sie nahm ihr Handy zur Hand und wählte die Telefonnummer des Hotels, als ihre Sekretärin mit der Unterschriftenmappe in ihr Büro trat. Frau Krüger erwähnte die verbale Attacke ihres Mannes mit keiner Silbe, aber an ihrem Gesicht konnte Susanne sehen, dass sie alles gehört hatte. Sie hing mit ihrem Telefonat in der Warteschleife und sagte zu Frau Krüger, die gerade wieder das Büro verlassen wollte:

»Gut, dass Sie mich an Usedom erinnert haben, die ganze Zeit wollte ich schon buchen, aber ständig kam etwas dazwischen. Können Sie bitte die Damen und Herren der Marketingabteilung informieren, dass das Meeting am Freitag ausfällt. Ich denke, wir alle haben die letzten Wochen genug geschuftet und können die Sitzung verschieben. Ich bringe heute noch die wichtigsten Sachen zu Ende, und morgen früh fahre ich direkt los.«

3

»Kommen Sie herein.« Anstaltsleiter Richard Meurer, der zuständige Beamte für Frank Hattinger, saß in seinem Büro und winkte Maria zu sich heran. Auf einem kleinen Tisch neben der Tür lag eine Ausgabe der aktuellen Tageszeitung. Als Maria beim Schließen der Tür einen Blick darauf warf, entdeckte sie ein Foto von Meurer mit einem anderen Mann. Beide lächelten zufrieden in die Kamera. Darunter stand: »*Rotarier spenden 10.000 Euro für einen Kindergarten.*« Maria war verblüfft, lächelnd hatte sie Meurer noch nie gesehen. Zynische Bemerkungen und abwertende Blicke waren eigentlich sein Markenzeichen. Ein Chef, der gefürchtet wurde, nicht respektiert. Der Flurfunk besagte, dass er als Jurist innerhalb der Justiz Karriere machen wollte. Das hessische Ministerium der Justiz war sein Ziel. Jedoch hatte er bis dato den Sprung dorthin nicht geschafft. Richard Meurer war arrogant und ließ andere gerne spüren, dass er sie für ihm unterlegen hielt. Selbstgefällig sah er, dass Maria den Zeitungsartikel in Augenschein nahm, erwähnte ihn aber mit keiner Silbe.

»Frau Saletti, können Sie mir etwas mehr über den Drogenfund sagen? In Ihrem Bericht, den ich hier vor mir habe, wird nicht so ganz deutlich, wem die Schuhe nun gehören. Zeitgleich habe ich eine Meldung auf den Tisch bekommen, in der Frank Hattinger seine Schuhe als gestohlen gemeldet hat. Herr Hattinger ist aber überhaupt nicht für Drogen bekannt, oder wissen Sie da etwas anderes?« Er hatte seine Lesebrille auf der Nase und blickte sie über deren Rand an. Maria trat zögerlich zwei Schritte näher an Richard Meurers Schreibtisch.

»Nein, Herr Meurer, der Gefangene Hattinger ist in keiner Weise auffällig, was Drogen angeht. Jedoch hat er näheren Kontakt zu Carlos Ribeiro, und dieser fällt auf, weil er bei der Urinkontrolle ständig positiv auf Heroin getestet wird.« Maria blieb stehen, irgendetwas hinderte sie daran, näher an den Schreibtisch zu treten.

»Wie kommt der an die Drogen, was meinen Sie?« Meurer hatte sich aufgerichtet und blickte Maria nun freundlich an.

»Ich weiß es wirklich nicht, vielleicht über den Besuch, aber ich habe schon in der Besucherliste nachgesehen.

Carlos Ribeiro bekommt nur von seiner Mutter Besuch, und das ist ein altes Mütterchen, das wohl kaum das Heroin in ihren Körperöffnungen in den Knast schmuggelt.«

Meurer machte eine bedeutungsvolle Pause, wobei er sie genau ansah.

»Suchen Sie weiter auf dieser Station nach Drogen und beobachten Sie, mit wem dieser Ribeiro noch Kontakt hat. Danke!« Meurer lächelte sie an, wobei er dabei nur seinen Mund verzog, bis zu seinen Augen reichte das Lächeln nicht. Augenblicklich wanderte sein Blick wieder nach unten auf eine Akte, die vor ihm lag.

Das war eindeutig die Aufforderung zu gehen. Maria nickte und verließ das Büro.

Als sie im Flur stand und die Tür hinter sich geschlossen hatte, schüttelte sie über sich selbst den Kopf. Wie schaffte es Meurer nur immer, sie so zu verunsichern. Er hatte eine imposante Größe von mindestens einem Meter 90, aber da war etwas anderes, was ihn so einschüchternd wirken ließ. Normalerweise konnte man sie nicht so schnell ins Bockshorn jagen, nur in seinem Beisein fühlte sie sich wie ein Nichts. Gut, dass sie für den bösen Blick gerüstet war. Ihre Großmutter hatte ihr vor Jahren einen kleinen Anhänger, ein Hörnchen aus Gold, geschenkt, diesen trug Maria immer bei sich. In Neapel nannte man es *Corno*, es bewahrte den Träger vor dem bösen Blick.

Auf der Station II5 angekommen, sah sie gerade Savic mit Ribeiro sprechen. Es war offensichtlich kein Gespräch unter guten Freunden. Als beide Maria entdeckten, verstummten sie sofort, und Ribeiro trollte sich.

»Na, Frau Saletti, Sie sehen aus, als hätte Sie jemand geärgert.« Savic schien Maria genauestens zu beobachten.

4

Einige Stunden später, die Gefangenen hatten Freizeit und durften sich für zwei Stunden frei auf ihrer Station bewegen, schlich Ribeiro über den Flur und holte sich einen Tee an dem aufgestellten Teespender. Er sah miserabel aus. Blass und seit Tagen nicht geduscht, schleppte er sich wieder in seine Zelle. Er kratzte sich ständig, sodass auch der Blödeste es verstand: Er war auf Entzug. Die Russen hatten sich einen kleinen Tisch aufgestellt und spielten Karten. Einige von ihnen saßen in der Hocke um die Kartenspieler herum. Diese Art des Sitzens konnte Maria bisher nur bei ihnen beobachten. Manche hielten auch eine lange Kette mit Holzperlen in der Hand, die sie ununterbrochen zwischen ihren Fingern hindurchgleiten ließen. Ausnahmslos waren alle irgendwie auf Drogen, auch wenn in deren Wahrnehmungsbogen kein Delikt wegen Verstoß gegen das Betäubungsmittelgesetz aufgeführt war. Fast jeder der Männer war abhängig. Viele waren blass und mager, ja mangelernährt. Zudem hatten sie sich die Köpfe fast kahlgeschoren. Sie sahen aus, als kämen sie geradewegs aus dem Gulag. Männer mit nicht einmal 30 Jahren sahen aus wie ihre eigenen Großväter, hässliche Tätowierungen waren auf ihren weißen Körpern zu sehen. Die Tattoos wurden verbotenerweise hier im Knast angefertigt und sahen wenig professionell aus, hatten aber für Knastinsider wichtige Bedeutung. Man konnte anhand der Tätowierungen den kriminellen Werdegang eines Deutschrussen ablesen. Sie waren eine verschworene Gemeinschaft, und keiner von ihnen würde je mit einem Beamten mehr als unbedingt nötig sprechen. Es gab unter ihnen genaue Hierarchien, und sie wusste von Jan Gerber, dass sie eine gemeinsame Kasse unterhielten, die *Abschak* genannt wurde. Jeder Landsmann, der in Haft kam, wurde sofort von der Russengemeinschaft mit Kaffee und Tabak versorgt. So weit, so gut, aber die Zinsen waren hart. Wenn er dann Geld verdiente, musste er seine Schulden eins zu zwei zurückzahlen. Wenn er ein Päckchen Tabak erhalten hatte, musste er dafür zwei Päckchen an die Gemeinschaft zurückzahlen. Eigene Gesetze innerhalb der Mauern.

Sie schaute sich die anderen Insassen nun genauer an. Wer war hier drin mit wem befreundet? Wer hatte am Wochenende Besuch? Irgendwie mussten die Drogen ja in den Knast kommen. Es war bekannt, dass oft die Angehörigen der Gefangenen Drogen reinbrachten, da nützte das ganze Abtasten nichts, denn die Frauen oder auch Männer versteckten die Drogen in ihren Körperöffnungen und gingen während des Besuchs auf die Toilette und holten die Päckchen hervor. Blitzschnell wurde dann beim Abschiedskuss das Suchtmittel weitergegeben. Auch wenn man den Gefangenen nach dem Besuch untersuchte und abtastete, hatte man wenig Erfolg, der Gefangene hatte die Drogen bereits geschluckt, und so waren sie für die Kontrolle nicht auffindbar. Ein ewiges Katz und Maus Spiel. Maria schaute auf die Besucherliste, aber hier war, was Häufigkeit und zeitliche Abfolge betraf, nichts Auffälliges zu entdecken. Ribeiro bekam immer nur Besuch von seiner Mutter. Kurz bekam überhaupt keinen Besuch, und Hattinger hatte den letzten Besuch von einem Hartmut Siebert erhalten. Maria öffnete eine andere Seite, um nachzusehen, ob Hartmut Siebert schon einmal in Dieburg eingesessen hatte. Bingo – er hatte zwei Jahre zuvor wegen Verstoß gegen das Betäubungsmittelgesetz gesessen. Sie schloss die Seite und schaute aus ihrem Büro in die Gefangenenstation. Ribeiro war gerade dabei, in Hattingers Zelle zu verschwinden.

DONNERSTAG, 6. SEPTEMBER

1

Frankfurt, die Hitze war kaum auszuhalten. Über Monate hatte es nicht geregnet. Beton und Asphalt waren dermaßen aufgeheizt, dass auch die Nächte keinerlei Abkühlung brachten. In den Häuserschluchten hielt sich die Hitze unerbittlich. Staub und Abgase machten den Menschen zudem zu schaffen. Die Fahrt nach Frankfurt in einem überfüllten Zug war für Frank Hattinger alles andere als angenehm, jedoch wollte er ein wenig räumlichen Abstand zwischen sich und die JVA Dieburg bringen. Ein Internetcafé in Darmstadt war ihm zu gefährlich, jederzeit hätte er entdeckt werden können. Frankfurt war größer, anonymer. Hier würde er nicht so schnell auffallen. Mit kreischenden Bremsen hielt der Zug im Frankfurter Hauptbahnhof. Hattinger blickte sich um. In der Bahnhofshalle war es etwas kühler als auf der Straße. Menschen eilten an ihm vorbei. Wenige Minuten zuvor hatte er eine ominöse SMS aus der Schweiz erhalten. Nur eine Buchstaben- und Zahlenkombination mit der Endung »onion«. Zunächst wollte er wissen, was es mit diesem Code auf sich hatte. Was wollten diese Schweizer von ihm? Danach würde er am Bahnhof nach einem süßen Kerl Ausschau halten.

Im Internetcafé angekommen, kaufte er sich eine Cola und nahm an einem Rechner in der Ecke Platz. Mit schweißnassen Händen gab er den Code ein. Nichts. Was war falsch? Die Endung – onion – brachte ihn drauf. Es war ein Code für das Darknet. Nach einigen Minuten, die ihm wie Stunden vorkamen, hatte er es geschafft. Er war in einem Chatroom, in dem er einige Fragen beantworten musste. Kurz darauf las er das Angebot:

Deine Erfahrung kann dir viel Geld bringen. Entführung einer Frau. Bezahlung € 20.000,-- in Bitcoins.

2

Maria wusste nicht, wie sie die Hitze überstehen sollte. Im Gefangenenhaus war die Luft dermaßen stickig, dass sie froh war, als sie in die Verwaltung musste. Der alte Klosterbau mit seinen dicken Mauern war deutlich kühler als das Hochhaus aus Beton. Sie ging durch den langen Flur zum Büro von Richard Meurer. Sie musste ihm von Hattingers Besuch erzählen und dass dieser möglicherweise die Drogen in die Anstalt geschmuggelt hatte. Sie hasste es, zu Meurer zu gehen, aber da Hattinger mit der Beschaffung von Drogen zu tun hatte und sich täglich im Ausgang befand, musste dies unbedingt gemeldet werden. Sie klopfte an, und als sie nichts hörte, öffnete sie langsam die Tür. Richard Meurer saß hinter seinem großen Schreibtisch, der bis auf eine Tageszeitung, die er vor sich ausgebreitet hatte, leer war.

»Kommen Sie ruhig rein und setzen Sie sich.« Meurer sah nicht auf und wies mit vager Geste auf einen Stuhl vor seinem Schreibtisch. Das Büro war sehr groß und spartanisch eingerichtet. Offensichtlich war er noch ganz in einen Zeitungsbericht vertieft, erst einige Sekunden später sah er sie erstaunt an.

»Was führt Sie zu mir, Frau Saletti?« Er nahm die Lesebrille nicht ab, sondern schaute über sie hinweg, was seinem Gesicht einen skeptischen Ausdruck verlieh.

»Herr Meurer, ich wollte Ihnen mitteilen, dass möglicherweise der Gefangene Hattinger für den Drogenschmuggel verantwortlich ist. Ich habe die Besucherliste überprüft und festgestellt, dass Frank Hattinger von einem Mann Besuch bekommt, der hier einmal wegen Verstoßes gegen das Betäubungsmittelgesetz inhaftiert war.« Maria schluckte nervös, Meurers Blick schüchterte sie ein.

»Glauben Sie, dass Hattinger seinen Ausgang durch Drogenschmuggel für andere Insassen aufs Spiel setzt? Er ist ja nachweislich nicht abhängig. Er wurde, soweit ich es in Erinnerung habe, die letzten Jahre immer negativ auf Drogen getestet. Sonst hätte man ihn ja auch nicht in den Freigang lassen können. Ich kann mir nicht vorstellen, dass Hattinger, nach so vielen Jahren im geschlossenen

Vollzug, seine kleine Freiheit aufs Spiel setzt. Wissen Sie, es ist selten, dass ein Gefangener aus dem geschlossenen Vollzug fast täglich in den Ausgang darf. Jeder Verdacht muss normalerweise sofort mit einer Ausgangssperre geahndet werden. Wollen wir das, Frau Saletti? Haben Sie denn Beweise?« Er machte eine bedeutungsvolle Pause und fuhr dann fort. »Ich glaube, Sie müssen noch an anderer Stelle suchen, aber gut, dass Sie so aufmerksam sind.« Er durchbohrte sie mit seinem Blick, Maria wusste, für ihn war das Gespräch beendet. Er konnte es ihr nicht deutlicher zeigen.

»Gut, Herr Meurer, dann halte ich weiter die Augen offen.« Maria wartete auf eine Antwort, bekam aber nur ein Nicken. Langsam schob sie den Stuhl nach hinten, der dabei laut über den Fußboden knarzte. Dieses Geräusch hallte in ihren Ohren, und sie wäre am liebsten im Boden versunken.

Betont aufrechten Ganges verließ sie das Büro. Es war mehr als deutlich geworden, Richard Meurer hielt ihre Verdächtigungen für puren Blödsinn. Enttäuschung stieg in ihr auf, die Herren der Schöpfung in diesem Haus nahmen Frauen nicht ernst. Sie war sich sicher, wenn ein Kollege mit diesem Hinweis bei Meurer aufgetaucht wäre, hätte er ihn nicht so brüsk abgewiesen. Sie ging zur Damentoilette und ließ kaltes Wasser über ihre Handgelenke laufen. Es war fast wie zu Hause, als ihr Vater noch bei ihnen wohnte. Was sie und ihre Mutter sagten, wurde oft als Unsinn abgetan, ein Umstand, der sie schon damals wütend machte. Sie nahm den Aufgang zur Zentrale, wo Rolf Klein an diesem Tag Dienst hatte. Als sie den Raum betrat, hörte sie die letzten Worte einer Einsatzbesprechung.

»Müller, bitte heute den Gefangenen El Abdelkader unter Verschluss lassen. Für den Gefangenen Burasi gilt das Gleiche. Die zwei sind gestern Abend aufeinander losgegangen, wir müssen erst mit dem Sicherheitsdienstleiter Gerber besprechen, wie es mit den beiden weitergehen soll. Danke, meine Herren.« Rolf Klein hatte sofort beim Eintreten von Maria gesehen, dass etwas nicht in Ordnung war. Als die anderen Kollegen gegangen waren, sah er Maria in die Augen.

»Na, was ist passiert? Welche Laus ist dir denn über die Leber gelaufen?« Klein nahm sich einen Kaffee und schenkte Maria auch eine Tasse ein.

»Ich war bei Meurer, um ihm den Verdacht wegen Hattinger mitzuteilen. Der nimmt mich einfach nicht ernst.« Maria nahm die Tasse Kaffee und setzte sich auf einen Stuhl gegenüber von Klein.

»Ja, der Meurer, der ist echt mit Vorsicht zu genießen. Es kursieren Gerüchte aus der Zeit, als er Chef vom Ausbildungsseminar war. Man sagt ihm nach, er halte nichts von Frauen im Männervollzug. Irgendwas muss dort auch mal vorgefallen sein, aber alle, die damals vor Ort waren, hüllen sich in Schweigen.«

»Kein Wunder, er kann dir mit Blicken mitteilen, dass er dich für blöd hält.« Maria nahm einen großen Schluck Kaffee. »Ab sofort halte ich meine Klappe.« Maria nahm den letzten Schluck und stellte die Tasse in die Spüle.

3

Sie fühlte sich schwer, müde und ausgelaugt. Die Fahrt von Frankfurt nach Darmstadt hatte länger gedauert als gewöhnlich, und im Wagen war es trotz Klimaanlage unerträglich heiß. Sie freute sich auf die Abkühlung an der Ostsee und träumte sich bereits an den Strand. Zu Hause angekommen, stellte sie sich unter die kalte Dusche, zog ein leichtes Kleid an und setzte sich in den Schatten auf ihrer Terrasse. Dirk war nicht da. Sicherlich würde er noch in seinem Büro versuchen zu retten, was nicht mehr zu retten war. Sie spürte ein großes Bedürfnis nach Ruhe und hätte sich am liebsten hingelegt, geschlafen und über nichts mehr nachgedacht. Sollte sie versuchen, Dirk zu erreichen und mit ihm reden? Nein, es war an ihm, das wieder geradezubiegen, was er verbockt hatte. Die Vorfreude auf den Urlaub ließ sie aufstehen, um die ersten Urlaubsutensilien zusammenzusuchen. Sie würde heute Abend schon ihren gepackten Koffer ins Auto bringen, so müsste sie morgen früh nur noch Katie und ihre Handtasche schnappen und könnte nach einer kleinen Gassirunde die Fahrt antreten. 860 Kilometer waren zu bewältigen, aber mit einem guten Hörbuch und ab und an einer Pause wäre sie am Nachmittag sicherlich im Hotel.

4

Ribeiro versuchte, ruhig zu bleiben. Er lief im Stationsflur auf und ab, dann setzte er sich wieder kurz auf den Stuhl, den er vor seine Zelle gestellt hatte. Wann endlich würde Hattinger vom Ausgang zurückkommen? Die Schmerzen waren kaum auszuhalten. Er brauchte dringend einen Schuss. Endlich sah er Hattinger in Begleitung eines Beamten die Treppe zur Station hochkommen. Als der Beamte Hattingers Zelle aufgeschlossen hatte und außer Hörweite war, sagte Ribeiro leise:

»Frank, hast du was für mich dabei?«

»Halt die Fresse und wart's ab.« Hattinger verschwand in seiner Zelle. Ribeiro war drauf und dran, einfach die Zellentür aufzureißen, er konnte sich kaum noch beherrschen. Sein Körper schrie nach dem Gift, das Sekunden, nachdem er es sich gespritzt hatte, seine entspannende Wirkung zeigen würde. Die Schmerzen hätten augenblicklich ein Ende, und er würde sich sicher und geborgen fühlen, wie in Watte gepackt. Nach etwa fünf Minuten, die Carlos wie eine Ewigkeit vorkamen, hörte er Hattinger rufen:

»Komm rein und verdien dir dein Leckerchen.« Ribeiro atmete tief durch und ging in die Zelle. Frank Hattinger saß mit runtergelassener Hose auf seinem Bett und zeigte mit seinem rechten Daumen auf seinen steifen Schwanz.

»Bemüh dich, sonst wird es nix mit dem Stoff.« Ribeiro schluckte und machte sich an die Arbeit.

FREITAG, 7. SEPTEMBER

1

Vogelzwitschern und ein Sonnenstrahl ließen sie am darauffolgenden Morgen erwachen. Sie rekelte sich in ihrem Bett und genoss es, ohne Zeitdruck aufzustehen. Dirk war offensichtlich irgendwann in der Nacht nach Hause gekommen, da hatte sie bereits geschlafen. Er lag neben ihr und schlief tief und fest. Die Sorgen hatten ihn gezeichnet. Tiefe Falten auf der Stirn und um seinen Mund waren Zeugen der letzten anstrengenden Monate. Sie konnte ihm nicht böse sein, sicherlich würde er sie heute im Laufe des Tages anrufen und um Verzeihung bitten. Eine Woche Abstand, in der sie Kraft tanken konnte, würde beiden guttun. Sie schlüpfte leise aus dem Bett und gab Katie ein Zeichen. Gemeinsam schlichen sie aus dem Schlafzimmer, und kurz darauf rieselte kühles Wasser ihren Körper herunter. Ihre Lebensgeister waren geweckt. Sie zog ein leichtes Sommerkleid an, band ihre langen Haare zu einem Zopf zusammen und legte ein wenig Make-up auf. Nachdem sie ihren Espresso getrunken hatte, sah sie auf die Uhr, 8.20 Uhr. Sie war gut in der Zeit. Sie nahm Katies Leine von der Garderobe, schnappte sich ihre Handtasche und sah noch kurz hinein. Alles war an seinem Platz, und den Koffer hatte sie am Vorabend bereits in den Kofferraum gelegt. Als sie die Haustür öffnete, flitzte Katie schwanzwedelnd an ihr vorbei. Ihr Auto stand in der Auffahrt, sie stellte ihre Handtasche hinein, verriegelte den Wagen und ging mit ihrem Hund in den angrenzenden Wald. Die Vögel zwitscherten, und noch war die Luft einigermaßen frisch, aber schon bald würden die Temperaturen auf 35 Grad klettern. Unerträglich im Rhein-Main-Gebiet.

Nach etwa 200 Metern blieb Katie plötzlich stehen und spitzte die Ohren. Wie versteinert ging sie keinen Meter mehr weiter, und als Susanne an ihr vorbeiging und sie lockte, fing sie an zu fiepen. »Katie, nun komm, was ist los mit dir?« Der Hund bewegte sich nicht und knurrte. Plötzlich vernahm Susanne ein Knacken. Kam es von vorne? Oder ächzte der Wald unter der wochenlangen Hitze?

»Hallo?«, rief sie, »ist da jemand?« Was für eine lächerliche Frage, dachte sie, und dennoch kroch die Angst in ihr hoch. Schnell drehte sie sich auf dem Absatz um und suchte mit dem Blick ihren Hund, der zwischenzeitlich einige Meter weiter wieder zu knurren anfing. Sie hatte nichts bei sich, was sie als Waffe nutzen konnte. Der Autoschlüssel war auch nur noch ein kleines Teil aus Plastik. Sie sah sich um, aber da war nichts. Es gab sicherlich 1.000 harmlose Erklärungen. Warum hatte sie also so eine Angst? Aus dem Augenwinkel registrierte sie eine Bewegung, aber da war es bereits zu spät.

2

Maria hatte Frühdienst auf der Station II5.

Einige Gefangene mussten zum Arzt, und Frank Hattinger hatte sie bereits um 6.30 Uhr an die Pforte gebracht. Als die Arbeiter in den Werkbetrieben waren, begann sie mit den routinemäßigen Zellenkontrollen. Hausarbeiter Savic stand auf dem Flur mit Schrubber und Wassereimer und wischte akribisch den Fliesenboden. Nach einigen Minuten kam er an der Zelle vorbei, in der Maria gerade eine Kontrolle durchführte. Er blieb im Türrahmen stehen und flüsterte:

»Hey, Frau Saletti, ist Ihnen was an Ribeiro aufgefallen?«

»Nein, er lag heute Morgen im Bett und hat sich krankgemeldet. Ich will ihn nachher zum Revier bringen, sobald der Arzt im Haus ist. Warum?«

»Na, der ist total drauf.« Savic nahm seinen Putzlappen, tauchte ihn in das Wischwasser, wrang ihn aus und putzte weiter. Maria hielt mit ihrer Kontrolle inne und ging auf den Flur.

»Hier haben die Wände Ohren, Frau Saletti«, flüsterte Savic und blickte ihr bedeutungsvoll in die Augen. Maria war klar, im Flur würde Savic kein Wort mehr sagen, sie musste nachher Zeit finden, ihn irgendwie unter vier Augen zu sprechen. Sofort hatte sie eine Idee. Laut sagte sie:

»Herr Savic, wir müssen später etwas aus dem Keller holen. Ich brauche unbedingt einen neuen Stuhl in meinem Büro. Okay?«

Savic verzog keine Miene, sah devot zu Boden und sagte:

»Geht klar, Frau Saletti.«

Maria schloss die kontrollierte Zelle ab und ging direkt zum Büro von Jan Gerber.

»Guten Morgen, Jan, hast du kurz Zeit für mich?«

Gerber saß, wie fast immer, vor seinem Computer und sah nur kurz auf, als Maria sein Büro betrat.

»Ja, sicher, was gibt es denn?«

»Ich glaube, ich bekomme heute den Hinweis, wie Ribeiro an das Heroin kommt.«

Gerber drehte sich blitzschnell mit seinem Bürostuhl um und rieb sich das Kinn.

»Interessant, wer ist dein Informant?«

»Dragan Savic will mir erzählen, von wem Ribeiro das Dope hat. Er hat gerade eben im Flur so Andeutungen gemacht. Aber gleichzeitig hat er auch gesagt, dass hier drin die Wände Ohren haben.« Maria setzte sich auf einen Stuhl direkt Gerber gegenüber.

»Ich dachte, ich nehme ihn später mit in den Keller, um einen neuen Stuhl für mein Büro zu holen. Vielleicht rückt er dort mit der Sprache raus?« Maria sah Jan fragend an.

»Er möchte sicher dafür eine Vergünstigung haben. Was glaubst du, wird er wollen: mehr Telefonate, oder einen Sonderbesuch?« Gerber sah Maria an.

»Nein, ich glaube, der will nur öfter in den Sportraum, das können wir einrichten, oder?«

»Aber klar, wenn der mir sagt, wie der Dreck hier reinkommt, kann der jeden Morgen Sport machen, bis er umfällt.«

»Gut, Chef, dann bist du informiert und weißt, warum

ich mit Savic im Keller rumschleiche. Vielleicht könntest du irgendwo in der Nähe sein, ohne dass Savic das mitbekommt. Das wäre mir, ehrlich gesagt, lieber.«

»Klar, ich bin im Treppenabgang am Sportraum. Solltest du mit Savic Probleme bekommen, bin ich gleich in deiner Nähe.«

»Gut, Jan, dann mache ich mich mal auf den Weg.«

Maria ging die Treppen hoch zu ihrer Station und rief in den Flur.

»Herr Savic, kommen Sie mal bitte. Wir müssen im Keller was holen.«

»Ja, Frau Saletti, kann losgehen.«

Als sie im Keller angekommen waren, platzte es aus Savic heraus:

»Der Hattinger bringt vom Ausgang immer Heroin für Ribeiro mit. Das hat er garantiert in seinem Arsch stecken, denn es dauert immer einige Zeit, bis er Ribeiro zu sich ruft, und dann muss Ribeiro es ihm besorgen und bekommt dann das Dope. Der arme Kerl ist total drauf und vollkommen fertig. Außerdem hat er Angst vor Hattinger. Als ich vor ein paar Tagen eine Unterhaltung der beiden belauscht habe, ist Hattinger gleich sauer geworden und hat mich bedroht. Der Typ ist echt ein Psycho. Aber den Ribeiro hat er durch das Dope in der Hand.«

»Und bringt er bei jedem Ausgang Heroin mit?«

»Das kann ich nicht genau sagen, aber sehr oft, denn der Ribeiro ist fast täglich auf Heroin, seit der Hattinger in die Schule geht.«

»Danke, Savic, das hilft uns weiter.«

»Aber, Frau Saletti, ich mache keine Aussage vor den Bullen mit Protokoll und so. Das können Sie vergessen. Ich will nur nicht, dass der arme Ribeiro hier drin noch mit einer Überdosis gefunden wird. Einen Menschen hat der Hattinger ja schon auf dem Gewissen.«

»Geht klar, ich sage es Jan Gerber, der ist hier Sicherheitschef und will das Dope unter allen Umständen raushaben. Okay?«

»Ja, der ist bekannt dafür, dass er die Drogen bekämpft. Aber wie gesagt, ich mache keine offizielle Aussage.«

»Kannst dich auf mich verlassen, Savic. Danke.«

Maria schnappte sich einen alten Bürostuhl, schob ihn zu Savic und sagte laut: »So, Herr Savic, dann bringen Sie diesen Stuhl bitte in mein Büro.«

»Wird gemacht, Frau Saletti.« Beide grinsten.

Jan Gerber stand im Treppenhaus, und als er den letzten Satz hörte, war er die Treppe nach oben gehuscht und verschwunden.

3

Die schlechte Laune Richard Meurers war schon von Weitem sichtbar. Der Kollege an der Pforte grüßte seinen Chef höflich und bekam nicht einmal eine Antwort. Meurer stellte sich grußlos an die hintere Pforte und erwartete, dass die Tür umgehend geöffnet wurde. Nach wenigen Minuten war er in seinem Büro angekommen, blickte kurz in sein Vorzimmer, aber seine Sekretärin war noch nicht da. Er nahm das Telefon zur Hand und rief in der Zentrale an.

»Meurer hier, ist der Hattinger heute in den Ausgang gegangen?«

»Einen Moment, Herr Meurer, ich sehe im Computer nach. Ja, pünktlich um 6.30 Uhr. Die Genehmigung des Ausgangs liegt auch vor. Stimmt etwas nicht?«

»Was soll nicht stimmen? Ich bin für den Mann verantwortlich und will wissen, ob er regelmäßig die Schule besucht.«

Ehe Rolf Klein noch etwas erwidern konnte, hatte Meurer aufgelegt.

Kurz darauf kam Jan Gerber in die Zentrale.

»Wir wissen, wie das Heroin auf die Station II5 kommt. Der Hattinger bringt es vom Ausgang mit. Hat es mit Sicherheit in seinem After stecken. Mit dem Dope macht er sich den Ribeiro gefügig.« Jan Gerber nahm sich einen Kaffee, der die Konsistenz von Teer hatte, und sah auf den Anstaltshof.

»Der Alte hat gerade eben auch nach dem Hattinger gefragt. Ob der denn auch brav in die Schule geht.« Klein nahm sich ebenfalls eine Tasse Kaffee, und beide sahen sich an.

»Dann werde ich als Erstes Mal nachprüfen, ob er wirklich in die Schule geht oder nicht. Die Schule hat zwar die Pflicht, uns mitzuteilen, wenn er nicht erscheint, aber du weißt ja, wie das manchmal läuft.«

Jan Gerber trank den Kaffee aus, stellte die Tasse in die Spüle und verließ die Zentrale.

In seinem Büro angekommen, suchte er im Computer die Telefonnummer der Schule. Nach mehrmaligem Läuten meldete sich die Sekretärin, die ihm erklärte, ihr wäre nichts anderes bekannt, als das Herr Frank Hattinger immer pünktlich zur Schule käme.

4

Frank Hattingers Polohemd war klitschnass geschwitzt. Er saß in einem Schnellrestaurant am Hauptbahnhof und stierte vor sich hin. Den bestellten Espresso hatte er noch nicht einmal angerührt. Es war aus dem Ruder gelaufen, er hatte es ganz anders geplant. So schnell wie möglich musste er in das nahe gelegene Internetcafé, denn die von ihm gesendete SMS war unbeantwortet geblieben. Wie in Trance stand er auf und nahm Kurs auf die Speyerstraße.

In einer Ecke, in der er sich unbeobachtet fühlte, nahm er an einem der freien Geräte Platz und öffnete mit *Tor* die Tür zum Darknet.

Er gab einen zwölfstelligen Code ein und danach wieder eine Zahlenkombination und schrieb an seinen Auftraggeber:

Auftrag ausgeführt, Ware an vereinbartem Ort. Bezahlung in Bitcoins an bekannte Adresse.

Warum war es schiefgelaufen, zermarterte er sich sein Gehirn. Ohne Mühen konnte er den Wagen von *book and drive* an dem angegebenen Platz öffnen. Die Kundenkarte hatte sein Auftraggeber unten an einen in der

Nähe befindlichen Mülleimer geklebt, besser ging es nicht. Bis dahin lief es wie geplant. Aber irgendwann hatte das Böse wieder von ihm Besitz ergriffen, er hatte die Kontrolle verloren. Als Erstes stellte der Hund sich als Problem heraus, das er unterschätzt hatte. Nachdem die Frau bewusstlos über seiner Schulter lag – sie wog nicht viel, das war von Vorteil – fing der Hund an, ihm ins Bein zu beißen. Der Schmerz in der Wade löste einen Hass in ihm aus, den er glaubte, verloren zu haben. Als hätte sich ein Schalter in seinem Gehirn umgelegt, agierte er plötzlich ohne jede Kontrolle. Er wollte dieses Vieh tot sehen. Er legte die Frau am Waldboden ab und nahm sich den Köter vor. Der Hund bellte und sprang immer wieder zurück, dann kam er mit gefletschten Zähnen auf ihn zu. Er griff sich einen dicken Ast, den er am Wegesrand fand, und drosch auf das Tier ein, bis dieses blutüberströmt liegen blieb. Erst da wurde ihm bewusst, dass er ja jederzeit von jemandem gesehen werden konnte. Er blickte sich vorsichtig um. Der Hund regte sich nicht mehr, er warf ihn ein paar Meter weiter ins Dickicht und hob die Frau auf.

Die wenigen Meter vom Waldrand zum Fahrzeug waren gefährlich. Es gab keine Deckung. Ohne dass ihn jemand gesehen hatte, so hoffte er, konnte er sie bis zu seinem Wagen tragen. Bis dahin lief alles, bis auf den Hund, wie geschmiert. Er hatte sie in den Kofferraum gelegt und war ruhig davongefahren. Nur nicht auffallen. Die Waldhütte, zu der er sie bringen sollte, war nur etwa 30 Minuten entfernt.

Nach einigem Suchen fand er die Einfahrt in den Waldweg, der nicht sofort von der Straße aus zu erkennen war. Die Äste hingen tief, und ein Schlagbaum versperrte ihm zunächst den Weg. Nach Angaben seines Auftraggebers befand sich der Schlüssel zum Öffnen des Balkens rechts unter einem Stein. Er stoppte den Wagen und stieg aus. Hitze schlug ihm entgegen, als er die Wagentür öffnete. Er blickte sich vorsichtig nach allen Seiten um, dann hob er einen Stein an, von dem er glaubte, darunter befände sich der Schlüssel. Nichts. Er nahm den nächsten Stein, der daneben lag – auch nichts. Schweiß rann ihm nun den Körper hinunter. Was sollte er tun, wenn er den Schlagbaum nicht öffnen konnte? Hektisch hob er einen Stein nach dem anderen hoch. Mit seinen nackten Beinen stand er plötzlich in den Brennnesseln, und unbändiger Zorn ergriff von ihm Besitz. Endlich, unter einem kleinen Stein, den er persönlich nie als Versteck genommen hätte, fand er das Gesuchte. Er öffnete Schloss und Schlagbaum, fuhr darunter hindurch und verschloss ihn wieder. Den Schlüssel steckte er sicherheitshalber ein. Dann fuhr er langsam den Weg entlang bis zu einer Gabelung, an der er sich, wie ihm beschrieben worden war, links hielt. Etwa 700 Meter weiter auf der rechten Seite sollte sich eine Waldhütte befinden. Tannen und Kiefern standen hier sehr dicht beieinander, die Sonnenstrahlen schienen kaum hindurch, nur auf den Schneisen war es etwas heller. Er fuhr langsam und versuchte, etwas zu erkennen, da sah er sie. Die Waldhütte war klein und vom Weg aus kaum zu sehen. Rund um das Haus standen Tannen und nur die Spitze des Daches lugte hervor. Ein Trampelpfad, den er aber gut mit dem Auto befahren konnte, führte auf das Haus zu. Er fuhr rückwärts an die Hütte, öffnete sie und ging dann zu seinem Kofferraum. Er hatte Kabelbinder zur Fesselung und Paketklebeband, um ihr die Augen und den Mund zu verschließen, in der Hand. Als er den Kofferraum öffnete, sah sie ihn mit großen Augen an. Keinesfalls hatte er damit gerechnet, dass sie schon bei Bewusstsein war.

5

»Guten Morgen, ich fange heute mit der Wäsche an.« Frau Moosleitners glockenhelle Stimme erfüllte das Haus. Sie zog den Haustürschlüssel ab, nahm ihre Gesundheitslatschen aus der Tasche, schlüpfte hinein, hängte dann die Tasche an die Garderobe und machte sich ans Werk. Ein so großes Haus in Schuss zu halten, erforderte Konzentration und Fleiß. Sie lauschte, das Auto von Frau Herzberg stand noch in der Auffahrt. Normalerweise wurde sie von ihr immer freundlich begrüßt, wenn sie zu Hause war. Aber es war mucksmäuschenstill. Wahrscheinlich war sie mit ihrem Mann weggefahren, denn sein Auto war nicht da. Frau Moosleitner trabte in den Keller und sortierte die Wäsche.

Eine Stunde später – sie hatte bereits Wäsche gewaschen, einen großen Korb Hemden gebügelt und Schmutziges vorsortiert – kam sie mit einem großen Stapel die Kellertreppe herauf, als plötzlich Dirk Herzberg vor ihr stand. Da sie glaubte, sie wäre im Haus alleine, erschrak sie dermaßen, dass ihr fast die Wäsche aus den Händen fiel. »Ja, um Gottes willen, was machen Sie hier?« Frau Moosleitner sah Dirk Herzberg mit großen Augen an.

»Entschuldigung, ich wohne hier«, entgegnete dieser ohne jeglichen Humor, drehte sich um und schlurfte in Richtung Küche.

Augenblicklich bereute sie, was sie gesagt hatte, und schob eine Erklärung hinterher: »Ich dachte, es wäre niemand im Haus. Ihr Auto ist nicht da, und auf mein Guten Morgen hat niemand geantwortet, da dachte ich …« Elli Moosleitner war das Ganze sehr unangenehm, sie spürte, wie ihr die Schamesröte ins Gesicht stieg.

»Ach, schon gut. Ich habe gestern Abend einen über den Durst getrunken und das Auto stehenlassen. Lieber ein Taxi bezahlen, als den Führerschein zu verlieren. Deshalb ist mein Auto nicht da. Es tut mir leid, dass ich Sie so erschreckt habe.« Er stand an der Espressomaschine und sah aus dem Fenster. »Meine Frau muss aber noch da sein, ihr Auto steht in der Auffahrt.«

»Das ist ja das Komische. Sie ist nicht da, und der Hund auch nicht.« Frau Moosleitner war in die Küche gekommen und sah nun gemeinsam mit Dirk Herzberg aus dem Küchenfenster.

6

Reflexartig hielt er ihr mit der Hand den Mund zu und zischte: »Keinen Mucks, sonst mache ich dich kalt.« Der Lappen mit Chloroform lag neben ihr im Kofferraum, er angelte ihn sich und drückte ihn ihr auf Mund und Nase. Es dauerte etwas länger, aber nach einiger Zeit verlor sie wieder das Bewusstsein. Er verklebte ihr Augen und Mund, dann schulterte er sie und brachte sie in die Waldhütte. Der Schlüssel war dieses Mal gut zu finden, er befand sich in einem Astloch, genau wie beschrieben. In der Hütte war es stockfinster, nur durch die Tür drang ein wenig Licht herein. Die Fensterläden waren geschlossen, elektrisches Licht gab es sowieso keines. An der Decke fand er zwei Eisenringe, wie vom Auftraggeber beschrieben, gerade in der Höhe, dass er ihre Hände daran mit Kabelbindern befestigen konnte. Da hing sie nun wie Jesus am Kreuz. Ihr Kopf vornüber gebeugt, ihr dünnes Sommerkleid am Saum zerrissen. Ein jämmerlicher Anblick. Nun konnte er mit ihr machen, was er wollte.

Eine Welle des Hasses durchströmte mit einem Mal seinen Körper. Seine Fäuste ballten sich, er musste diese unbändige Wut loswerden. Diese Scheißweiber, erst machen sie einen geil und dann … Ab da ergriff etwas von ihm Besitz, er war nicht mehr er selbst. Sie musste sterben. Erst wenn sie tot war, würde er zufrieden sein. Er legte ein Seil, das er am Boden fand, um ihren Hals und wartete, bis sie aufwachte. Das Handy hatte er in der linken Hand, in der rechten Hand das Ende des Seils.

Die Klebestreifen hatte er abgerissen, sie würde ihn ohnehin nicht beschreiben können, weil sie gleich sterben würde. Nach einigen Minuten kam sie zu sich. Sie öffnete langsam die Augen und sah ihn an. Dann versuchte sie, sich auf ihre wackeligen Beine zu stellen. Das war der Moment, als er auf *Aufnahme* drückte. Er drehte ganz langsam am Ende des Seils, sodass es sich eng um ihren Hals zog. Er drehte es immer fester, sie wollte etwas sagen, brachte aber keinen Ton heraus. Ungläubig sah sie ihn an. Sie konnte nicht glauben, dass sie jetzt sterben würde.

7

Senior: Hat es geklappt?

Bursche: Ich denke schon.

Senior: Kann man die Spur auch ganz sicher nicht zu uns verfolgen?

Bursche: Nein. Kontakt geht nur über das Darknet. Und Prepaidhandy. Keine Sorge.

Das Telefonat wurde beendet und Senior lehnte sich in seinem Ohrensessel zurück. Er nahm die Fernbedienung seiner *Bang&Olufsen*-Stereoanlage in die Hand und drehte den Ton lauter. Beethovens Klavierkonzerte hatten immer wieder ihren Reiz.

»Liebling, bist du da?« Er hörte die Stimme seiner Frau.

»Nein, die Putzfrau hört heute Beethoven.« Manchmal konnte er die Dummheit seiner Ehefrau kaum noch ertragen.

8

Nachdem Dirk eine kalte Dusche genommen und drei Tassen Espresso getrunken hatte, fühlte er sich etwas besser. Er sah auf die Uhr, es war 12.30 Uhr. Mit schweren Schritten ging er zu seinem Laptop, ihm graute vor den E-Mails. Rechnungen, Mahnungen, Erinnerungen, nichts, was man gerne las. Der eine oder andere Gläubiger wurde bereits unangenehm. Die Schweizer hatten ihm eine Lösung angeboten. Er musste darauf eingehen.

Frau Moosleitner, die nach stundenlangem Saugen nun, mit Wischmopp und Eimer bewaffnet, die Treppe herunterkam, sprach ihn vorsichtig an:

»Herr Herzberg, ich mache mir langsam Sorgen um Ihre Frau. Sie ist schon mindestens drei Stunden weg. Bei der Hitze ist man froh, wenn man im Haus ist. Sie läuft ja auch immer alleine in den Wald. Ich habe ihr schon so oft gesagt, dass das gefährlich ist. Soll ich einmal in den Wald gehen und sie suchen?«

»Nein, um Gottes willen, vielleicht möchte sie ein wenig alleine sein. Machen Sie sich mal nicht allzu viele Sorgen. Ich bin sicher, sie taucht bald auf.« Dirk hatte nicht den Mut, seinen Laptop zu öffnen. Er steckte ihn in seine Tasche, stellte ihn in den Flur und wählte die Telefonnummer der Taxizentrale.

Wenige Minuten später hörte Frau Moosleitner nur noch die Tür ins Schloss fallen. Bei einem Blick aus dem Fenster sah sie Dirk Herzberg in ein Taxi steigen. Kopfschüttelnd putzte sie weiter. Die Art und Weise, wie er ihr geantwortet hatte, bedeutete: »Kümmern Sie sich um Ihren eigenen Kram.«

9

Er stellte sich vor, wie er als freier Mann in ein paar Jahren die Welt bereiste. Dokumentationen im Fernsehen über fremde Länder hatten ihn schon immer fasziniert. In Darmstadt angekommen, stand Tommy bereits vor der Buchhandlung. Er sandte ihm ein schiefes Lächeln, er wollte sein Geld haben.

»Mann, Tommy, so pünktlich? Was ist los? Brauchste Geld?« Hattinger lief mit finsterer Miene auf Tommy zu.

»Was soll los sein? Ich will meine Kohle, so wie ausgemacht. Du siehst aber scheiße aus, ist was passiert?«

Er sah Hattinger durchdringend an. »Du siehst aus, als hättest du 'nen Geist gesehen. Egal – die Schule wird langsam anstrengend, wie wollen wir weitermachen? Soll ich für dich auch noch die Prüfung schreiben, oder was? Das kostet dann aber 'ne Stange.«

Hattingers Gesichtszüge wurden hart. Er näherte sich Tommy bedrohlich und blickte ihm tief in die Augen.

»Jetzt können wir ja kaum was anderes machen. Ich gebe dir 2.000 Euro, wenn du für mich die Prüfung schreibst.«

»Mann, Frank, so war das aber nicht geplant. Du hast gesagt, ich soll ein paar Mal für dich zur Schule gehen. Nun sprichst du davon, dass ich für dich die Prüfung schreiben soll. Aber spätestens dann muss ich einen Ausweis vorlegen, und dann bin ich nicht Frank Hattinger.«

»Blödsinn, ich lasse dir einen falschen Ausweis machen, und damit gehst du zur Prüfung.« Hattinger grinste.

»Also gut, leg noch 'ne Schippe drauf, 3.000, und du bekommst einen guten Abschluss.«

»2.500, mein letztes Wort.« Hattinger hielt Tommy seine rechte Hand hin, und der schlug ein.

Hattinger zahlte die letzten Schultage an Tommy, ging aus dem Bahnhofsgebäude und fuhr mit dem Auto von *book and drive* nach Dieburg.

10

Als er eine Minute vor 17 Uhr noch nicht vor der Anstalt zu sehen war, fingen die Beamten der Pforte an zu feixen, denn sie hatten schon Wetten abgeschlossen. Ein verurteilter Mörder im Freigang, da würde nicht lange mit der Fahndung gewartet, wenn der überfällig war. Da sahen sie ihn mit schleppendem Gang die Straße entlangkommen. Er sah schlecht aus, war klitschnass geschwitzt und blass. Die Pfortentür wurde per Knopfdruck geöffnet, und als Hattinger im Flur der Pforte stand, sagte er:

»Könnte ich bitte etwas Wasser haben?« Er hielt sich am Türgriff des Nebenraums fest.

»Ist Ihnen nicht gut?« Der junge Justizbeamte hatte einen Spalt die Tür zum Flur geöffnet, und an seinem Ton war zu merken, dass er mit Frank Hattinger keinerlei Mitleid verspürte.

»Ich habe hier nur Wasser aus der Leitung. Ist das für Sie okay?«

»Ja, danke.« Hattinger nahm den Plastikbecher, den ihm der Beamte reichte, und leerte ihn in einem Zug.

»Das muss die Hitze sein, irgendwie schafft das mein Kreislauf heute nicht.« Hattinger hielt den Becher noch in seiner Hand und setzte sich auf die Bank im Warteraum, als ein Beamter kam, um ihn abzutasten und auf seine Station zu bringen.

11

Nach einem Fußmarsch von fast einem Kilometer – der Schlüssel für den Schlagbaum lag nicht an seinem Platz – erreichte er schweißgebadet die Hütte. Die Sonne stand tief, und die Erde war aufgeheizt, der Wald schien, obwohl es schon 21 Uhr war, unter der Hitze zu stöhnen. Er angelte den Schlüssel aus dem Astloch und schloss vorsichtig die Hütte auf. Süßlicher Geruch schlug ihm entgegen. Die Tür weit offen, damit ein wenig Licht in den Raum fiel, starrte er hinein, als habe er Schwierigkeiten zu begreifen, was er da sah. Als seine Augen sich an die Dunkelheit der Hütte gewöhnt hatten, erfasste er das ganze grausame Ausmaß. Sein Herzschlag setzte aus.

Sie hing an den Metallringen und rührte sich nicht. Um Gottes willen, keinesfalls sollte ihr ein Haar gekrümmt werden. Mit einer Bärenmaske über dem Kopf trat er näher an sie heran. Ihr Gesicht sah furchtbar aus, ihr Slip lag zerrissen am Boden, und ihr Kleid hing in Fetzen an ihrem Körper. Sie war mit Blutergüssen übersäht. Er schluckte. Das hatte er nicht gewollt. Eine Entführung, ja, und wenn das Lösegeld eingegangen war, wollte er sie sofort freilassen. Mit einer Hand suchte er ihren Puls. Sie war tot. Er riss sich die Maske vom Kopf, Schweiß lief ihm in die Augen. Was sollte er nun tun? Sollte er die Leiche wegschaffen? Wie? Wohin? Ihm wurde schlecht. Mit großen Schritten rannte er aus der Hütte und übergab sich.

SAMSTAG, 8. SEPTEMBER

1

Elli Moosleitner schritt eilig die Auffahrt hoch. Der Wagen von Frau Herzberg stand immer noch genauso da wie am Tag zuvor. Noch im Gehen suchte sie in ihrer Handtasche den Haustürschlüssel, da hörte sie ein Wimmern. Sie blieb stehen und lauschte, nichts. Kopfschüttelnd ging sie auf Zehenspitzen weiter, um ein neuerliches Geräusch nicht zu überhören. Da war es wieder, es war kein Wimmern, mehr ein Fiepen. Es hörte sich an wie Katie.

Sicherlich musste der Hund raus und wartete nur darauf, dass die Haustür geöffnet wurde. Eilig schloss sie die Tür auf und erwartete eine schwanzwedelnde Katie – Fehlanzeige. Sie war sich sicher, sie gehört zu haben, und machte sich auf die Suche. Sie schritt die Räume im Erdgeschoss ab – nichts. Leise ging sie nach oben, da sie vermutete, Herr und Frau Herzberg würden noch schlafen. Alle Türen bis auf die Schlafzimmertür standen offen, aber auch hier war Katie nicht. Sie stieg nach unten und ging zur Terrassentür, öffnete sie weit und trat in den Garten. Es gab eine kleine Tür in der Grundstücksmauer, durch die man direkt in den Wald gelangte. Elli Moosleitner hatte zwar für die Tür keinen Schlüssel, ging aber dennoch darauf zu, weil sie glaubte, von dort wieder etwas gehört zu haben. Beim Blick über das hölzerne Gartentor erschrak sie, denn da lag Katie schwer verletzt und winselte verzweifelt. Sie rüttelte an der Gartentür, aber wie vermutet war diese verschlossen. So schnell sie konnte, rannte sie durch den Garten in das Haus zurück und schrie: »Hilfe, Hilfe, Katie liegt verletzt im Wald. Ich brauche Hilfe.« Nichts rührte sich. Panik überkam sie, irgendwie musste sie dem Hund helfen, aber ihn alleine zum Haus zu tragen, das schaffte sie sicherlich nicht. Da fiel ihr die Schubkarre ein, die hinter dem Gartenschuppen stand. Sie flitzte dorthin, griff die Schubkarre und rannte damit, so schnell sie konnte, die Auffahrt hinunter und außen am Grundstück entlang, den Hund zu retten. Als sie vor dem blutverkrusteten, wimmernden Hund stand, schossen ihr die Tränen in die Augen.

»Was ist nur passiert, Katie? Wer hat dir das angetan?« Sie hob das Tier, das mehr tot war als lebendig, in die Schubkarre und fuhr mit ihr vorsichtig bis zur Terrassentür. Im Wohnzimmer erschien in diesem Moment Dirk Herzberg im Bademantel. Er sah schrecklich aus, aus der einstigen strahlenden Erscheinung war innerhalb weniger Tage ein alter Mann geworden, dessen Sorgen sich tief in sein Gesicht gegraben hatten. Mit müdem Blick sah er auf die Terrasse und schien den Ernst der Lage nicht zu begreifen.

»Sehen Sie nur, was man mit Katie gemacht hat. Wo ist nur Ihre Frau?«

2

Der Sommer wollte und wollte nicht weichen. Tag für Tag sengende Hitze, nur die Nächte wurden langsam angenehmer. Die Temperaturen hatten ihren Tribut gefordert. Dieburg, die Stadt, die als Gartenstadt bekannt war, sah verdorrt aus. Die Mitarbeiter der Stadt fuhren zwar in den letzten Monaten die Straßen ab und gossen die Pflanzen in den Rabatten, was das Zeug hielt, aber bei Temperaturen von bis zu 40 Grad war es ein fast aussichtsloser Kampf.

In der Anstalt suchte Maria zunächst die Zentrale auf, da sie an diesem Tag als Fahrerin eingeteilt war und dort alle geplanten Fahraufträge auf sie warteten. Insassen mussten entweder zu Gericht, zum Arzt oder in eine andere Anstalt verbracht werden. Eine Abwechslung, die Maria sehr entgegenkam. Der Kollege, der als Beifahrer eingeteilt war, war noch jung und unerfahren, das barg ein gewisses Risiko. Oftmals war bei den Ausführungsanordnungen vonseiten der Anstaltsleitung nur eine Handfesselung vorgesehen. Jedoch hatte Maria in der Vergangenheit das eine oder andere Mal darauf bestanden, eine sogenannte Hamburger Fesselung anzulegen. Hier wurde die rechte Hand in die Hosentasche gesteckt, diese war mit einer Handschelle versehen, in die Tasche der Hose wurde ein Loch geschnitten, und eine Kette führte von der rechten Hosentasche zum linken Fußgelenk und wurde dort befestigt. Dadurch war es dem Gefangenen nicht möglich, schnell davonzulaufen, außerdem konnte er nur mit links agieren. Bei einem Linkshänder befestigte man die Fesselung an der rechten Körperseite. Auf diese Art und Weise fühlte sich Maria sicherer, wenn sie mit unerfahrenen Kollegen unterwegs war. Keinesfalls sollte ein Gefangener die Möglichkeit erhalten zu flüchten. Sie war froh, dass an diesem Tag ein anderer Beamter auf der Station II5 Dienst machte und die versifften Zellen kontrollieren musste.

Als sie die Zentrale betrat, schaltete Rolf gerade das Radio an. Jan stand an der Kaffeemaschine und füllte Kaffeepulver in den Filter. Beide unterhielten sich angeregt.

»Guten Morgen, die Herren, wer hat euch geärgert?«

»Guten Morgen, Maria. Wir sprechen gerade vom Meurer. Dass er meist schlechte Laune und keine Manieren hat, das sind wir gewohnt, aber wie er in letzter Zeit mit uns hier umspringt, das ist echt der Hammer.« Mit diesen Worten drehte Rolf sich um und fing an, alle Gefangenen, die in der Anstalt waren und auf einer großen Kladde an der Wand vermerkt waren, durchzuzählen.

»Der hat seit ein paar Tagen eine Laune, furchtbar.« Jan drückte auf den Schalter der Kaffeemaschine und drehte das Radio etwas lauter. In die Stille hinein hörte man die Stimme des Radiosprechers: »Guten Morgen, meine Damen und Herren. In den frühen Morgenstunden wurde in einem kleinen See bei Eppertshausen von einem Angler die Leiche einer jungen Frau gefunden. Die Identität ist noch ungeklärt, das LKA hat die Ermittlungen aufgenommen.«

»Es wird langsam immer mehr wie in Chicago. Mord und Totschlag in der Nähe.« Rolf schüttelte den Kopf und sortierte einige Papiere. Maria musste sich setzen, ihr war plötzlich schlecht geworden. Langsam und kontrolliert legte sie ihre Fahraufträge beiseite, niemand sollte ihre zitternden Hände sehen. Eine Welle der Erinnerungen rollte über sie hinweg. Schlagartig waren sie da, die Bilder vom Mord an ihrer Cousine in Italien, und mit ihnen die Schuldgefühle.

1999 verbrachte sie den Sommer mit ihrer ganzen Familie in Neapel bei ihrer Tante Rosa, ihrem Onkel Gennaro und ihrer Cousine Anna. Sie und ihre Cousine waren damals unzertrennlich gewesen. Zusammen gingen sie gerne in einen Park nicht weit von der Wohnung ihrer Tante entfernt. Es war ein heißer Sommer, und das Thermometer zeigte tagsüber selten unter 35 Grad. Im Park war die Hitze unter eng zusammenstehenden Platanen besser zu ertragen. Gegen 16 Uhr, wenn die Sonne nicht mehr ganz so hoch am Himmel stand, waren hier viele Jugendliche versammelt. Nur an diesem Tag waren sie beide alleine. Sie genossen den leichten Wind, der ein wenig Abkühlung brachte. Anna sah wie immer bezaubernd aus. Ihr langes schwarzes Haar hatte sie kunstvoll hochgesteckt, sodass nur einzelne Strähnen daraus gelöst waren und ihr schlanker Hals wunderschön zur Geltung kam. Sie hatte einige kleine Sommersprossen auf der Nase, und wenn sie lachte, kamen ihre makellosen Zähne zum Vorschein.

Ihren Walkman auf den Ohren und ein Eis in der Hand hörten sie Musik und wateten ab und zu in einem kleinen Springbrunnen durch das lauwarme Wasser, um ein wenig Abkühlung zu finden. Etwa gegen 18 Uhr kam der damals für Maria tollste Junge von ganz Neapel, Pino, mit seiner Vespa vorbei. Erst plauderte er eine Weile mit den Mädchen, die Blicke jedoch, die er mit Maria tauschte, waren eindeutig. Er wollte lieber mit ihr alleine sein. Auch Anna hatte es bemerkt und Maria noch bestärkt, mit Pino eine kleine Ausfahrt zu unternehmen. Sie würde hier im Park auf sie warten, und sie könnten dann gemeinsam nach Hause gehen. Bei dieser Erinnerung traten Maria die Tränen in die Augen. Die Knutscherei mit Pino endete abrupt, als Maria merkte, dass er mehr wollte. Dazu war sie nicht bereit, und nach einer heftigen verbalen Auseinandersetzung ließ er Maria in einem ihr unbekannten Vorort weit vom Park entfernt stehen, und sie musste zusehen, wie sie wieder zurückkam. Sie fragte sich bei Passanten durch, und nach über zwei Stunden kam sie endlich im Park an. Jugendliche waren keine mehr zu sehen, nur zwielichtige Gestalten, die offensichtlich mit Drogen dealten. Auch Anna war nicht mehr da. Wütend auf Pino und enttäuscht lief Maria schnell zur Wohnung ihrer Tante und klingelte, da hörte sie diese rufen:

»Oh dio, Anna, hast du schon wieder vergessen, den Haustürschlüssel mitzunehmen.« Anna war also noch nicht zu Hause. Maria erzählte ihrer Tante von ihrem Missgeschick. Sofort wurden alle Verwandten und Nachbarn angerufen und gebeten, nach Anna Ausschau zu halten. Als sie gegen 22 Uhr immer noch nicht daheim war, ging man zu den Carabinieri und erstattete eine Vermisstenanzeige. Sämtliche Verwandte, und das waren nicht gerade wenige, begannen nach ihr zu suchen. Nur zwei Tage später fand man sie, sexuell missbraucht und ermordet, im Hafenbecken von Neapel. Der oder die Täter wurden nie ermittelt, und obwohl niemand in der Familie es offen aussprach, gab man Maria dafür die Mitschuld, da sie ihre Cousine alleine im Park zurückgelassen hatte.

3

Nach kurzem Zögern, das Frau Moosleitner wie eine Ewigkeit vorkam, setzte sich Dirk Herzberg in Bewegung. Er schob die Terrassentür weit auf, hob den schwerverletzen Hund hoch und trug ihn zur Couch. Das Tier war blutverkrustet, die Wunden waren also schon älter. Sowie er den Kopf von Katie anheben wollte, fing das Tier an zu wimmern.

»Arme Katie, was ist passiert? Wer hat dir das angetan?«, sagte er und sah Frau Moosleitner fragend an.

»Der Hund muss sofort zum Tierarzt.« Sie übernahm nun das Kommando, da Herr Herzberg dazu offensichtlich nicht in der Lage war.

»Sie haben recht. Wissen Sie, wo der Tierarzt ist?« Hilflos sah er sie an.

»Nein, aber ich glaube, irgendwo hier in der Nähe. Sehen Sie im Internet nach.« Frau Moosleitner hätte ihn am liebsten geschüttelt. Er wirkte vollkommen abwesend und handelte wie in Zeitlupe.

Als er nach fünf Minuten zurückkam – er hatte sich angezogen und auf einem Zettel die Adresse der Tierklinik notiert – trug er den Hund zum Wagen, legte ihn auf den Rücksitz und sagte:

»Können Sie bitte mit dem Hund zum Tierarzt fahren? Ich gehe in den Wald und suche meine Frau. Die Adresse ist hier.« Mit diesen Worten überreichte er ihr den Zettel. Sie kannte die Straße, die Praxis war nicht allzu weit entfernt.

Elli Moosleitner wusste, dass jede Minute zählte. Mit schnellen Schritten ging sie zurück zum Haus, schnappte sich ihre Handtasche, setzte sich in den BMW von Dirk Herzberg, stellte sich den Sitz ein und startete den Wagen. Die Fernbedienung zum Öffnen des Tores lag griffbereit in der Mittelkonsole. Wenige Augenblicke später fuhr sie über die Auffahrt mit der wimmernden Katie auf dem Rücksitz. Sie blickte in den Rückspiegel, Dirk Herzberg lief bereits Richtung Wald.

4

Er hatte sich mit einem Schürhaken bewaffnet und ging mit großen Schritten den Waldweg entlang. Immerzu sah er sich um, war da vielleicht jemand im Unterholz? Er entdeckte die Blutspuren von Katie und folgte ihnen bis zu einem Punkt, wo sie direkt in das Unterholz führten. Dort sah er eine Stelle mit einer großen Menge Blut.

»Susanne, Susanne«, rief er. Tränen rannen ihm über die Wangen. Er schrie immer lauter: »Susanne!!!« Er schrie sich seine Verzweiflung, die ihn seit Wochen gefangen hielt, aus dem Leib. Ab und an hielt er inne und lauschte. Nichts. Der Marsch durch das Unterholz war beschwerlich, und mittlerweile stand die Sonne hoch am Himmel. Schweiß lief ihm am Körper herunter, und auch der Restalkohol schien so seinen Weg aus seinem Körper zu finden.

5

Die Damen standen etwa 100 Meter entfernt und beobachteten ihn. Die Walkinggruppe mit normalerweise sechs Frauen im Best-Ager-Alter zählte heute nur vier Teilnehmerinnen. Das wöchentliche Treffen war für alle eine geliebte Abwechslung. Man unterhielt sich über die Kinder und natürlich über die Ehemänner, die sich, da waren sich alle einig, doch glücklich schätzen konnten, solch tolle Ehefrauen zu haben. Ein Schrei hatte sie aufmerksam werden lassen. Sie erkannten von Weitem einen Mann, der mit einem Stock bewaffnet durch den Wald ging und immer wieder den Namen Susanne schrie. Hoffentlich hatte sich diese Susanne in Sicherheit gebracht. Sicherlich ein Streit, der aus dem Ruder gelaufen war. Monika Beller, die die Situation sofort erfasst hatte, sagte leise zu den anderen: »Der ist garantiert hinter seiner Frau her. Sie hat sich sicherlich im Wald versteckt. Kommt, mal sehen, wie es weitergeht.« Von einer kleinen Anhöhe aus konnten sie ihn gut beobachten. Als er nach einigen Minuten umdrehte, folgten sie ihm in gebührendem Abstand.

6

Der Angler Michael Sobeck saß etwas abseits vom Leichenfund und trank seinen Kaffee aus der mitgebrachten Thermoskanne. Die herbeigerufene Polizei hatte das gesamte Gebiet weiträumig mit rot-weißem Flatterband abgesperrt. Menschen in weißen Ganzkörperanzügen, die Kapuzen über den Kopf gezogen, sicherten den Fundort. Er sollte noch einmal eine Aussage machen, dann könne er nach Hause gehen. Dies wurde ihm vor mehr als zwei Stunden gesagt. Ein Uniformierter hatte bereits seine Personalien, und wie und wann er die Leiche gefunden hatte, aufgenommen, aber er solle es nochmals einem Beamten vom Hessischen Landeskriminalamt erzählen. So saß er nun am Waldrand, da, wo man ihm erlaubt hatte zu sitzen, wartete und beobachtete das Geschehen. Die Frau trieb mit dem Rücken nach oben an der Wasseroberfläche, ihr Körper wurde von einem dicken Ast, der unterhalb der Wasseroberfläche aus der Felswand wuchs, an der Wasseroberfläche gehalten. Bis auf die Überreste eines Kleides war sie nackt. Ihre langen blonden Haare schwammen auf der Wasseroberfläche wie ein Teppich.

Die Bergung der Leiche erwies sich als äußerst schwierig. Die Uferböschung des Steinbruchsees war steil und rutschig, das von den Anglern gepachtete Gewässer, klar und kalt wie ein Bergsee. Nachdem die Auffindesituation von allen Seiten mehrfach fotografiert worden war, gingen drei Beamte ins Wasser und bargen die Leiche, wobei die Taucherstaffel der Feuerwehr Offenbach zu Hilfe gerufen wurde. Die Frau war offensichtlich von einem Felsvorsprung ins Wasser geworfen worden. Der sich darunter befindliche Ast fing den Körper auf, indem er ihn durchbohrte. Michael Sobeck konnte nur kurz einen Blick auf die Leiche werfen, als diese umgedreht an Land gebracht wurde. Sogleich wurden Sichtwände aufgestellt. Aber das, was er gesehen hatte, reichte ihm vollkommen. Die herbeigeeilte Spurensicherung hatte alle Hände voll zu tun, da in diesem Sommer verbotenerweise besonders viele Menschen Abkühlung in dem kleinen See suchten. Ihre Hinterlassenschaften waren überall verteilt. Sobeck goss sich gerade wieder etwas Kaffee in seinen Plastikbecher, als eine Frau mittleren Alters sich ihm näherte:

»Guten Morgen, mein Name ist Heike Bender vom LKA in Wiesbaden. Sie haben die Leiche gefunden?«

Sobeck, der glaubte, ihn würde ein Mann befragen, schaute sie ungläubig an.

»Ja, ich wollte gerade mein Angelzeug auspacken, da sehe ich sie im Wasser schwimmen. Ich habe nichts weiter gemacht. Tot war sie ja, außerdem kann ich schlecht schwimmen. Hier geht es gleich tief runter. Ich hätte sie alleine nicht rausziehen können.« Er nahm seinen Becher und trank einen Schluck Kaffee.

»Ist Ihnen irgendjemand aufgefallen, als Sie angekommen sind? Vielleicht ein Auto am Parkplatz?« Heike Bender sah ihn freundlich an.

»Nein, ich habe mein Auto da vorne geparkt. Da war niemand. Wer geht denn auch um 5.30 Uhr in den Wald?«, er grinste.

»Der Mörder zum Beispiel.« Mit diesen Worten drehte sie sich um und schritt vorsichtig zum Ufer.

7

Müde und kraftlos ging er zurück zum Haus. Wie in Trance schloss er die Haustür auf, schleppte sich in das Wohnzimmer und ließ sich auf die Couch fallen. Tränen rannen über sein Gesicht, er konnte das Weinen nicht stoppen. Kurz darauf stand Frau Moosleitner in der Tür.

»Katie muss über Nacht in der Klinik bleiben, zur Beobachtung. Jemand hat sie mit einem harten Gegenstand geschlagen. Sie hat schwere Verletzungen, der Tierarzt war sich nicht sicher, ob sie durchkommt.« Mit diesen Worten setzte sie sich auf den Sessel gegenüber von Dirk Herzberg. Es trat eine seltsame Stille ein, bis auf das Schluchzen des Mannes war nichts zu hören. Elli Moosleitner ging in die Küche und startete die Espressomaschine. Als sie zurückkam, hatte sie auf einem Tablett zwei Tassen Espresso und einige Kekse.

»Herr Herzberg, wann ist Ihre Frau denn in den Wald gegangen?« Dirk Herzberg hob seinen Kopf und sah sie mit Tränen in den Augen an:

»Ich habe keine Ahnung. Als sie heute Morgen nicht in unserem Schlafzimmer war, dachte ich, sie schläft im Gästezimmer. Wenn wir mal eine Meinungsverschiedenheit haben, wandert sie manchmal aus. Ich weiß nicht, wann sie heute in den Wald gegangen ist.« Er starrte vor sich hin.

»Ich bin dafür, dass wir die Polizei rufen.« Elli Moosleitner sah ihn durchdringend an. Keine Reaktion. Mit einem Ruck stand sie auf und ging aus dem Raum, sonst würde sie ihn noch schütteln. Irgendetwas musste sie tun.

Da sie morgens gesehen hatte, dass der Briefkasten überquoll, nahm sie den Briefkastenschlüssel aus dem kleinen Kästchen neben der Haustür, lief über die Auffahrt und öffnete den Postkasten. Auf den ersten Blick sah sie den Zettel ohne Umschlag, er fiel ihr praktisch vor die Füße. In großen Buchstaben war zu lesen:

WIR HABEN IHRE FRAU – KEINE POLIZEI
WIR WOLLEN 2 MILLIONEN EURO LÖSEGELD
WEITERE ANWEISUNGEN FOLGEN

Nach einer kurzen Schockstarre, in der ihr fast das Blut in den Adern gefror, nahm sie den Brief vorsichtig mit zwei Fingern an einer Ecke an sich, so wie sie es immer im Fernsehen gesehen hatte, und rannte ins Haus.

»Herr Herzberg, sehen Sie, den Brief habe ich soeben im Briefkasten gefunden.« Sie legte ihn direkt vor Dirk Herzberg auf den Wohnzimmertisch.

Mit versteinerter Miene ohne jede Regung las er, was vor ihm lag.

»Da steht, keine Polizei. Gut, dass wir sie noch nicht gerufen haben. Ich will auf keinen Fall das Leben meiner Frau gefährden.«

8

Sie saßen sich im Wohnzimmer regungslos gegenüber und starrten einander an, beide hilflos. Dirk Herzberg schwitzte stark und war kreidebleich, Elli befürchtete einen Kreislaufkollaps und legte ihre Hand auf seinen Arm. Vorsichtig sagte sie:

»Ich hole Ihnen ein Glas Wasser, und dann rufen Sie die Polizei.« Sie suchte seinen Blick. Hatte er ihre Worte überhaupt verstanden? Er reagierte nicht. In die Stille, in der man eine Stecknadel hätte fallen hören, sagte er ruhig:

»Auf keinen Fall, damit setze ich das Leben meiner Frau aufs Spiel.«

Kurz darauf klingelte es an der Haustür. Als hätte ein Stromschlag sie erwischt, zuckten sie zusammen. Mit weichen Knien ging Elli an die Haustür. Bei einem Blick durch den Türspion traute sie ihren Augen nicht. Dirk Herzberg, der auch in den Flur gekommen war, sah sie fragend an. Leise flüsterte sie: »Es ist die Polizei.«

»Auf keinen Fall etwas von der Entführung sagen, hören Sie, Frau Moosleitner. Ich flehe Sie an. Die Entführer haben das ganz klar geschrieben. Machen Sie auf und fragen Sie, was die wollen.«

Elli öffnete vorsichtig die Haustür. Zwei uniformierte Polizisten standen unterhalb der Treppe, einer von ihnen hatte seine Hand an das Waffenholster gelegt. Der andere, mit drei silbernen Sternen auf den Schultern und dem Namensschild Krüger an seiner linken Brust, sah sie streng an, als er sagte: »Guten Tag, wir sind alarmiert worden, ein Mann mittleren Alters sei vor einigen

Minuten hier im Haus verschwunden. Er hätte einen Schlagstock dabeigehabt und sei aggressiv durch den Wald gelaufen. Offenbar hat er jemanden gesucht.« Elli überlegte fieberhaft nach einer Ausrede.

»Ich kann Ihnen da nicht weiterhelfen. Ich bin nur die Putzfrau, und von den Hauseigentümern ist niemand zu Hause.«

Krüger schien ihr nicht zu glauben und fragte sie noch einmal betont langsam:

»Sind Sie sich da sicher?«

Elli, die großen Respekt vor der Polizei hatte und sich sofort in Grund und Boden schämte, dass sie gerade gelogen hatte, wiederholte ihre Aussage.

»Ich bin mir sicher, Herr und Frau Herzberg sind nicht daheim. Und sonst hat niemand einen Schlüssel außer mir.« Im Stillen bat sie ihren Schöpfer um Verzeihung.

SONNTAG, 9. SEPTEMBER

1

Elli Moosleitner hatte die ganze Nacht kein Auge zugetan. Immer wieder sah sie Katie vor sich und den Erpresserbrief. Das ganze Ausmaß kam ihr erst zu Hause richtig zu Bewusstsein. Jemand hatte ihre Arbeitgeberin entführt und Katie halb totgeschlagen. Das Verhalten von Herrn Herzberg konnte sie nicht nachvollziehen. Hatte sie anfangs die vage Hoffnung gehegt, Dirk Herzberg würde das mit den Erpressern schon hinbekommen, so war sie nach dieser Nacht zu der Überzeugung gelangt, dass er ein Schwächling war. Sein ganzes Verhalten brachte für sie diese Erkenntnis. Die Entführung seiner Frau hatte ihn vollends aus der Bahn geworfen. Er wäre nie und nimmer in der Lage, mit den Entführern in Verhandlung zu treten. Warum nur, zum Teufel, wollte er nicht die Polizei einschalten? Sie stand auf, fuhr sich mit beiden Händen über das Gesicht, straffte die Schultern und ging zum Telefon. Sie hatte eine Entscheidung getroffen. Frau Herzberg brauchte Hilfe. Sie war gekidnappt worden. Sie verdrängte die Tatsache, dass derjenige, der Katie so zugerichtet hatte, auch Frau Herzberg so peinigen könnte. Die arme Frau saß sicherlich irgendwo voller Angst und wartete darauf, dass Hilfe kam. Dafür würde sie sorgen. Sie nahm den Telefonhörer in die Hand und wählte den Notruf. Nachdem sich am anderen Ende die Polizei gemeldet hatte, sagte sie: »Guten Tag, mein Name ist Elli Moosleitner. Ich möchte eine Entführung melden.«

2

Innerlich verfluchte sie den Moment, als sie zum Telefon gegriffen hatte. Was war nur in sie gefahren? Warum hatte sie vor zwei Stunden den Notruf gewählt? Am Ende wäre es vielleicht besser gewesen, alles Dirk Herzberg zu überlassen. Nun saß sie hier schon 25 Minuten und wartete. Das Foyer im Polizeipräsidium in der Klappacher Straße in Darmstadt war nicht gerade einladend und dank der großen Fensterscheibe drückend heiß. Die Sonne stand hoch am Himmel, Abkühlung, etwa durch ein Gewitter, war nicht in Sicht. Der Wasserspender ihr gegenüber war voll, aber kein Becher weit und breit. Neben ihr auf der Bank saß ein Mann, dem sie ungern nachts begegnet wäre. Sie rückte, soweit es ging, von ihm weg, seine Aggressionen waren fast greifbar. Immer wieder stand er auf und lief mit knallenden Schritten hin und her. Er trat so fest auf, dass kleine Vibrationen den Flur erfüllten, dabei ballte er die Fäuste und stierte zu Boden. Ab und an sah er sie abschätzig an. Elli erschrak, als in voller Lautstärke ein Heavy Metal Song aus seinem Handy dröhnte. Ein Telefonat, dadurch war er abgelenkt und entspannte sich ein wenig. Sie atmete tief durch, ihr Kleid klebte an ihrem Körper, die Haare in ihrem Nacken waren klitschnass. Unsicherheit kroch in ihr hoch, hatte sie das Richtige getan? Dirk Herzberg hatte sie beschworen, nicht die Polizei zu verständigen. Sie wischte sich gerade den Schweiß aus dem Nacken, da kam ein Mann auf sie zu, der sich als Kriminalkommissar Herbert Schönig vorstellte und sie bat, ihm zu folgen. Sie gingen einen langen Flur entlang, und nachdem sie unzählige Türen rechts und links passiert hatten, erreichten sie sein Büro.

»Also, Frau Moosleitner, nehmen Sie doch bitte Platz.« Schönig wies auf einen Stuhl gegenüber seinem Schreibtisch und setzte sich ebenfalls. Er machte einen freundlichen Eindruck und erinnerte sie an ihren Großvater.

»Frau Moosleitner, Sie haben heute Morgen den Notruf gewählt und gesagt, Ihre Arbeitgeberin sei entführt worden. Ist das so richtig?« Er sah sie prüfend an.

»Ja, meine Chefin, Frau Herzberg, ist entführt worden. Wahrscheinlich im Wald, als sie mit ihrem Hund spazieren war. Gestern Vormittag habe ich den Hund der Familie übel zugerichtet am Gartentor gefunden. Erst habe ich geglaubt, Katie, also der Hund, wäre alleine im Wald unterwegs gewesen, aber als ich dann gerufen habe und nur Herr Herzberg runterkam, hatte ich gleich den Verdacht, Frau Herzberg müsse etwas passiert sein. Herr Herzberg ist dann in den Wald gelaufen, um sie zu suchen. Ich bin mit dem Hund zum Tierarzt gefahren. Dort hat man gesagt, jemand hat den Hund mit einem Stock oder so geschlagen. Als ich zurückkam, habe ich im Briefkasten der Familie einen Erpresserbrief gefunden.« Elli atmete tief durch, nun war es raus. Schönig war der Erzählung konzentriert gefolgt und sah sie nun prüfend an.

»Was hat Herr Herzberg dann gemacht?«

»Er hat gesagt, dass er auf keinen Fall die Polizei einschalten wolle, da er Angst um das Leben seiner Frau habe. Gestern war die Polizei sogar da, weil er mit einem Schürhaken bewaffnet in den Wald gegangen war, um sie zu suchen. Spaziergänger, die das beobachtet haben, hatten die Polizei verständigt.«

»Was hat er meinen Kollegen denn gesagt?«

»Er hat mich an die Haustür geschickt, und ich habe gesagt, es müsse sich um einen Irrtum handeln, denn Herr und Frau Herzberg seien nicht zu Hause.« Sie spürte, wie ihr Gesicht sich rötete, und sprach schnell weiter: »Ich wollte nicht lügen, aber er beschwor mich, auf keinen Fall der Polizei etwas von der Entführung zu sagen.«

»Haben Sie denn einmal versucht, Frau Herzberg auf ihrem Handy zu erreichen?« Schönig machte sich während des Gesprächs Notizen.

»Mehr als 20 Mal, es meldete sich immer nur die Mailbox.« Elli Moosleitner war erleichtert, sicherlich würde die Polizei alle Hebel in Bewegung setzen, Susanne Herzberg zu finden.

»Sind Ihre Arbeitgeber denn so wohlhabend?«

»Ja, bestimmt. Frau Herzberg gehört eine Kosmetikmarke. Sie finden es ganz schnell im Internet. Mir schenkt sie manchmal eine von den teuren Cremes. Sie ist überhaupt eine liebenswerte Person.«

»Das Unternehmen gehört Frau Herzberg? Was macht Herr Herzberg?«

»Irgendwas mit der Börse oder so. Ich weiß es nicht genau. In letzter Zeit läuft seine Firma nicht so gut. Man bekommt ja viel mit, wenn man jeden Tag in einem Haus ein und aus geht.«

»Gut, Frau Moosleitner, dann nehmen wir mal alles zu Protokoll. Haben Sie Ihren Ausweis dabei?«

3

In der Auffahrt stand kein Fahrzeug, und als er klingelte, hörte er nur ein schwaches Bellen. Auch Sturmklingeln und Rufen brachte nichts. Er besah sich das Anwesen genauer. Eine große Villa auf einem riesigen Grundstück, mit altem Baumbestand direkt angrenzend an den Wald. Traumschön. Das Haus war höchstens einige Jahre alt und von einem Architekten perfekt für dieses Grundstück geplant worden. Herbert Schönig hämmerte an die Haustür. Nichts. Er ging links um das Haus in den Garten. Ein Gärtner hatte hier ganze Arbeit geleistet, das konnte man sehen. Der Rasen, die Blumenbeete und der kleine Teich mit Bachlauf waren top gepflegt. Die Terrasse mit geschmackvollen Gartenmöbeln lud zum Verweilen ein. Er trat an die Terrassentür und sah hinein. Ein brauner Labrador schleppte sich zur Tür und bellte erneut. Er zog eine verbundene Hinterpfote hinter sich her und war auch sonst ein Bild des Jammers. Elli Moosleitner hatte die Wahrheit gesagt. Der Hund war schwer verletzt worden. Herbert Schönig drückte bei seinem Handy auf die Wahlwiederholung. Besetzt. Er starrte auf den Hörer in seiner Hand. Die Telefonnummer von Dirk Herzberg hatte er von Frau Moosleitner erhalten, jedoch war der Anschluss seit zwei Stunden besetzt. Mit wem, um Himmels willen, telefonierte er so lange?

MONTAG, 10. SEPTEMBER

1

Es war ein guter Morgen. Die Nacht war ohne Albtraum vorübergegangen, sie fühlte sich fit und ausgeruht. Die Post für die Gefangenen auf den Armen balancierend, begegnete ihr Jan Gerber im Treppenhaus.

»Guten Morgen, Jan. Gibt es was Neues?« Der Stapel Zeitungen und Post in den Armen drohte, ins Rutschen zu kommen, und sie war froh, dass jemand mit ihr in das Hafthaus lief, der aufschließen konnte.

»Ja, ich werde die Tage den Hattinger mal genau durchsuchen, wenn er aus dem Ausgang kommt. Ich hoffe, er hat was dabei, dann war es das mit seinem Freigang. Glaubst du, der Savic hat uns die Wahrheit erzählt? Du kennst ihn besser.« Jan lief vor Maria her und schloss die Türen auf und wieder zu.

»Der Savic ist in Ordnung. Ich glaube, dass das stimmt mit den Drogen und dem Hattinger. Ribeiro ist in der letzten Zeit völlig fertig. Hoffentlich findest du etwas.«

»Ja, gut wäre es. Aber ich denke, der hält sich für besonders schlau und schiebt sich was in den After, weil er weiß, dass wir da nicht kontrollieren können. Man muss ein paar Minuten, nachdem er zurück ist, eine Razzia machen, vielleicht haben wir dann Glück.« Jan Gerber rieb sich das Kinn.

Sie liefen zur Zentrale, und Maria gab Rolf Klein die Post und die Zeitungen. Kurz darauf sagte dieser:

»Habt ihr das in der Zeitung mit dem Leichenfund in Eppertshausen gelesen? Sie haben im Aje-See die Leiche einer Frau gefunden. Furchtbar. Ich bin mir sicher, dass demnächst das LKA hier aufkreuzt und alle Freigänger unter die Lupe nimmt.« Klein hatte den Stapel Zeitungen vor sich liegen und schrieb zu jedem Empfänger die Station, in welcher der Insasse untergebracht war.

»Ja, bestimmt. Bei uns sind das nicht so viele, die in den Freigang gehen. Zurzeit sind in der Freigängerabteilung elf Männer, die täglich die Anstalt zur Arbeit verlassen. Und natürlich unser Freund Hattinger. Mit Sicherheit werden sie ihn überprüfen.« Jan Gerber, der gerade durch das vergitterte Fenster auf den Anstaltshof sah, sagte: »Ich glaube, ich hole mir mal die Akte von Hattinger. Ich will den Tathergang von damals genau lesen.« Er war in Gedanken bei der toten Frau. Wie war sie ums Leben gekommen? Es juckte ihn in den Fingern, sich ein wenig mit dem Fall zu beschäftigen. Es war allerdings nicht seine Aufgabe, er war zwar Sicherheitsdienstleiter einer JVA, jedoch gehörten dazu nicht die Ermittlungen in einem Mordfall. Aber niemand konnte ihm Schwierigkeiten machen, wenn er die Freigänger seiner JVA unter die Lupe nahm.

Maria, die neben ihm stand und ebenfalls aus dem Fenster schaute, sagte: »Wenn du da was Interessantes liest, lass es mich bitte wissen. Die ganze Akte zu lesen, das geht über meine Kräfte. Zu wissen, dass er einen Menschen getötet hat, ist eines, aber den genauen Tathergang zu lesen, das habe ich nur während der Ausbildung gemacht. Ich weiß, dass mich das auf Dauer fertigmacht. Du weißt, dass sie brutale Mörder sind, und dann stehen die Typen dir tagein tagaus gegenüber und heulen, weil sie zum Beispiel nicht noch einmal telefonieren dürfen. Da kann ich dann manchmal nicht mehr an mich halten.« Sie sah mit einem Mal ganz niedergeschlagen aus.

»Ja, der Mensch ist Meister des Verdrängens. Sonst könnte er vermutlich mit seiner Schuld nicht mehr weiterleben.«

Es lief Maria kalt über den Rücken. Sie versuchte, während sie zu ihrer Station ging, die düsteren Gedanken abzuschütteln.

2

In der Verwaltung angekommen, machte er sich sofort auf die Suche nach Hattingers Akte. Im regulären Regal hing sie nicht. Normalerweise war dann ein Vermerk an der Stelle angebracht, wer die Akte gerade hatte. Fehlanzeige. Sicherlich war sie bei Richard Meurer. Er war der Einzige, der, ohne einen Vermerk zu hinterlassen, Unterlagen an sich nehmen würde.

Gerber verließ die Geschäftsstelle und bog ab in Richtung Büro von Richard Meurer, als dieser ihm entgegenkam.

»Guten Morgen, Herr Meurer. Ich bin auf der Suche nach der Gefangenenakte von Hattinger.«

»Ja, sie ist bei mir. Ich sitze gerade dran.«

»Ich wollte mal nachsehen, ob vielleicht in seiner Vergangenheit Drogen eine Rolle gespielt haben.«

Richard Meurer sah Jan Gerber etwas irritiert an. Nach einer kurzen Pause sagte er:

»Herr Gerber, ich bin mir sicher, dass Herr Hattinger nichts mit Drogen zu tun hatte, aber ich kann die Akte noch einmal in diese Richtung prüfen. Sie müssen sich nicht die Mühe machen. Ich arbeite sowieso gerade an seiner Vollzugsplanfortschreibung, und da ist es für mich ein Leichtes nachzusehen.«

»Gut, Herr Meurer, wie Sie meinen. Es ist nur sehr auffällig, dass ein anderer Gefangener ständig auf Heroin ist. Da muss ich ausschließen können, dass der Hattinger etwas damit zu tun hat.« Richard Meurer nickte abwesend und ging in sein Büro. Da hörte Jan den Signalton seines Funkgerätes:

»Burg 46, bitte sofort die Zentrale anrufen.«

»Burg 46 hat verstanden.«

Gerber befand sich in der Nähe der Zentrale, so konnte er auch hingehen. Kurz darauf stand er vor Rolf Klein.

»Du sollst so schnell wie möglich das LKA in Wiesbaden anrufen, es geht um alle Freigänger!«

»Weißt du, wen ich dort anrufen soll?«

»Ja, warte mal, irgendwo habe ich es mir notiert. Ja, hier ist es, eine Frau Heike Bender möchte dich sprechen. Nimm den Zettel, da ist ihre Telefonnummer drauf.«

»Danke dir. Ich rufe von meinem Büro aus an.« Gerber, der kurz darauf in seinem Büro stand, goss sich ein Glas Wasser ein und wählte die Rufnummer des LKA in Wiesbaden.

»Heike Bender.«

»Guten Tag, mein Name ist Jan Gerber. Ich bin Sicherheitsdienstleiter in der JVA Dieburg. Sie haben um Rückruf gebeten.«

»Vielen Dank, Herr Gerber, dass Sie so schnell zurückrufen. Sie haben sicherlich vom Leichenfund bei Eppertshausen gehört.«

»Ja, das habe ich. Es ist wirklich furchtbar. Weiß man mittlerweile, wer die Tote ist?«

»Leider nein, bei den Vermisstenmeldungen ist keine Frau in diesem Alter dabei. Wir haben uns bereits mit den anderen Landeskriminalämtern in Verbindung gesetzt. Bisher Fehlanzeige. Zur Überprüfung der einschlägig vorbestraften Männer, die derzeit im Freigang sind, wird deshalb heute Kriminalhauptkommissar Alexander Neubert zu Ihnen in die Anstalt kommen, um die Liste der Freigänger und deren Ausgänge zu überprüfen. Sind Sie noch länger in der Anstalt?«

»Ja natürlich. Ich warte hier auf Herrn Neubert.«

»Gut, Herr Gerber, sollte Ihnen in Bezug auf einen Ihrer Freigänger etwas auffallen, rufen Sie mich bitte an. Sie haben ja jetzt meine Telefonnummer. Auf Wiederhören.« Heike Bender hatte aufgelegt.

3

Alexander Neubert saß in seinem Auto und war in Gedanken bei den Fakten, die sie in den letzten Stunden zusammengetragen hatten. Die Kriminaltechnik des LKA hatte alle möglichen Spuren an der unbekannten Toten aufgelistet. Fremd-DNA-Spuren konnten keine festgestellt werden. Sie waren durch das Ablegen im See unwiederbringlich abgewaschen worden. In den Haaren der Toten fand die Spurensicherung ein kleines Eichenblatt. Am Leichenfundort war jedoch keine Eiche weit und breit. Weiterhin konnten Rückstände von einem Paketklebeband an der Toten festgestellt werden. Anhand der Verletzungen ging die Rechtsmedizin nach der ersten Einschätzung davon aus, dass die Frau erschlagen worden war. Die Hämatome waren so zahlreich, dass bei der ersten Leichenschau ein DIN-A4-Blatt nicht ausreichte, sie aufzulisten. Würgemale am Hals sowie kleine Einblutungen in den Augen, sogenannte Petechien, deuteten aber auch auf einen Tod durch Ersticken hin. Genaueres wusste man erst nach der Obduktion.

Er startete den Motor und tippte die Adresse in sein Navi. Er würde mindestens 50 Minuten Fahrzeit zur JVA in Dieburg benötigen. Die Bilder und Videos, die er in den vergangenen Stunden gesehen hatte, erschienen wieder vor seinem geistigen Auge. Wie berechnet, erreichte er nach einer guten Dreiviertelstunde Fahrzeit die Altstadt von Dieburg, in deren Zentrum sich die JVA befand. Das Verwaltungsgebäude, ein altes Kloster, stand gegenüber der Gnadenkapelle, der kleinen Stadt. An der Rückseite waren zwei hässliche Sägezahngebäude angefügt, welche jeweils fünf Stockwerke hoch waren. Die Parkplatzsuche dauerte länger als erwartet, und irgendwann gab Alex auf und stellte sich in einer Spielstraße gerade so hin, dass er nicht im Weg stand. Er hoffte darauf, dass kein Mitarbeiter des Ordnungsamtes gerade diese Straße kontrollieren würde. An der Pforte angekommen, legte er seinen Dienstausweis, seine Dienstwaffe und sein Handy in die Schublade und teilte dem Pfortenbeamten mit, dass er zu Jan Gerber, dem Sicherheitsdienstleiter der Anstalt, wollte. Die Pfortentür wurde sofort geöffnet, und man bat ihn, im Nebenraum Platz zu nehmen, bis Herr Gerber ihn abholen würde. Der Raum roch muffig, er war stickig und heiß. Kein Fenster war zu öffnen, und eine Klimaanlage gab es nicht. In den Ecken wirbelten Staubflocken hoch, und eine Holzbank stand der Tür gegenüber. Alex lehnte sich an eine Stelle an der Wand und wartete. Kurz darauf hörte Alex den Summer der Schleusentür, und ein freundlich dreinblickender Beamter betrat den Raum.

»Guten Tag, Herr Neubert, mein Name ist Jan Gerber, wir haben einen Termin.« Als Alex antworten wollte, schnitt ihm Gerber schnell das Wort ab und sah ihn durchdringend an.

»Kommen Sie, wir gehen in mein Büro.«

Obwohl er schon öfters in einer Haftanstalt war, wunderte er sich immer wieder über die unzähligen Türen innerhalb der Verwaltung. Auch im Hafthaus, wo Jan Gerber offensichtlich sein Büro hatte, hörte Auf- und Zuschließen der Türen nicht auf. Er ging mit schnellen Schritten vor ihm her, und erst als sie in Jan Gerbers Büro angekommen waren, wurde dieser lockerer.

»Es tut mir leid, Herr Neubert, dass ich Ihnen eben so schnell das Wort abgeschnitten habe, aber ich wollte auf keinen Fall, dass der Pfortenbeamte mitbekommt, warum Sie heute in der Anstalt sind. Wenn einige Beamte etwas erfahren, mit dem sie nicht umgehen können, sind sie oft sehr redselig. Sie sprechen dann mit anderen Kollegen über die Überprüfung von Gefangenen, auch im Beisein von anderen Insassen, die zum Beispiel gerade die Flure reinigen. Und schon weiß in Windeseile der Betreffende, um den es geht und der es noch nicht erfahren soll, dass man ihn überprüft.« Jan Gerber zog einen Stuhl unter einem kleinen Konferenztisch in seinem Büro hervor und bedeutete Alex, darauf Platz zu nehmen. Der Raum war aufgeheizt, in der Ecke bemühte sich ein Ventilator um Abkühlung. Alex stellte seinen Aktenkoffer neben seinen Stuhl und setzte sich.

»Zugegebenermaßen war ich eben etwas irritiert, aber wenn Sie mir das so erklären, verstehe ich es natürlich. Ich nehme an, da Frau Bender mit Ihnen telefoniert hat, Sie haben mir eine Liste aller Freigänger zusammengestellt?« Er sah Jan fragend an. Jan nickte, öffnete ein Fach in seinem Schrank, zog einen Schnellhefter hervor und übergab ihn Alex.

Schnell überflog er die ersten Seiten. Dort waren die Namen der Freigänger, die Delikte, weswegen sie in Haft waren, und ihre Ein- und Ausgangszeiten der letzten 14 Tage vermerkt. Alexander Neubert sah sich jeden Einzelnen genau an. Nur zwei Freigänger saßen wegen Gewaltdelikten ein: Heribert Acker wegen schwerer Körperverletzung und Frank Hattinger wegen Totschlags. Er überlegte kurz, dann wandte er sich an Jan: »Wissen Sie, was das für ein Totschlag war, wegen dem dieser Hattinger verurteilt wurde?« Er lehnte sich zurück und sah Jan fragend an.

»Ich bin mir nicht sicher, aber ich glaube, dass er vor über neun Jahren eine Prostituierte im Streit in einem Hochhaus in Frankfurt vom Balkon geworfen hat. Ich kann die Akte aber noch einmal lesen. Sicherlich finden Sie im Intranet der Hessischen Polizei noch mehr darüber.«

»Ist der Mann denn heute im Freigang?« Alex klappte seinen Aktenkoffer auf und legte den Schnellhefter hinein.

»Ja, er besucht eine IT-Fachschule in Darmstadt und muss heute um 17 Uhr wieder in der Anstalt sein.« Jan sah auf seine Armbanduhr. »Möchten Sie Hattinger befragen?« Jan nahm eine Wasserflasche, die auf dem Tisch stand in die Hand, öffnete sie und schenkte sich und seinem Gast ein Glas Wasser ein.

»Nein, heute nicht. Wir müssen erst mehr über die Tote in Erfahrung bringen, damit ich ihn gezielt befragen kann. Das Verhör zeichne ich dann auf. Wieso ist ein verurteilter Mörder in so einer kleinen Anstalt?«

»Ja, ich begreife auch nicht, wie er hierherkommen konnte. Aber irgendwie hat sein Anwalt es hinbekommen. Es hängt mit seiner begonnenen Ausbildung zusammen.« Jan stand auf und holte sich einen Kaffee von der Kaffeemaschine. Er sah Alexander Neubert an und zeigte auf eine leere Tasse. Neubert schüttelte den Kopf.

»Ist der denn täglich im Freigang oder nur an bestimmten Tagen?«

»Nein, Hattinger ist soweit gelockert, dass er zu schulischen Maßnahmen die Anstalt verlassen darf. Zu fest vorgegebenen Zeiten muss er wieder in der Anstalt sein.

Wenn Sie mich fragen, eine klare Fehlentscheidung der Strafvollstreckungskammer. Der Mann ist im sozialen Umgang eine tickende Zeitbombe. Aber er wurde von Schwalmstadt nach neun verbüßten Jahren hierher verlegt und soll nun in Vorbereitung zur Überstellung in die Freigängerabteilung erst einmal aus dem geschlossenen Vollzug seine Freigänge durchführen. Die Schule besucht er mal vier und zu manchen Zeiten auch fünf Mal pro Woche. Wenn alles gut läuft, soll er dann die letzten zwei Jahre der Ausbildung soweit gelockert werden, dass er nur noch nachts acht Stunden in der Anstalt ist. Jedoch dann in unserer Freigängerabteilung.«

»Seit wann darf er raus?«

»Ich müsste genau nachsehen, etwa seit zwei bis drei Wochen.«

Alex notierte sich wieder etwas auf seinem Notizblock.

»Dann benötige ich eine Aufstellung der Tage, in denen Herr Hattinger nicht in der Anstalt war. Auch die Tage, in denen er unter Aufsicht die Anstalt verlassen hat.«

»Kein Problem, ich schaue nach. Vielleicht kann ich die Liste sofort ausdrucken.« Jan setzte sich an seinen Rechner und öffnete die Seite mit dem Vollstreckungsblatt von Frank Hattinger, aber außer einigen unwichtigen Parametern konnte er keinen Link öffnen.

»Seltsam, ich rufe nachher unseren Systemadministrator an. Wahrscheinlich stimmt wieder etwas mit dem Programm nicht. Wenn ich die Liste habe, kann ich sie Ihnen per Mail schicken?« Jan kratzte sich hinter dem rechten Ohr.

»Ja, natürlich. Ich gebe Ihnen meine Karte.« Alex legte seine Visitenkarte auf den Konferenztisch und stand auf. Jan antwortete nicht sofort, Gedankenfetzen jagten durch seinen Kopf. Nachdenklich sagte er:

»Sobald ich die Zeiten habe, lasse ich sie Ihnen zukommen.« Dann stand er ebenfalls auf.

In diesem Moment klopfte es an der Tür, und zwei Sekunden später stand Maria Saletti in der Tür.

»Chef, ich …«, war das Einzige, was Maria noch herausbekam, dann sah sie direkt in die grünen Augen von Alexander Neubert.

»Oh, Maria, gut, dass du gerade kommst. Darf ich dir Herrn Alexander Neubert vom LKA in Wiesbaden vorstellen. Herr Neubert, das ist Maria Saletti, die Beamtin, die auf der Station Dienst versieht, wo Hattinger untergebracht ist.«

Jan bemerkte, dass Maria gerötete Wangen hatte und schüchtern zu Alexander Neubert sah. So kannte er sie nicht. Sonst immer einen flotten Spruch auf den Lippen, war sie plötzlich merkwürdig still.

Alex und Maria schüttelten sich die Hände, und als Alex ihr dabei tief in die Augen sah, schluckte sie nervös, räusperte sich und sagte, an Jan gewandt:

»Eigentlich wollte ich dich nur fragen, ob ich meinen Dienst am kommenden Freitag mit einem Kollegen tauschen kann. Aber das hat auch Zeit bis später.« Sie drehte sich abrupt auf dem Absatz um und hatte schon die Türklinke in der Hand, da sagte Alexander Neubert:

»Frau Saletti, Sie haben öfter mit dem Gefangenen Hattinger zu tun. Könnten Sie ihn mir ein wenig beschreiben?« Maria schloss die halb geöffnete Tür wieder, drehte sich um, strich sich eine Haarsträhne aus dem Gesicht und berichtete:

»Na ja, er ist ein schwieriger Zeitgenosse. Er hat, soweit ich das abschätzen kann, hier drin mit niemandem engeren Kontakt, außer mit seinem *Freund* Carlos Ribeiro.« Als Maria das sagte, machte sie mit ihrem rechten Zeige- und Mittelfinger Gänsefüßchen in der Luft.

»Hattinger ist bei anderen Gefangenen unbeliebt, und ehrlich gesagt, er ist absolut kein Sympathieträger, wenn Sie wissen, was ich meine. Er ist sehr überheblich, auch uns Bediensteten gegenüber. Er bittet nicht um etwas, er bestellt. Von einem Informanten habe ich gehört, dass er Drogen vom Ausgang mitbringt. Leider konnte man es ihm bisher nicht beweisen. Ziemlich sicher hält er sich diesen Carlos Ribeiro als Sexsklaven und bezahlt ihn mit Drogen.« Als Neubert nicht sofort antwortete, nahm Maria ein Glas vom Konferenztisch und goss sich etwas Mineralwasser hinein. Sie sah sich ihr Gegenüber genauer an. Ein interessanter Mann. Groß und breitschultrig, selbstsicher und mit einem gewinnenden Lächeln stand er vor ihr. Ein Augenschmaus, gerade wenn man täglich von den ungepflegten Exemplaren der Spezies Mann umgeben war. Ein kribbelndes Gefühl in ihrer Magengegend machte sich breit. Sie schwitzte plötzlich und hoffte, dass das die beiden nicht bemerkten.

»Interessant, also ein *netter* Kerl.« Er lachte, ließ dabei Maria aber nicht aus den Augen. Zu Jan gewandt, sagte er schließlich:

»Nun gut, Sie lassen mir die Liste mit den Ausgängen bitte per E-Mail zukommen. Ich werde jetzt erst einmal zurück nach Wiesbaden fahren. Könnten Sie mich an die Pforte bringen, Frau Saletti?« Dabei strahlte er

Maria an. Maria spürte, wie ihr wieder das Blut in die Wangen schoss, und nickte. Alexander Neubert verabschiedete sich von Jan Gerber und folgte Maria, die vor ihm herging, um die gefühlten 100 Türen auf- und wieder zuzuschließen. Als sie in der Verwaltung einige Meter nebeneinander herliefen, war die Anziehung zwischen den beiden förmlich greifbar. Maria war zu schüchtern, um auch nur ein Wort zu sagen, und Alex brachte auch nur kurz vor der Pforte ein leises »Ich möchte dich wiedersehen« hervor.

4

Zur Verwaltung waren es nur wenige Treppenstufen, und kurz darauf stand Jan bereits vor dem Büro von Richard Meurer. Er klopfte an und steckte seinen Kopf durch die Tür.

»Hallo, Herr Meurer, haben Sie einen Moment Zeit?«

Richard Meurer saß zusammengesunken in seinem Stuhl und war mit seinen Gedanken scheinbar ganz woanders. Wie in Trance sah er Jan Gerber an und erst nach einigen Sekunden reagierte er auf die Frage.

»Ja, natürlich, was gibt es denn?«

»Ich hatte soeben Besuch von einem Herrn Alexander Neubert vom LKA. Er überprüft alle Freigänger und bittet um eine Liste der von Hattinger durchgeführten Ausgängen. Es sind Ermittlungen im Fall der unbekannten Toten, die man hier in der Nähe ermordet aufgefunden hat.« Jan legte die Visitenkarte von Alex Neubert auf Meurers Schreibtisch. Meurer griff langsam danach und starrte darauf.

»Gut, die werde ich ihm mailen. Ich habe übrigens die Akte auf Verstöße gegen das Betäubungsmittelgesetz geprüft. Ich sage Ihnen, es gibt keinerlei Hinweise. Vielleicht wollte der Hausarbeiter Savic Herrn Hattinger schaden?«

Jan, der spürte, dass der Anstaltsleiter an einer Unterredung kein großes Interesse hatte, sagte kurz angebunden:

»Kann natürlich auch sein, aber warum? Wir sagen dem Hattinger noch nicht, dass er befragt werden wird. Das LKA gibt uns grünes Licht, wenn wir es ihm sagen dürfen. Man möchte erst ermitteln.«

Meurer sah durch ihn durch und war offensichtlich mit seinen Gedanken woanders. Jan wartete kurz auf eine Reaktion seinerseits, und als diese ausblieb, verließ er das Büro und traf auf dem Weg zur Zentrale Marco Lippert, den Systemadministrator.

»Ach, Marco, gut, dass ich dich treffe. Ich konnte vorhin die Ausgänge von Hattinger bei mir nicht aufrufen. Kannst du mal nachsehen, woran das liegt?«

»Das kann ich dir sogar gleich sagen, woran das liegt.« Marco Lippert machte eine bedeutungsvolle Pause. Leise sprach er weiter: »Meurer hat diese Akte für alle anderen sperren lassen. Er sagte, dass ein Gefangener mit dieser Vorstrafe hier im Haus immer Anlass zu Spekulationen gäbe, und er wolle das damit unterbinden.«

Jan stieg die Zornesröte ins Gesicht. Er, der Sicherheitschef der Anstalt, hatte keinen Zugang zu allen Gefangenenakten? Das durfte wirklich nicht wahr sein.

5

Maria trat an das Waschbecken in ihrem Büro und schaute in den Spiegel. Im Knast war es merkwürdig still. Nur hier und da war ein Vogelzwitschern und das Kreischen der Mauersegler zu hören, die, unbeirrt von der Hitze, ihre Bahnen zogen, immer an den Knastmauern entlang. Ihr Gesicht glühte, was war gerade geschehen? Gedankenverloren ließ sie kaltes Wasser über ihre Handgelenke laufen. Alexander Neubert war genau der Typ Mann, für den Maria eine Schwäche hatte. Groß, blond, durchtrainiert und äußerst charmant. Er wollte sie wiedersehen. Sie hatte ihn nach diesem Satz nur angelächelt und wollte gerade etwas erwidern, da kam der Pfortenbeamte in den Flur und übergab ihm sein Handy, seine Waffe und seinen Ausweis. Mit einem dümmlichen Grinsen im Gesicht, als hätte er die Situation erfasst, verschwand er wieder im Pfortenraum, und Sekunden später ertönte der Summer, der die Ausgangstür freigab. Beide warfen sich noch einen langen Blick zu, dann drehte Alexander Neubert sich um und verließ die Anstalt. Maria stand da wie ein Schulmädchen. Wie dumm von ihr. Warum war sie nicht so mutig gewesen, ihm ihre Telefonnummer zu geben? Warum hatte sie kein Wort herausbekommen? Andererseits, wenn es ihm ernst war, wusste er ja, wo er sie finden konnte. Es war das erste Mal, dass ihr nach der Trennung von ihrem Freund David ein Mann gefiel. David war eine Liebe aus der Schulzeit gewesen, nicht besonders prickelnd, aber eine sichere Bank. Die Vertrautheit und die Sicherheit, dass man genau wusste, was man vom anderen erwarten konnte, hatte Maria geschätzt. Sie waren irgendwann, sie konnte sich nicht einmal mehr erinnern, wann, zusammengekommen und es lief einige Jahre gut, bis zu dem Überfall. Danach gab es nur noch Streit. Plötzlich fiel Maria auch die Verliebtheit als Teenager in Italien ein. Wie hatte sie diesen Pino vergöttert. Das schlechte Gewissen ereilte sie wie ein Schlag in die Magengrube. Durch diese Liebelei kam ihre Cousine Anna ums Leben. Wäre sie damals nicht mit Pino weggefahren, wäre Anna heute noch am Leben. Ihre Euphorie war wie weggeblasen. Durfte sie sich verlieben? Oder würde wieder etwas Schreckliches passieren? Sofort suchte ihre rechte Hand an ihrer Halskette nach ihrem Kruzifix und ihrem Corno.

Vor ihrem inneren Auge sah sie ihre Mutter vor sich, die ihren Vater abgöttisch geliebt hatte. Als brave italienische Ehefrau hatte sie ihr eigenes Leben hintangestellt und ihrem Ehemann blind vertraut. Aus heiterem Himmel, oder besser wegen einer anderen Frau, zog er aus, als sie und ihre Brüder noch klein waren. Einige Jahre später ging er wieder zurück nach Neapel. Unterhalt kam nur unregelmäßig. Ihre Mutter hielt die kleine Familie mit Sozialhilfe und Putzstellen über Wasser. Da schwor sich Maria, dass sie niemals abhängig von einem Mann sein wollte. Ihre Mutter hatte für ihre Liebe einen hohen Preis gezahlt.

Sie schüttelte den Kopf, als könnte sie damit ihre düsteren Gedanken vertreiben.

6

Als einige Stunden später Frank Hattinger die Anstalt betrat, nahm er wie immer im Nebenraum Platz und wartete auf einen Beamten, der ihn abtasten und dann auf seine Station bringen sollte. Er staunte nicht schlecht, als der Sicherheitsdienstleiter mit einem jungen Beamten plötzlich den Raum betrat.

»Das Abtasten übernehme ich heute«, sagte Gerber und schloss hinter sich die Tür des Nebenraums.

»Herr Hattinger, ziehen Sie sich bitte bis auf die Unterhose aus.«

»Was soll denn die Scheiße? Ich ziehe mich doch in der Kammer gleich um, da können Sie mich dort auch abtasten.« Jan Gerber erwiderte nichts und wartete darauf, dass Hattinger sich entkleidete. Die Spannung in dem Raum wuchs. Am liebsten hätte er ihm in seine Visage geschlagen. Die Wut stieg in ihm auf, er merkte, wie sein Körper sich anspannte und sein Kopf heiß wurde. Er durfte auf keinen Fall falsch reagieren, sonst wäre er das letzte Mal im Freigang gewesen. Mit zusammengebissenen Zähnen begann er, sich auszuziehen. Sollte er ihn doch abtasten, finden würde er sowieso nichts. Jan Gerber nahm sich jedes einzelne Kleidungsstück genau vor, fand aber nichts. Dann tastete er Frank Hattinger im Intimbereich ab. Hattinger fing an zu lachen.

»Na, irgendeine Gefahr gebannt, Gerber?« Er sah Jan spöttisch an, schnappte sich seine Hose und zog sich betont langsam wieder an. Punkt für mich, dachte er und grinste dem Sicherheitsdienstleiter frech ins Gesicht. Dessen Enttäuschung war ihm kaum anzumerken, nur ein Zucken um die Mundwinkel verriet ihn.

7

Dirk Herzberg war schon ein Häufchen Elend, als er in das Büro von Kommissar Schönig trat, und zwei Minuten später schien er dicht davor, in Tränen auszubrechen. Beamte der Polizei in Frankfurt hatten sein Büro aufgesucht und ihn dort inmitten eines chaotischen Durcheinanders gefunden. Er roch nach Schweiß und Alkohol und hatte offensichtlich die Kontrolle über sein Leben verloren. Sein maßgeschneidertes Hemd hing ihm wie ein zerknitterter Lappen am Körper, seine Augen waren blutunterlaufen – er war am Ende.

»Bitte, nehmen Sie Platz.« Kommissar Schönig wies auf einen Stuhl. Herzberg setzte sich und sank augenblicklich in sich zusammen.

»Herr Herzberg, ich habe hier die Anzeige Ihrer Haushälterin vorliegen, die besagt, dass Ihre Ehefrau entführt wurde.« Kommissar Schönig sah Dirk Herzberg durchdringend an. Augenblicklich schlug Herzberg die Hände vors Gesicht und schluchzte:

»Ja, meine Frau ist entführt worden. Ich habe am Samstag einen Erpresserbrief bekommen. Darin steht aber, dass ich die Polizei nicht einschalten soll.« Er weinte hemmungslos.

Herbert Schönig hatte sich einige Stunden zuvor die Fotos der unbekannten Toten angesehen. Jedoch war dies ein Anblick, den er Dirk Herzberg zurzeit nicht zumuten wollte. Möglicherweise war die unbekannte Tote nicht Susanne Herzberg, die Leiche war dermaßen zugerichtet, dass nur eine DNA-Probe Sicherheit geben konnte. Oder tat dieser Mensch ihm gegenüber nur so verzweifelt und war in Wirklichkeit an der Entführung seiner Frau beteiligt? Elli Moosleitner hatte etwas von finanziellen Schwierigkeiten gesagt. Durch die Entführung oder gar durch das Erbe wäre er möglicherweise saniert.

DIENSTAG, 11. SEPTEMBER

1

Die Leiterin der Soko *Aje*, Heike Bender, saß im großen Besprechungsraum des LKA. Das LKA hatte die Ermittlungen übernommen, da man bereits ein Jahr zuvor eine junge Frau in einem Teich in der Nähe von Kassel tot aufgefunden hatte. War hier ein Serientäter am Werk? Nach und nach trafen die Kollegen ein und nahmen ihre Plätze ein. An einer großen weißen Tafel waren die bisher bekannten Fakten der unbekannten Toten aufgeführt. Fotos waren darauf geheftet, auf denen die Leiche, der Fundort und die verschiedenen Fundstücke zu sehen waren. Inwieweit die Fundstücke mit der Leiche im Zusammenhang standen, war noch nicht klar, da die Spuren bisher nicht alle ausgewertet waren. Sie sah in die Runde. Die Soko hatte diesen Namen bekommen, da die Tote im Aje-See bei Eppertshausen gefunden wurde. Das Puzzlespiel begann, sie würden nun alle bekannten Fakten zusammentragen. Jeder der Anwesenden hatte eine bestimmte Aufgabe, deren Ergebnis zu den bisherigen Erkenntnissen hinzugefügt wurde.

»Gut, dass ihr alle pünktlich seid. Ich wünsche euch einen guten Morgen und möchte zügig beginnen. Es liegt viel Arbeit vor uns. Heute Morgen wurde ich vom Polizeipräsidium Darmstadt informiert, dass dort die Entführung einer jungen Frau angezeigt wurde. Das Interessante daran ist, dass die Haushälterin sich bei der Polizei gemeldet hat und nicht der Ehemann. Er wurde gestern im Polizeipräsidium Südhessen in Darmstadt vernommen. Ein Foto der vermissten Frau habe ich bereits erhalten. Eine erste Leichenschau hat es bestätigt, die Tote ist Susanne Herzberg, geborene Berger.« Mit diesen Worten warf Heike Bender ein Foto aus dem Internet von Susanne Herzberg mit dem Beamer an die Wand. Eine wahre Schönheit, blond, mit langen Haaren und graugrünen Augen lächelte die Anwesenden an. »Wir müssen als Erstes den Ehemann unter die Lupe nehmen. Alex, bitte fahre nach Darmstadt und vernehme Dirk Herzberg. Wer überprüft das restliche familiäre Umfeld der Toten?« Heike sah sich suchend im Raum um. Timo Keller hob zögerlich die Hand. Sie notierte seinen Namen mit dem Stichwort *Familie*. »Für die anderen: Sollte sich bei euren Ermittlungen etwas von großer Bedeutung ergeben, bitte ich euch, mich sofort zu unterrichten. Bitte auch nachts oder am Wochenende.« Vor ihr saßen einige der besten Beamten des LKA, mit vielen hatte sie schon gut zusammengearbeitet.

»Folgende Fakten sind bekannt: Die Leiche wurde am 8. September gegen 4.10 Uhr von dem Angler Michael Sobeck gefunden. Wer bitte überprüft Sobeck?«

Eine junge Beamtin hob die Hand, und Heike schrieb

ihren Namen mit dem Vermerk *Sobeck* an das Whiteboard.

»Die Auffindesituation sehen wir hier auf diesen Fotos.« Mit diesen Worten startete sie eine Fotoshow und projizierte sie mit dem Beamer an die Leinwand. Die Anwesenden sahen sich die Fotos genau an.

»Wie ihr sehen könnt, wurde versucht, die Leiche im See zu versenken. Nur weil ein starker Ast etwas unterhalb dieses Felsvorsprungs den Körper aufgefangen hat, konnte der Leichnam nicht untergehen. Die Tote hatte nur noch ihr Kleid an. Slip, BH, Schuhe, Handtasche fehlen. Taucher werden heute den Seegrund absuchen. Das ist insofern schwierig, da der See ungewöhnlich tief ist und nach dem Krieg auch Munition dort versenkt wurde. Nach erster rechtsmedizinischer Sicht war die Frau noch keine 48 Stunden tot. Wir benötigen Zeugen, die also etwa ein bis zwei Tage vor dem Auffinden der Leiche etwas im Wald beobachtet haben. Wir werden einen entsprechenden Aufruf in der Presse starten, in der Hoffnung, dass jemand sich meldet.« Mit diesen Worten sah Heike in die Runde.

»Sie wurde wohl mit einem Seil oder Schnur gewürgt. Was genau zum Tod geführt hat, wissen wir morgen. Da der Leichnam auch unzählige Hämatome aufweise. Der oder die Täter sind äußerst brutal vorgegangen.« Ein Raunen ging durch den Raum.

Alex ergriff das Wort:

»Ich war bereits in zwei Justizvollzugsanstalten mit Freigängerabteilung im näheren Umkreis zum Auffindeort. Einmal in der JVA Dieburg und in der JVA Darmstadt. In der JVA Frankfurt habe ich heute einen Termin. Ich nehme mir alle vor, die einschlägig vorbestraft sind. Aber ich befrage vor allem auch die Beamten vor Ort, ob ihnen etwas aufgefallen ist. Bisher habe ich nichts Konkretes erfahren können. Ich warte noch auf die Ausgangslisten von einigen Freigängern.« Als Alex geendet hatte, notierte Heike seinen Namen mit dem Stichwort *Freigänger* auf dem Whiteboard. Um ihren Worten mehr Gehör zu verschaffen, sprach sie lauter als vorher:

»Bitte, seht euch alle diese Fotos an, ich habe sie in einer Datei zusammengefasst, den Link habt ihr alle bekommen. Lasst euren Gedanken freien Lauf: Wie könnte sich die Tat zugetragen haben? Wer könnte der Täter sein? Macht euch ein paar Gedanken zu den Verletzungen, und dann bitte morgen um 10 Uhr wieder hier im Besprechungsraum.« Man hörte Stühlerücken, die Damen und Herren der Soko *Aje* gingen an die Arbeit.

2

Alex war seit der Begegnung mit Maria wie verzaubert. Sie ging ihm nicht mehr aus dem Kopf. Ihr hübsches Gesicht hatte sich in sein Gedächtnis gebrannt. Er musste sie unbedingt wiedersehen. Im langen Flur des LKA war niemand zu sehen. Als er zu seinem Büro ging, sah er in den einen oder anderen Raum, dessen Tür offen stand.

Die Kolleginnen und Kollegen saßen trotz der unerträglichen Hitze an ihren Computern oder Telefonen und waren konzentriert bei der Arbeit.

Heike Bender war gerade im Begriff zu gehen, als Alex ihr entgegentrat. Sie sah müde und abgekämpft aus und strich sich eine Haarsträhne aus dem Gesicht. Als sie Alex sah, sagte sie:

»Hast du schon etwas in Erfahrung bringen können?«

»Nein, nicht wirklich. Bisher gibt es zwei Freigänger in der näheren Umgebung zum Tatort, die wegen schwerer Gewaltdelikte verurteilt worden sind. Einmal ein Mann in Darmstadt – ein verurteilter Mörder – und der zweite ist ein Mann in der JVA Dieburg – er ist dort in Vorbereitung zur Entlassung. Er verbüßt eine Strafe wegen Totschlag. Wen er wie umgebracht hat, weiß ich noch nicht. Ich schaue mal, was ich über die Herren bei uns im Intranet finde.«

»Gut soweit. Mach das. Wir sehen uns morgen zur Frühbesprechung.« Heike Bender sah auf die Uhr. »Es wird Zeit, dass ich hier rauskomme. Ich muss noch zu meiner Mutter ins Pflegeheim. Einmal quer durch Wiesbaden und dann nach Hause.« Mit diesen Worten schnappte sie sich ihren Aktenkoffer und schlich müde den langen Flur entlang.

Sein Büro lag gegenüber dem von Heike Bender. Er schloss es auf, und auf dem Weg zum Fenster setzte er den Ventilator in Gang. Die Luft war zum Schneiden, und da den ganzen Tag die Sonne in das Zimmer schien, auch unerträglich heiß.

Nach wenigen Klicks hatte er Frank Hattingers Akte im Hessischen Intranet gefunden. Schnell konnte er die wichtigsten Informationen herauslesen. Vor der Tat nur eine Jugendstrafe wegen Körperverletzung. Dann fand Alex das Vernehmungsprotokoll von damals.

Der Beschuldigte Frank Hattinger, geb. am. 19.06.1979, wohnhaft in Kelkheim, äußert sich zur Tat wie folgt:

Ich habe am 12.6.2009 die Prostituierte Mariana Petlakova gegen 21.30 Uhr in ihrer Wohnung in Frankfurt, Ben-Gurion-Ring, aufgesucht. Ich hatte vorab telefonisch mit ihr ein Treffen verabredet. Am Telefon sagte sie, dass sie auch Fesselspiele und härteren Sex durchführen würde. Als ich dann eintraf, wollte sie zuerst von mir das Geld. Vereinbart waren am Telefon € 150,--, wenn es härter zur Sache gehen sollte. Ich habe ihr dann das Geld gegeben, daraufhin ist sie zum Balkon gerannt und hat laut um Hilfe geschrien. Ich bin hinterher und habe sie auf dem Balkon zur Rede gestellt. Sie fing an, mich zu schlagen, und ich habe mich gewehrt. Sie kratzte mich, und da habe ich so fest zugeschlagen, dass sie rücklings über die Balkonbrüstung vom Balkon fiel.

Auf dem Foto, das angezeigt wurde, war Hattinger noch Anfang 20, wahrscheinlich sah er heute vollkommen anders aus. Alex ließ den Text auf sich wirken. Er öffnete seine Schreibtischschublade in der Hoffnung, etwas Süßes zu finden, aber Fehlanzeige: Sämtliche Schokoriegel waren bereits vernichtet. Er lehnte sich zurück, seine Gedanken kreisten um Maria Saletti. Etwas war bei dieser Begegnung mit ihm geschehen. Das Signalzeichen einer eingehenden E-Mail riss ihn aus seinen Träumen. Im Eingang befand sich eine Mail von der JVA Dieburg R. Meurer.

Sehr geehrter Herr Neubert,

anbei die Ausgangsliste zum Schulunterricht von Herrn Frank Hattinger.

Wie ich soeben überprüft habe, ist Herr Hattinger nach jedem Ausgang immer pünktlich in der Anstalt erschienen.

Aufgeführt waren alle Ausgänge mit genauer Minutenangabe, wann Hattinger die Anstalt verlassen hatte und wann er wieder zurückgekehrt war. An den fraglichen Tagen, 07. September und auch 08. September, an denen die unbekannte Frau sehr wahrscheinlich ums Leben gekommen ist, war Frank Hattinger nicht im Freigang gewesen.

Nun gut, dieser Hattinger schied also als Täter aus. Jedoch wurde durch das Lesen des Vernehmungsprotokolls seine Neugier geweckt. Der von Hattinger geschilderte Tathergang rechtfertigte keine Verurteilung wegen Mordes.

Er rief die Seite im Computer auf, die die Fotos vom Tatort zeigten. Man sah eine Frau auf dem Pflaster mit dem Gesicht nach unten liegen. Gehirnmasse und jede Menge Blut waren neben ihrem Kopf ausgetreten. Sie war aus dem neunten Stock gestürzt. Die nächsten Fotos waren dann bei der Leichenschau in der Gerichtsmedizin in Frankfurt aufgenommen worden. Eine Frau, die Würgemale am Hals und mehrere Blutergüsse auf dem gesamten Körper hatte, war zu sehen. Er überflog noch die Urteilsbegründung des Gerichts, in der stand, dass der von ihm geschilderte Tathergang nicht glaubhaft war und das Gericht davon ausging, dass er die Frau ausrauben wollte und sie dann vom Balkon stieß. Die Verletzungen, die an der Leiche gefunden worden waren, konnten ihm nicht eindeutig angelastet werden. Sein Anwalt konnte dem Gericht glaubhaft machen, dass auch ein vorheriger Freier der Frau die schweren Verletzungen zugefügt haben könnte. Er schloss die Intranet Seite und hing noch einen Moment seinen Gedanken nach.

3

Carlos Ribeiro war nur noch ein Schatten seiner selbst. Er hatte sicherlich seit Tagen nicht mehr geduscht, seine fettigen, halblangen Haare hingen ihm strähnig vom Kopf. Sein Blick huschte unstet hin und her. Bevor er auf Heroin war, war er eigentlich ein umgänglicher Zeitgenosse gewesen, der stets angemessen und zurückhaltend reagierte. Aber Heroin veränderte die Menschen derart, dass man glauben könnte Doktor Jekyll und Mister Hyde wären anwesend. Zusammengesunken saß er auf einem Stuhl vor seiner Zelle und kratzte sich am Arm.

»Na, Ribeiro, im Moment keine gute Zeit für Sie?« Maria blieb vor ihm stehen und schaute ihn fragend an.

»Ach, Frau Saletti. Ich bin ein Idiot, warum habe ich nur wieder angefangen. Ich war acht Monate clean, und jetzt geht es mir wieder so schlecht.«

»Hör halt wieder auf. Ich gehe mit dir zum Revier, vielleicht bekommst du für eine kurze Zeit Methadon.« Maria mochte Ribeiro. In all der Zeit, in der er in Dieburg einsaß, war er stets höflich zu ihr gewesen und hatte sich für jede Kleinigkeit bedankt.

»Nein, den Dreck will ich nicht, das habe ich schon hinter mir. Der Entzug davon ist noch schlimmer. Glauben Sie es mir.« Er sah Maria verzweifelt an.

»Wenn du meinst, dann musst du eben einen kalten Entzug machen.«

»Wenn das so einfach wäre. Könnten Sie mich immer einschließen? Dann komme ich nicht auf dumme Gedanken.« Er flüsterte diese Worte. Maria verstand sofort, warum, und auch sie sprach mit leiser Stimme:

»Klar, wenn du unter Verschluss genommen werden willst, machen wir das.«

Am Ende des Flurs begann gerade eine laute Diskussion, und Maria drehte sich schnell um, um zu erkennen, wer mit wem in Streit geraten war. Ein Neuankömmling, der erst vor wenigen Tagen eingefahren war, versuchte, von anderen Insassen Tabak zu schnorren. Kurz vor dem Einkauf war niemand dazu bereit. Der Einkauf, der einmal monatlich innerhalb der Knastmauern abgehalten wurde, hatte noch nicht stattgefunden. Und jeder musste mit dem wenigen, was noch da war, gut haushalten. Sein Gejammer hörte Maria über den gesamten Flur. Mit einem großen Knall flog eine Zellentür auf, und Werner Mosbach, ein berühmt-berüchtigtes Mitglied der *Hells Angels* aus Frankfurt, trat auf den Flur. Er war eine imposante Erscheinung, etwa einen Meter 90 groß, und die Schultern und Oberarme hatte er sicherlich nicht nur in der Muckibude gestählt. Ein Mann von der Straße, der in die Jahre gekommen war. Man musste kein Hellseher sein, um zu erkennen, was mit ihm los war. Er war dermaßen wütend, dass Maria befürchtete, gleich würde er explodieren. Mit zusammengekniffenen Augen schritt er auf den Frischling zu, baute sich vor ihm auf, um ihn dann am Kragen zu packen und einige Zentimeter anzuheben. Er zog ihn nah an sich heran. Zwischen den Zähnen presste er leise hervor:

»Wenn du nicht augenblicklich die Fresse hältst, kannst du bald überhaupt nicht mehr rauchen. Haste mich verstanden? Dein scheiß Gejammer nervt. Ich will schlafen, also mach den Kopf zu.« Mit diesen Worten setzte er sein Opfer wieder auf dem Boden ab. Maria, die, als sie die Situation erfasst hatte, sofort neben dem Kontrahenten stand, sagte:

»Na, Herr Mosbach, schlecht geträumt?« Sie lächelte dabei und entschärfte damit die Situation sofort.

Werner Mosbach, der diesem Lächeln nichts Schlechtes entgegensetzen wollte, antwortete:

»Echt, Frau Saletti. Der Kindergarten hier nervt. Das sind doch alles keine Männer.« Damit sah er in die Runde der Anwesenden. Niemand widersprach ihm. Maria lachte laut und antwortete:

»Herr Mosbach, Sie haben dieses Etablissement gebucht, nun dürfen Sie den Aufenthalt auch genießen.« Kopfschüttelnd wandte er sich ab und verschwand in seiner Zelle.

Der Neuankömmling, der in der Auseinandersetzung komplett seine Farbe verloren hatte, atmete tief aus.

»Danke, dass Sie dazwischen gegangen sind«, sagte er leise.

»Ja, ich war zufällig auf dem Flur. Sie sind zum ersten Mal im Knast, richtig?« Als er nickte, fuhr Maria fort:

»Sie müssen hier sehr aufpassen, mit wem Sie sich anlegen. Halten Sie sich zurück und bleiben Sie in Ihrer Zelle, auch in der Freizeit. Es dauert, bis man weiß, mit wem man hier auskommen kann und mit wem nicht.« Sie sah ihm eindringlich in die Augen. Dann drehte sie sich um und ging in ihr Stationsbüro. Als ihr Computer startete, erwischte sie sich dabei, wie sie an Alex Neubert dachte.

4

Als Alexander den Verhörraum im Polizeipräsidium in Darmstadt betrat, sah er vor sich ein Häufchen Elend sitzen. Dirk Herzberg mochte vor den Ereignissen ein attraktiver Typ gewesen sein, hier aber saß ein gebrochener Mann. Die Haare standen ihm wirr vom Kopf, und das Rasieren hatte er offensichtlich aufgegeben. Seine Kleidung, teuer, aber seit Tagen nicht mehr gewechselt, sprach für sich. Hier war ein Mensch am Ende. Als Alexander die Tür schloss, wandte Herzberg ihm langsam sein Gesicht zu.

»Guten Tag, Herr Herzberg. Mein Name ist Alexander Neubert. Ich komme vom LKA in Wiesbaden und habe einige Fragen an Sie.« Mit diesen Worten zog Alex einen Stuhl unter dem Verhörtisch hervor und setzte sich Herzberg gegenüber. Er zeigte auf das Aufnahmegerät und sagte:

»Zu Ihrer Information: Dieses Gespräch wird aufgezeichnet.« Herzberg nickte kaum merklich und stierte Alex mit blutunterlaufenen Augen an.

»Herr Herzberg, eine Frau Elli Moosleitner hat hier im Polizeipräsidium die Entführung Ihrer Ehefrau zur Anzeige gebracht, nachdem sie in Ihrem Briefkasten einen Erpresserbrief gefunden hatte und Ihre Frau offensichtlich verschwunden ist.« Dirk Herzberg nickte kaum wahrnehmbar und schwieg.

»Wie lange war Ihre Frau denn schon weg, als der Brief gefunden wurde?« Alex fixierte Herzberg.

»Ich weiß es nicht genau.« Herzberg rieb sich mit beiden Händen das Gesicht. »Ich habe sie zuletzt am Freitagmorgen gesehen. Ich kam so gegen 4 Uhr nach Hause, da lag sie in ihrem Bett und schlief. Als ich später aufwachte, war sie schon weg, und ich dachte, sie ist mit dem Hund spazieren. Ich musste dann dringend in die Schweiz und habe mir ein Taxi bestellt, das mich zum Flughafen brachte. Da stand ihr Auto in der Auffahrt, aber sie habe ich nicht mehr gesehen.« Alex notierte sich stichpunktartig die wichtigsten Fakten.

»Wann sind Sie denn wieder nach Hause gekommen?« Eine lange Pause entstand, dann kam zögerlich:

»Ich weiß es nicht. Ich hatte in der Nacht auf Samstag einen Filmriss. Irgendwie bin ich nach Hause gekommen, aber keine Ahnung, wie. Das Letzte, an das ich mich erinnere, ist, dass ich in einer Bar im Frankfurter Bahnhofsviertel angefangen habe, Schnaps zu trinken. Dann wurde ich zu Hause wach, als Frau Moosleitner schrie.« Alex musterte ihn schweigend. Er nahm eine Flasche Wasser, die auf dem Tisch stand, und goss beiden ein Glas ein. Schließlich sagte er:

»Führen Sie eine harmonische Ehe?« Dirk Herzbergs Augen füllten sich augenblicklich mit Tränen.

»Ja, ich liebe meine Frau, und sie liebt mich. Ich war

in der letzten Zeit ungerecht zu ihr, denn die Sorgen um meine Firma ließen meine Nerven blank liegen. Vor einigen Tagen hatte sie mich noch gefragt, ob wir zusammen, wie jedes Jahr, an die Ostsee fahren wollten. Da sind mir die Sicherungen durchgebrannt, und ich habe sie angeschrien.« Herzbergs Blick senkte sich, und er machte eine Pause.

»Ich konnte sie nicht verstehen, sie wusste doch, wie es um meine Firma steht.«

»Sind Sie in finanziellen Schwierigkeiten?« Alex sah Herzberg prüfend an, als dieser kaum erkennbar nickte.

»Für das Protokoll: Herr Herzberg, sind Sie in finanziellen Schwierigkeiten? Bitte antworten Sie, das Aufnahmegerät kann Ihr Nicken nicht aufzeichnen.«

»Ja, ich wurde gelinkt, meine Firma ist insolvent.« Mit diesen Worten griff Herzberg zum Wasserglas und leerte es in einem Zug.

»Was wir bisher wissen, ist, dass die Firma Ihrer Frau floriert, dass sie über ein beachtliches Vermögen verfügt. Wollte Sie Ihnen nicht helfen?«

»Wir haben bei der Heirat Gütertrennung vereinbart. Das ging von ihr aus, mir war klar, dass ich alleine zurechtkommen muss.«

MITTWOCH, 12. SEPTEMBER

1

Hattingers Zelle war aufgeräumt, irgendwie zu aufgeräumt, nichts Persönliches konnte man hier finden. Briefe, die sie ihm in der letzten Zeit ausgehändigt hatte, waren nirgends auffindbar. Entweder hatte er alle Briefe zu seinen persönlichen Sachen gegeben, und sie wurden in einer Kiste in der Anstalt für ihn aufbewahrt, oder aber er hatte sie weggeworfen. Seit sie mit Carlos Ribeiro gesprochen hatte, war ihre Abneigung ihm gegenüber noch größer. An einer Wand hing ein Poster, der einen Strand und Palmen zeigte. Das war es. Die Zellenkontrolle fing Maria wie immer links oben an und arbeitete sich im Uhrzeigersinn durch. Nach 15 Minuten hatte sie die Zelle gründlich durchsucht. Nichts war ihr aufgefallen, es war einfach zu ordentlich, zu glatt hier drin. Sie fand nichts wirklich Persönliches von Hattinger. Sie schloss die Zelle wieder ab und zog sich gerade die Handschuhe aus, als Dragan Savic auf sie zukam.

Leise sagte er: »Hallo, Frau Saletti. Ich habe gehört, der Gerber hat den Hattinger links gemacht und nichts gefunden. Das tut mir leid. Aber glauben Sie mir, der bringt das Dope rein.« Savic blickte sich mehrfach um und sah Maria verzweifelt an.

»Ich glaube dir, aber wir müssen es auch beweisen. Das ist im Moment das Problem. Der Ribeiro will weg vom Heroin.« Maria sah Savic in die Augen. Spielte er ein falsches Spiel? Auch Savic hielt seinen Blick auf Maria geheftet:

»Der will nicht nur runter vom Heroin, der will vor allen Dingen weg von dem Hattinger. Der hat eine scheiß Angst vor dem.« Savic drehte sich um und ging. Maria sah ihm nachdenklich hinterher. Als sie mit den Zellenkontrollen fertig war, begab sie sich zum Büro von Jan Gerber. Es war der erste Tag, der auf den nahenden Herbst hinwies. Der Himmel war bewölkt, und ab und an zog sogar ein kühler Wind über das Land. Im Gefängnis waren alle Fenster weit geöffnet, um etwas Abkühlung zu bekommen. Das Hafthaus, welches nur aus Beton bestand, war in den letzten Wochen zum Backofen mutiert. Jan saß wie immer vor seinem Computer. Auf dem Tisch stapelten sich Akten, und er schaute konzentriert auf den Bildschirm, als Maria eintrat.

»Jan, ich glaube, wenn wir den Ribeiro einfach auf eine andere Station verlegen, würden wir dem einen echten Gefallen tun.« Maria ging zum Kühlschrank, öffnete ihn, stellte fest, dass keine Schokolade mehr da war, und schloss die Tür wieder.

»Ja, vielleicht hast du recht, aber wenn nicht, wird er auf der neuen Station versuchen, von jemand anderem das Heroin zu bekommen. So wissen wir, dass Hattinger das

Zeug reinbringt, wir müssen ihn nur erwischen und können ihn aus dem Verkehr ziehen. Dann hat sich der Freigang für ihn ein für alle Mal erledigt.« Jan war aufgestanden und sah nachdenklich aus dem Fenster. »Von Anfang an war mir schleierhaft, wie einer mit einer solchen Strafe hierher nach Dieburg verlegt werden kann und aus dem geschlossenen Vollzug heraus in den Freigang darf. Das habe ich in all den Jahren noch nicht erlebt.«

»Vielleicht hat der Anwalt von Hattinger gute Beziehungen nach oben? Kann doch sein?«

»Ja, möglich ist das. Der muss es irgendwie hinbekommen haben, sonst wäre der Hattinger nicht bei uns und würde täglich in den Ausgang gehen. Man hätte ihn in eine Freigängerabteilung in einer großen JVA verlegen können. Als ich nachgefragt habe, sagte man mir, dass er ja nicht täglich in die Schule geht und man so die Lockerungen nach und nach weiter ausdehnen kann, bis er in die Freigängerabteilung geht.«

Maria schwieg einen Moment, dann fragte sie so beiläufig wie möglich:

»Hat der LKA-Mann schon die Ausgangsliste von Hattinger bekommen?« Bei diesen Worten sah Maria aus dem Fenster und verzog keine Miene. Jan schmunzelte und sah Maria direkt an.

»Der LKA-Mann, Alexander Neubert ... Ich weiß es nicht, aber du kannst ihn ja gerne mal anrufen und nachfragen, ob er die Liste erhalten hat.« Beide sahen sich an und lachten. Jan zwinkerte ihr zu, schob ihr die Visitenkarte über den Tisch und sagte:

»Ein interessanter Mann und gutaussehend noch dazu. Dass er von dir fasziniert war, habe ich sofort bemerkt.« Marias Herz machte einen Sprung.

»Hast du das gesehen? Aber bei meinem Glück ist er bestimmt in festen Händen.« Maria machte einen Schmollmund.

Als wäre es das Stichwort gewesen, klingelte das Telefon.

Jan nahm den Hörer ab und grinste nach wenigen Sekunden.

»Aber sicher können Sie den Hattinger verhören, wann möchten Sie denn kommen? Warten Sie, er ist heute um 17 Uhr wieder zurück in der Anstalt. Gut, bis dann.« Jan legte auf und sagte mit einem schelmischen Lächeln:

»Ich glaube, dein Dienst geht heute etwas länger. Du musst den Hattinger dem Alexander Neubert heute um 17 Uhr vorführen.« Jan grinste.

»Wenn du Überstunden anordnest, Chef, dann werde ich die natürlich machen.« Beide grinsten, und Maria verließ beschwingt Jan Gerbers Büro.

2

In ihrem Kopf herrschte ein einziges Durcheinander. Sie war ungeduldig wie ein Backfisch. Ein lauer Wind, der nicht wirklich Abkühlung brachte, wehte durch den Knast, aber es wurde langsam erträglicher. Sie stand gerade im Stationsflur, als ihr Funkgerät piepste.

»Burg 48 für Burg.«

»Burg 48 hört.«

»Bitte Besucher an der Pforte abholen.«

»Burg 48 hat verstanden.« Ihr Herz machte einen Sprung. Mit großen Schritten ging sie in ihr Büro, um noch einen letzten Blick in den Spiegel zu werfen. Eine halbe Stunde zuvor hatte sie ein frisches weißes Diensthemd angezogen und ein klein wenig Lipgloss aufgelegt. Ihr Make-up konnte man als natürlich und dezent bezeichnen. Sowieso besaß sie durch ihre italienische Abstammung eine gesunde Gesichtsfarbe, lediglich ihre Augen betonte sie mit Eyeliner und Mascara. Sie war mit ihrem Aussehen zufrieden. Sie schloss ihr Büro ab, lief die Treppen des Hafthauses hinunter, und wenige Minuten nach dem Funkspruch ging Maria über den Hof, um Alex in Empfang zu nehmen. Er sah umwerfend aus. Diese strahlend grünen Augen und seine makellosen Zähne, die, wenn er lächelte, aus seinem sonnengebräunten Gesicht leuchteten! Eigentlich zu schön, um wahr zu sein. Maria ertappte sich dabei, wie sie zweifelte. War so ein toller Mann wirklich an ihr interessiert? Als sie durch die Pfortentür ging und Alex ihre Hand entgegenstreckte, waren ihre Zweifel verflogen.

»Wie schön, dass du mich abholst.« Alex hielt Marias Hand wieder einen Moment länger fest als üblich.

»Ich freue mich, dich zu sehen«, sagte Maria etwas verlegen und ging mit ihm in die Verwaltung zum Vernehmungszimmer. Die ganze Zeit, als sie nebeneinander herliefen, sprachen sie kein Wort. Aber die Anziehung war beinahe greifbar. Sie nahm seinen männlichen Duft wahr, und als sie nach kurzer Zeit gemeinsam im Vernehmungsraum standen, sagte Alex:

»Ich bin dienstlich hier, und ab sofort werde ich absolut professionell vorgehen, aber bevor das nachher wieder untergeht, hast du am Samstagabend schon etwas vor?« Er sah Maria tief in die Augen.

»Möchtest du mit mir ausgehen?« Marias Wangen wurden rot.

»Überlege es dir, ich gebe dir hier meine private Handynummer, ruf mich bitte an und sage mir, wann und wo ich dich abholen darf.« Er drückte Maria ein kleines Zettelchen mit seiner Handynummer in die Hand, dabei hielt er ganz vorsichtig ihre Hand mit seinen großen Händen fest und blickte ihr lange in die Augen.

Maria fühlte sich magisch von ihm angezogen. Durch ein Klappern an der Tür wurden beide wieder schnell in die Realität zurückgeholt.

Alex war plötzlich wieder der LKA-Beamte, der den Mörder von Susanne Herzberg finden wollte. Er öffnete seine Aktentasche und holte die Liste der Ausgänge von Frank Hattinger hervor. Auf dieser Liste waren chronologisch alle Ausgangs- und Rückkehrzeiten zur Anstalt aufgeführt.

Als Maria einen Blick darauf warf, sah sie, dass Hattinger laut Liste am 7. September nicht im Freigang gewesen war. Sie versuchte, sich an den Tag zu erinnern, da dieser Tag der Geburtstag ihrer Mutter war, und sie war sich ziemlich sicher, dass sie an diesem Tag Hattinger morgens zur Pforte gebracht hatte. Sie konnte sich keinen rechten Reim darauf machen. Alex blieb im Vernehmungsraum, und Maria lief zu ihrer Station, um Hattinger abzuholen.

Als Frank Hattinger nach wenigen Minuten in Begleitung von Maria den Raum betrat, war seine Feindseligkeit beinahe greifbar. Seine kalten Augen musterten Alexander Neubert. Arrogant hob er sein Kinn und drückte seinen Rücken durch.

»Guten Tag, Herr Hattinger. Ich bin Kriminalhauptkommissar Neubert vom LKA in Wiesbaden. Bitte, nehmen Sie Platz.« Alex wies auf einen Stuhl, der ihm gegenüberstand. Als Hattinger sich gesetzt hatte, fuhr er fort:

»Herr Hattinger ich bin hier, da wir zurzeit alle einschlägig Vorbestraften überprüfen. Eine Frau wurde vor einigen Tagen nicht weit von der Anstalt entfernt ermordet aufgefunden.« Alex sah Hattinger dabei direkt in die Augen.

»Aha«, war das Einzige, was Frank Hattinger von sich gab.

»Nur zu Ihrer Information, hier läuft ein Voice-Recorder mit und zeichnet dieses Gespräch auf.« Hattinger blickte desinteressiert in den Raum.

»Ich sage ohne meinen Anwalt gar nichts mehr.« Dann lehnte er sich auf dem Stuhl, auf dem er saß, nach hinten, verschränkte seine muskulösen Arme vor der Brust und distanzierte sich so von dem Geschehen. Alex sah Maria kurz an und legte ein Foto von Susanne Herzberg direkt vor ihn auf den Tisch. Hattinger verzog keine Miene, warf noch nicht einmal ein Blick darauf.

»Herr Hattinger, kennen Sie diese Frau?« Frank Hattinger sah stur an Alex vorbei.

»Herr Hattinger, ich habe mir heute die Tatortfotos von Ihrer Tat vor neun Jahren angesehen. Ihr Opfer wies sehr ähnliche Merkmale auf wie die Tote hier.« Frank Hattinger biss die Zähne zusammen, seine Kieferknochen traten hervor, und er sah Alex Neubert feindselig an, schwieg aber weiter.

»Herr Hattinger, haben Sie mich verstanden?« Wieder keine Reaktion.

»Für das Protokoll. Herr Frank Hattinger macht keinerlei Angaben. Hiermit wird die Vernehmung beendet.«

Maria stand auf, und auch Frank Hattinger erhob sich von seinem Stuhl. Er drehte Alex Neubert demonstrativ den Rücken zu, und Maria öffnete die Tür vom Vernehmungsraum und ließ Hattinger vor sich in den Gang treten.

»Ich bringe Herrn Hattinger in seine Zelle, und in ein paar Minuten bin ich zurück und begleite Sie zur Pforte«, sagte Maria mit fester Stimme. Bevor sie die Tür schloss, schaute sie nochmals in den Raum und lächelte Alex an.

Frank Hattinger war stinksauer. Auf seiner Station angekommen, schnauzte er sie laut an:

»Haben Sie noch so eine Überraschung für mich heute?« Er baute sich drohend vor ihr auf.

»Nein, Herr Hattinger. Für heute ist nichts mehr vorgesehen.« Maria sprach betont laut, zwei Deutschrussen beobachteten die Szene und hatten ihre Ohren gespitzt. Hattinger ballte seine Fäuste, aber im nächsten Moment hatte er sich wieder im Griff. Er drehte sich um, ging in seine Zelle und knallte die Tür zu. Die Russen sahen Maria fragend an. Maria nickte zurück. Die ganze Station, in wenigen Stunden der ganze Knast, wusste nun, dass Hattinger ein ernstes Problem hatte.

Alex saß noch vor der Akte und machte sich Notizen, als Maria wieder zurückkam. Ohne darüber nachzudenken sagte sie:

»Auf der Liste hier steht, dass Hattinger vom 4. September bis 6. September im Freigang war. Nicht aber am 7. September. Das wäre nicht weiter verwunderlich, da er freitags, soweit ich weiß, keine Schule hat. Ich bin mir aber ziemlich sicher, dass er am 7. September draußen war, weil an diesem Tag meine Mutter Geburtstag hatte, und ich bin mit Hattinger morgens über den Hof gelaufen und habe mich noch gefreut, dass meine Mama so schönes Wetter hat und wir im Garten feiern können.« Maria hatte die Ausgangsliste zu sich herangezogen und sah Alex an.

»Bist du dir sicher?« Er legte die Stirn in Falten. Maria dachte kurz nach und sagte:

»So sicher, wie man sich nur sein kann. Ich werde mit Jan Gerber sprechen und nachforschen, wie dieser Fehler zustande gekommen sein könnte. Eigentlich muss ja auch im Pfortenbuch vermerkt sein, ob er an diesem Tag die Anstalt verlassen hat, und wenn ja, wann er wieder zurückkam.«

Nachdem Alex seine Unterlagen eingepackt hatte, verließen sie den Vernehmungsraum und gingen durch die Verwaltung. Das Verwaltungsgebäude, ein altes Kloster, hatte einen wunderschönen Innenhof, in dem ein kleiner Brunnen plätscherte und herrliche Rosenbüsche sowie eine Bank zum Verweilen einluden. Alex schaute durch ein vergittertes Fenster in den Innenhof.

»Wer darf denn hier den Garten genießen?«, fragte er.

»Hier halten wir die Einzelfreistunden ab mit Gefangenen, die nicht mit anderen Gefangenen zusammen in die Freistunde dürfen. Zum Beispiel Häftlinge aus der Untersuchungshaft oder Gefangene, die von anderen bedroht werden und dadurch nicht in die normale Freistunde gehen können. Abrupt blieb Alex stehen und sah Maria fragend an:

»Angst scheinst du keine zu haben, oder?«

»Doch, ab und zu schon, aber hier drin weiß ich, dass ich es mit Kriminellen zu tun habe. Draußen weiß ich nicht, wer vor mir steht.« Maria sah Alex tief in die Augen und sprach weiter:

»Ich werde erst einmal in der Pforte in das Pfortenbuch schauen. Dort werden alle Ein- und Ausgänge einer JVA vermerkt. So kann ich ja sofort sehen, ob Hattinger am 7. September in der Anstalt oder im Ausgang war.« Kurz darauf standen sie vor der hinteren Pfortentür, und schneller, als beiden lieb war, öffnete der Pfortenbeamte die Schleusentür. Alex drückte Maria nochmal die Hand und sagte leise:

»Ich freue mich auf Samstag.« Er ging durch den Flur und bekam vom Kollegen Maier seine Dienstwaffe, sein Handy und seinen Dienstausweis ausgehändigt. Mit einem kurzen Nicken verabschiedete sich Alex und verließ die Pforte.

3

Maria ging an die Tür des Pfortenraums und klopfte. Kollege Maier, ein älterer lieber Kollege, der kurz vor der Pensionierung stand, war sichtlich erfreut, sie zu sehen, und öffnete die Tür.

»Na Maria, was verschafft mir die Ehre deines

Besuchs?« Er hielt die schwer gepanzerte Tür auf, damit sie eintreten konnte.

»Sag mal, gibt es noch immer das Pfortenbuch, in dem man mit Kugelschreiber alle Ein- und Ausgänge notiert?«

»Eigentlich ja und nein. Wir sind angehalten, alles in den Computer einzugeben, aber du weißt ja, ich bin einer von den Alten. Ich tue mir schwer mit dem Ding. Deshalb gebe ich die Ein- und Ausgänge zwar ein, aber ich traue dem nicht und schreibe alles, was ich bereits im Computer eingegeben habe, in ein altes Schulheft.« Maier sah Maria etwas verlegen an. Maria atmete tief durch und sagte:

»Hattest du auch am 7. September Dienst?« Maria zog die Computertastatur näher zu sich heran.

»Warte, ich schaue mal nach. Warum willst du das denn wissen?«

»Ach, ich könnte schwören, dass ich den Hattinger an diesem Tag an die Pforte gebracht habe, aber in der Liste, die der Computer ausgespuckt hat, stand, dass er die Anstalt nicht verlassen hat.« Maier nahm sein Schulheft in die Hand und blätterte zurück:

»Also, der Hattinger hat am 7. September die Anstalt um 6.30 Uhr verlassen, das habe ich hier so vermerkt. Aber ich bin mir sicher, ich habe es richtig in das elektronische Pfortenbuch eingetragen und auch abgespeichert. Sag nicht, ich habe einen Fehler gemacht.« Maier schluckte nervös. Kleine Schweißperlen traten auf seine Stirn. Jahre zuvor hatte er einmal aus Versehen beinahe den falschen Gefangenen in die Freiheit entlassen. Ein Fehler, der ihm fast zum Verhängnis geworden wäre.

»Nein, das kann ich mir nicht vorstellen. Sonst stimmt auch alles, was du machst. Ich bin mir sicher, dafür gibt es eine einfache Erklärung.« Maria lächelte ihn an und ging in Richtung hintere Schleusentür. Maier kratzte sich am Hinterkopf und drückte auf den Knopf, um die Tür zu entriegeln.

Wenige Augenblicke später stand sie vor dem Büro von Jan Gerber. Das Büro lag auf dem Weg zu ihrer Station, und sie hoffte, dass er da sein würde. Sie klopfte und öffnete gleichzeitig die Tür.

»Ich muss dich ganz dringend sprechen.«

»Dann komm rein. Was gibt es?« Jan schob seinen Bürostuhl nach hinten, und Maria setzte sich an den kleinen Konferenztisch.

»Ich bin mir sicher, dass die Ausgangsliste von Frank Hattinger nicht korrekt ist. Nein, schlimmer noch. Ich denke, die Liste ist bewusst manipuliert worden.« Maria machte eine kurze Pause und fuhr dann fort:

»Der 7. September ist der Geburtstag meiner Mutter. Ich habe bei Alex Neubert die Liste der Ausgänge einsehen können. Auf dieser Liste steht, dass Hattinger an diesem Tag die Anstalt nicht verlassen hat. Aber ich weiß, dass ich ihn an diesem Tag an die Pforte gebracht habe, dabei habe ich mich über das schöne Wetter gefreut, da meine Mutter so im Garten ihren Geburtstag feiern konnte. Soeben war ich beim Kollegen Maier an der Pforte. Er hat mir bestätigt, dass Hattinger an diesem Tag um 6.30 Uhr die Anstalt verlassen hat. Er ist mit dem Computer ein wenig unsicher und trägt alles, was er in das System eingibt, sicherheitshalber noch in ein Schulheft ein. Im Schulheft steht der Ausgang von Frank Hattinger, im System nicht.« Maria schaute Jan erwartungsvoll an.

»Vielleicht hat Maier ja nur einen Fehler gemacht und es nicht richtig abgespeichert?«

»Im Leben nicht. Maier und ich sind in einer Schicht. Er ist sehr gewissenhaft, deshalb ja auch das Schulheft. Er hat an allen anderen Tagen die Ausgänge von Hattinger korrekt in das Computersystem eingegeben, nur am 7. September nicht?«

»Das ist ja interessant. Du meinst, irgendjemand hat das elektronische Pfortenbuch manipuliert? Das wäre ja der Hammer. Aber wer hat etwas davon?«

»Wer hat etwas davon, dass Hattinger offiziell am 7. September in der Anstalt war, obwohl er nicht da war? Und eigentlich müsste der Systemadministrator Unregelmäßigkeiten sofort entdecken können. Er ist leider heute nicht mehr im Dienst, aber morgen werde ich ihn fragen.«

»Gut, irgendwas ist faul hier.« Maria stand auf und ging zur Tür.

»Da kannst du recht haben, aber das kriegen wir raus.«

4

Frank Hattinger war dermaßen wütend, dass er sich kaum beherrschen konnte. Er hatte sein Kopfkissen zusammengeknäuelt und boxte mit aller Gewalt darauf ein. Am liebsten hätte er seinen Zorn an Ribeiro ausgelassen, aber der hatte sich einschließen lassen. Was bildete sich diese blöde Kuh ein. Hoffentlich kamen sie jetzt nicht dahinter, dass er überhaupt nie in der Schule war. Dass das LKA die Freigänger überprüfen würde, damit hatte er nicht gerechnet. Diese Saletti war einfach zu neugierig, sie steckte ihre Nase in Dinge, die sie nichts angingen. Ribeiro hatte ihm unter Tränen gebeichtet, dass Saletti unter allen Umständen herausfinden wollte, wer ihm das Heroin besorgte. Typisch Weib. Dieser Idiot von Anwalt konnte ihm sicher helfen. Auf keinen Fall durfte weiter gegen ihn ermittelt werden. Die Verdächtigungen mussten sofort aufhören.

FREITAG, 14. SEPTEMBER

1

Als Maria am nächsten Tag zum Spätdienst erschien, fand sie in ihrem Schlüsselfach eine Nachricht.

Bei Dienstbeginn sofort in mein Büro kommen. Anstaltsleiter Richard Meurer

Mit einem unguten Gefühl ging sie in die Verwaltung. Sie klopfte an Meurers Tür und stellte fest, dass sein Büro leer war. Sie trat ein und wartete, weil sie Meurer im Vorzimmer telefonieren hörte. Wortfetzen drangen zu ihr herüber. »Alles geht in Ordnung, keine Sorge.« Als sie einige Zeit nichts mehr hörte, trat sie zwei Schritte zurück und klopfte erneut an die Tür. Fast zeitgleich erschien Meurer im Türrahmen. Etwas erschrocken schaute er sie an, als sie sagte:

»Guten Tag, Herr Meurer, Sie wollten mich sprechen?«

»Ach ja, Frau Saletti.« Seine Blicke durchbohrten sie. Ohne Umschweife kam er zur Sache:

»Ich habe gehört, sie zweifeln die Arbeit von älteren Kollegen an.«

»Herr Meurer, das stimmt nicht. Wer hat das behauptet?« Maria schüttelte den Kopf. Dieser Unsinn würde sich gleich aufklären.

»Ich weiß es aus zuverlässiger Quelle. Es ist besser, Sie konzentrieren sich auf Ihre Aufgaben, als in der Anstalt rumzulaufen und älteren Kollegen vorzuwerfen, sie hätten Fehler gemacht und durchgeführte Ausgänge nicht eingetragen.« Meurer zog einen Brief aus dem Ausgabefach seines Druckers.

»Ich habe niemals gesagt, jemand hätte einen Fehler gemacht. Wie kann …«

Meurer schnitt ihr das Wort ab.

»Ich möchte darüber nun kein weiteres Wort mehr verlieren. Sie haben hier in der Anstalt keinerlei Funktion als Dienstaufsicht. Bitte unterlassen Sie das in Zukunft. Haben wir uns verstanden?« Meurers letzten Worten war deutlich zu entnehmen, dass für ihn die Diskussion beendet war. Maria war dermaßen vor den Kopf gestoßen, dass sie kein Wort mehr sagen konnte. Sie drehte sich um und verließ wortlos das Büro. Als sie vor der Tür war, schluckte sie schnell, da ihr die Tränen in die Augen stiegen. Was lief hier? Warum wusste Meurer von der Unterredung mit Maier? Warum wurde der Tatsache, dass der Ausgang in der Liste fehlte, nicht nachgegangen? Völlig irritiert lief sie zur Zentrale, in der Hoffnung, Rolf Klein vorzufinden. Als sie die Tür zur Zentrale öffnete, sah sie, dass ein anderer Kollege Dienst hatte. Maria nahm ihr Funkgerät an sich und ging auf die Station II5. In Gedanken war sie noch bei der Unterredung mit Meurer. Was passierte hier? Sie konnte auch nicht verstehen, warum ein Kollege wie Maier sich bei Meurer über sie beschweren konnte. Als sie in ihrem Büro angekommen war, klingelte ihr Telefon.

»Gerber hier, Maria, kannst du mal in mein Büro kommen? Wir müssen was besprechen.«

»Klar, ich bin gleich da.« Maria zog gedankenverloren die Tür ihres Büros zu und lief die wenigen Treppenstufen hinunter. Die Bürotür von Jan Gerber war nur angelehnt, und als sie eintrat, saß dort der Gefangene Ribeiro mit Jan Gerber am Konferenztisch.

»Hallo, Herr Ribeiro, was machen Sie denn hier?« Maria nahm sich einen Stuhl und setzte sich ihm gegenüber.

»Ich weiß nicht, wo ich anfangen soll, Frau Saletti. Ich möchte von der Station runter. Irgendwas läuft da gegen Sie. Ich weiß nicht, warum, aber man setzt mich auch unter Druck.« Ribeiro fuhr sich mit den Händen durch seine fettigen halblangen Haare. Es war ihm anzusehen, dass es ihm sehr schlecht ging.

»Moment, ich verstehe gerade gar nichts. Was läuft gegen mich? Und wer macht was?« Maria wurde dies langsam alles zu viel.

»Ich sage nichts mehr, sonst bringt der Hattinger mich um. Der hat gesagt, er macht Sie fertig, weil Sie ihm das Leben schwer machen und er deshalb Schwierigkeiten hat.«

»Aber was will er mir denn antun? Mich zusammenschlagen? Mich umbringen?«

»Keine Ahnung, aber irgendwas ist im Busch. Der ist sich seiner Sache sehr sicher.« Ribeiro schluckte nervös. Seine Angst war deutlich zu sehen.

Jan Gerber sah ihn an und runzelte die Stirn.

»Gut, dass Sie so ehrlich sind, Herr Ribeiro. Ich schaue mal, auf welche Station ich Sie verlegen kann. Heute geht es nicht, der Knast ist voll bis zum Dach, aber wenn die Tage irgendwo eine Zelle frei wird, werden Sie sofort verlegt. Okay?« Jan drehte sich zu seinem Computer und rief die Liste mit der Gesamtbelegung der Anstalt auf.

Marias Herz begann zu rasen. Was war hier los, dass sie nun Angst um ihr Leben haben musste? Die Arbeit innerhalb eines Gefängnisses war sicherlich nicht mit irgendeiner anderen Arbeit zu vergleichen, aber dass ihr Leben nun anscheinend in Gefahr war?

»Ja, danke. Hoffentlich halte ich solange durch. Der Entzug ist schwer. Der Hattinger setzt mir jeden Tag zu, und ich habe Angst, dass ich wieder schwach werde.« Mit diesen Worten stand Ribeiro auf. Maria öffnete vorsichtig die Bürotür und warf zuerst einen Blick auf den Flur, um nachzusehen, ob sich jemand in der Umgebung herumtrieb. Ribeiro musste nicht unbedingt von anderen Gefangenen oder auch Kollegen gesehen werden. Ein Gefangener, der in der Mittagszeit beim Sicherheitsdienstleiter aus dem Büro kam, wurde schnell als Verräter gebrandmarkt. Sie brachte ihn zu seiner Zelle, alle anderen Gefangenen waren in dieser Zeit unter Verschluss, und als sie wieder zurückkam, war Jan Gerber in ein Telefonat vertieft, sodass sie mit ihm nicht die Begebenheit mit Meurer besprechen konnte.

2

»Hallo, Herr Maier, Meurer hier. Ich habe die Angelegenheit mit Frau Saletti geklärt. Sie läuft nun nicht mehr in der Anstalt umher und behauptet, Sie hätten das Pfortenbuch nicht richtig geführt. Gut, dass Sie es mir sofort berichtet haben. Es ist immer gut, wenn ich solche Sachverhalte umgehend erfahre, dann kann ich Schaden von den Kollegen abwenden. Der Systemadministrator hat mir bestätigt, dass an diesem Tag kein Eintrag vorgenommen wurde. Sie müssen sich also vertan haben.«

»Danke, Herr Meurer, und wie gesagt, das mit dem Schulheft ist so eine Marotte, das lasse ich. Manchmal bin ich ein alter Esel. Danke für Ihr Verständnis. Wiederhören.« Maier legte auf und kratzte sich am Hinterkopf. Seltsam, warum hatte er den Hattinger eingetragen, wenn dieser nicht im Freigang war. Er war vollkommen verwirrt. Aber es war wichtig, kurz vor der Pensionierung nicht noch Ärger zu bekommen. Es war richtig, dass er seinen Fehler gleich beim Anstaltsleiter gemeldet hatte.

3

Auf dem Weg zur Teambesprechung ging Alex an Heike Benders Büro vorbei. Aus den anderen Büros drang Stimmengemurmel und das Klingeln der Telefone auf den Flur. Jeder hatte alle Hände voll zu tun. Die Tür stand offen, Heike war vertieft in ihre Unterlagen. Sie sah noch nicht einmal auf, als er das Büro betrat. Auf dem Konferenztisch stand die bei allen beliebte Schale mit Schokoriegeln, an der er sich bediente. Die Wände des Raumes waren dekoriert mit den Fotografien vom Fundort der Leiche. Die Luft war stickig und verbraucht, die Sonnenstrahlen, die sich ihren Weg durch die Jalousien bahnten, setzten die Staubpartikel ins richtige Licht. Alex ging an ein Fenster und kippte es. Dann begab er sich zu Heikes Schreibtisch und setzte sich ihr gegenüber.

»Heike, hast du einen Moment Zeit?«

»Klar, was gibt es?« Heike schob die Akte beiseite, an der sie gerade arbeitete, nahm ihre Brille ab und rieb sich die Nasenwurzel.

»Hat die Gerichtsmedizin den Todeszeitpunkt genauer bestimmen können?« Er sah sie fragend an.

»Ja, ich habe vor einer halben Stunde den Bericht erhalten. Dort steht, dass der Tod am Freitag, dem 7. September zwischen 14 und 17 Uhr eingetreten ist. Den Bericht stelle ich gleich in der Besprechung vor.«

»Ich weiß nicht, aber ich habe ein merkwürdiges Gefühl, was einen Freigänger der JVA Dieburg angeht. Von der dortigen Verwaltung habe ich die Ausgangsliste erhalten, die besagt, dass er an den fraglichen Tagen, an denen die unbekannte Tote ums Leben gekommen sein musste, in der Anstalt war. Soweit, so gut. Ich habe mir gestern die Fotos von seiner Tat vor neun Jahren angesehen. Die Verletzungen des Opfers damals weisen einige Übereinstimmungen mit denen unserer Toten auf. Auch sie wurde massiv geschlagen und hatte Würgemale.« Alex sah Heike durchdringend an.

»Nur wenn die Anstalt schreibt, dass er an den fraglichen Tagen in der JVA war, kann er es nicht gewesen sein, oder?« Heike hatte eine Augenbraue nach oben gezogen und blickte Alex skeptisch an.

»Ich habe da was Merkwürdiges. Eine Justizbeamtin, die glaubwürdig ist, hat mir erzählt, dass die Ausgangsliste, die wir von der JVA erhalten haben, nicht mit den tatsächlichen Ausgängen übereinstimmen kann. Sie ist sich sicher, dass Frank Hattinger, den ich vernommen habe, am 7. September im Ausgang war. Aber laut Liste war er an diesem Tag in der Anstalt.« Heike sah Alex mit großen Augen an, stand auf und schloss die Tür zum Flur.

»Glaubst du, diese Frau sagt die Wahrheit?«

»Ja, es klingt für mich schlüssig. Sie ist sich sicher, da an diesem Tag ihre Mutter Geburtstag hatte. Sie hat sich noch gefreut, dass sie im Garten feiern können.« Alex suchte Heikes Blick.

»Oh, oh. Ab sofort absolute Vorsicht. Du weißt, wenn man versucht, der Justiz Fehler nachzuweisen, wird es gleich ungemütlich. Die alarmieren sofort die Politik, Staatssekretäre und andere kommen dann und spielen jeden Fehler runter. Die Justiz darf keine Fehler machen, sonst glaubt der Bürger, er ist in unserem schönen Hessenland nicht mehr sicher.«

»Ja, ich weiß, deshalb habe ich heute auch nur vorsichtig nachgefragt, ob vielleicht ein Fehler in der Liste vorliegt.«

»Und welche Antwort hast du bekommen?«

»Der stellvertretende Anstaltsleiter hat geantwortet, man ist sich sicher, dass die Liste stimmt.«

»Dann gehen wir einmal davon aus, dass die junge Dame sich irrt.«

SAMSTAG, 15. SEPTEMBER

1

Carlos Ribeiro wachte schweißgebadet auf. Es war nicht nur der Entzug, der ihn so schwitzen ließ, auch die panische Angst vor Frank Hattinger setzte ihm zu. Als gestern Jan Gerber in der Mittagszeit, in der alle Gefangenen unter Verschluss waren, ganz leise seine Zelle aufschloss, den Zeigefinger auf den Mund legte, um ihm zu bedeuten, dass er nicht sprechen solle, und ihn in sein Büro mitnahm, war er auf der einen Seite erleichtert und dennoch voller Angst. Er brauchte Hilfe, das war ihm klar, aber konnte er auch Jan Gerber und Maria Saletti vertrauen? Er wusste, dass Hattinger zu allem fähig war, und es war richtig, dass er Frau Saletti gewarnt hatte. Hoffentlich kam sein Verrat nie heraus. Das letzte Mal, als Hattinger ihm Drogen mitbrachte, quälte und erniedrigte er ihn dermaßen, das war selbst für ihn zu viel. Das musste aufhören.

Aus der Rufanlage ertönte das allmorgendliche Weckritual.

Es war Samstag, und Carlos wusste, dass Hattinger den ganzen Tag in der Anstalt sein würde. Am Tag zuvor hatte er sich bereits während der Freizeit einschließen lassen, damit er vor ihm sicher war. Als an diesem Morgen seine Zelle geöffnet wurde, sagte Carlos schnell:

»Bitte, schließen Sie gleich wieder zu. Mir geht es nicht gut.«

»Möchten Sie zum Arzt?«

»Nein, danke. Nur einschließen bitte, damit ich meine Ruhe habe.«

»Wird gemacht. Gute Besserung. Wenn was ist, drücken Sie bitte die Notrufanlage.« Seine Zellentür schloss sich, und Carlos atmete tief durch. Zunächst einmal war er sicher.

Auf der anderen Seite des Flures wurde kurz danach die Zelle von Frank Hattinger aufgeschlossen. Ein Blick von ihm genügte, um festzustellen, dass Carlos Ribeiro bereits wieder unter Verschluss war. Mürrisch sagte er:

»Sagen Sie, ist mit dem Ribeiro alles in Ordnung? Der hat sich gestern Nachmittag bereits einschließen lassen? Ist er vielleicht krank, ich möchte gerne mal nach ihm sehen.«

Der Beamte Thomas Müller schmunzelte.

»Das ist aber nett von Ihnen, Herr Hattinger, dass Sie sich um Herrn Ribeiro Sorgen machen, aber keine Angst, das ist meine Aufgabe.«

»Ach, ich habe noch eine Bitte. In meiner Zelle ist es immer noch so heiß, nachts kühlt es auch überhaupt nicht ab. Könnten Sie bitte meine Zelle offenlassen? Mit der offenen Tür ist es erträglicher.« Frank Hattinger versuchte ein Lächeln.

»Meinetwegen, in zehn Minuten, wenn ich den Essenswagen weggebracht habe, bin ich zurück, dann schließe ich wieder zu.«

Hattinger wartete noch, bis der Beamte Müller mit dem Essenswagen und dem Hausarbeiter die Station verlassen hatte, dann ging er zur Zelle von Ribeiro, stellte sich dicht an die Tür und zischte:

»Ribeiro, du Stricher, sieh zu, dass du heute Nachmittag wieder rauskommst. Sonst kannst du mich mal von meiner anderen Seite kennenlernen. Halte ja deine Fresse, sonst mische ich dir Gift in dein Dope, und es hat sich für dich erledigt.«

Carlos Ribeiro fing an zu zittern, und sein Herz raste. Er stand direkt an der Zellentür und flüsterte durch den Spalt:

»Nein, Mann, wie kommst du darauf? Mir ging es nur echt schlecht die letzten Tage, da wollte ich niemanden sehen. Aber glaube mir, heute bei der Freizeit ist alles wie immer.« Er stand in seiner Zelle vor dem Spiegel, ein Schluchzen durchfuhr seinen Körper und er begann, hemmungslos zu weinen.

»Geht doch.« Frank Hattinger verschränkte seine Arme hinter dem Kopf, streckte sich und schlenderte siegessicher in seine Zelle zurück.

2

Sie hatte sich den Tag eigentlich so schön vorgestellt. Seit ihrem Treffen in der Anstalt fieberte sie darauf hin. Unter blauem Himmel und strahlender Sonne lag Dieburg vor ihr. Von ihrem Balkon aus hatte sie einen schönen Ausblick auf die kleine Stadt. Ein freier Tag. In Ruhe frühstücken, danach etwas Schönes zum Anziehen kaufen und sich dann in aller Ruhe auf das Rendezvous mit Alexander Neubert vorbereiten. Nun, wo es so weit war, saß sie wie gelähmt in ihrer Küche. Sollte sie wirklich heute Abend mit ihm ausgehen? Sie biss sich auf die Unterlippe, seit dieser versuchten Geiselnahme vor über einem Jahr war sie nicht mehr dieselbe. Ständig packten sie Zweifel. Auch dass ihr Freund sie danach verlassen hatte, schmerzte sie mehr, als sie es vor sich zugeben wollte. Warum nur war sie so unsicher? Gedankenfetzen jagten durch ihren Kopf. Sie war hin- und hergerissen. Endlich gab sie sich einen Ruck. Sie würde eine Kleinigkeit essen und danach durch Dieburg bummeln. In der Fußgängerzone gab es eine kleine schicke Boutique, dort würde sie sicherlich etwas Schönes finden. Im Radio lief fetzige Musik. Sie drehte es etwas lauter, warf einen Toast in den Toaster und drückte auf die Kaffeemaschine. Der Duft von Kaffee, der angenehm den Raum erfüllte, brachte ihre Lebensgeister zurück. Nun sei mal nicht so ängstlich, sagte sie zu sich selbst. Sie bestrich den Toast dick mit Marmelade und setzte sich in der Küche mit ihrem Kaffee an den kleinen Tisch. Die Sonne stand schon hoch am Himmel, und ein angenehmer Luftzug strömte durch ihre kleine Wohnung. Alles wird gut, sagte sie sich mehrmals. Ein Mantra, das sie täglich mehrfach vor sich hin betete. Sie griff nach ihrem Kruzifix und ihrem Corno. In der gleichen Minute hörte sie das Lieblingslied ihrer Großmutter im Radio. Sie war bei ihr, das war eindeutig ein Zeichen. Sie biss in ihren Toast und straffte ihren Oberkörper. Sie würde sich heute Abend mit Alexander Neubert treffen – was hatte sie zu verlieren?

3

Er fühlte sich wie ein Teenager bei seinem ersten Date. Nun stand er schon seit einer Viertelstunde mit seinem Auto auf dem Parkplatz vor dem Haus in der Thomas-Edison-Straße und sah beinahe minütlich auf die Uhr. Die Zeit wollte einfach nicht vergehen. Auf keinen Fall wollte er zu früh klingeln, am Ende war sie noch nicht fertig. Er durfte nichts falsch machen. Sein Herz hatte einen Sprung gemacht, als Maria ihn angerufen hatte. Eine Frau mit solch einer Ausstrahlung war ihm noch nicht begegnet. Maria vermittelte Kraft und Energie, und dennoch war sie für ihn die Weiblichkeit pur. Vor seinem geistigen Auge sah er ihr wunderschönes Lächeln und war sich sicher, es hatte auch bei ihr Klick gemacht. Gab es wirklich die Liebe auf den ersten Blick? Früher hatte er das als Blödsinn abgetan, aber früher war er auch noch nicht Maria begegnet. Er schaute zum x-ten Male auf seine Armbanduhr. 18.58 Uhr. Nun konnte er langsam aussteigen. Ein prüfender Blick in den Rückspiegel, zur Sicherheit sah er sich im Spiegelbild nochmals seine Zähne an, nicht dass er sie anlächelte und verführerische Essensreste zwischen den Zähnen hingen. Als er den Wagen abschloss, bemerkte er ein leichtes Zittern in seiner rechten Hand. Oh Mann, das konnte ja nicht wahr sein. Auf sein Klingeln folgte sofort der Summer. Alex nahm zwei Stufen auf einmal, als er die Treppe nach oben ging. Da stand sie in der Tür und lächelte ihn an. Ihr Anblick verschlug ihm die Sprache.

»Hallo, Alex, wie schön, dass du mich abholst.« Sie öffnete die Wohnungstür noch ein wenig weiter und trat einen Schritt zurück, was er als Aufforderung nahm einzutreten. Es folgte ein betretenes Schweigen. Beide sahen sich tief in die Augen, dann nahm er ihre Hände in seine, zog sie vorsichtig an sich und hauchte ihr einen zarten Kuss auf die rechte Wange. Endlich hatte er sich ein wenig gefangen.

»Ich freue mich, dass du heute Abend Zeit hast. Ich habe einen Tisch bei einem guten Italiener in Frankfurt reserviert.« Ihre weichen Hände waren ganz warm. Und ihr Parfum passte hervorragend zu ihr.

»Du machst mich ganz verlegen.« Maria errötete leicht. Sie löste sich von seinen Händen, schritt den Flur entlang und nahm ihre Handtasche von der Kommode. Alex sah ihr bewundernd nach. Sie trug ein dunkelrotes Etuikleid und wunderschöne schwarze High Heels. Das Kleid, in

Verbindung mit den hohen Schuhen, brachte ihren wohlgeformten Körper hervorragend zur Geltung. Ihre langen dunklen Haare fielen in großen Locken verführerisch auf ihre Schultern.

Nach einer Fahrzeit von etwa 40 Minuten, in der beide ein wenig von der Arbeit erzählten, kamen sie in der Trattoria *Promis* in Frankfurt an. Glücklicherweise fand Alex schnell einen Parkplatz in der Nähe. Es war ein herrlicher Spätsommerabend. Viele Restaurants hatten noch auf der Terrasse eingedeckt. Die Luft war angenehm warm. Im letzten Licht des ausklingenden Tages sah Maria noch schöner aus. Alex spürte eine magische Anziehung, wie er sie noch nie zuvor erlebt hatte. Er versank in ihren wunderschönen braunen Augen, wenn sie sprach. Nach dem Studieren der Speisekarte einigten sie sich auf eine gemeinsame Vorspeise, als Hauptspeise Seezunge für beide und den Wein.

Es war, als kannten sie sich schon länger, und je weiter der Abend voranschritt, desto klarer wurde es ihm, dies war der Anfang einer großen Liebe.

Maria konnte ihr Glück kaum fassen, die Blicke von Alex sprachen Bände. Vor ihr saß ein gebildeter, kultivierter Mann, der noch dazu hervorragend aussah. Sie war im siebten Himmel. So einen wunderschönen, romantischen Abend hatte sie noch nie erlebt. Sie war so gelöst und offen, jegliche Scheu war wie weggewischt. Maria beobachtete Alex genau, wenn er etwas erzählte, und war fasziniert von seinem Lachen und der Art, wie er von anderen Menschen sprach. Er bewertete die Leute nicht, sondern er erzählte Fakten, manchmal mit lustigen Anmerkungen, nie jedoch abwertend den Personen gegenüber.

Sie verließen das Lokal und schlenderten Hand in Hand zu seinem Auto, er blieb stehen und zog sie nah an sich heran. Ihr Herz klopfte bis zum Hals, als er ihr Gesicht vorsichtig in beide Hände nahm und ihr einen leidenschaftlichen Kuss gab. Maria bekam weiche Knie. Sein Duft war männlich und wirkte auf sie magisch anziehend. Sie wusste nicht genau, was sie erwartet hatte, aber mit solch großen Gefühlen hatte sie nicht gerechnet. Sie genoss jede Berührung und hatte Schmetterlinge im Bauch. Diese Nacht durfte niemals enden.

Im Auto lauschten beide der Musik im Radio, keiner sagte ein Wort, um nicht den Zauber des Augenblicks zu zerstören. Vor Marias Haustür angekommen, machte Alex den Motor aus und sagte:

»Ich habe noch nie einen so wundervollen Abend mit einer so faszinierenden Frau verbracht.« Maria schluckte nervös und flüsterte:

»Mir geht es genauso. Die Zeit mit dir ist vergangen wie im Flug. Wann sehen wir uns wieder?«

»Ich weiß noch nicht, lass uns morgen telefonieren, aber ich freue mich schon jetzt auf dich.« Nach einem nicht enden wollenden Kuss stieg sie aus dem Wagen und ging zur Haustür. Alex sah ihr bewundernd nach und wartete, bis sie im Haus verschwunden war. Es verband sie etwas, und es hatte mit den Erfahrungen in ihrer beider Leben zu tun. Er spürte ganz deutlich diese Verbundenheit. Er startete den Motor und fuhr langsam die Straße hinunter. Im Geiste sah er sie vor sich und spürte pures Glück.

Maria streifte sich die Schuhe von den Füßen und zog ihr Kleid aus. Als sie es auf den Stuhl legte, nahm sie leicht den Duft von Alex wahr. Sie war euphorisch. Alle

Angst und Unsicherheit waren verflogen. Was hatte sie für wunderschöne Stunden erlebt. Sie schlüpfte in ihr Bett, löschte das Licht, und als sie einschlief, merkte sie, dass sie den ganzen Abend nicht ein einziges Mal an den Ärger in der JVA gedacht hatte.

MONTAG, 17. SEPTEMBER

1

Sie hatte den Tag zuvor für eine lange Joggingrunde genutzt, denn sie strotzte plötzlich vor Energie. All ihre Selbstzweifel waren verflogen. Weder vor der Zukunft noch vor den Reaktionen anderer würde sie je wieder Angst haben. Schon beim Eintreffen in der Pforte merkte sie, dass sie von den Kollegen nicht gegrüßt wurde. Sie begab sich an ihr Schlüsselfach und nahm ihren Knastschlüssel heraus. Ein ungutes Gefühl machte sich breit. Was, zur Hölle, sollte das hier. Sie sah in die Pforte, aber der Kollege Maier, der sich über sie beschwert hatte, war nicht da. Der Kollege, der an der Pforte seinen Dienst versah, würdigte sie keines Blickes. Als sie sich an die hintere Tür zum Gefängnishof stellte, ließ er sie sehr lange warten, bevor er die Tür entriegelte, damit sie in den Hof gehen konnte. Was für eine Sauerei. Sie hatte nichts Unrechtes getan und nun wurde sie hier gemobbt. Aber wie sollte sie weiter vorgehen? Sie begab sich zur

Zentrale und wollte die Post für ihre Station mitnehmen. Als sie eintrat, verstummten die anwesenden Kollegen. Seltsam, sicherlich hatten die Herren gerade wieder einen zotigen Witz erzählt oder eine Begebenheit zwischen den Bettlaken und wollten nicht, dass Maria es hörte. Sie ging zu ihrem Stapel Post, und bei der Durchsicht rempelte sie ein Kollege an. Anstatt sich zu entschuldigen, sah er sie nur herablassend an.

»Wenn du mich schon anrempelst, dann entschuldige dich wenigstens.« Maria sah ihm geradewegs ins Gesicht. Tobias Helmer schaute spöttisch auf sie herab:

»Jemand wie du, der alte Kollegen beim Chef anschwärzt, kann hier lange auf eine Entschuldigung warten.«

Maria war wie vor den Kopf geschlagen.

»Was meinst du damit? Wen habe ich beim Chef angeschwärzt?«

»Das weißt du doch am besten. Der Maier war fix und fertig und hatte Angst, er hätte einen schlimmen Fehler gemacht.«

»Das war so nicht, ich habe …«

Helmer fiel ihr ins Wort: »Erzähl das 'nem Knacki, der glaubt dir vielleicht. Schlange.«

»Wie wäre es, wenn du die Kollegin mal anhörst. Du kennst ja nur die eine Version.« Rolf Klein war aufgestanden.

»Die Version reicht mir.«

Helmer stand an der Tür der Zentrale und wartete ungeduldig darauf, dass Rolf Klein die Tür entriegelte. Als das Summen ertönte, verließen er und auch alle anderen Kollegen die Zentrale.

Maria war sprachlos. Tränen stiegen ihr in die Augen, sie setzte sich und suchte in ihrem Rucksack nach einem

Taschentuch. Mit knappen Worten erzählte Maria ihm schließlich den richtigen Sachverhalt.

»Also ich sage, irgendwas stimmt hier nicht.« Rolf sah aus dem Fenster auf den Knasthof. »Warum erzählt der Maier so einen Mist?«

»Ich habe keine Ahnung.« Maria stand vor dem Spiegel in der Zentrale und wischte sich die verschmierte Wimperntusche aus dem Gesicht. »Wie dem auch sei, ich gehe auf meine Station, der Unsinn wird sich schon aufklären. Ich verstehe nicht, was hier läuft, aber ich komme schon noch dahinter.« Sie machte auf dem Absatz kehrt, ihr Funkgerät befand sich sowieso in ihrem Büro, und der Kollege der Frühschicht musste ihr auch noch die Station übergeben. Gefrustet und wütend lief sie die Stockwerke zur Station II5 hinauf. Oben angekommen, war der Kollege der Frühschicht nirgends zusehen. Auf dem Tisch des Büros stand das Funkgerät, und auf einem Zettel war das Nötigste notiert. Beim Blick in den Flur entdeckte sie Hausarbeiter Savic. Er stand in einem Türrahmen und schaute in ihre Richtung, die arbeitenden Gefangenen waren bereits zur Arbeit ausgerückt.

»Frau Saletti, Sie gefallen mir heute aber überhaupt nicht«, sagte er lauter als nötig und machte dabei ein besorgtes Gesicht.

»Ja, Savic, mir gefällt hier im Moment ganz vieles auch nicht«, schnaubte Maria zurück.

»Wer hat Sie geärgert, der bekommt es mit mir zu tun.« Savic war einige Schritte nähergekommen, jedoch musste er an der verschlossenen Stationsgittertür stehen bleiben.

»Ach, wenn ich das wüsste, dann wäre ich schon ein Stück weiter.«

Über dem Kopf von Savic stand ein Fragezeichen. Er konnte mit Marias Aussage nichts anfangen. Da ertönte ihr Funkgerät:

»Burg 48 für die Burg«

»Burg 48 hört.«

»Sofort Zentrale anrufen.«

Alleine die unfreundliche Aufforderung des Zentralbeamten, der Rolf in der Zwischenzeit abgelöst hatte, ließ nichts Gutes erwarten. Maria ging in ihr Büro und wählte die Telefonnummer der Zentrale.

»Saletti hier, ich soll dich anrufen?«

»Herr Meurer erwartet dich in seinem Büro. Lass dein Funkgerät auf dem Schreibtisch stehen, es kommt für dich eine Ablösung.«

»Was will der denn von mir?« Irritiert sah Maria auf den Telefonhörer, aber der Kollege hatte bereits aufgelegt. Was hatte das zu bedeuten? Sie stellte ihr Funkgerät auf den Schreibtisch. Augenblicklich fing ihr Magen an zu schmerzen. Sie spürte, wie all ihre Kraft aus dem Körper wich, und Bleiplatten legten sich auf ihre Schultern. Was sollte das? Warum sollte sie zum Meurer und was sollte sie danach machen? Sie griff sich ihren Rucksack, dann schloss sie ihr Büro ab und lief die Treppen hinunter zur Verwaltung. Je näher sie zum Büro von Richard Meurer kam, umso stärker wurden die Magenschmerzen. Kurz darauf klopfte sie an und öffnete vorsichtig einen Spaltbreit die Tür.

»Frau Saletti, kommen Sie rein. Meine Herren, das ist Frau Saletti.« Meurer sah sie freundlich an. Maria verstand die Welt nicht mehr. Sie betrat den Raum, die beiden fremden Männer musterten sie von oben bis unten.

»Ich mache es mal kurz. Frau Saletti, das hier ist Herr

Doktor Kriebel, der Rechtsanwalt von Herrn Hattinger.« Richard Meurer machte eine Handbewegung und wies rechts auf einen der beiden Herren. Dieser sah sie überheblich an und nickte nur kurz. Das ganze Auftreten dieses Mannes war übertrieben. Seidenkrawatte mit Krawattennadel, eine sehr teure Armbanduhr und natürlich ein Siegelring.

»Herrn Schröder vom Ministerium kennen Sie sicherlich bereits.« Auch dieser Mann nickte, lächelte sie aber im Gegensatz zu Doktor Kriebel freundlich an.

»Frau Saletti, Herr Doktor Kriebel hat eine Dienstaufsichtsbeschwerde gegen Sie eingereicht, der ich nachgehen muss.«

Aha, Frank Hattinger hatte sich über sie beschwert, das hätte sie sich ja denken können. Marias Mund war staubtrocken, lag es an diesem Raum? Der Aktenstaub des letzten Jahrhunderts schien sich, dem Geruch nach, hier festgesetzt zu haben.

»Welchen Fehler soll ich denn begangen haben, der eine Dienstaufsichtsbeschwerde rechtfertigt?« Maria fühlte Wut in sich aufsteigen, sie musste aufpassen, sonst ging ihr italienisches Temperament mit ihr durch. Meurer lächelte sie beschwichtigend an, so kannte sie ihn überhaupt nicht.

»Es werden Ihnen schwere Dienstvergehen vorgeworfen.« Meurer ließ die Worte im Raum hängen und machte eine bedeutungsvolle Pause.

»Ich kann mir das bei Ihnen nicht vorstellen und habe das auch den Herren hier mitgeteilt. Dennoch, so will es die Dienstvorschrift, muss ich den Anschuldigungen nachgehen, damit ich jeglichen Verdacht gegen Sie ausräumen kann.« Kriebel sah ihr herausfordernd in die

Augen. Herr Schröder blickte betreten zu Boden. Maria versuchte, sich zu sammeln, ihr Herz schlug bis zum Hals. Bleib ruhig, sagte sie sich immer wieder und fragte dann:

»Welche schweren Dienstvergehen werden mir denn vorgeworfen? Was soll ich denn, Herrn Hattinger nach, getan haben?« Ihre Stimme klang schärfer, als sie es beabsichtigt hatte.

»Es sind nicht nur Hinweise von Herrn Hattinger, sondern auch andere Gefangene bezichtigen Sie. Es liegen Aussagen vor, in denen es heißt, Sie hätten Drogen und Handys in die Anstalt eingebracht. Weiterhin wirft man Ihnen vor, dass sie ein sexuelles Verhältnis mit dem Gefangenen Dragan Savic hätten.« Meurer setzte sein väterliches Gesicht auf. Maria war sprachlos. Sie fühlte sich, als hätte ihr soeben jemand einen Eimer mit kaltem Wasser über den Kopf gegossen. Als sie etwas erwidern wollte, sagte Meurer:

»Frau Saletti, ich kann mir nicht vorstellen, dass an den Anschuldigungen etwas dran ist. Dennoch müssen wir den Sachverhalt aufklären, und dafür ist es vorgeschrieben, dass Sie bis auf Weiteres keinen Gefangenenkontakt mehr haben dürfen.« Die beiden Herren musterten sie von oben bis unten, als wäre sie ein Pin-up-Girl. Beide hatten versteinerte Mienen und sagten kein Wort.

»Das sind Lügen. Wer hat so etwas behauptet?« Marias Gesicht war rot vor Zorn. »Ich werde mir das nicht gefallen lassen.« Tränen stiegen ihr in die Augen.

»Sie werden das wohl oder übel müssen, bis alles aufgeklärt ist. Bis auf Weiteres versehen Sie Dienst an der Pforte. Gehen Sie bitte sofort dahin, die Kollegen vom Pfortenteam wissen schon Bescheid. Ach, und Frau

Saletti, bis alles aufgeklärt ist, möchte ich Sie innerhalb der Anstalt nicht mehr sehen.«

»Werde ich überhaupt nicht gefragt? Darf ich mich dazu denn gar nicht verteidigen?« Maria wurde schlecht, sie schluckte nervös, denn sie bekam einen bitteren Geschmack im Mund und befürchtete, sich jeden Moment übergeben zu müssen.

»Sie brauchen einen Anwalt. Er kann dann Akteneinsicht beantragen. Mehr können wir leider nicht für Sie tun.« Die Stimme Schröders war tief. Er sah sie mitleidig an. Mit letzter Kraft richtete sie ihren Oberkörper auf, drehte sich um, schritt zur Tür und verließ hocherhobenen Hauptes Meurers Büro. Vor der Tür brach sie fast zusammen, Tränen liefen ihr über die Wangen. Sie hatte nichts Unrechtes getan und wurde vollkommen haltlos beschuldigt. Die größte Schweinerei war, dass niemand sie anhörte. Aber warum? Ihr erster Gedanke war, sich krankzumelden, aber darauf warteten sie ja bestimmt. Nein, den Gefallen würde sie ihnen nicht tun. Sie ging zur Damentoilette, wusch sich das Gesicht und ließ eine Zeit lang kaltes Wasser über ihre Handgelenke laufen. Sie griff an ihre Halskette und vergewisserte sich, dass ihr Corno bei ihr war. Dann ging sie zur Pforte. Der Kollege, der dort seinen Dienst versah, drückte nur den Entriegelungsknopf der hinteren Pfortentür und öffnete ihr die eigentliche Pforte, auf ihr »Hallo« bekam sie keine Antwort.

2

»Also, meine Herren. Wie Sie soeben sehen konnten, ist Frau Saletti sehr nervös geworden. Ich bin mir aber sicher, dass sie das mit den Drogen nicht alleine bewerkstelligen konnte.« Rechtsanwalt Kriebel sah in die Runde.

»Wie können wir das verstehen?« Schröder griff sich an seine Krawatte.

»Also, mein Mandant hat mir mitgeteilt, dass Jan Gerber, der Sicherheitsdienstleiter, nicht sauber ist. Auch er sollte meiner Meinung nach einmal überprüft werden. Er überschreitet oft seine Kompetenzen.« Kriebel warf Meurer einen fragenden Blick zu.

»Nun ja, er ist sehr eifrig und möchte, was ja auch richtig ist, unbedingt verhindern, dass noch mehr Drogen in die Anstalt eingebracht werden.« Meurer räusperte sich. »Es gab wohl Hinweise, dass Ihr Mandant vom Freigang Drogen mitbringt.« Es war kurz so still im Raum, dass man eine Stecknadel hätte fallen hören.

»Ich nehme an, diese Hinweise stammen von Frau Saletti? Gefunden hat er aber nichts, das ist doch richtig?« Kriebel fragte in lockerem Ton. Meurer antwortete vorsichtig:

»Nein, gefunden hat er nichts.« Er atmete tief durch.

»Nun gut, meine Herren. Wir müssen den Dingen auf den Grund gehen. Ich habe der Kripo schon Bescheid gegeben. In den nächsten Tagen werden die ermittelnden Beamten in die Anstalt kommen. Solange Frau Saletti nun keinen Gefangenenkontakt mehr hat, kann sie auch niemanden beeinflussen. Wir werden sehen, was die Polizei herausfindet.« Mit diesen Worten stand Helmut Schröder auf und lief im Raum umher. Richard Meurer hatte verstanden. Er nahm den Telefonhörer in die Hand.

»Meurer hier. Bitte kommen Sie in mein Büro und begleiten meine Besucher an die Pforte.« Schröder nahm seinen Aktenkoffer in die Hand, als er sagte:

»Gut, dass wir nun davon Kenntnis haben. Lieber früher einen Sachverhalt in Augenschein nehmen als zu spät. Es wäre fatal, wenn nach Monaten herauskommt, dass schon länger ein Verdacht bestand, aber niemand dem nachgegangen ist. Sie wissen doch, die Wahlen stehen vor der Tür. Das Letzte was die Landesregierung braucht, ist eine Justiz, in der die Sicherheit und Ordnung nicht gewährleistet ist.«

3

Alex versuchte bereits zum sechsten Mal, Dirk Herzberg telefonisch zu erreichen. Er hörte einige Male das Freizeichen, dann die sonore Ansage, dass man eine Nachricht auf der Mailbox hinterlassen sollte. Seinen ersten Anruf hatte er um 9 Uhr getätigt. Mittlerweile war es 15.30 Uhr und Herzberg hatte noch nicht zurückgerufen. Hatte er etwas mit dem Verbrechen an seiner Frau zu tun? Gab es am Ende gar keine Entführung? Hatte er seine Frau so übel zugerichtet, und war ein Typ wie er dazu überhaupt in der Lage, seine Frau umzubringen und auch den Hund fast totzuschlagen. Alex glaubte daran nicht, seine Menschenkenntnis sagte ihm, dass Dirk Herzberg nicht ganz aufrichtig zu ihm gewesen war, aber dass er nicht zu einer solchen Tat fähig wäre. Andererseits, einen Handlanger zu bestellen, dazu gehörte nicht viel Mut, nur die gehörige Portion Verzweiflung, und die hatte er in Dirk Herzbergs Augen gesehen.

4

In der Mannheimer Straße bewegte er sich mit der Menschenmenge, sodass er unmöglich jemandem auffallen konnte. Gerade mit dem Basecap von Tommy und der Sonnenbrille hätte ihn wahrscheinlich seine eigene Mutter nicht erkannt. Mit der Gewissheit, etwas über 50.000 Euro in Bitcoins sein Eigen nennen zu können, fühlte er sich frei. Der Auftraggeber der Entführung hatte nichts mehr von sich hören lassen. Klar, das hatte er versaut. Er sollte die Alte ja auch nicht umbringen. Den Todeskampf der Frau zu filmen, hatte ihm nicht nur Freude bereitet, sondern würde ihm auch jede Menge Geld einbringen. Nicht nur er genoss es immer wieder zu sehen, wie das Leben aus der Frau schwand, während er ihr mit einer Hand die Schlinge um den Hals legte und dann immer wieder dosiert die Kehle zudrückte. Gerade immer so viel, dass sie wieder zu Bewusstsein kam, angestrengt die Luft einsog, um dann kurz darauf wieder verzweifelt darum zu ringen. Im Moment, als das Leben aus ihrem Körper wich, als ihre Augen brachen, kam es ihm. Man konnte sein Stöhnen im Video vernehmen. Ansonsten hatte er genau darauf geachtet, dass von ihm nichts zu sehen war. Es brachte ihm im Darknet viel Geld ein. Liebhaber von Snuff-Videos gab es auf der ganzen Welt. Zu sehen, dass man über Leben und Tod bestimmen und den Todeskampf beobachten konnte, fand unter Gleichgesinnten reißenden Absatz.

Der Hauptbahnhof war übervoll. Ein angekündigtes *Frankfurter-Eintracht-* gegen *RB-Leipzig*-Fußballspiel hatte Heerscharen von Menschen in den Bahnhof gespült. Um ihn herum grölende RB Leipzig Fans, die ihre Schals siegessicher in die Höhe hielten. In den Bahnhofshallen warf der Schall die Schlachtrufe verstärkt zurück, und es wurde binnen Sekunden unerträglich laut. Reisende, die kurz vorher entspannt am Bahnsteig auf ihren Zug warteten, stand die Panik ins Gesicht geschrieben. Am Nordeingang sammelten sich bereits die ersten *Eintracht*-Fans. Laute Schreie und Anfeuerungsrufe von beiden Seiten, und wie aus dem Nichts – Polizei, wohin er auch blickte. Denen wollte er nun wirklich nicht in die Arme laufen. Er nahm Kurs auf ein Schnellrestaurant und ergatterte gerade noch einen freien Sitzplatz, da ertönte das Signal seines Handys- eine WhatsApp von Tommy:

Hey, hatte Unfall, von Auto angefahren, liege in der Uniklinik.

Nächste Zeit keine Schule.

So eine Scheiße! Wenn man mal denkt, es läuft. Das bedeutete, dass er an diesem Tag garantiert schon nicht in der Schule war. Wie sollte es weitergehen? Augenblicklich brach ihm der Schweiß aus. Dieses Gegröle machte ihn aggressiv, er durfte auf keinen Fall die Nerven verlieren. Er würde schon eine Lösung finden. Zuerst musste er sich im Knast krankmelden. Dann würde ihm schon was einfallen.

5

Sowie Maria alleine an der Pforte war, ab 16 Uhr war nur noch ein Beamter für den Dienst vorgesehen, schickte sie eine SMS an Jan: *Sorry, dass ich dich im Urlaub störe. Bin an die Pforte versetzt, habe angeblich Verhältnis mit Savic. Schwere Dienstvergehen werden mir vorgeworfen. Bitte ruf mich an. Bin alleine in der Pforte.*

Jan, der in seinem Urlaub ununterbrochen an den Knast und Frank Hattinger denken musste, wählte umgehend Marias Telefonnummer. Als Maria Jans Stimme hörte, konnte sie die Tränen nicht mehr zurückhalten, und unter Schluchzen berichtete sie ihm alles.

»Der Anwalt von Hattinger hat eine Dienstaufsichtsbeschwerde gegen mich eingereicht. Er und ein Schröder vom Ministerium waren heute hier. Ich soll ein sexuelles Verhältnis mit Savic haben. Drogen und Handys bringe ich natürlich auch in die Anstalt. Wenn es nicht so schlimm wäre, könnte ich fast lachen.« Bei diesen Worten liefen ihr die Tränen über die Wangen. Fassungsloses Schweigen am anderen Ende der Leitung. Dann endlich sagte Jan:

»Das ist ja der Hammer. Ich denke, der Hattinger versucht so, von sich abzulenken, aber die Vorwürfe sind nun erst einmal da. Ich hatte sowieso vor, ihn während meines Urlaubs zu beschatten. Irgendwas stimmt nicht. Er geht angeblich in die Schule. Hast du bei ihm Unterlagen in der Zelle gesehen? Ich war vor meinem Urlaub noch einmal drin. Da ist nix zu finden. Ich glaube, der führt uns schön an der Nase herum und lacht sich ins Fäustchen.«

»Ich bin total fertig. Die taten heute so, als wäre alles ganz offensichtlich, und ich bin hier die, die ein Verhältnis mit einem Knacki hat. Die sahen mich an, als würde ich auf den Strich gehen. Eine Unverschämtheit. Was mich wundert, der Meurer war sehr freundlich und sagte, er könne sich das bei mir nicht vorstellen. Man müsse aber den Vorwürfen nachgehen. Was soll ich denn tun?« Maria wischte sich mit einem Taschentuch über das Gesicht.

»Du kannst im Moment gar nichts machen. Ich versuche, der Sache auf den Grund zu gehen. Ich habe meine Kamera mit dem Teleobjektiv schon bereitgelegt. Ich fahre morgen zur Schule von Hattinger und warte darauf, bis er Schulschluss hat. Dann verfolge ich ihn bis zum Bahnhof. Mal sehen, was der Herr noch so alles treibt.«

»Das kannst du morgen, glaube ich, vergessen. Der Hattinger ist schon in der Anstalt. Er hat sich heute krankgemeldet. Er war etwa um 14 Uhr zurück.«

»Das glaube ich jetzt nicht. Es ist zum wahnsinnig werden. Immer, wenn ich denke, ich komme dem auf die Schliche, ist irgendwas. Aber gut, dass wir telefoniert haben, sonst wäre ich umsonst losgefahren. Mach dir nicht so viele Gedanken. Du hast nichts Unrechtes getan, und das werden wir auch beweisen können.«

»Ich danke dir. Aber ein Scheißgefühl habe ich trotzdem. Bis dann.« Maria legte auf. Sie war alleine in der Pforte und schaute auf die Straße. Einige Passanten gingen im Schatten der Knastmauer in Richtung Innenstadt, andere geradewegs in die Gnadenkappelle. Ein junger Vater hielt stolz seinen Sohn hoch. Der Knirps war kaum älter als ein Jahr. Da erinnerte sie sich an eine Begebenheit vor ungefähr zwei Jahren. Ein Insasse, Hermann Peschke, eine bekannte Größe im Frankfurter Rotlichtmilieu, der, während er einsaß, Vater geworden war, wollte seine Frau und sein Kind im Krankenhaus besuchen. Die Anstaltsleitung hatte die Ausführung unter strengen Sicherheitsauflagen genehmigt. Hamburger Fesselung, und die Beamten sollten auf jeden Fall bewaffnet sein. Kollegen, die man zur Begleitung ausgesucht hatte, waren erkrankt. Es sah beinahe so aus, als würde die Ausführung nicht stattfinden. Hermann Peschke wandte sich an Jan. Sein Baby war mit einem Herzfehler geboren worden, und es konnte sein, dass es die Nacht nicht überleben würde. Maria erklärte sich damals sofort bereit, die Ausführung mit einem zweiten Kollegen durchzuführen. Viele andere im Haus hatten sich geweigert, da sie Angst hatten, er würde einen Fluchtversuch unternehmen oder, schlimmer noch, von seinen Freunden befreit werden. Hermann Peschke konnte einige Stunden später sein Baby im Arm halten, auch als das Kind einige Wochen später operiert worden war, fuhr Maria und ein Kollege mit ihm nochmals in die Klinik.

Bei seiner Entlassung hatte Maria Dienst, und Peschke bedankte sich bei ihr noch einmal ausdrücklich. Er nahm sie beiseite und beschwor sie, sollte sie jemals Probleme haben, müsse sie sich nur an ihn wenden.

Die Kollegen aus dem Werkdienst verließen fast gleichzeitig die Anstalt. Nur wenige verabschiedeten sich von ihr. Es war zum verrückt werden: Dadurch, dass sie nicht mehr in die Anstalt durfte, konnte sie auch nicht in Erfahrung bringen, wer ihr da so übel mitspielte.

Als Maria einige Stunden später ihre Wohnungstür öffnete, schlug ihr unbarmherzig die aufgestaute Hitze entgegen. Sie stellte ihren Rucksack in die Ecke des Flurs und zog die Schuhe aus. Schnell öffnete sie alle Fenster, um ein wenig Abkühlung zu erhalten. Es war nach 22 Uhr, und in den Nächten spürte man endlich den herannahenden Herbst. Sobald sie an die Situation in Meurers Büro dachte, schossen ihr sofort wieder die Tränen in die Augen. Das Signal ihres Handys ertönte – eine WhatsApp von Alex.

Wenn du magst, ruf mich an. Ich warte …

Sollte sie ihn anrufen und ihm von dem Zwischenfall am Nachmittag erzählen? Machte sie damit vielleicht alles kaputt? All ihre Kraft war aus ihrem Körper verschwunden, und sie fühlte sich Jahre zurückversetzt, als die ganze Familie ihre Cousine Anna suchte. Vorwürfe, wenn auch hinter vorgehaltener Hand, wurden ihr gemacht. Warum hatte sie Anna alleine im Park zurückgelassen? Damals wie heute konnte sie nichts gegen die Vorwürfe tun. Sie musste es ertragen. Nachdem sie sich geduscht und ein Glas Rotwein eingeschenkt hatte, fasste sie sich ein Herz und wählte seine Rufnummer. Bereits nach dem ersten Klingeln ging er dran:

»Schön, dass du mich noch anrufst. Wie war dein Dienst heute? Waren alle bösen Buben brav?« Als sie seine warme Stimme hörte brach es aus ihr heraus:

»Ach, heute war eine Katastrophe. Du glaubst nicht, was ich heute erlebt habe. Bei Dienstbeginn wurde ich in das Büro von Anstaltsleiter Meurer zitiert. Dort wurde mir ohne Umschweife eine sexuelle Beziehung zu einem Gefangenen und Drogenhandel vorgeworfen. Selbstverständlich bringe ich auch Handys in die Anstalt. Ich bin vollkommen fertig.«

»Das ist ja nicht zu glauben. Wie können die so was behaupten?«

»Ich habe keine Ahnung. Es wurden mir keine Beweise vorgelegt oder Zeugen benannt. Zwei Typen, einer vom Justizministerium und der Rechtsanwalt von Hattinger, saßen in Meurers Büro. Sie haben mich angesehen, als wäre ich eine Schlampe. Es war so erniedrigend.« Sie schluckte nervös.

»Das ist ja furchtbar. Bist du suspendiert?« Die Besorgnis in Alexanders Stimme war ehrlich.

»Nein, ich bin an die Pforte versetzt, damit ich keinen Gefangenenkontakt mehr habe. Sie wollen dem Ganzen nachgehen. Ich bin mir sicher, das hat Hattinger erfunden, um mir zu schaden. Sicherlich muss noch jemand was gesagt haben. Eine Aussage alleine, da würde Meurer mich nicht an die Pforte versetzen. Die müssen mehr gegen mich in der Hand haben. Dass Dragan Savic, unser Hausarbeiter, erzählt, ich hätte Sex mit ihm, glaube ich nie und nimmer. Das ist ein aufrechter Typ. Ich verstehe es nicht.«

»Hat sonst irgendein Knacki einen Grund, dir zu schaden?«

»Es gibt immer welche, mit denen man nicht so gut auskommt. Aber das einer so weit geht, kann ich mir beim besten Willen nicht vorstellen.«

»Das ist ja wirklich merkwürdig.« Alex machte eine Pause, und Marias Herz fing an zu pochen. War es ein Fehler, ihm alles zu erzählen? Würde er sich von ihr abwenden? Sie fuhr sich mit der Hand zerstreut durch ihre langen Haare. Endlich sagte er:

»Ich hatte ihn extra noch einmal angeschrieben, den Anstaltsleiter, wegen des Ausgangs am 7. September, und er bleibt dabei. Hattinger war an diesem Tag in der JVA Dieburg.« Maria schluckte:

»Ja, das habe ich auch überprüft. Der alte Kollege hatte es zur Sicherheit in sein Schulheft notiert. Hattinger war am 7. September im Ausgang. Aber Meurer sagt, es wäre nichts im System eingetragen. Im Gegenteil, mir wird unterstellt, ich wollte andere beim Chef anschwärzen. Es ist zum verrückt werden.« Sie seufzte.

»Bleib ruhig, wenn du nichts Unrechtes getan hast, hast du nichts zu befürchten. Lass uns von etwas Schönem reden. Wann sehen wir uns wieder?«

»Ach, ich habe kommendes Wochenende frei. Wenn du magst, kann ich für uns am Samstag etwas Leckeres kochen.«

»Gerne, meine Schöne. Dann komme ich Samstag zu dir. Ich freue mich. Hab keine Angst. Es wird sich alles aufklären.«

»Dein Wort in Gottes Ohr. Ich freue mich auch, dich wiederzusehen.«

»Bis dann und gute Nacht.«

»Gute Nacht.«

Als Maria aufgelegt hatte, war sie hin- und hergerissen. Konnte sie Alex vertrauen? Was, wenn sie sich in ihm täuschte? Wenn er nur Loyalität heuchelte oder aufgrund dieser Umstände das Interesse an ihr verlor? Sie schmierte sich ein Brot, war aber bereits nach dem ersten Bissen satt. Kraftlos sank sie in ihr Bett und wälzte sich die halbe Nacht hin und her. Wie konnte sie nur ihre Unschuld beweisen? Hatte vielleicht Savic irgendeinen Mist erzählt? Oder Ribeiro? Wie sollte sie es herausfinden, wenn sie nicht mal mehr mit den beiden sprechen konnte. Es war zum verrückt werden. Nur eines beruhigte sie: Jan Gerber glaubte den Schwachsinn nicht, der ihr vorgeworfen wurde. Sie war sich sicher, dass er ihr helfen würde. In den Morgenstunden fiel sie endlich in den Schlaf.

DIENSTAG, 18. SEPTEMBER

1

Frank Hattinger saß in seiner Zelle und grübelte. Wie konnte er nun weitermachen? Ein paar Tage noch konnte er dem Doc hier in der Anstalt was von Durchfall erzählen, aber dann? Er legte den Zettel mit den Zugangsdaten für die Seite im Darknet auf seinen kleinen Schreibtisch. Sein anonymer SMS-Kontakt hatte ihm den Link geschickt. Wohlweislich hatte er die SMS gelöscht, da er sich sicher war, dass das Handy hier vom Sicherheitsdienstleiter kontrolliert wurde. Das Zettelchen durfte er auf gar keinen Fall verlieren. Nicht auszudenken, wenn diese Daten Gerber in die Finger kämen. Dieser Gerber war nicht zu unterschätzen. Hattinger stand auf und begutachtete sich im Spiegel. Wenn alles glatt lief, war er in etwa zwei Jahren ein freier Mann und mit den Bitcoins noch reich dazu. Prima Aussichten. Wichtig war nur, dass Tommy weiter mitspielte. Er sah sich in seiner Zelle um. Zeit, um mal wieder richtig sauberzumachen.

Mal sehen, ob Ribeiro ihm heute wieder zu Diensten sein würde. Er lächelte verächtlich. Dieser kleine Stricher war wirklich so fertig, dass er für einen Schuss alles machen würde. Pech, dass er heute nichts mehr von dem Zeug besorgen konnte. Er stand auf, trat aus seiner Zelle und suchte mit seinen Augen den Flur ab. Die Russen hatten sich wie immer zusammengeschart. Einige spielten Karten, andere hockten um sie herum. Beim Anblick von Hattinger trat eine gefährliche Stille ein. Das Trio mit den Karten hörte auf zu spielen.

»Was glotzt ihr mich denn so blöde an?« Hattinger spürte, dass etwas im Busch war. Zwei der Männer blickten drohend in seine Richtung. Die Gefangenen, die sich im Flur aufhielten, verstummten. Es fehlte nur noch der zündende Funke, und auf der Station wäre der Teufel los. Eugen Schmidt, ein Deutschrusse, der offensichtlich der Anführer war, saß am Kartentisch. Zwischen seinen Lippen hing eine selbstgedrehte Zigarette. Seine Augen blieben auf seinem Kartenblatt hängen, als er einige russische Worte sprach. Augenblicklich entspannte sich die Lage. Die Männer wandten sich von Hattinger ab, und das Kartenspiel ging weiter. Hattinger schluckte. Was hatten auf einmal die Russen gegen ihn? Er ging zur Zelle von Ribeiro, sie war verschlossen. Hattinger hämmerte an die Tür:

»Ribeiro, du Kakerlake, bist du da drin?« Nichts.

»Der Ribeiro ist beim Pfarrer«, sagte Savic.

»Was will der denn beim Pfaffen? Seine Sünden beichten?« Hattinger lachte, aber die anderen Knackis starrten ihn nur an.

»Wenn der Penner hier erscheint, soll er in meine Zelle kommen.«

2

Ich habe so wenig, so verdammt wenig, dachte Alex, als er vor seinem Computer im LKA in Wiesbaden saß. Irgendwie passte die Entführung nicht zum Auffindeort und nicht zu den Verletzungsspuren. Es ergab kein Bild. Seit Stunden durchforstete er das Intranet der Hessischen Polizei, hatte bereits das Bayerische LKA sowie die Kollegen von Baden-Württemberg und auch Rheinland-Pfalz informiert, aber es gab keine wirklichen Übereinstimmungen. Irgendetwas passte immer nicht zusammen. Wie ein Puzzleteil, das sich einfach nicht einfügen wollte. Es war mühsam. Ein Kollege vom Polizeipräsidium in Darmstadt hatte ihm die neuesten Ermittlungsergebnisse übermittelt. Herzberg wurde derzeit in Darmstadt verhört und sollte danach erst einmal dem Haftrichter vorgeführt werden. Man hatte ihn nach Tagen der Fahndung schließlich in seinem Büro gefunden, wo er sich die ganze Zeit, in der man ihn gesucht hatte, angeblich aufgehalten hatte. Herzberg war ein undurchsichtiger Typ. Sein Verschwinden über mehrere Tage, in denen man ihn nicht erreichen konnte, machte ihn mehr als verdächtig. Sein Telefon war abgestellt. Die Leasinggesellschaft hatte seinen AMG abgeholt, seine Konten waren gesperrt, er war am Ende. Hatte er etwas mit der Entführung seiner Frau zu tun? Zu dieser Brutalität war er ganz sicher nicht fähig. Aber hatte er vielleicht die Entführung in Auftrag gegeben, um so an Geld zu gelangen? Er durchforstete die Seiten nach Entführungsfällen, die Übereinstimmungen aufwiesen. Er besah sich gerade die Fotos anderer Mordopfer, die Ähnlichkeiten mit der Toten aus dem See hatten, als Heike Bender ihren Kopf zur Tür hereinsteckte.

»Ich wollte nur mal sehen, ob du schon weitergekommen bist. Gibt es Übereinstimmungen mit anderen Fällen? Wir treffen uns in einer Stunde, um die Ergebnisse zusammenzutragen.« Sie hatte sich auf den Stuhl neben Alex gesetzt und schaute mit ihm in den Computer, kurz darauf sagte sie leise:

»Ich habe Rücksprache mit meinem Vorgesetzten hier beim LKA gehalten, und dieser wiederum hat sich mit dem Innenministerium in Verbindung gesetzt. Im Fall Susanne Herzberg werden unsere Ermittlungsergebnisse nach alldem, was du mir berichtet hast, mit Argusaugen überwacht. Die Justiz wird vorerst nicht eingeweiht, damit wir sicher sein können, dass keine Infos an mögliche Täter oder Mitwisser gelangen. Du weißt ja, wie das ist, da hat der eine dem anderen in grauer Vorzeit mal einen Gefallen getan oder man hat miteinander studiert, und schon fühlt man sich verpflichtet, jemanden zu informieren, dass gegen ihn ermittelt wird. Das wollen wir damit ausschließen.« Heike Bender sah Alex in die Augen. »Können wir sicher sein, dass das nicht alles nur Hirngespinste sind? Du weißt um die Brisanz, wenn sich herausstellt, dass wir hier einen Anstaltsleiter der Hessischen Justiz verdächtigen, Dokumentenfälschung oder Schlimmeres begangen zu haben?«

Alex hatte sich mit seinem Stuhl zu Heike gedreht und sah sie an.

»Mit diesem Freigänger stimmt irgendetwas nicht. Das sagt mir mein Bauchgefühl, und das hat mich noch nie getrogen.« Heike überlegte einen kurzen Moment und sagte dann leise:

»Also gut, dann mach so weiter. Halte mich auf dem Laufenden.« Sie stand auf und nickte Alex aufmunternd zu.

Eine Stunde später saßen die ermittelnden Beamten der Soko *Aje* im Besprechungsraum. Jeder der Anwesenden erzählte, was er bisher in Erfahrung bringen konnte. Timo Keller, der das familiäre Umfeld der Familie durchleuchtet hatte, berichtete:

»Also, es war sehr schwierig, etwas über Susanne Herzberg in Erfahrung zu bringen. Durch Zufall bin ich beim Durchsuchen ihres Computers auf eine Freundin gestoßen. Sabine Schwarz, sie lebt derzeit in den USA in Oregon. Beide sind zusammen in Frankfurt zur Schule gegangen und seitdem befreundet. Susanne Herzberg ist in ärmlichen Verhältnissen aufgewachsen. Die Eltern sind tragischerweise bei einem Autounfall vor vier Jahren ums Leben gekommen. Frau Herzberg hat sich mit viel Mut und Fleiß, so ihre Freundin, ein beträchtliches Vermögen erarbeitet. Sie hat ihren Mann vor sechs Jahren kennengelernt und ist mit ihm seit etwa fünf Jahren verheiratet. Die Ehe war glücklich, jedenfalls hat Susanne ihrer Freundin nie etwas von Spannungen erzählt. Sie habe, als sie das letzte Mal miteinander geskypt haben, wohl erzählt, dass Dirk Herzberg finanzielle Schwierigkeiten hätte, aber das nicht weiter ausgeführt. Frau Herzberg war eine liebevolle und umsichtige Person, mit der jeder gerne zusammen war. Sie hat auch noch einen zehn Jahre älteren Bruder. Ihn habe ich auch besucht. Er ist Beamter, hat aber nach eigenen Aussagen seit vielen Jahren schon so gut wie keinen Kontakt mehr zu seiner

Schwester. Es hörte sich für mich so an, als ob er seinen Schwager Dirk Herzberg nicht leiden mag. Er nannte ihn einen *Gernegroß*. Meiner Meinung nach können wir ihn von der Liste der möglichen Verdächtigen streichen. Er hat kein Motiv, er erbt nichts, warum sollte er seine Schwester entführen?« Heike nahm die Notiz von Timo entgegen und notierte auf dem Whiteboard »Bruder unverdächtig«.

»Was ist mit dem Angler, diesem Michael Sobeck?« Kerstin Stein ergriff das Wort: »Michael Sobeck, 58 Jahre alt, Frührentner und seit 20 Jahren Mitglied im ortsansässigen Anglerverein. Er hat vor über 30 Jahren einmal eine Strafe wegen schwerer Körperverletzung abgesessen. Seitdem ist er nie wieder polizeilich in Erscheinung getreten. Er ist verheiratet, hat einen Sohn und ein Enkelkind. Bis auf die Vorstrafe konnte ich nichts Verdächtiges finden. Er geht regelmäßig morgens um diese Uhrzeit angeln. Da er körperbehindert ist, er hat einen schweren Hüftschaden, kann er kaum die Frau derart zugerichtet und sie dann in den See geworfen haben, außerdem hätte er sie aufgrund seiner Ortskenntnis sicher an einer anderen Stelle ins Wasser befördert, nämlich dort, wo die Leiche sofort untergegangen wäre.« Heike nickte und notierte Sobeck als unverdächtig an der Wand.

»Diese Frau Moosleitner, die die Entführung angezeigt hat. Timo, du hast sie doch verhört, oder?« Heike sah zu Timo, der in seinen Unterlagen die Notizen zur Befragung von Elli Moosleitner hervorkramte.

»Elli Moosleitner, 48 Jahre alt, geschieden, wohnhaft im Mühltal. Sie arbeitet seit vier Jahren bei den Herzbergs. Sie ist fest angestellt und kommt von Montag bis Freitag jeweils für vier Stunden. Wenn die Herzbergs verreist waren, wohnte sie auch im Haus und versorgte den Hund. Sie macht auf mich einen aufrichtigen Eindruck. Schon alleine die Tatsache, dass sie die Entführung angezeigt hat, obwohl ihr Dirk Herzberg verboten hat, die Polizei zu benachrichtigen, sagt viel über sie aus.« Heike stand am Whiteboard und notierte den Namen Moosleitner, dann fragte sie:

»Hat sie vielleicht irgendjemandem unbeabsichtigt erzählt, wie viel Geld die Herzbergs haben, und hat so jemanden auf Frau Herzberg aufmerksam gemacht? Was meinst du?« Timo Keller überlegte einen Moment und sagte dann:

»Ich habe auch schon darüber nachgedacht, aber sie ist nicht der Typ von Frau, die mit *bad boys* unterwegs ist. Auf mich macht sie den Eindruck einer einfachen und herzlichen Person, die ihr Geld mit ihrer Hände Arbeit verdienen möchte.«

»Wie hat sie sich über ihre Chefin geäußert?«

»Sie beschreibt sie wie jeder andere, den ich bisher befragt habe, als eine sehr angenehme Person und Chefin. Stets habe sie um etwas gebeten, statt zu verlangen, hat sich immer bedankt, auch für Kleinigkeiten. Zu Weihnachten oder Ostern war sie besonders großzügig und habe sich auch immer erkundigt, ob bei Frau Moosleitner alles in Ordnung wäre. Bei der Beschreibung ihrer Arbeitgeberin brach Frau Moosleitner in Tränen aus, und es schien mir nicht geschauspielert.«

Kerstin Stein meldete sich abermals zu Wort:

»Ich habe die Sekretärin von Frau Herzberg befragt. Angela Krüger, 55 Jahre alt, verheiratet. Auch sie wusste von ihrer Chefin nur Gutes zu berichten. Sie erzählte mir aber, dass Susanne Herzberg und ihr Mann wohl ein gespanntes Verhältnis hatten. Er habe sie am Tag vor ihrem Verschwinden am Telefon zusammengeschrien. Susanne Herzberg hatte auf Lautsprecher gestellt und ihn gefragt, ob sie nicht gemeinsam an die Ostsee fahren wollten. Er sei regelrecht ausgerastet und hätte etwas gebrüllt, was Frau Krüger nicht verstanden hat, und dann gesagt, ihm stehe das Wasser bis zum Hals.«

FREITAG, 21. SEPTEMBER

1

Sie hatte eine furchtbare Nacht hinter sich, war irgendwann eingeschlafen, aber bereits in den frühen Morgenstunden völlig zerschlagen wieder aufgewacht. Sie holte sich ihren Laptop und eine Tasse Kaffee ans Bett. Dann begann sie mit ihren Recherchen.

Sie googelte Rechtsanwalt Doktor Bernhard Kriebel: Studium der Rechtswissenschaften an der Johann Wolfgang von Goethe-Universität in Frankfurt. 2003 – 2015 angestellter Rechtsanwalt bei der Kanzlei Berger und Kollegen. Promotion 2008, seit 2016 eigene Kanzlei.

Das war nun auch nicht erkenntnisreich. Zu sehen war ein Foto neueren Datums, denn man konnte seine ergrauten Schläfen gut erkennen. Überhaupt war das Foto sicherlich das Werk eines professionellen Fotografen. Auch hier sah man die Krawattennadel und, da er seine Hände fein säuberlich auf dem Tisch abgelegt hatte, die manikürten Fingernägel und den Siegelring. Sie überlegte, wer könnte etwas davon haben, dass sie nicht mehr auf der Station arbeitete? Eigentlich war sie niemandem auf die Füße getreten. Sie hatte nur nachgeforscht, ob ein Ausgang fälschlicherweise nicht an das LKA gemeldet worden war. Aber wie kam Meurer dazu, ihr ein Verhältnis mit Savic anzudichten? Sie kam nicht weiter. Wer könnte noch etwas wissen? Viele Kollegen, so viel war klar, glaubten die Anschuldigungen. Was sie in den vergangenen Tagen im Dienst an Mobbing erlebt hatte, war kaum auszuhalten. Nur zwei junge Kollegen behandelten sie wie immer. Die anderen schnitten sie, grüßten sie nicht oder machten beim Verlassen der Anstalt zotige Sprüche über Sex im Knast.

Maria klappte den Laptop zu und sah auf ihren Wecker. 5.35 Uhr. Na bravo, hoffentlich konnte sie irgendwie noch ein wenig schlafen, danach wollte sie für das morgige gemeinsame Abendessen einkaufen. Ihr Herz machte einen Freudensprung, wenn sie an Alex dachte, aber dieses wunderbare Gefühl wurde getrübt durch die Sorgen um die Zukunft.

Als sie um 11.23 Uhr aufwachte, spürte sie eine innere Kraft, die ihr befahl, nicht aufzugeben. Sie hatte von ihrer Großmutter Rosanna geträumt. Ihre Oma war der wichtigste Mensch in ihrem Leben gewesen. Sie war es auch, die ihr alles über den Aberglauben in Italien beigebracht hatte, und die ihr immer sagte, egal, was sie sich vornähme, sie könnte es auch erreichen. Plötzlich war sie sich sicher, dass alles sich zum Guten wenden würde. Irgendwie würde sie schon herausfinden, wer ihr da etwas in die Schuhe schieben wollte. Sie hatte Freunde, die ihr halfen, sie war nicht alleine. Sie schnappte sich ihr

Handy und wählte die Telefonnummer von Rolf Klein. Nach dem ersten Klingeln war er schon dran.

»Rolf, ich muss unbedingt mit dir sprechen.« Maria war wieder voller Tatendrang. Die lähmende Angst war wie weggeblasen.

»Ja, kein Problem. Ich bin heute den ganzen Tag zu Hause. Meine Frau hat mir eine Liste von Arbeiten in die Hand gedrückt. Da kommt bei mir keine Langeweile auf. Wäre schön, wenn du meinen Arbeitseifer mit deiner Anwesenheit ein wenig unterbrechen würdest.«

»Super, ich muss noch kurz nach Darmstadt und danach komme ich einfach bei dir vorbei. Ist dir das so recht?«

»Prima. So machen wir es.«

Maria legte auf, sprang aus dem Bett, warf die Kaffeemaschine an und drückte auf den Knopf des Radios.

Wäre ja gelacht, wenn sie das nicht wieder in den Griff bekäme. Verleumdungen und Lügen würden sie nicht fertigmachen.

Etwa eine halbe Stunde später stieg sie in ihr Auto und fuhr direkt nach Darmstadt in die Rheinstraße zu ihrer Freundin Corinna Loos-Fehrmann. Corinna war Anwältin, Spezialgebiet Strafverteidigung. Sie sah auf die Uhr und hoffte, dass Corinna in der Kanzlei sein würde. Sie klingelte, und kurz darauf öffnete Frau Schneider, die Sekretärin, die Tür.

»Hallo, Frau Saletti, was verschafft uns die Ehre?« Frau Schneider, eine rundliche, liebenswerte Person, strahlte sie an.

»Ach, nix Gutes. Ist Corinna vielleicht da?«

»Ja, Sie haben Glück. Sie können gleich durchgehen. Der letzte Mandant ist gerade gegangen.«

Maria spürte Erleichterung aufsteigen. Das war der richtige Weg. Angriff war die beste Verteidigung.

Nachdem sie Corinna alles erzählt hatte, schüttelte diese nur ungläubig den Kopf.

»Und die werfen dir allen Ernstes solche Sachen vor? Bislang hat dich noch niemand von der Kripo verhört? Auch kein Staatsanwalt? Also, da stimmt was nicht. Das sind ja fürchterliche Anschuldigungen. Ich bin natürlich an deiner Seite. Aber solange du offiziell noch nichts von der Staatsanwaltschaft hörst, kann ich gar nichts tun. Eines ist wichtig: Wenn du vorgeladen wirst, gehe ich mit. Oder wenn es so weit kommt und die Polizei dich abholt, mache nur Angaben zur Person. Ansonsten sagst du nichts. Ich beantrage erst einmal Akteneinsicht. Aber du benötigst auf jeden Fall noch einen Anwalt für Verwaltungsrecht. Weil beamtenrechtlich da auch einiges auf dich zukommen kann. Da kann ich dir einen jungen Kollegen, Jörg Baier, empfehlen. Er ist clever und will gewinnen. So einen brauchst du.« Corinna Loos-Fehrmann saß hinter ihrem wunderschönen alten, mit Intarsien verzierten Schreibtisch. Das gesamte Büro, wie auch sie selbst, drückte Stil und Klasse aus.

»Danke, Corinna, nun geht es mir schon besser. Ich werde versuchen herauszufinden, wer noch etwas gegen mich vorgebracht hat. Dieser Doktor Kriebel ist sich seiner Sache so sicher, als wüsste er noch mehr. Sagt dir der Name was?« Maria nahm sich einen Keks, der verführerisch vor ihr in einer Silberschale auf dem Schreibtisch stand.

»Kriebel – nie gehört. Bitte, Maria, sei vorsichtig. Die ganze Sache gefällt mir ganz und gar nicht.«

»Mir auch nicht. Aber ich muss etwas tun.« Mit diesen

Worten war sie aufgestanden. Sie umarmte ihre Freundin zum Abschied und verließ die Kanzlei. Wenige Meter entfernt befand sich der Luisenplatz. Der Herbst hielt langsam Einzug, und es war nach einem heißen Sommer endlich etwas abgekühlt. Die Straßencafés waren gut besucht. Viele Menschen genossen den ausklingenden Sommer. Sie nahm im Luisencenter die Rolltreppe nach unten und bezahlte ihr Parkticket. Wenige Minuten später fuhr sie bereits Richtung Dieburg. Sie entschied sich für die Nebenstrecke durch den Wald. Die ersten Bäume fingen bereits an, sich zu verfärben. In Dieburg bog Maria nach Münster ab. Kurze Zeit später stand sie vor Rolf Kleins Haus. Als sie ausstieg, hörte sie den Rasenmäher. Klingeln war also zwecklos. Sie ging Richtung Garten, und als Rolf sie erblickte, stoppte er erleichtert den Rasenmäher.

»Hallo, da bist du ja.« Rolf freute sich ehrlich, sie zu sehen.

»Ja, darf ich dich denn stören? Sieht so aus, als hättest du noch viel zu tun.« Maria grinste.

»Zu viel zu tun, und es ist gut, dass du da bist. Eine willkommene Abwechslung. Es klang so, als wäre es dringend.« Rolf öffnete die Gartentür. Nach einigen Schritten standen sie auf der Terrasse. Rolf bot Maria einen Platz an und verschwand kurz im Haus. Als er nach einigen Minuten wieder herauskam, hatte er ein Tablett in der Hand, darauf befand sich eine Karaffe mit selbst gemachter Limonade. Maria erzählte ihm von den Vorkommnissen. Rolf starrte sie währenddessen ungläubig an:

»Das ist ja echt unfassbar. Ich habe gestern das eine oder andere von Kollegen gehört. Auf der Zentrale ist man ja der Anlaufpunkt. Viele waren mit ihren Urteilen schnell dabei. Für einige bist du die Kollegin, die mit einem Knacki ein Verhältnis angefangen hat und den alten Kollegen Maier angeschwärzt hat.«

»Aber weder habe ich mit Savic ein Verhältnis noch habe ich den Maier irgendwo angeschwärzt.« Maria trank dankbar einen großen Schluck Limonade.

»Wenn du mich fragst, ist der Hund irgendwo beim Hattinger begraben. Er versucht, dich kaltzustellen, da du ihm in Sachen Drogen auf der Spur bist. Wenn man bei ihm Drogen findet, kann er sich seinen Freigang abschminken. Und die Sache mit dem 7. September …«, Rolf sprach nicht weiter.

»Ich bin mir sicher, er war im Ausgang. Zudem hat Maier es ja auch in seinem Schulheft vermerkt.« Maria lehnte sich im Stuhl zurück und strich sich eine Haarsträhne aus dem Gesicht.

»Also der Dreh- und Angelpunkt ist die falsche Ausgangsliste. Ich glaube dir, wenn du sagst, dass der Hattinger am 7. September im Ausgang war. An diesem Tag wurde die Frau ermordet. Der Hattinger darf offensichtlich auf keinen Fall damit in Verbindung gebracht werden. Aber warum? Nur weil die hessische Landesregierung keinerlei Vorkommnisse in der Justiz haben möchte? Dafür fälscht doch keiner die Ausgangsliste. Das ist Urkundenfälschung. Dieser Rechtsanwalt Kriebel setzt alles daran, dass sein Mandant gut dasteht. Klar, die Medien würden hochkochen, wenn herauskäme, dass ein verurteilter Mörder im Freigang im Verdacht steht, etwas mit dem Tod der Frau zu tun zu haben. Aber dafür eine Urkundenfälschung begehen? Das macht keinen Sinn. Und wie hat er den Maier so manipuliert, dass der sagt, Hattinger wäre nicht im Ausgang gewesen?«

Rolf zündete sich eine Zigarette an und blies den Rauch in kleinen Wolken nachdenklich in die Luft.

»Ich zermartere mir seit Tagen das Hirn, aber ich kann nicht weiter nachbohren. Ich sitze den ganzen Tag an der Pforte. Erzählen wird mir kein Kollege mehr etwas.« Maria goss sich noch etwas Limonade ein.

»Nicht alle Kollegen sind gegen dich. Einige halten sich bewusst raus, weil sie keinen Ärger wollen. Du weißt ja, der Dienstplan ist das größte Machtinstrument bei uns. Wenn jemand eine Anordnung infrage stellt, wird er mit gestrichenen Ruhetagen und zusätzlichen Wochenenddiensten bestraft. Muckt er weiter auf, wird ihm klargemacht, dass er mal eine Zeit lang Dienst in der JVA Kassel versehen kann. Du weißt doch, wie das läuft.«

»Ja, leider genauso!« Maria lehnte sich im Gartenstuhl zurück und sah in den Himmel.

»Was für eine Sauerei, aber ich gebe nicht auf.« Dabei fasste Maria wieder an ihr Kruzifix und ihr Corno.

Plötzlich wusste sie, was zu tun war. Hermann erschien vor ihrem inneren Auge. Um weiterzukommen, musste sie in das Frankfurter Bahnhofsviertel. Sie wollte auf anderem Wege etwas über den sauberen Rechtsanwalt in Erfahrung bringen. Die Autobahn war nicht besonders voll und so kam sie bereits eine Dreiviertelstunde später in der Moselstraße in Frankfurt an. Sie versuchte sich daran zu erinnern, welche Bar Hermann gehörte. Im Vorbeifahren besah sie sich die Häuser genauer. Da sah sie es. In roten Buchstaben stand *Freudenhaus H.* über einer Eingangstür geschrieben. Gegenüber wurde gerade ein Parkplatz frei, Maria konnte ihr Glück kaum fassen.

Vor dem Etablissement stand ein Kerl, der in Größe und Muskelentwicklung Arnold Schwarzenegger in nichts nachstand. Er blickte gerade auf sein Handy, als Maria ihn ansprach:

»Hallo, mein Name ist Saletti. Ich möchte mit Hermann sprechen.«

»Der ist nicht da«, brummte der Hüne mit Grabesstimme. »Willste bei uns anfangen?« Er musterte sie von oben bis unten und kaute lässig auf einem Zahnstocher, dabei blitzte ein goldener Schneidezahn hervor. Der Knastgeruch hing noch an ihm.

»Nein, danke, ich habe schon einen Job. Könntest du ihm meine Telefonnummer geben? Es ist wirklich wichtig.« Maria lächelte ihn an, drückte ihm den Zettel mit ihrem Namen und Telefonnummer in seine Pranke, dann sandte sie ein Stoßgebet zum Himmel, dass dieser wichtige Mitarbeiter auch ihre Handynummer an Hermann weiterleitete.

»Ich gebe sie ihm. Kannst dich drauf verlassen.« Sagte der Mann und grinste sie gutmütig an.

Am nächsten Nachmittag, Maria war gerade wieder zu Hause angekommen, klingelte ihr Handy.

»Hallo, Frau Saletti, hier ist Hermann. Du wolltest mich sprechen?«

»Ja, das ist gut, dass du anrufst. Wann können wir uns mal persönlich sehen?«

»Ich bin heute Abend in meiner Table Dance-Bar *Brillant Girls*, ab 22 Uhr. Der Laden ist ganz in der Nähe, wo du gestern warst. Etwa 100 Meter die Straße Richtung Hauptbahnhof runter. Auf der rechten Seite. Okay?«

»Ja, das finde ich. Bis später.«

»Bis später.« Hermann hatte schon aufgelegt.

2

Er fuhr durch die Dunkelheit. Nichts war so, wie er es sich vorgestellt hatte. Sie sollte auf keinen Fall sterben. Er wollte nur das Geld. Warum musste sie dieser Idiot auch umbringen. Das Wegbringen der Leiche hatte ihn alle Kräfte gekostet, bis jetzt hatte er es nicht geschafft, in die Waldhütte zu gehen. Aber er musste unbedingt dorthin und versuchen, etwaige Spuren zu beseitigen. Schon bei dem bloßen Gedanken wurde ihm schlecht.

3

Maria startete ihren Golf und fuhr in Richtung Frankfurt. Es war 21.20 Uhr und hatte merklich abgekühlt. Die A3 war um diese Zeit immer noch gut befahren. Auf dem Weg dorthin gingen ihr alle möglichen und unmöglichen Gedanken durch den Kopf. Was, wenn sie ihre Unschuld nicht beweisen konnte? Sie musste unbedingt etwas über diesen Rechtsanwalt herausfinden. Links sah sie die hell erleuchtete *Commerzbank Arena*. Sie schaute zum wiederholten Male in den Rückspiegel. Da war schon wieder dieser silberfarbene Golf. Täuschte sie sich oder fuhr das

Fahrzeug schon die ganze Zeit hinter ihr her? Alle ihre Warnsignale gingen an. Um zu überprüfen, ob sie mit ihrer Vermutung recht hatte, setzte sie den Blinker nach rechts und fuhr zur *Aral* Tankstelle. Der Golf folgte ihr. Maria blieb an einer Zapfsäule stehen und tat so, als ob sie etwas im Handschuhfach suchen würde, dabei beobachtete sie das Auto aus den Augenwinkeln und erkannte zwei Männer, die im Fahrzeug sitzen blieben. Nun war es offensichtlich, sie fuhren hinter ihr her. Maria atmete tief durch. Kurz darauf stieg einer aus und ging in den Verkaufsraum. Sofort startete Maria ihren Wagen und fuhr blitzschnell davon. Sie konnte im Rückspiegel noch sehen, wie einer der Verfolger aus dem Verkaufsraum gerannt kam und in den Golf sprang. Aber Maria hatte Glück. Sie näherte sich einer Ampel im Kreisel, und als sie etwa 20 Meter davon entfernt war, sprang die Ampel auf Gelb. Sie gab Gas und kam noch über die Kreuzung, ohne dass der Blitzer links von ihr ein Foto machte. Bei den Verfolgern stand die Ampel bereits auf Rot.

Ihre Gedanken überschlugen sich. Warum wurde sie beschattet? Sie fuhr weiter in Richtung Hauptbahnhof. Es war nun fast dunkel, und Frankfurts Nachtleben begann. Die Wolkenkratzer am Mainufer waren immer wieder beeindruckend. Überall funkelte und glitzerte es. Nicht umsonst wurde die Stadt auch *Mainhatten* genannt. Hermanns Table Dance-Bar war eine Institution in Frankfurt, nicht einfach irgendein Puff. Nach kurzer Fahrt über Kaiserstraße und Elbestraße fand sie einen Parkplatz. Frankfurts Rotlichtmilieu bei Nacht war schon etwas Besonderes. Hier sah man die Kiezgrößen mit ihren Mercedes von *Brabus* oder *AMG*, aufgemotzte BMWs mit ebenso aufgemotzten Fahrern und vor allen

Dingen Beifahrerinnen. Die Herren trugen Rolex-Uhren im Wert von zwei Jahresgehältern eines Justizbeamten. Die Damen waren aufgehübscht und austauschbar. Überall Leuchtreklamen und halbnackte Frauen. In den Ecken standen Dealer mit ihren Kunden, Huren lockten die vorbeiflanierenden Männer an. Maria fühlte sich ein wenig unsicher, so alleine als Frau im Rotlicht. Aber es gab kein Zurück mehr, und wenige Augenblicke später stand sie bereits an der Eingangstür von Hermanns Laden. Nachdem sie ihren Namen genannt hatte, brachte sie einer der Männer von der Tür nach hinten zu Hermann. Eine verspiegelte Tür wurde aufgestoßen, und sie sah Hermann ihr gegenüber an seinem Schreibtisch. Um ihn herum etwa zehn Monitore und zwei Muskelmänner ähnlich dem Hünen vom Tag zuvor. Die Bildschirme zeigten die verschiedenen Separees. Als Maria den Raum betrat, hörte sie, wie einer der beiden Muskelpakete leise durch die Zähne pfiff.

Der böse Blick von Hermann brachte ihn augenblicklich zum Verstummen.

»Frau Saletti, was kann ich für Sie tun?« Hermann war sichtlich erfreut, Maria zu sehen.

»Ich wäre mal fürs du. Ich bin die Maria.«

»Okay, ist mir mehr als recht. Setz dich doch. Was kann ich für dich tun?« Hermann zeigte auf einen Ledersessel vor seinem Schreibtisch. Dann schrieb er auf einen Zettel: »Bitte gib mir dein Handy, wir bringen es in den Nebenraum, damit uns keiner abhören kann.«

Er übergab Marias Handy dem jungen Mann, der aussah wie Jean-Claude Van Damme und eine Figur hatte wie ein zweitüriger Kleiderschrank. Als dieser den Raum verlassen hatte, legte Maria los:

»Also, ich brauche Hilfe. Ein Knacki mitsamt seinem Anwalt macht mir das Leben schwer. Der Rechtsanwalt hat irgendwie Beziehungen in das Ministerium. Anders kann ich mir vieles nicht erklären. Der Knacki ist im Freigang und versorgt einen anderen mit Heroin. Fast immer, wenn er aus dem Ausgang kommt, bringt er was mit. Das LKA war da und hat ihn im Zusammenhang mit der Toten im Aje-See überprüft, die man in Eppertshausen gefunden hat. Du hast sicher davon gehört. Ich bin mir sicher, dass der Typ an diesem Tag im Ausgang war, aber in unserem Computersystem ist es nicht erfasst. Als ich nachgehakt habe, wurde ich plötzlich beschuldigt, Drogen und Handys in die Anstalt zu bringen. Ach, und ein Verhältnis mit einem Insassen habe ich auch noch. Ich will wissen, was mit dem Anwalt ist, ich glaube, der ist der Dreh- und Angelpunkt der ganzen Geschichte. Da sie mich an die Pforte versetzt haben, kann ich niemanden mehr innerhalb der Anstalt befragen. Ich kriege keinen Zusammenhang, aber vielleicht ist er ja bei euch bekannt.« Maria hatte sich vorbereitet und legte zwei Fotos auf den Tisch, die sie daheim ausgedruckt hatte. Auf dem einen Bild war Doktor Bernhard Kriebel zu sehen. Die Bildunterschrift lautete: »*Frankfurter Rechtsanwalt unterstützt die Arche.*« Das zweite war ein Foto von Frank Hattinger.

»Verrätst du mir noch den Namen des Insassen?« Hermann sah die beiden Fotos eindringlich an, dann stand er auf und holte sein Smartphone aus dem Nebenraum. Er schaltete es ein und fotografierte beide Bilder ab, dann brachte er es wieder aus dem Raum.

»Ich werde sehen, was ich herausfinden kann. Aber in Zukunft rufe mich bitte nicht mehr von deinem Handy aus an. Ich bin mir nicht sicher, ob ich nicht abgehört werde.«

»Ja, ich denke, das ist besser. Wenn, dann rufe ich dich von einem anderen Telefon aus an. Ich hatte vorhin irgendwie das Gefühl, dass ich verfolgt werde.«

»Ja, das kann sein. Ist gerade ein wenig ungemütlich im Milieu, man will mal wieder Härte zeigen und versucht, uns am Zeug zu flicken.« Mit diesen Worten setzte er sein unschuldigstes Lächeln auf. »Und hier ist eine saubere Telefonnummer.« Er gab Maria einen kleinen Zettel, auf dem nur eine Telefonnummer stand. Beide standen auf, mehr gab es nicht zu besprechen. Maria atmete tief durch und drückte Hermann fest die Hand. Auf ein Signal von seinem Schreibtisch aus kam der gleiche Mann, der sie hereingebracht hatte, und begleitete sie wieder nach draußen auf die Straße. Als sie die Taunusstraße entlanglief, entdeckte sie die beiden Männer im silberfarbenen Golf wieder. Obwohl sie die beiden bei der Verfolgung abgehängt hatte, hatten sie offensichtlich gewusst, wo sie hinwollte. Das war nun klar: Ihr Telefon wurde abgehört. Kurz schlug ihr Herz einen Takt schneller, dann nahm sie es sportlich. Sie schlenderte entspannt über die Straße, direkt auf das Auto der Verfolger zu und hob freundlich die Hand zum Gruß. Beide starrten sie wie zwei ertappte Schuljungen schuldbewusst an.

4

Frank Hattinger wurde nicht länger krankgeschrieben. Der Anstaltsarzt, von den Insassen Doktor Mengele, nach dem KZ-Arzt der Nazis, benannt, kannte keine Gnade oder aber, er hatte die Lügerei von ihm durchschaut.

»Sie können dann morgen wieder in die Schule gehen. Sonst verpassen Sie noch zu viel von der Lerneinheit, Herr Hattinger.« Mengele lächelte süffisant.

»Aber ich muss immer noch sehr oft am Tag auf die Toilette.« Hattinger setzte ein leidendes Gesicht auf.

»Naja, auf jeden Fall erhalten sie von mir noch ein Durchfallmittel, dann wird es schon gehen. Bis zum nächsten Mal, Herr Hattinger.« Damit war für ihn der Fall erledigt.

Hattinger hatte kein gutes Gefühl, als er kurz darauf die Anstalt verließ. Er nahm sein Handy und rief sofort Tommy an:

»Na, Alter, bist du wieder auf dem Damm?«

»Ja, es geht, aber ich glaube, das mit der Schule werde ich die nächste Zeit nicht schaffen. Ich muss in die Physiotherapie, außerdem ist es für mich echt krass, auf Krücken in die Schule zu humpeln.«

»Mann, Alter, jetzt lass mich mal nicht hängen, die Kohle kannst du gebrauchen, oder?«

»Klar kann ich die Kohle gebrauchen, aber was nicht geht, geht nicht. Du schuldest mir nix, aber das war's.«

Tommy hatte aufgelegt. Frank Hattinger setzte sich erst einmal an die Bushaltestelle Hinter der Schießmauer und überlegte, wie er nun aus der Misere kam. Er konnte ja schlecht in die Schule marschieren und mitteilen, dass er der richtige Frank Hattinger sei. Also blieb ihm nur, offiziell die Schule hinzuschmeißen, damit nicht alles aufflog. Eine neue Beschäftigung musste her, die seine Ausflüge aus der Anstalt rechtfertigte. Aber diesmal musste er selbst hingehen. Auf andere war eben kein Verlass.

In Frankfurt angekommen, suchte er zunächst das Internetcafé auf. Er schrieb an die Schule eine E-Mail, in der er mitteilte, dass er ab sofort nicht mehr am Unterricht teilnehmen würde. Nicht, dass die Schule am Ende noch eine Nachricht an die JVA schickte und nachfragte, warum er nicht mehr zum Unterricht erschien. Er war gestresst und versuchte krampfhaft, eine Lösung zu finden. Ein Mann am Nachbartisch skypte gerade mit seiner Familie. Die Unterhaltung erfüllte den Raum. Hattingers Blut schoss in Sekunden in seinen Kopf. Wenn dieser Idiot nicht augenblicklich leiser wurde, konnte er für nichts mehr garantieren. Mit der letzten Kraft der Selbstbeherrschung brummte er zwischen seinen mahlenden Kiefern hervor:

»Sprich sofort leiser, sonst sprichst du die nächsten Wochen überhaupt nicht mehr.« Der Tischnachbar, gut gelaunt und fröhlich, drehte sich zu Hattinger um, da er ihn offensichtlich nicht richtig verstanden hatte, und schaute in ein finsteres Gesicht. In Windeseile erkannte er die Situation und beendete mit wenigen Worten das Telefonat. Er lächelte schuldbewusst, nickte, stand auf und bezahlte.

»Geht doch.« Zufrieden mit seinem Erfolg lehnte Hattinger sich nach hinten. Da kam ihm die rettende Idee. Da er gelernter Schlosser war, konnte er ja versuchen, den

Meisterbrief zu erreichen. Dazu müsste er täglich die Anstalt verlassen. Genial. Dass ihm das nicht früher eingefallen war. Er öffnete die Seiten der Schlossereibetriebe rund um Darmstadt und Dieburg. Die Seite der Handwerkskammer war schnell gefunden. Kurz darauf telefonierte er und vereinbarte einen Termin für den nächsten Tag mit einem Berater. Irgendwie würde er schon die Kuh vom Eis ziehen.

Nun musste er sich nur noch eine zweite Chipkarte für sein Telefon besorgen. Darauf konnte er alle wichtigen Dinge speichern und auch Fotos archivieren. Die Karte würde er, bevor er die Anstalt betreten würde, herausnehmen und im Bund seiner Jeans verstecken. Dass er darauf nicht früher gekommen war, ärgerte ihn ein wenig.

5

Als Jan am ersten Tag nach seinem Urlaub in der Anstalt erschien, lag ein Zettel in seinem Schlüsselfach.

Bitte sofort in mein Büro. Richard Meurer

Jan nahm seinen Anstaltsschlüssel aus dem Schlüsselfach und begab sich direkt zu Richard Meurers Büro. Ohne nach dem Anklopfen auf ein Herein zu warten, öffnete er die Bürotür des Anstaltsleiters und trat ein.

Richard Meurer saß an seinem riesigen Schreibtisch und wirkte neben den anwesenden Herren klein und schwach. Rechts neben Meurer stand Staatsanwalt Kuhn, den Jan von verschiedenen Verfahren, in denen er gegen Gefangene ermittelte, kannte. Daneben stand ein ihm Unbekannter. Zu Meurers Linken hatten sich zwei Beamte vom Kommissariat ZK10 aufgebaut. Er war gespannt, was man ihm nun sagen würde.

»Ach, Herr Gerber. Die meisten der anwesenden Herren kennen Sie ja.« Jan nickte und sah in die Runde.

»Es ist mir unangenehm, deshalb machen wir es kurz. Uns ist zugetragen worden, dass Sie Drogen in die Anstalt eingebracht haben sollen. Von einigen Kollegen wurde mir Ihr rüdes Vorgehen bei Zellendurchsuchungen beziehungsweise Gefangenendurchsuchungen bestätigt und auch, dass Sie viele Alleingänge durchführten, die mit mir nie abgesprochen waren. Das Ministerium hat die Staatsanwaltschaft eingeschaltet. Sie haben bereits die Ermittlungen aufgenommen. Ich muss Sie bitten, bis auf Weiteres Ihren Dienst in der JVA Weiterstadt zu versehen. Natürlich werden Sie dort, genauso wie Frau Saletti hier, an der Pforte eingesetzt werden, damit jedweder Gefangenenkontakt ausgeschlossen ist.« Meurer sah Jan durchdringend an. Jan schüttelte den Kopf, so etwas hatte er schon erwartet.

»Sie wissen so gut wie ich, dass das absoluter Blödsinn ist. Aber wenn Sie das so verfügen, muss ich mich der Abordnung beugen. Ich fahre direkt nach Weiterstadt. Eines interessiert mich aber: Wer hat Ihnen das denn zugetragen?« Jan stand nun direkt vor Richard Meurers Schreibtisch, als dieser sein Kinn hob und mit fester Stimme sagte:

»Zum einen ist ein anonymer Brief bei der Staatsanwaltschaft Darmstadt eingegangen, und zum anderen habe ich Quellen innerhalb der Anstalt.«

Jan rang um Fassung, dann platzte es aber aus ihm heraus:

»Ich weiß nicht, was hier läuft, aber ich werde herausfinden, wer uns so schändlich verleumdet.« Bevor Meurer etwas entgegnen konnte, hatte Jan das Büro verlassen.

In seinem Auto schlug er mit der Faust auf das Lenkrad. Das konnte nicht wahr sein. Nachdem er sich gesammelt hatte, schwor er sich, dass er mit aller Kraft seine Unschuld beweisen und hinter die Intrige kommen würde.

SAMSTAG, 22. SEPTEMBER

Maria sollte dieser Tag ewig in Erinnerung bleiben. Sie stand in ihrer Küche, das Küchenradio spielte ein Lied von Adriano Celentano, und der Duft des Essens durchzog ihre kleine Wohnung. Bereits morgens, nachdem sie aufgestanden war, konnte sie nicht ruhig am Esstisch sitzen bleiben, um ihren Kaffee zu trinken. Der erste aufgezogene Herbstnebel hatte sich schnell verzogen, und es wurde wieder warm. Sie öffnete weit die Balkontür und klemmte einen Keil darunter, aber es wehte kein Lüftchen. Innerhalb kürzester Zeit war sie schweißgebadet. Drückende Schwüle lag in der Luft. Eine Gewitterfront war angekündigt, und sie hoffte, dass bald das reinigende Wetter einsetzen würde. Endlich vernahm sie von Weitem Donnergrollen, die Vögel waren schlagartig verstummt. Innerhalb weniger Minuten kam der Donner näher und wurde immer lauter. Blitze fuhren vom Himmel, der sich schwarz verfärbt hatte, und endlich kam er, der lange ersehnte Regen. Regentropfen groß wie Taubeneier fielen vom Himmel. Erst langsam und wenige, doch urplötzlich schüttete es wie aus Kannen. Maria rettete ihre Sitzkissen vom Balkon, dann setzte sie sich ins Wohnzimmer und schaute bei geöffnetem Fenster dem Wolkenbruch zu. Monatelang hatte es nicht ausgiebig geregnet. Die Erde war völlig ausgetrocknet und der Wald hatte furchtbar gelitten. Dem Regen zuzusehen, entspannte sie, die Natur hatte immer eine beruhigende Wirkung auf sie. Alex wollte um 19.30 Uhr bei ihr sein. Eigentlich war sie glücklich wie schon lange nicht mehr, wenn sie nur nicht dieser Ärger in der JVA so belasten würde. Die Tatsache, dass man ihr Telefon abhörte, machte ihr Angst. Wie sonst hätten die Verfolger wissen können, wo sie hingefahren war. Sie versuchte, die Gedanken zu verdrängen. Sie wollte diesen Abend unbedingt mit Alex genießen. Als Vorspeise gab es Vitello tonnato und die Soße all'amatriciana köchelte schon in der Pfanne. Sie probierte ein wenig davon und schob sie von der Kochplatte. Später musste sie nur noch die Spaghetti in den Topf werfen, und das Essen war fertig.

Nach einer ausgiebigen Dusche setzte sie sich im Bademantel wieder ins Wohnzimmer. Das Gewitter war weitergezogen, aber es regnete noch immer. Sie sah auf die Uhr, 19.15 Uhr, in wenigen Minuten würde er da sein. Sie schlüpfte in ihr schwarzes Kleid, es hatte einen grandiosen Ausschnitt, der ihr ein wunderschönes Dekolleté zauberte. Schnell noch legte sie die Ohrringe an, da klingelte es bereits an der Tür.

Alex war pünktlich und nahm auf der Treppe zwei Stufen auf einmal. Wenige Sekunden, nachdem Maria den Summer betätigt hatte, stand er tropfnass mit einem riesigen Blumenstrauß, einer Flasche Brunello di Montalcino und einem entwaffnenden Lächeln vor ihr. Mit bewundernden Blicken sah er sie an. Ganz sanft zog er sie zu sich heran. Maria nahm seinen Duft wahr, und plötzlich waren alle Angst und Scheu verflogen. Als wären sie schon immer zusammen, küssten sie sich leidenschaftlich. Da war eine Vertrautheit, die sie sich nicht erklären konnte. Maria zog Alex in die Wohnung, nahm ihm den Blumenstrauß ab und legte ihn im Flur auf die

Kommode. Alex stellte den Wein daneben und nach einigen Minuten fingen sie an, sich gegenseitig auszuziehen. Der Weg zum Schlafzimmer war kurz, und als Maria in ihrer Spitzenunterwäsche vor Alex stand, entfuhr ihm ein wohliges Seufzen. Er setzte sich vor sie auf das Bett und zog sie langsam zu sich. Von nun an ließen sich beide viel Zeit und zelebrierten ein wundervolles Liebesspiel. Sie liebten sich leidenschaftlich, und als beide wieder in der Gegenwart angekommen waren, sahen sie auf die Uhr und stellten fest, dass zwei Stunden vergangen waren. Voller Energie sprang Maria aus dem Bett, flitzte in die Küche und holte ein Tablett, auf dem sie das Vitello tonnato stellte, nahm zwei Gabeln und Messer aus der Schublade, schnitt das Weißbrot in Scheiben und war gerade wieder im Begriff, in Richtung Schlafzimmer zu laufen, als sie Alex in der Küchentür entdeckte. Er hatte sie die ganze Zeit beobachtet.

»Mein Gott, wie schön du bist«, sagte er und lächelte Maria an.

Überrascht und dankbar stellte Maria fest, dass ihr Alex überhaupt nicht mehr fremd war. Sie zog sich rasch den Bademantel über, und Alex schlüpfte in seine Boxershorts und T-Shirt, dann setzten sie sich an den kleinen Esstisch in Marias Wohnzimmer und genossen die Vorspeise. Sie gehörten zusammen, das war beiden schlagartig klar. Sie sprachen noch lange miteinander, und Maria erwähnt nur kurz, dass sie beschattet wurde.

MONTAG, 24. SEPTEMBER

1

Als Rolf Klein in der JVA ankam, standen einige Kollegen zusammen in der Pforte. Die Versetzung Jan Gerbers und die Vorwürfe gegen Maria Saletti waren Tagesgespräch. Rolf beachtete die tratschenden Kollegen nicht, öffnete sein Schlüsselfach und zog einen Zettel vom Dienstplaner hervor.

Ab sofort Dienst in der Kammer. Kammerleiter ist erkrankt.

Na bravo, jetzt musste auch er an einen anderen Arbeitsplatz. Die Kammer war der Ort, an dem alle Gefangenen ihre private Kleidung abgaben und ihre Knastklamotten sowie Bettzeug, Handtücher und so weiter ausgehändigt bekamen. Hier wurde die schmutzige Wäsche einmal pro Woche gegen saubere getauscht. Alle persönlichen Dinge, die sie nicht im Haftraum haben durften, wurden für sie hier aufbewahrt.

Als er nach wenigen Minuten an seinem neuen Arbeitsplatz angekommen war, versuchte er, sich erst einmal einen Überblick zu verschaffen. Schlagartig war er in Hochstimmung. In der Kammer wurden alle Freigänger für den Ausgang umgekleidet, und alles was raus und rein ging, wurde vermerkt – auf einer Karte.

Rolf wurde euphorisch. Er war sich sicher, dass er nun genau an der richtigen Stelle saß, um Maria zu helfen. Um nicht sofort die Aufmerksamkeit auf sich zu lenken, fragte er sich erst einmal brav durch. Er hatte Jahre zuvor das letzte Mal auf der Kammer gearbeitet, vieles hatte sich geändert. Er musste vorsichtig vorgehen. Alle Kollegen wussten, dass er mit Jan und Maria befreundet war. Direkt nach der Karte von Frank Hattinger zu fragen, wäre sicherlich aufgefallen. Von nun an war er ja der Freund von *kriminellen Beamten* und musste aufpassen, dass er nicht mit in Verdacht geriet. Nur innerhalb der Anstalt konnte er die Fakten finden, die ihre Unschuld beweisen würden.

Der Vormittag verging mit langweiligen Zählungen von schmutzigen Wäschestücken der Gefangenen. Jede Station kam, und die Hausarbeiter legten die gebrauchten Wäschestücke auf den Fußboden. Jedes Unterhemd, jede schmutzige Unterhose und jedes Paar Socken wurde gezählt, und im Gegenzug gab es am Ende die gleiche Menge frische Wäsche. Hier fragte man sich oft, ob dem einen oder anderen Insassen der Gebrauch von Toilettenpapier beigebracht werden musste. Ekelerregende Wäschestücke und ein Geruch in diesem großen Raum, der einem das Wasser in die Augen trieb. Rolf hatte das schon fast vergessen.

Er wartete, bis er unauffällig die Gelegenheit bekam, sich die Kammerkarte von Frank Hattinger anzusehen.

In der Zwischenzeit sichtete er die Unterlagen des Kammerleiters. Irgendwo musste die Kammerkarte mit den Eintragungen doch sein. Nachdem er alle Ordner durchgesehen hatte und nicht fündig wurde, brachte ein Kollege gerade einen Neuzugang auf die Kammer.

Dieser Kollege nahm eine neue Karte, beschrieb sie gewissenhaft und schloss sie dann in einen Schrank ein. Rolf stellte sich neben den Kollegen und schaute nur kurz auf den Schrank, sodass es nicht auffiel.

»Wieso werden die Kammerkarten eingeschlossen?«, fragte er beiläufig.

»Seit wir mal einen Knacki erwischt haben, als er in einem unbeobachteten Moment versucht hat, etwas, das einem anderen gehörte auszutragen. Er schrieb unter eine darauf aufgelistete Uhr: Beim Besuch am … der Familie ausgehändigt. Die Uhr hatte er aus der Effektenkammer geholt, als ein Kollege etwas anderes reinbrachte, und an sich genommen.«

»Schlaues Kerlchen, war bestimmt von Beruf *Betrüger.*« Rolf lachte.

»Ja, ein Betrüger, und seitdem sind die Karten weggeschlossen.« Rolf wurde nervös, später würde sich eine Gelegenheit ergeben und er könnte die Kammerkarte von Frank Hattinger genauer unter die Lupe nehmen.

2

Senior: Ich hätte mich niemals darauf einlassen dürfen.

Bursche: Aber die Idee war gut.

Senior: Ja, jeder sollte an Geld kommen. Aber niemand sollte getötet werden. Du wolltest ihm eins auswischen und wolltest an das Geld kommen, welches du durch ihn verloren hast.

3

Maria hatte ihren Lebensmut und ihre Kraft wiedergefunden. Die glücklichen Stunden mit Alex verliehen ihr Flügel. Sie fuhr zur nächsten Tankstelle, tankte ihr Auto und kaufte beim Bezahlen auch eine Prepaid-Karte für ihr Handy. Etwa 20 Minuten später, sie war bereits wieder zu Hause, wählte sie die saubere Telefonnummer von Hermann.

»Hallo, Hermann. Hier ist Maria. Hast du etwas herausbekommen?« Maria lehnte sich auf ihrem Sofa nach hinten. Vor ihr lag alles, was sie bisher herausgefunden hatte. Das Foto von Doktor Bernhard Kriebel, das Foto von Frank Hattinger, dessen Lebenslauf, der Lebenslauf von Kriebel. Sie war fleißig gewesen, aber weitergekommen war sie bisher dennoch nicht.

»Ja, du kannst vielleicht was damit anfangen. Ich habe einem Kumpel die Fotos zugeschickt. Der hat so 'nen Sado-Maso-Klub für besser Betuchte, du weißt schon, Champagner, Kaviar und Koks, dann lassen die die Sau raus. Der schwört, dass er den älteren Typen vor einigen Jahren mal aus seinem Klub rausgeworfen hat.«

»Warum er den rausgeworfen hat, hat er auch verraten?«

»Er war sich sicher. Der Typ hat einen Kerl derart gequält, dass dieser um Hilfe schrie. Das geht natürlich gar nicht, auf das vereinbarte Codewort muss sofort Schluss sein.«

»Und dein Kumpel ist sich sicher, dass das der Typ war?«

»Ja, er sagte noch, das war so ein arrogantes Arschloch. Er hat noch rumgeschrien, dass er mit dem Kerl machen könnte, was er wollte.«

»Was hat dein Kumpel denn dann mit ihm gemacht?«

»Na ja, du weißt ja, bei uns im Milieu regelt man das auf der Stelle. Also, der Alte durfte sofort cash 1.000,- Euro Strafgeld zahlen. Ein Türsteher ist extra mit ihm an den nächsten Bankautomaten gefahren. Du weißt, was ich meine. Dann durfte er abtreten. Nun zu dem jüngeren der beiden, der war mal Wirtschafter in einem Bordell. Das hat mir eine andere Quelle verraten. Er war da der Mann für die schwierigen Fälle. Skrupel kannte der wohl nicht. Mein Kumpel sagte, den musste man bei allem immer bremsen, niedrige Hemmschwelle und so. Ein echter Einzelgänger, mit niemandem befreundet. Den haben sie wohl eingefangen, weil er eine Tante vom Balkon geworfen hat, aber das wirst du besser wissen.«

»Ja, das ist mir bekannt, aber die anderen Infos helfen mir weiter. Danke dir, Hermann. Jetzt wird mir vieles klar.«

»Freut mich, wenn ich dir habe helfen können. Wenn noch was ist, jederzeit. Melde dich dann bei mir über diese Telefonnummer.«

»Alles klar.« Maria hörte nur noch ein Klicken.

4

Dragan Savic stand vor Richard Meurer in dessen Büro. Mit im Raum waren noch zwei Polizeibeamte und der Psychologe Doktor Paul.

»Nun, Herr Savic, machen wir es kurz. Uns ist zu Ohren gekommen, dass Sie mit der Justizbeamtin Saletti ein intimes Verhältnis haben. Was sagen Sie dazu?« Meurer lehnte sich in seinem Stuhl nach vorne. Savic stand etwa drei Meter entfernt und sah ihn an, als hätte er den Satz nicht verstanden. In seinem Gesicht stand ein großes Fragezeichen.

»Ich habe *was*? Ich verstehe nicht, was Sie meinen.« Savic ging einen Schritt auf Meurer zu, wurde dann aber am Arm von einem Beamten festgehalten.

»Sie haben mich sehr gut verstanden. Haben Sie mit Frau Saletti ein sexuelles Verhältnis? Sie wurden beobachtet, als Sie mit ihr alleine im Keller waren. Außerdem soll Ihnen Frau Saletti ein Handy mitgebracht haben.« Meurer nahm seine Lesebrille ab und sah Savic durchdringend an.

»Ich war mit Frau Saletti einmal im Keller, das ist richtig. Dort wir haben Möbel geholt. Und das mit dem Handy ist Lüge.«

»Sie geben also zu, dass Sie mit Frau Saletti alleine im Keller waren. Ohne eine andere Person.«

»Ja, wir haben nur Möbel geholt.«

»Ein Kollege des Aufsichtsdienstes hat gesagt, als Sie nach über einer halben Stunde wieder aus dem Keller kamen, sahen Sie verschwitzt aus.«

»Ja, kann sein. An dem Tag war es sehr heiß. Und ich habe Tische und Stühle gehoben.«

»Ja, aber im Keller ist es eher kühl.« Meurer schmunzelte bei diesen Worten.

»Ich habe keinen Sex mit Frau Saletti. Sie ist korrekte Beamtin, die hilft und ist immer freundlich. Warum lügt jemand? Das mit dem Handy ist auch Lüge.«

Meurer sah von einem zum anderen. Die Anwesenden verzogen keine Miene und sagten kein Wort. Die Stille war auffallend.

»Gut, danke. Man bringt Sie gleich zurück auf Ihre Station.«

»Was ist hier los? Frau Saletti ist immer korrekt!«, rief Savic laut. Er atmete tief durch, drehte sich um und ging mit einem Beamten aus dem Verhörraum.

»Nun, meine Herren, es ist natürlich schwer zu beweisen, dass die beiden ein sexuelles Verhältnis hatten. Aber es gibt noch einen anderen Gefangenen, der aussagt, dass Frau Saletti ein Handy mit in die Anstalt eingebracht hat. Ich habe hier die Aussage von Carlos Ribeiro protokolliert. Wenn Sie lesen möchten, meine Herren.« Er gab den Anwesenden ein DIN-A4-Blatt und sah in die Runde.

Kriminalhauptkommissar Tüll hatte die Aussage von Carlos Ribeiro gelesen und reichte das Blatt wieder zurück.

»Das, was wir hier gehört haben, reicht für einen Anfangsverdacht nicht aus. Lediglich die Aussage, die Sie hier von Herrn Ribeiro zu Protokoll genommen haben. Aber wo ist dieses Handy denn?«

»Das weiß Herr Ribeiro auch nicht. Er ist sich nur sicher, dass Frau Saletti es Herrn Savic mitgebracht hat. Es war auch sehr auffällig, dass in letzter Zeit einige Insassen regelmäßig positiv auf Heroin getestet wurden. Ob da Frau Saletti dahintersteckt? Ich möchte das nicht glauben, aber ... Meurer stoppte mitten im Satz. Kriminalhauptkommissar Tüll schüttelte den Kopf.

»Also, es tut mir sehr leid, aber für eine Rund-um-die-Uhr-Überwachung ist das hier zu dürftig. Ihren Schilderungen von vor einigen Tagen zufolge konnte man davon ausgehen, dass es sich hier um eine organisierte Bande handelt. Bei allem, was ich bisher gehört habe, ist das zu wenig.« Er sah Meurer streng an. »Die Überwachung von Frau Saletti wird sofort gestoppt.«

5

Alex war den ganzen Tag mit der Recherche beschäftigt.

Dirk Herzberg, 38 Jahre alt, geboren in Frankfurt, Eltern wohnhaft in Hamburg. Nach einem BWL-Studium und einigen Jahren als Consultant einer großen Wirtschaftsprüfungsgesellschaft machte er sich vor fünf Jahren selbstständig. Heirat mit Susanne Herzberg 2013. Polizeilich war er bisher nicht in Erscheinung getreten. Alex fand im Netz ein Foto von ihm bei der Feier einer Studentenverbindung. Wie sollte er nun weiter vorgehen? Er notierte sich die Studentenverbindung auf seinem Notizblock und schloss die Internetseite. Immer wieder schweiften seine Gedanken ab, und er träumte von Maria. Wie konnte er ihr am besten helfen? Als er auf die Uhr sah, wurde ihm klar, warum seit einiger Zeit sein Magen schmerzte. Es war 14.10 Uhr, und er hatte seit 6 Uhr nichts mehr gegessen. Er fuhr seinen Rechner herunter, nahm seine Jacke vom Kleiderständer und verließ das Büro. Als er am Zimmer eines Kollegen vorbeikam, schaute er kurz rein und fragte:

»Na, Oliver, hast du vielleicht Lust, mit mir essen zu gehen?« Oliver nickte, war aber gerade vertieft in seine Arbeit. Alex ging um den Schreibtisch herum und sah auf dessen Bildschirm.

»Ja, super Idee. Mein Magen hängt mir schon in den Knien. Ich habe hier gerade wieder die Aufnahme einer Überwachungskamera, da sieht man, wie einer alten Dame die Handtasche ausgeräumt wird, ohne dass sie das mitbekommt. Bahnhof Darmstadt, es ist immer dasselbe.« Oliver Klöber drehte den Bildschirm ein wenig in Richtung Alex. Die Aufnahme der Überwachungskamera im Darmstädter Hauptbahnhof war von guter Qualität. Alex betrachtete den Ablauf des Diebstahls genau. Die alte Dame stand vor einem Zeitungsladen und schaute konzentriert auf die Auslagen im Schaufenster. Der Dieb trat von hinten an die Frau heran, sprach sie kurz an und verwickelte sie in ein Gespräch, dabei öffnete er, ohne dass sie etwas mitbekam, die Handtasche und entwendete die Geldbörse.

Als Alex schon im Begriff war wegzugehen, blieb sein Blick an einer Person hängen, die nur kurz in dem Video zu sehen war.

»Du, Oliver, kannst du mir bitte nochmal den Filmausschnitt zeigen? Ich glaube, ich habe da ein bekanntes Gesicht gesehen.«

Oliver Klöber klickte auf Anfang, und kurz vor Ende rief Alex:

»Stopp. Das glaube ich jetzt nicht, dass ich den hier sehe.«

Oliver hielt den Film sofort an. Alex triumphierte.

»Der Typ auf der Aufzeichnung ist eindeutig Frank Hattinger. Ein Knacki, den ich vor Kurzem erst in der JVA Dieburg verhört habe. Da unten steht, die Aufnahme ist vom 7. September, richtig?«

Oliver Klöber sah Alex verdutzt an.

»Ja, vom 7. September. Warum fragst du?«

»An diesem Tag war Frank Hattinger angeblich nicht im Ausgang. Bitte, schicke mir diesen Film an meine E-Mail- Adresse. Er ist ein Beweisstück in einer Ermittlung.«

Nach einigen Minuten verließen Alex und Oliver das Gebäude und gingen zu Fuß zum nächstgelegenen Schnellrestaurant. Auf dem Weg dorthin gingen Alex alle möglichen Gedanken durch den Kopf. Eindeutig war nun klar, dass die Ausgangsliste in der JVA manipuliert worden war. Hatte der Anstaltsleiter seine Finger im Spiel?

6

Frank Hattinger war mit sich selbst zufrieden, als er am nächsten Tag aus dem Ausgang zurückkam. Hoch erhobenen Hauptes schritt er auf die Pforte zu. Keiner konnte ihn stoppen. Er war, ohne Erlaubnis der Anstaltsleitung, bereits in der Handwerkskammer in Darmstadt gewesen, und dort war man zuversichtlich, dass er als Freigänger seinen Meisterbrief als Schlosser erreichen konnte. Die Anmeldung zur Meisterschule müsse aber von der JVA gestellt werden. Er war sich sicher, dass er von den Entscheidungsträgern innerhalb der Justiz unterstützt wurde, wenn er der Anstalt seine Entscheidung, die Schule abzubrechen und seinen Meisterbrief in Angriff zu nehmen, mitteilen würde. Außerdem gab es ja noch seinen Anwalt. Er würde die Sache schon zu seinen Gunsten richten. Er ging mit einem

Beamten in die Kammer zum Umkleiden und vergewisserte sich, dass seine Speicherkarte gut in seinem Hosenbund versteckt war. Das Auftrennen des Hosenbundes hatte in Frankfurt bei dem türkischen Schneider gerade mal zehn Minuten gedauert, und er konnte die Karte innen in den Hosenbund schieben. Hattinger lächelte, das Leben war so einfach. Die Meisterschule würde er nun besuchen müssen. Aber an den Tagen, an denen er an seinem Meisterstück arbeiten müsste, würde er sicherlich Zeit finden, die Aufträge zu übernehmen, die man nur im Darknet bestellen konnte. Lukrativ war es für ihn bisher auf jeden Fall gewesen.

7

Rolf Klein sah Hattinger in der Kammertür und konnte nun endlich die Kammerkarte in Augenschein nehmen, in der die persönlichen Dinge des Häftlings aufgeführt waren. Am Vormittag hatte er dazu keine Gelegenheit gehabt. Nun aber konnte er selbst, ohne aufzufallen, nachsehen, ob Hattinger am 7. September im Ausgang war. Er drehte die Seite um, da fand er den Eintrag: Ausgang 7. September 6.30 Uhr – Ankunft 17 Uhr mit Jeans, Schultasche und so weiter. Maria hatte sich nicht geirrt. Das war beim Manipulieren der Ausgänge von Frank

Hattinger vergessen worden. Rolf wurde ganz nervös. Er musste nur noch einen geeigneten Augenblick abwarten, dann konnte er die Karte einfach kopieren.

Hattinger stand bis auf die Unterhose nackt vor ihm und wartete auf die Anstaltskleidung. Seine privaten Sachen lagen fein säuberlich zusammengefaltet auf einem Haufen.

Rolf schauderte bei dem Gedanken, dass dieser Typ möglicherweise etwas mit dem Mord an der Frau zu tun haben könnte. Nach einigen Minuten war er umgezogen und wurde von einem Kollegen zu seiner Station gebracht. Rolf nahm sämtliche Kleidung und untersuchte genau alle Taschen auf etwaige Inhalte. Gerade als er die Hose wieder zusammenlegen wollte, spürte er im Hosenbund etwas, was da nicht hingehörte. Er befühlte vorsichtig den Hosenbund und entdeckte den Schnitt an der Innenseite. Sein Herz schlug höher, als er langsam eine Speicherkarte herauszog. Schnell steckte er sie ein, zu Hause konnte er sie sich genauer ansehen. Das Ganze, wie es üblich wäre, dem Sicherheitsdienstleiter melden, konnte er nicht. Jan war in Weiterstadt, und seine Vertretung ein Speichellecker von Meurer. Eine innere Stimme sagte ihm, dass dies erst einmal niemand erfahren durfte. Aber irgendwie musste er den Dienstweg einhalten. Er konnte nicht einfach zur Polizei gehen und den Fund melden, das wäre gegen die Regeln. Er beschloss, die Karte erst einmal an sich zu nehmen und zu Hause nachzusehen, was darauf war. Er legte alles zusammen und brachte die Kleider in den Effektenraum. Danach rief er Maria an der Pforte an.

»Hey, Maria, meine Frau braucht heute Abend unbedingt deine Hilfe in der Küche. Könntest du so gegen

18 Uhr bei uns sein? Wir würden auch gerne deinen neuen Freund kennenlernen.« Maria verstand sofort.

»Klar, da helfe ich doch gerne. Ich denke schon, dass Alex Zeit hat, wir sind dann circa um 18 Uhr bei euch.« Maria hatte bemerkt, dass Rolfs Stimme geradezu euphorisch klang. Also irgendetwas Positives gab es bestimmt zu berichten. Sie nahm ihr Handy und tippte kurz eine Nachricht an Alex:

Heute Abend 18 Uhr Treffen beim Kollegen?!

Kurz darauf erhielt sie die Antwort:

Super, habe gute Neuigkeiten. Bin kurz vor 18 Uhr bei dir, dann fahren wir zusammen hin. Alles wird gut.

Marias Herz fing an zu rasen. Würden sich die ganzen Verleumdungen nun aufklären? Scheinbar hatten beide etwas herausgefunden. Zu dem Treffen musste dann auch unbedingt Jan Gerber dazukommen. Sie nahm den Hörer in die Hand und wählte die Telefonnummer der JVA Weiterstadt, nach kurzer Zeit meldete sich Jan am anderen Ende.

»Hallo, Jan, heute Abend essen wir italienisch bei unserem besten Freund. Ich koche, und du bist herzlich eingeladen. Circa 18 Uhr geht es los.«

»Das ist perfekt. Italienisch habe ich schon so lange nicht mehr gegessen.« Aus diesem unverfänglichen Text konnte man nichts heraushören. Das war für Maria wichtig. Der Kollege, der mit ihr in der Pforte saß, tat so, als hätte er nichts gehört.

Für Maria zog sich der Tag plötzlich wie Gummi. Beinahe viertelstündlich sah sie auf die Uhr. Wenn sie nur wüsste, was Alex und Rolf ihr erzählen wollten.

8

Carlos Ribeiro saß tieftraurig in seiner Zelle. Er war von Hattinger zu dieser Lüge genötigt worden. Frau Saletti war immer korrekt zu ihm gewesen, und nun hatte er behauptet, sie hätte Dragan Savic ein Handy mitgebracht. Körperlich ging es ihm zudem sehr schlecht. Gerade hatte man ihm die Diagnose Leberzirrhose im Endstadion mitgeteilt. Der jahrelange Drogenkonsum hatte seinen Tribut gefordert. HIV-positiv war er zudem. Es war also soweit, sein Leben würde bald enden. Die Sozialarbeiterin hatte ihm versprochen, sich um eine vorzeitige Entlassung aus der Haft zu kümmern, sodass er die letzten Tage seines Lebens in Freiheit verbringen konnte. Er wollte keinem anderen Gefangenen etwas davon erzählen. Er saß auf seinem Bett, und die Tränen rannen ihm über die Wangen. Plötzlich stand Frank Hattinger in seiner Zelle.

»Es wird Zeit, dass bei mir mal wieder jemand richtig sauber macht.« Hattinger lehnte sich in den Türrahmen. Carlos verweintes Gesicht schien er nicht zu bemerken.

»Ja, ich komme gleich.« Carlos wandte Hattinger den Rücken zu und drehte sich eine Zigarette. Hattinger lächelte schief und schlenderte siegessicher in seine Zelle zurück.

Nach wenigen Minuten folgte ihm Carlos, nahm einen Lappen zur Hand und fing an, alles abzustauben. Da fiel ihm ein Zettel, auf dem eine seltsame Zahlenkombination notiert war, in die Hände. Blitzschnell nahm er ihn an sich. Gleich darauf fing er an, künstlich zu würgen. Er musste sich schnell in Sicherheit bringen.

»Was ist los mit dir, Mann?« Hattinger sah Carlos angewidert an.

»Keine Ahnung. Ich glaube, ich habe mir den Magen verdorben.«

»Sieh zu, dass du rauskommst, sonst kotzt du mir hier noch die Bude voll.« Carlos würgte künstlich weiter, und als der diensthabende Beamte nach wenigen Minuten zu ihm in die Zelle kam, um nach ihm zu sehen, bat er ihn, ihn für heute einzuschließen.

Nachdem die Zelle verschlossen war, nahm Carlos den Zettel hervor und betrachtete ihn genau. Was war das für eine Zahlenkombination? Er schnappte sich seine Nivea-Dose faltete den Zettel ganz klein, steckte ihn in eine Plastikhülle von Tempotaschentüchern und drückte das Ganze in die Nivea-Creme. Da würde so schnell niemand den Zettel finden. Ab sofort, das war ihm klar, durfte er mit Hattinger nicht mehr zusammentreffen.

9

Jan war der Erste, der bei Rolf eintraf. Er wollte gerade klingeln, als er ihm schon die Tür öffnete. Ein breites Grinsen war auf seinem Gesicht zu sehen. Kurz darauf erschien auch Maria mit Alex, und alle nahmen im Wohnzimmer Platz. Ohne ein Wort zu sagen, sammelte

Jan von allen die Handys ein und brachte sie in einen anderen Raum. Als alle mit Getränken versorgt waren, begann Maria:

»So, Leute, ich glaube, nun können wir offen reden. Ich habe Informationen erhalten, wonach Kriebel im Milieu schon negativ aufgefallen ist. Er hat in der Sado-Maso-Szene einen Sexpartner gequält und bei dem vereinbarten Codewort nicht gestoppt. Das ist ihm nicht bekommen.« Maria nahm sich eine Frikadelle, die Rolfs Frau mit ein paar Brötchen auf den Tisch gestellt hatte. Alle anderen sahen sie an.

»Aha, daher weht der Wind. Vielleicht hat ihn der Hattinger in der Hand mit irgendeiner Story.« Jan nahm einen großen Schluck Radler.

»Also, ich habe heute beim Hattinger eine Speicherkarte in seinem Hosenbund gefunden. Außerdem war er am 7. September im Ausgang. Das ist auf der Kleiderkarte vermerkt.« Rolf sah triumphierend in die Runde. Marias Gesicht hellte sich auf.

»Ich habe mir die Speicherkarte noch nicht ansehen können. Das machen wir jetzt zusammen.« Alex wartete, bis er die ungeteilte Aufmerksamkeit aller hatte:

»Durch Zufall habe ich heute Frank Hattinger auf einem Überwachungsvideo vom 7. September im Darmstädter Bahnhof entdeckt. Er ist es eindeutig, wir haben jetzt den Beweis, dass die Ausgangsliste manipuliert wurde.«

»Gott sei Dank. Ich weiß gar nicht, was ich sagen soll.« Marias Augen füllten sich mit Tränen. Rolf ging in sein Arbeitszimmer und holte seinen Laptop. Von Maria fiel eine Last ab. Endlich gab es Beweise, sie hatte sich nicht getäuscht. Alle waren auf ihrer Seite. Das war ein gutes Gefühl. Alex nahm ihre Hand und drückte sie sanft.

Rolf schob die Speicherkarte in seinen Laptop, und nach wenigen Augenblicken erschienen Nacktbilder von jungen Männern. Rolf sah mit den anderen zusammen die Speicherkarte weiter durch, aber viel mehr war nicht zu entdecken. Nur das Foto einer Tageszeitung. Offensichtlich hatte er einen Artikel über die *Frankfurter Eintracht* fotografiert.

»So weit, so gut. Was mache ich nun mit dem Ding?« Rolf sah in die Runde.

»Erst einmal kopieren und dann wieder zurück in ihr Versteck. Er braucht nicht zu merken, dass wir seine Aktivitäten beobachten. Er soll sich sicher fühlen. Auf jeden Fall war er am 7. September im Ausgang.« Alex nickte zufrieden in die Runde.

»Ich habe morgen meinen freien Tag. Dadurch habe ich Zeit und kann Hattinger nach der Schule folgen. Mal sehen, was der Herr alles so treibt.« Jan rieb sich gedankenverloren sein Kinn.

Nachdem sie einen kräftigen Schluck Bier genommen hatte, sagte Maria: »Der Kriebel hat erreicht, dass wir verdächtigt werden, Drogen und Handys in die Anstalt zu schmuggeln. So lenkt er von Frank Hattinger ab. Dadurch sind wir mit unserer Verteidigung beschäftigt und haben keine Zeit, ihn weiter unter die Lupe zu nehmen. Durch deine Abordnung in eine andere Anstalt, und da ich nun an der Pforte sitze, haben wir keinerlei Möglichkeiten mehr, irgendetwas in der Anstalt in Erfahrung zu bringen. Einzig Rolf ist noch drin.« Bei diesen Worten richteten sich alle Augenpaare auf Rolf Klein.

»Ja, ich werde natürlich alles mir Mögliche tun, um den Wahnsinn aufzudecken. Aber ich denke, wir brauchen richtige Fakten. Wenn wir mit einer Speicherkarte mit kargem Inhalt und der Tatsache, dass Frank Hattinger entgegen der bekannten Ausgangsliste doch im Ausgang war, irgendwo die Verschwörungstheorie auf den Tisch legen, wird ein Staatsanwalt doch nur milde lächelnd den Kopf schütteln. Die Staatsanwaltschaft wird wiederum denken, ihr wollt von euren Schandtaten ablenken.« Rolf schloss den Laptop und zog die Speicherkarte heraus.

»Also, wir werden so weitermachen wie bisher? Ich sitze weiterhin mit Kollegen an der Pforte, die den ganzen Tag kein Wort mit mir reden? Das ist kaum auszuhalten.« Maria schluckte nervös. »Was soll ich nur machen? Ständig kommt irgendein Super-Beamter hereinspaziert und macht irgendwelche anzüglichen Andeutungen über Sex im Knast und so. Ich könnte den Idioten den Hals umdrehen.« Maria rieb sich ihr Gesicht und atmete tief durch. Alex legte beruhigend den Arm um sie.

»Im Moment kannst du nichts tun. Aber sei sicher, wir helfen dir und Jan. Ihr habt beide nichts Unrechtes getan. Wir werden die Wahrheit schon herausfinden. Ich habe beim LKA noch andere Möglichkeiten, jemanden unter die Lupe zu nehmen. Nur möchte ich offiziell noch nicht gegen Hattinger ermitteln. Wir haben nichts gegen ihn in der Hand, was wir ihm zur Last legen könnten. Selbst wenn ich mitteile, dass ich ihn auf einem Video am 7. September erkannt habe, ist noch nicht bewiesen, dass er mit dem Tod der Frau etwas zu tun hat. Sicherlich finden wir noch was, und dann schauen wir mal. Wenn der Kriebel wirklich ein Sadist ist, ist er möglicherweise bereits woanders einmal aufgefallen. Ich überprüfe ihn einmal im Intranet, vielleicht finde ich noch etwas. Aber das sind alles Vermutungen. Wir brauchen Fakten.« Der Gesichtsausdruck von Alex wirkte angestrengt.

»Okay, so machen wir das. In Zukunft, wenn wir uns miteinander treffen wollen, backen wir Pizza. Die Uhrzeit geben wir durch. Der Ort wird das nächste Mal bei Maria zu Hause sein. Da können die, die uns abhören, dann mal raten, wo wir Pizza backen.« Jan lächelte spitzbübisch.

DIENSTAG, 25. SEPTEMBER

1

Frank Hattinger stellte die gesamte Zelle auf den Kopf. Der Zettel mit dem Zugangscode für das Darknet war verschwunden. Eine Durchsuchung seiner Zelle war nicht durchgeführt worden. Das hätte er bemerkt. Sicherlich hatte Carlos Ribeiro den Zettel beim Saubermachen an sich genommen. Hattinger konnte seinen Zorn kaum unter Kontrolle halten. Er sah auf die Uhr, in etwa 40 Minuten würde er wieder an die Pforte gebracht werden. Noch wusste die Anstaltsleitung nicht, dass er eine andere Ausbildung beginnen wollte. Im Darknet hatte er tags zuvor den Film zum vierten Mal verschickt. 20.000 Euro pro Film ließen sich sehen. Es gab einen auserwählten Zirkel, der diese Filme liebte. Dieser Kick, wenn ein Mensch wirklich sein Leben verlor. Nicht nur ihn erregte der Film, nein, auch andere empfanden so. Um seine Aufnahme erwerben zu können, mussten sie ihm Ausschnitte von anderen Snuff-Videos schicken. Erst dann war er bereit, ihnen sein Meisterwerk zu verkaufen. Als Mann für *die schwierigen Fälle* hatte er außerdem seine Dienste auf einem sogenannten Marktplatz im Darknet angeboten. Unbezahlte Rechnungen, Entmietungen oder auch das Ausschalten des verhassten Nebenbuhlers, wären für ihn ein Leichtes. Das war ein einträgliches Geschäft, und er war sich sicher, dass man ihn nicht enttarnen konnte. Aber er brauchte dazu diesen verdammten Zettel. Vor lauter Wut öffnete er das Fenster und schrie durch die Gitter:

»Ribeiro, wenn ich dich in die Finger kriege, kannst du was erleben!« Da fiel ihm ein, dass er diesen Zettel gestern fotografiert hatte. Er befand sich auf seiner zweiten Speicherkarte. Selbst wenn sie die Speicherkarte finden würden, wäre es fraglich, ob sie den Darknet-Code entdecken würden. Er hatte einen Zeitungsartikel mit einem sehr gut aussehenden Fußballspieler fotografiert und den Code an den Rand gekritzelt. So konnte er unmöglich gleich auffallen. Er entspannte sich ein wenig. Im Geiste allerdings sah er Ribeiro unter seinen Händen sterben.

2

Senior saß am Frühstückstisch und las die Tageszeitung. Er blickte mit einer gewissen Zufriedenheit durch den Raum. Intelligenz und Fleiß hatten ihn weit gebracht. Öfter, als ihm lieb war, dachte er in der letzten Zeit über seine Kindheit nach. Er stammte aus ärmlichen Verhältnissen, sein Vater war ein Trinker gewesen, der seinen kargen Lohn im Wirtshaus versoff. Nach der Scheidung heiratete seine Mutter sofort wieder. Sie begehrte nie auf. Sie nahm ihr trauriges Leben hin, und Senior fing an, sie dafür zu hassen. Im Alter von 15 Jahren beschloss er, sich von seiner Mutter nichts mehr sagen zu lassen. Seine Mutter und sein Stiefvater waren sowieso voll und ganz mit seiner kleinen Schwester beschäftigt. Er war bereits zehn Jahre alt, als sie geboren wurde. Ganz klar ein Kind der Liebe. Er schmunzelte bei diesem Gedanken. Wann immer er konnte, ärgerte oder quälte er sie. Eine dumme Göre, die jeden um den Finger wickelte. Er schämte sich derart für sein Zuhause, dass er niemals einen seiner Klassenkameraden mitbrachte. Da er leicht lernte und fleißig war, war das Abitur für ihn ein Spaziergang. Richtige Schulfreunde hatte er nicht, die Jungs, die sich mit ihm abgaben, benützten ihn, das war ihm klar, um bei Klassenarbeiten von ihm abzuschreiben. Er erhielt keine Einladungen zu Partys, und mit Mädchen tat er sich sehr schwer. Zeichen der Zuneigung und Zärtlichkeiten wurden bei seinen Eltern nie ausgetauscht. Und alles, was er über das Küssen wusste, kannte er nur aus Filmen. Wenn er dann einmal den Mut fasste, ein Mädchen anzusprechen, dann spürten diese sofort, dass mit ihm etwas nicht stimmte. Er war ein Außenseiter, aber er hatte es sich in den Kopf gesetzt, es nach oben zu schaffen. Als Schüler jobbte er in einem exklusiven Golfklub und studierte dort das Verhalten der reichen Leute. Nach seinem Abitur, welches er mit der Note 1,0 abschloss, studierte er Jura. Richter und Rechtsanwälte waren für ihn der Inbegriff von Autorität. Er wollte, dass die Leute ihn mit Bewunderung ansahen, so wie er es als Junge tat, wenn er mit erfolgreichen Menschen zusammen war. Schnell war ihm klar, dass zu einem erfolgreichen Leben auch eine entsprechende Ehefrau gehörte. Er fand eine etwas dümmliche junge Frau, die nach einer gelösten Verlobung mit einem Kommilitonen froh war, dass sie noch jemand haben wollte. Ein Mädchen aus gutem katholischem Elternhaus, das früh zu Hause eingetrichtert bekommen hatte, dass man zwar heute als junge Frau studieren könnte, später aber traditionell für Mann und Kinder da zu sein hatte. Die Hochzeit fand im kleinen Kreis statt. Senior teilte seinen Eltern und seiner Schwester erst einige Wochen später mit, dass er nun verheiratet war. Zu groß wäre für ihn die Schmach gewesen, seinen Schwiegereltern seine Eltern vorzustellen. Die Hochzeitsnacht wurde nicht vollzogen, da er stockbesoffen am Tisch einschlief. Die Sache mit dem Sex in der Ehe entwickelte sich schwierig. Er war zwar sexuell erregt, aber irgendwie wollte es nicht richtig klappen. Er hatte keinerlei Erfahrung in der körperlichen Liebe, und seine Ehefrau ging, wie es sich für ein gutes katholisches Mädchen gehörte, als Jungfrau in die Ehe. Nach vielen gefühllosen und schmerzhaften Begegnungen beschloss seine Frau, öfter Migräne zu haben, und er gab nach einigen

Monaten das Werben um sie ganz auf. Die Ehe blieb daher kinderlos.

3

Ein Anruf bei Maria gab Jan Gewissheit: Hattinger hatte an diesem Tag die Anstalt verlassen. Er musste also in der Schule sein. Er startete seinen Wagen und fuhr nach Darmstadt. Die Straßen waren außergewöhnlich belebt, der Verkehr schleppte sich stockend Richtung Darmstadt. Heute würde er Frank Hattinger nach der Schule beschatten, egal, wie. Er stellte seinen Wagen in der Nähe ab und nahm seine Kamera zur Hand. In zehn Minuten war Schulschluss, und Hattinger musste demnächst herauskommen. Die ersten Schüler verließen das Gebäude, Minuten vergingen, aber Frank Hattinger war nicht zu sehen. Nachdem er 20 Minuten gewartet hatte, wurde es Jan zu viel. Er nahm sein Handy, schloss sein Auto ab und lief zum Schulgebäude. Ein Mann mit Besen in der Hand, offensichtlich der Hausmeister, erklärte ihm freundlich den Weg zum Sekretariat. Jan nahm die Treppe nach oben und wenige Augenblicke später stand er schon vor Frau Enders, der Schulsekretärin.

»Guten Tag, mein Name ist Jan Gerber. Ich komme von der JVA Dieburg. Ich soll eine Kontrolle durchführen.« Dabei zog Jan seinen Dienstausweis aus der Tasche und zeigte ihn Frau Enders.

»Was sollen Sie denn kontrollieren?«, fragte sie und sah ihn misstrauisch an.

»Wir kontrollieren ab und zu die Anwesenheit unserer Freigänger am Arbeitsplatz, oder in diesem Fall in der Schule.«

Frau Enders Gesicht wurde ein wenig freundlicher, sie sah kurz auf, dann tippte sie etwas in ihren Computer.

»Da kann es sich ja nur um Frank Hattinger handeln. Wir vermissen Herrn Hattinger schon zwei ganze Wochen im Unterricht. Hier in der Anwesenheitsliste ist es vermerkt. Herr Hattinger hatte sich krankgemeldet, und daraufhin habe ich zwei Tage später in der Anstalt angerufen. Aber dort sagte mir ein Kollege von Ihnen, er sei krank und man wüsste noch nicht, wann er wieder in die Schule gehen könne. Bis gestern, da haben wir eine E-Mail erhalten, in der Herr Hattinger uns mitgeteilt hat, dass er die Schule nicht weiter besuchen möchte.« Frau Enders fuhr sich durch ihre langen braunen Haare.

»Das ist ja interessant. Vielen Dank für die Auskunft.« Jan war schon im Begriff zu gehen, da überlegte er es sich anders: »Sagen Sie, haben Sie ein Foto von Herrn Hattinger in Ihrem Computer?«

»Nein, warum fragen Sie? Wissen Sie denn nicht, wie er aussieht?« Frau Enders lächelte süffisant.

In diesem Moment wurde die Tür des Sekretariats geöffnet. Ein junger Mann Mitte 30 betrat den Raum.

»Ach, Werner, hör mal. Das ist Herr Gerber von der JVA Dieburg. Er überprüft, wann Frank Hattinger das letzte Mal in der Schule war.«

»Da müsste ich nachsehen«, sagte Werner und kratzte sich am Kopf.

»Er ist also Schüler bei Ihnen. Dann zeige ich Ihnen hier einmal ein Foto. Sagen Sie, ist das Frank Hattinger?« Werner sah ein wenig ratlos Frau Enders an, und als Jan das Foto von Frank Hattinger auf seinem Handy zeigte, sagte dieser:

»Nein, das ist er nicht.«

»Dieser Mann kam also nicht in den Unterricht?«, fragte Jan und sah beide fragend an.

»Nein, den Mann habe ich noch nie gesehen. Der Frank Hattinger ist kräftiger und im Übrigen ein sehr guter Schüler.«

Frau Enders und Werner sahen sich ratlos an.

»Ich danke Ihnen. Das hilft mir schon mal weiter. Auf Wiedersehen.« Jan steckte das Handy in seine Jackentasche und verließ das Sekretariat.

4

Dragan Savic stand auf dem Stationsflur der Station II5 mit Eimer, Schrubber und Lappen bewaffnet und wischte akribisch. Er zermarterte sich seit Tagen sein Hirn. Was war nur mit Frau Saletti geschehen? Wer wollte ihr etwas Böses? Im Freistundenhof fragten ihn einige Mitgefangene, wie und wo er die Saletti flachgelegt hatte. Lange Zeit schon bemerkte er, dass der eine oder andere Kollege von Maria Saletti neidisch auf sie war. Sie war bei den Knackis beliebt und konnte leicht auch schwierige Forderungen durchsetzen. Einzig und allein, weil sie jeden Menschen mit Respekt behandelte. Respekt gegen Respekt, es war hier drin eigentlich ganz einfach. Klar war auch der eine oder andere scharf auf sie, da sie sehr hübsch war, aber sie war auf ganz natürliche Weise eine Respektsperson und durch ihre freundliche Art brachte sie fast jeden dazu, ihren Anweisungen Folge zu leisten. Ein anderer Beamter, Kurt Rotter, tat zwar sehr freundlich mit Frau Saletti, das war ihm schon aufgefallen, aber wenn er mit anderen Kollegen zusammenstand, lästerte er ständig über sie. Plötzlich hielt er inne. Das war es. Kurt Rotter war ihnen an dem Tag, als sie im Keller waren, entgegengekommen. Sicherlich war er derjenige gewesen, der diesen Unsinn mit dem Verhältnis in die Welt gesetzt hatte. Zuzutrauen war es ihm.

Er wischte weiter und kam an die Zelle von Carlos Ribeiro. Die Zellentür stand offen. Ribeiro packte gerade seine Habseligkeiten zusammen.

»Na, Alter, geht's nach Hause?« Savic blieb stehen.

»Ja, endlich. Insgesamt habe ich fast drei Jahre hier abgesessen.« Ribeiro hielt inne und sah Savic traurig an.

»Sag mal, ist was dran an dem Gerücht, dass du und die Saletti …?« Ribeiro sprach den Satz nicht zu Ende.

»Ach was. Alles nur Blödsinn. Du kennst sie doch, glaubst du, die lässt sich mit 'nem Gefangenen ein?«

»Nein, die ist zwar freundlich, aber immer auf Distanz.«

»So ist es. Ich glaube, das kommt von den anderen Beamten. Die sind so neidisch. Wenn du da mal zuhörst, was die reden, wie die über andere herziehen. Schlimmer noch als bei uns Knackis.«

»Sag mal, die Saletti wohnt doch hier in Dieburg, oder?«

»Warum fragst du denn das?«

»Ach, ich will ihr mal ’ne Karte von Frankfurt schreiben und mich bei ihr bedanken. Sie war echt fair zu mir, obwohl ich die letzten Wochen total mies drauf war. Du weißt, was ich meine.«

»Ja, die wohnt hier in Dieburg. Vielleicht findest du die Adresse ja raus.«

»Dank dir, Dragan, und ich wünsche dir alles Gute.«

»Ja, ich dir auch. Und lass mal den Mist mit dem Dope. Siehst nicht gut aus, Alter.« Savic nahm seinen Schrubber und seinen Eimer und putzte weiter.

5

Alex klopfte an die Tür von Heike Bender und öffnete sie auch im gleichen Moment. Heike saß gedankenverloren an ihrem Schreibtisch und sah aus dem Fenster. Nur an ihrem Blick konnte man die Resignation und Müdigkeit erkennen. Sie war eine gute Chefin, die ihren

Mitarbeitern viel Vertrauen entgegenbrachte und sie in Ruhe arbeiten ließ. Was sie jedoch unbedingt wollte, war Erfolg, und wenn sie sich einmal festgebissen hatte, dann ließ sie nicht mehr locker. Alex bewunderte sie und fragte sie in schwierigen Situationen gerne um Rat.

»Heike, ich muss unbedingt mit dir sprechen. Es ist für mich sehr wichtig.« Alex schloss die Tür hinter sich.

»Dann komm herein und setz dich. Nimm dir einen Kaffee und leg los.« Heike drehte sich mit ihrem Bürostuhl zu ihm und setzte sich aufrecht hin. Alex ging an der Kaffeemaschine vorbei, nahm sich eine Tasse Kaffee und setzte sich ihr gegenüber.

»Also, ich habe den Beweis, dass der Freigänger, der angeblich an dem Tag die Anstalt nicht verlassen hatte, doch an diesem Tag Freigang hatte. Ich habe ihn eindeutig auf einem Überwachungsvideo wiedererkannt. Meine neue Freundin, Maria Saletti, eine JVA Beamtin, und ihr Vorgesetzter von der JVA Dieburg, Jan Gerber, waren diesem Freigänger schon auf der Spur. Sie verdächtigten ihn, Drogen in die Anstalt einzubringen, als sie unter fadenscheinigen Gründen versetzt wurden, beziehungsweise an eine andere Anstalt abgeordnet wurden. Beide haben die Vermutung, dass irgendjemand innerhalb der Justiz die Hand über Hattinger hält.« Er machte eine kurze Pause und sagte dann leise: »Oder möglicherweise etwas mit dem Mord zu tun hat.« Alex sah Heike gespannt an.

»Das wäre ja ein Hammer. Wer weiß noch davon?« Heikes Stirn lag in Falten.

»Nur wir vier. Mit dir sind es fünf Personen. Ich habe Angst, dass, wenn sie im Alleingang weitermachen, sie sich eines Dienstvergehens schuldig machen.«

»Da kannst du recht haben, außerdem sollen Justizbeamte nicht ermitteln, dafür ist die Polizei zuständig. Das ist eine verzwickte Angelegenheit. Wie sicher ist die Sache, dass jemand Hattinger deckt?« Heike rieb sich ihr Gesicht.

»Noch ist gar nichts sicher. Wir, nein, Entschuldigung, ich stehe noch am Anfang.«

Heike Bender stand auf und lief zum Fenster. Nach gefühlt einer halben Ewigkeit, drehte sie sich zu Alex um und sagte:

»Okay. Ich sage dir, was wir machen. Als Erstes brauchen alle Beteiligten Anwälte für Strafrecht und natürlich auch Anwälte für Beamtenrecht. Selbst, wenn alles gut läuft, machen sie sich automatisch eines Dienstvergehens schuldig, wenn sie nicht den vorgegebenen Dienstweg einhalten. Du hast von mir freie Hand. Nur bitte informiere mich sofort, wenn du dich nicht an die Regeln halten kannst oder gehalten hast. Damit ich dich decken kann. Und ab sofort alles nur zu mir. Ich werde mich auch nach oben rückversichern, damit dir und mir nichts angehängt werden kann. Am Ende stechen wir da womöglich in ein Wespennest.« Heikes Gesicht hatte bei diesen Worten einen anderen Ausdruck angenommen.

6

Rolf Klein erschien einige Minuten früher zum Dienst. Auf dem Weg zur Kammer ging er am Büro des Systemadministrators vorbei. Die Tür stand offen, Harald Bukowski saß bereits vor seinem Computer.

»Guten Morgen, Harald, bist du schon wieder fleißig?« Rolf stellte seinen Rucksack kurz ab. Es war die Gelegenheit, etwas in Erfahrung zu bringen.

»Ja, um diese Uhrzeit kann ich ungestört arbeiten. Nachher, wenn der Betrieb hier im Gang ist, klingelt ständig das Telefon.« Harald lächelte ihn zufrieden an.

»Sag mal, weißt du was über einen falsch eingetragenen Ausgang? Maria sagt, dass da irgendwas nicht stimmen soll?«

Harald Bukowskis Miene verfinsterte sich schlagartig.

»Fängst du jetzt auch noch an? Ich hatte damit die letzte Zeit genug Theater.« Haralds Stimme war scharf.

»Nix für ungut. Ich dachte nur, möglicherweise hat Maria ja recht.« Das war für Harald zu viel und es platzte aus ihm heraus:

»Erst trägt der alte Maier den Ausgang ein, obwohl er nicht stattgefunden hat. Gut, kann passieren. Der ist ja auch schon ein bisschen tüttelig. Dann beichtet er es dem Meurer. Darauf bittet mich der Meurer, den Ausgang aus dem Pfortenbuch zu löschen. Darf ich eigentlich überhaupt nicht. Aber gut, weil es der Chef so will, habe ich den Eintrag gelöscht. Dann behauptet die Saletti, der Ausgang hätte stattgefunden. Mir ist dieser Mist echt zu blöd. Wenn du noch Fragen hast, wende dich bitte an unseren Anstaltsleiter.« Harald drehte seinen Bürostuhl um und damit Rolf demonstrativ den Rücken zu. Die Unterhaltung war beendet.

»Tut mir leid, Harald, wenn ich da was Blödes gefragt habe. Ruhigen Dienst.« Rolf lächelte zufrieden und schlenderte zur Kammer.

7

Die anderen Kollegen waren noch nicht eingetroffen, und so konnte er unbemerkt die Speicherkarte in Hattingers Hosenbund schieben. Die Kammerkarte von Hattinger war schnell fotokopiert. Die Beweise waren gesichert. Als er wieder zurück an seinen Schreibtisch kam, las er die Verlegungen des heutigen Tages. Auf dieser Liste, die im Computer stand, konnte er sehen, wer innerhalb der Anstalt verlegt wurde, wer in eine andere Anstalt verbracht werden sollte und, natürlich, wer entlassen werden sollte. Es gab feste Touren für die Schubbusse. Montags kam die Route Kassel – Schwalmstadt und brachte von dort Häftlinge mit und nahm auf der Rückfahrt Gefangene mit, die nach Frankfurt überstellt werden sollten. Oftmals wurden sie als Zeugen in einem Gerichtsprozess befragt oder auch als Angeklagte. Der Schubbus hatte feste Zeiten wie ein normaler Linienbus, nur dass es besondere Fahrgäste waren, die in kleinen Einzelkabinen saßen, und die Busfahrer und deren Kollegen Maschinengewehre und Pistolen bei sich führten. Die Aussichtsfenster der Spezialbusse waren klein und vergittert. Hinaussehen konnte der Gefangene nur, wenn er sich hinstellte.

Als er die Computerseite gerade wieder geschlossen hatte, kam Frank Hattinger mit Kollege Rotter in die Kammer. Rolf hörte noch einige Sätze:

»Also, Herr Hattinger, dann schaue ich mal nach, ob Herr Meurer bereits in der Anstalt ist. Mit ein wenig Glück kann ich Sie nach dem Umkleiden direkt zu ihm bringen, wenn das für Sie heute so wichtig ist. Sie wissen, ich mache eine Ausnahme.« Kurt Rotter verstummte augenblicklich, als er Rolf erblickte. Frank Hattinger sagte kein Wort. Ein »Guten Morgen« oder sonstige Höflichkeitsfloskeln kamen nicht über seine Lippen. Rolf nahm die Kammerkarte, trug ein, welche Kleidungsstücke er Hattinger übergeben hatte, und ließ ihn quittieren. Da Rotter noch nicht zurück war, brachte er ihn zu einem Warteraum in der Nähe der Kammer und schloss ihn ein. Just in diesem Moment meldete die Pforte über Funk die Einfahrt des Schubbusses, auch *Gittertours* genannt. Ein Blick aus dem Fenster ließ ihn wieder über die patente Fahrdienstleiterin staunen. Eine zierliche Frau rangierte diesen riesigen Bus scheinbar spielerisch rückwärts an die Verwaltungstür der JVA Dieburg. Die Bustüren öffneten sich, und einer nach dem anderen wurde aus seiner Minizelle befreit und trat auf den Anstaltshof. Die Gefangenen der JVA Dieburg, die einen Blick auf den Anstaltshof erhaschen konnten, betrachteten interessiert das Geschehen. Das Wort »Frischfleisch« wurde über den Hof gebrüllt. Eine Abwechslung im täglichen Einerlei. Vier neue Häftlinge nahmen ihre Habseligkeiten, in Kartons verpackt, aus dem Gepäckraum und schlurften hinter einem Beamten in die Verwaltung der JVA. Zwei der Männer kamen Rolf Klein bekannt vor. Alte Kundschaft. Alle stellten ihre Habseligkeiten im Flur ab und wurden in den Warteraum der Kammer eingeschlossen.

Kurt Rotter kam zurück und lächelte triumphierend, als er Rolf hinter dem Kammertresen stehen sah. Er öffnete den Warteraum, und durch einen Spalt in der Tür konnte Rolf sehen, wie einer der Neuzugänge auf Hattinger einschlug. Rolf löste sofort Alarm aus und sprang über die Kammertheke. Mit wenigen Schritten war er im Warteraum. Zwei andere Kollegen der Kammer waren sofort zur Stelle, und mit vereinten Kräften konnte man die Kontrahenten trennen. Hattinger hatte ordentlich was abbekommen. Rolf brachte den neuen Gefangenen mit einem Kollegen in einen besonders gesicherten Haftraum. Schon auf dem Weg dorthin war dieser völlig entspannt und machte keinen aggressiven Eindruck mehr. Als sie vor dem Raum angekommen waren, sagte Rolf:

»Was war denn eigentlich los? Warum sind Sie auf Frank Hattinger losgegangen?«

»Ach, eine alte Geschichte, den kenne ich noch aus Schwalmstadt. Die Drecksau darf mir hier drin nicht unter die Augen treten. Wisst ihr nicht, dass der gerne mit kleinen Jungs rummacht? Das Schwein gehört an den Eiern aufgehängt.«

»Das wussten wir nicht, woher sind Sie sich denn so sicher?«

»Das wusste in Schwalmstadt jeder. Der hat sich dort immer an die Jüngsten rangemacht, so einen jungen Knacki hat er dort so gequält, dass der sich das Leben nahm. Dass so eine Drecksau nach neun Jahren hier nach Dieburg verlegt wurde, hat in Schwalmstadt niemand verstanden.«

»Das war hier nicht bekannt.« Rolf erkannte in diesem Moment, dass Hattinger noch woanders gute Verbindungen haben musste.

MITTWOCH, 26. SEPTEMBER

1

Die Arbeit in der JVA glich immer mehr einem Spießrutenlauf. Maria war mit den Nerven am Ende. Sie wachte morgens bereits mit Magenschmerzen auf. Jeden Tag so gemobbt zu werden, war kaum noch auszuhalten. Sie hatte das Gefühl, dass fast alle Kollegen gegen sie waren. Kurz nach Dienstbeginn betrat Jans Vertreter, Georg Hansen, die Pforte.

»Na, Maria, hast du dich schon in der Pforte eingearbeitet?« Hansen lächelte süffisant.

»Zwangsläufig.« Maria wusste, wenn er so schleimig daherkam, hatte er ein Ass im Ärmel. Er war falsch wie eine Schlange. Seine Freundlichkeit konnte nichts Gutes bedeuten.

»Na ja, warum du hier bist, weißt du ja besser als ich.« Dann machte er eine bedeutsame Pause und triumphierend fügte er hinzu:

»Am kommenden Wochenende hättest du eigentlich frei.« Wieder sprach er nicht weiter.

»Was heißt *eigentlich*. Ich habe am kommenden Wochenende frei oder?«

»Ja und nein. Morgen und am Samstag hast du frei, das ist richtig. Aber ich muss dich leider am Sonntag zum Dienst einteilen. Drei Kollegen aus dem Pfortenteam haben sich krankgemeldet. Da musst du kommen.« Maria schluckte, sie hätte am liebsten laut losgeschrien. Der Dienstplan war ganz klar ein Machtinstrument, und sie hatte keine andere Wahl, als sich zu fügen. Sie gab ihm keine Antwort und sah aus dem Fenster.

Mit einer Akte unter dem Arm verließ Hansen zutiefst zufrieden mit sich selbst den Pfortenraum. Für ihn war die Tatsache, dass Jan in die JVA Weiterstadt abgeordnet war, die einzige Möglichkeit, als Sicherheitsdienstleiter zu arbeiten. Er war, was den Umgang mit Knackis anging, ein Angsthase und hatte auch sonst nichts drauf außer blöden Sprüchen.

DONNERSTAG, 27. SEPTEMBER

1

Am nächsten Morgen regnete es, der Himmel war grau und wolkenverhangen. Maria nahm die Umwelt jenseits der Fensterscheibe nur verschwommen wahr. Sie lag im Bett, und ihre Gedanken kreisten um die Vorfälle der letzten Tage. Mit einem Mal hatte sie das Gefühl, nicht mehr klarzukommen. Tagelang hatte sie Haltung bewahrt, die Angst verdrängt und die Tränen zurückgehalten, nun ging es nicht mehr. Sie lag in ihrem Bett und konnte das Weinen nicht mehr stoppen. Ihre Bettdecke schien aus Blei zu sein, sie hatte keine Kraft mehr. Nur noch liegen bleiben. Tags zuvor hatte ihre Mutter sie gefragt, ob sie zum Frühstück vorbeikommen wolle, aber Maria hatte abgelehnt. Schon der Gedanke, alles zu erzählen, machte sie noch mutloser. Eine ganze Zeit lang lag sie so da, als ihr Handy klingelte. Alex.

»Guten Morgen, schön, dass du mich anrufst«, flüsterte sie schwach. Alex schien ihre Stimmung nicht zu bemerken und legte los:

»Na, meine Schöne, hast du an deinem freien Tag schon ausgeschlafen. Ich habe mich nicht getraut, früher anzurufen, damit ich dich nicht wecke.« Er war bester Laune der Stimme nach zu urteilen und strotzte nur so vor Unternehmungslust.

»Ach was, irgendwie kann ich im Moment nicht gut schlafen. Kommst du heute Abend zu mir?« Maria setzte sich ein wenig im Bett auf.

»Nein, ich dachte, es wäre schön, wenn du heute mal zu mir kommst. Ich denke, eine andere Umgebung tut dir gut. Dann können wir erst ein wenig durch Wiesbaden schlendern und danach zu mir gehen. Wenn du mein bescheidenes Heim denn einmal sehen möchtest.« Sie hörte Alex lachen, und schon ging es ihr etwas besser. Sie wischte mit einem Taschentuch ihre Tränen von der Wange.

»Sehr gerne. Wann und wo wollen wir uns treffen?«

»Also, ich glaube, am besten ist es, du parkst am Parkhaus *Markt*, und dort treffen wir uns am Ausgang. Dann sind wir zentral in der Stadt, und ich kann dir alles ein wenig zeigen. Ich muss heute nur kurz in das LKA und habe dann den ganzen Nachmittag Zeit für dich. Wir können in einem sehr schönen Kaffeehaus ein Stück Kuchen genießen. Die sind dort echt berühmt und haben eine irre Auswahl an Torten, Kuchen und verschiedenen Kaffeesorten. Na, Lust drauf?« Alex' gute Laune wirkte ansteckend.

Maria lief bei diesen Worten schon das Wasser im Munde zusammen.

»Welch eine Frage. Klar, Lust auf Kaffeehaus und Lust

auf dich. Ist es okay, wenn ich circa 14 Uhr da bin? Ich muss mich noch hübsch machen, und bis Wiesbaden fahre ich etwa eine Stunde.«

»14 Uhr ist super. Dann kann ich hier in der Dienststelle noch etwas erledigen und bin dann am Parkhaus. Bis dann, mein Schatz.«

»Ja, bis dann.« Maria legte auf, ihre Lebensgeister kehrten langsam zurück. Sie trat, gegen den Sog ihrer Ängste und Schuldgefühle ankämpfend, unter die Dusche. Was hatte es für einen Sinn, sich immer wieder das Verschwinden von Anna ins Gedächtnis zu rufen. Sobald sie sich schlecht fühlte, stiegen diese Erinnerungen in ihr auf.

Gegen 13 Uhr startete Maria in Richtung Wiesbaden, sie musste, von Dieburg kommend, durch die Innenstadt von Darmstadt fahren, um auf die Autobahn 67 zu gelangen. Um die Mittagszeit war dies nicht so dramatisch, aber im Geiste bedauerte sie die Menschen, die diese Strecke täglich vor sich hatten und sich dabei immer im Berufsverkehr durch Darmstadt quälen mussten. Sie sah auf ihre Tankuhr und entschied sich noch schnell zu tanken. Vor ihr, auf der rechten Seite der Rheinstraße, befand sich eine *Aral* Tankstelle, sie bog ab und hielt an einer Zapfsäule. Sie steckte den Tankrüssel in den Tank und wartete gedankenverloren auf das Klicken der Zapfpistole, da sprach sie jemand von hinten an.

»Hallo, Frau Saletti, dass ich Sie hier treffe.« Maria drehte sich blitzschnell um und sah in die Augen von Carlos Ribeiro.

»Mensch, Ribeiro, du bist draußen?« Maria zog die Zapfpistole aus dem Tank.

»Ach, Frau Saletti, die haben mich zum Sterben rausgelassen.«

Ribeiro sagte diese Worte völlig emotionslos.

»Oh, das tut mir leid. Ist es so schlimm?«

»Ja, die geben mir nur noch ein paar Wochen. Mir tut alles sehr leid.« Maria wusste mit diesen Worten nichts anzufangen.

»Ja, Ribeiro, was soll ich sagen. Versuche, deine letzten Tage ein wenig zu genießen.«

»Ja, bin gerade auf dem Weg zum Bahnhof. Sie wissen schon, warum. Jetzt ist es sowieso egal.«

»Ach, es ist schade um dich.« Maria schluckte. Beide schwiegen einen kurzen Moment, dann sagte Carlos Ribeiro:

»Haben Sie vielleicht ein Taschentuch für mich?« Maria war etwas irritiert, ging dann aber um ihr Auto herum, öffnete die Beifahrertür und nahm aus dem Handschuhfach ein Papiertaschentuch. Als sie zurückkam und es ihm gab, sah er sie seltsam an und lächelte. Maria konnte sich keinen Reim darauf machen, schob dieses Verhalten aber auf seinen Drogenentzug. Ribeiro schwitzte stark.

»Danke, Frau Saletti. Nix für ungut, und bleiben Sie so, wie Sie sind. Sie waren immer korrekt zu mir.« Mit diesen Worten drehte sich Carlos Ribeiro um und hastete in Richtung Hauptbahnhof.

Maria nahm ihre Handtasche aus dem Auto und ging in den Kassenraum, um zu bezahlen. Sie hörte in Gedanken noch seine Abschiedsworte, dann wurde sie durch das Bezahlen der Tankrechnung wieder in das Hier und Jetzt zurückgeholt.

Das Parkhaus in der Innenstadt war leicht zu finden. Ein Blick auf ihre Armbanduhr, und sie wusste, sie war gut in der Zeit. Sie nahm die Treppe nach oben und fand vor dem Ausgang eine Bank, auf der sie Platz nahm. Der

Regen war weitergezogen, und die Sonne bahnte sich ihren Weg durch dicke Wolken. Alex war noch nicht da, und Maria genoss die Wärme auf ihrer Haut. Nach einem Vormittag mit Regen hatte es sich das Wetter anders überlegt und wartete noch einmal mit strahlendem Sonnenschein auf. Die Innenstadt war sehr gut besucht. Sie setzte ihre Sonnenbrille auf und schaute verträumt in den Himmel. Von Ferne vernahm sie das Geigenspiel eines Straßenmusikanten. Gerade in diesem Moment hörte sie seine Stimme:

»Schön, dass du da bist«, sagte er leise, legte seine Hand auf ihre Schulter und hauchte ihr einen zarten Kuss in den Nacken. Ein wohliger Schauer durchfuhr sie. Sie stand auf, umarmte ihn und gab ihm einen Kuss.

»Hast du einen besonderen Wunsch, was du sehen möchtest?« Alex' Freude über Marias Anwesenheit konnte jeder sehen, er strahlte über das ganze Gesicht.

»Nein, nur du kennst dich hier aus. Zeige mir dein Wiesbaden.« Mit diesen Worten verschränkte sie lächelnd ihre Finger mit seinen, und gemeinsam bummelten sie in die Fußgängerzone.

Nach einigen Minuten, in denen Alex das eine oder andere Gebäude, an dem sie vorbeikamen, erklärt hatte, kamen sie an einem Kaffeehaus an. Beim Betreten des Raumes empfing sie ein herrlicher Duft von frisch aufgebrühtem Kaffee. Maria staunte über die riesige Auswahl an Kuchen und Torten. Nachdem sie sich ihre Tortenstücke und den Kaffee ausgesucht und bestellt hatten, sagte er:

»Also, mein Schatz, ich habe heute mit meiner Chefin gesprochen und habe ihr unseren Verdacht und die Umstände Dieburg betreffend mitgeteilt. Sie ist auf unserer Seite. Aber sie hat mich gleich gewarnt. Ihr müsst euch absichern. Jan und du braucht einen Anwalt für Beamtenrecht und auch Anwälte für Strafrecht. Alles, was ihr herausfindet beziehungsweise unternehmt, solltet ihr protokollieren und mir vorlegen. So kann niemand sagen, ihr habt etwas gegen die Dienstvorschriften gemacht oder schlimmer noch, kriminell gehandelt. Heike Bender, sie ist meine Chefin, will sich auch nach oben absichern. Auch ihre Dienstvorgesetzten werden über alles informiert.« Alex lächelte Maria an.

»Das ist ja schon mal eine gute Nachricht. Wir müssen nur noch weiterkommen.«

Maria nahm einen Schluck Kaffee, und beim Anblick des Kuchens lief ihr das Wasser im Mund zusammen.

»Ich glaube, zwischen Meurer und Hattinger gibt es eine Verbindung. Sie müssen sich aus der JVA Schwalmstadt kennen. Hattinger saß dort die ersten neun Jahre ab, in der Zeit war Meurer dort stellvertretender Anstaltsleiter.« Maria sah ihn fragend an.

»Ja, das ist sicherlich so, aber nun versuchen wir, das Ganze mal für heute Nachmittag zu vergessen, und kümmern uns nur um uns. Du musst keine Angst haben, du hast nichts Unrechtes getan, und das werden wir auch beweisen.« Alex schob die Kuchengabel mit einem riesigen Stück Kuchen in seinen Mund und zwinkerte Maria zu.

»Du hast recht, für heute lassen wir mal die Sorgen hinter uns. Ich freue mich, dass wir endlich wieder Zeit füreinander haben.«

2

Jan hatte den Sachverhalt, dass ein anderer für Frank Hattinger in die Schule gegangen war, tags zuvor als Aktennotiz geschrieben. Ihm war klar, bevor er mit dieser Neuigkeit einen Stein ins Rollen bringen konnte, musste er noch mehr Beweise haben. Er hatte sich nicht getäuscht. Frank Hattinger war überhaupt nie in der Schule erschienen, aber irgendwie musste er ja die Tage zugebracht haben, in denen er nicht in der Anstalt war. Und wer, zum Teufel, war statt ihm in die Schule gegangen? Er hatte frei und wusste, die Lösung war sicherlich in Frankfurt zu finden. Im Rotlichtmilieu konnte er möglicherweise etwas in Erfahrung bringen. Er startete seinen Wagen und fuhr in das Frankfurter Bahnhofsviertel. In der Mannheimer Straße bog er auf den großen Parkplatz ab, und nachdem er aus dem Wagen gestiegen war, sah er schon von Weitem einen alten Kunden aus der JVA Dieburg. Martin Faber, ein Knacki, den er schon viele Jahre kannte. Faber, total runtergerissen und abgemagert, stand am Kassenautomaten und schnorrte die Leute an, wenn sie ihr Portemonnaie in der Hand hielten, um das Parkticket zu bezahlen. Gerade säuselte er mit leiser Stimme auf eine Dame ein, die offensichtlich ängstlich ihr Portemonnaie festhielt, da sie befürchtete, er könnte es ihr entreißen.

»Na, Faber, ist das dein neuer Arbeitsplatz?« Jan trat von hinten an ihn ran, Faber erschrak und drehte sich blitzschnell um.

»Oh, der Miami, was machen Sie denn hier?« Faber

schaute schuldbewusst. »Entschuldigung, Herr Gerber natürlich.« Die alte Dame war sichtlich erleichtert und warf nun schnell einige Münzen in den Automaten.

»Ich weiß, dass ihr mich im Knast so nennt. Nach der alten TV-Serie *Miami Vice*.« Jan lächelte. »Du siehst aus, als könntest du was zu essen gebrauchen.« Fabers Gesicht erhellte sich.

»Ja, im Moment läuft es nicht so gut bei mir. Könnten Sie mir vielleicht ein paar Euro geben?«

»Nein, Geld gibt es keines, aber komm mit in den Bahnhof, da kaufe ich dir ein Brötchen. Deinem Job hier kannst du ja auch noch später nachgehen.« Jan lachte, und auch Faber grinste schief.

»Danke, Herr Gerber. Ein Brötchen wäre schon mal gut.«

Die beiden setzten sich in Bewegung und bogen nach etwa 100 Metern links ab in den Hauptbahnhof. Direkt vor ihnen befand sich eine Bäckerei mit gut belegten Brötchen. Faber entschied sich für ein Salamibrötchen, Jan bezahlte und verließ dann mit ihm die Bäckerei.

»So, bitte, tu mir einen Gefallen. Schau dir mal das Foto an. Kennst du den Typen?« Jan hatte auf seinem Smartphone das Foto von Frank Hattinger. Faber nahm einen großen Bissen und sah sich das Foto genau an. Nach einer gefühlten Ewigkeit sagte er:

»Irgendwie kommt mir die Fresse bekannt vor. Aber etwas fehlt. Hat der vielleicht heute einen Bart? Nein, jetzt weiß ich es, den habe ich da hinten bei den Strichern schon gesehen. Aber da hatte er ein Basecap auf. Ist gut trainiert der Junge, der fällt richtig auf hier.« Faber biss erneut in sein Brötchen, und Jan konnte die Überreste seiner Zähne sehen. Ein widerlicher Anblick.

»Prima, weißt du vielleicht, mit welchem Stricher der losgezogen ist?« Jan steckte sein Handy wieder ein.

»Na, irgend so was Junges. Weil dadurch ist der mir ja auch aufgefallen. Der Typ, 'ne Figur wie ein Gorilla und im Schlepptau so ein Knabe.«

»Kennst du den Jungen vielleicht? Oder weißt du, wo ich ihn finden kann?«

»Na, ich kann Ihnen zeigen, wo der immer steht. Aber vielleicht hat er ja gerade einen Kunden? Aber bitte, Herr Gerber, wenn uns andere hier zusammen sehen ...« Faber sah Jan ängstlich an.

»Ist klar, ich laufe mit großem Abstand hinter dir her. Wenn du den Jungen siehst, gibst du mir ein Zeichen, damit ich ihn erkennen kann. Okay?«

»Ja, so können wir das machen.« Faber marschierte los, das Brötchen hatte ihm offensichtlich Kraft verliehen, denn sein Tempo war beachtlich. Er bahnte sich seinen Weg durch die Menschenmassen, die auf ihn zuströmten. Nach etwa 50 Metern bog er rechts ab und nahm die Rolltreppe in die B-Ebene des Hauptbahnhofs. Jan folgte ihm in gebührendem Abstand. Links in einer Ecke standen mehrere junge Männer in einer Gruppe und hielten offensichtlich nach Kundschaft Ausschau. Faber machte urplötzlich auf dem Absatz kehrt, lief direkt auf Jan zu und flüsterte im Vorbeigehen:

»Der Junge mit der roten Jacke und den blonden Haaren. Das ist er.«

3

Sie saßen sich gegenüber, und ihre Feindseligkeit war spürbar. Wie ein Gas, das langsam den Raum vergiftete. Dass die Entführung so geendet hatte, hatte ihre Freundschaft zerstört. Senior hatte Angst, sein Gegenüber war sich dem Ernst der Lage scheinbar nicht bewusst. Er rieb sich das Gesicht und war mit seinen Gedanken nur bei dem Geld. Geld, Geld, Geld als ob das alles wäre. Sie war tot. Das hatte er nicht gewollt. Das war so nicht vereinbart gewesen. Senior fixierte sein Gegenüber mit den Augen, keiner von beiden wollte sprechen, so, als ob danach alles anders wäre. Nach kurzer Zeit des Schweigens brach es aus ihm heraus:

»Was machen wir jetzt? Wie kommen wir an Kohle?« er schwitzte wie ein Junkie. Ein jämmerlicher Anblick.

»Ich habe keine Ahnung, wichtiger ist, dass niemand die Spur zu uns nachverfolgen kann. Bist du sicher, dass er nicht weiß, wer ihn beauftragt hat?«

»Wie soll er wissen, wer ihn beauftragt hat. Nochmal für dich zum Mitschreiben: Ich hatte mit ihm nur Kontakt per SMS, WhatsApp oder über das Darknet. Dort hat er übrigens gestern seine Dienste angeboten. Als *Mann fürs Grobe*.«

Senior lief es eiskalt den Rücken runter. Gerade erst hatte der eine Frau ermordet, da war er schon wieder bereit, die nächste Grausamkeit zu begehen. Eine tickende Zeitbombe.

4

Dragan Savic brachte den Essenswagen zurück. Kurt Rotter schloss gerade wieder die Küche zu, als es aus ihm herausplatzte:

»Na, Herr Savic, fehlt Ihnen Frau Saletti?« Rotter machte ein Gesicht, als läge die Antwort auf der Hand.

»Wie kommen Sie darauf, dass mir Frau Saletti fehlt?« Savic blieb stehen und baute sich vor Rotter auf.

»Es ist ein offenes Geheimnis hier drin, dass Sie ein Verhältnis mit ihr hatten. Wie haben Sie das denn angestellt? Im Nachtdienst oder tagsüber im Keller?« Dragan Savic drehte sich um, musterte ihn kurz, dann wandte er sich wieder ab.

»Sie wissen, dass das nicht wahr ist. Frau Saletti ist korrekte Beamtin. Sie würde nie was mit Knacki anfangen.«

»Sie ist so korrekt, dass sie Handys hier reingeschmuggelt hat. Dir hat sie auch eines mitgebracht!« Kurt Rotter sah ihn mit großen Augen an.

»Nein, das ist Frechheit, was Sie hier behaupten.« Savic wurde langsam zornig.

»Nein, das ist die Wahrheit. Carlos Ribeiro hat das ausgesagt. Leider ist er nicht mehr da. Sonst könnten wir ihn gemeinsam befragen.« Savic stand der Mund offen, das hätte er niemals vermutet. Der Ribeiro ein Lügner. Savic schüttelte den Kopf, jede Diskussion war hier sinnlos.

»Soll ich Ihr Büro wischen?« Er nahm seinen Putzeimer und würdigte Rotter keines Blickes mehr.

Nach der Büroreinigung gingen beide zur Kammer, um die schmutzige Wäsche der Station abzugeben. Rolf

Klein stand hinter dem großen Tisch und notierte die gezählten Wäschestücke. Dragan Savic wusste, dass Rolf Klein und Maria Saletti befreundet waren. Als Rotter außer Hörweite war, flüsterte Savic:

»Herr Klein, wie geht es Frau Saletti? Sagen Sie ihr, sie muss keine Angst haben. Ich habe die Wahrheit gesagt, aber sie muss aufpassen auf Beamte Rotter, der macht hier Intrige.« Rolf tat so, als hätten beide über die Socken, die vor ihnen lagen, gesprochen und antwortete laut:

»Herr Savic, Sie wissen doch, Sie bekommen nur so viele saubere Paar Socken, wie Sie schmutzig abgegeben haben.« Dabei sah er Dragan Savic an und zwinkerte ihm zu. Wenige Sekunden später rief Kurt Rotter in den Raum:

»Ich muss mal kurz in die Verwaltung. Solange kann Herr Savic hier auf mich warten, ja?« Die Frage war rein rhetorisch, denn er wartete keine Antwort ab und verließ mit großen Schritten die Kammer.

Rolf ging um den großen Kammerempfang herum und stand nun direkt neben Dragan Savic.

»Was macht der Rotter?« Rolf sprach sehr leise und sortierte dabei einige Kleidungsstücke. Er sah Savic nicht an, und vor der Geräuschkulisse der Kammer mit den vielen Gefangenen und Beamten ging dieses Gespräch unter.

»Der macht Frau Saletti überall schlecht. Von dem kann das kommen, dass behauptet wird, Frau Saletti und ich … Sie wissen schon, was ich meine. Er hat uns damals aus dem Keller kommen sehen. Auf jeden Fall, die Lüge mit dem Handy, das kommt von Carlos Ribeiro. Der hat das ausgesagt.« Dragan Savic drehte Rolf den Rücken zu, sodass niemand die Unterhaltung bemerkte.

»Diese kleine Ratte. Vor ein paar Tagen ging der hier raus. Nun können wir ihm nicht mehr auf den Zahn fühlen. Danke, Savic, für die Info.« Rolf ging kurz in sein Büro, nahm sein Handy vorsichtig aus seinem Rucksack und steckte es schnell in seine Hosentasche. Handys waren innerhalb der Mauern absolut verboten. Er gab den Kollegen ein Handzeichen, welches bedeutete, dass er gleich wieder zurück sei, und begab sich auf den Weg in die Verwaltung.

Drei verschlossene Türen und ein paar Treppen nach unten später, stand er dort im Flur. Hier war es, im Gegensatz zu oben, sehr viel stiller. Es roch nach verstaubten alten Akten und Kaffee. Er lauschte, ob er irgendwo die Stimme von Kurt Rotter hörte. Auf leisen Sohlen bewegte er sich über den Flur. Plötzlich hörte er Rotters gekünsteltes Lachen. Wie vermutet, befand der sich im Büro von Richard Meurer. Rolf betete inständig, dass die Vorzimmerdame von Meurer nicht in ihrem Büro war. Er öffnete die Tür einen kleinen Spalt, Gott sei Dank, das Büro war leer. Er schlich hinein, die Verbindungstür zu Meurers Büro stand offen, und so konnte er das Gespräch gut belauschen.

»Also, Herr Meurer, ich habe versucht, noch etwas von dem Gefangenen Savic herauszubekommen, aber leider hat er mir nichts verraten. Aber ich bin mir sicher, die zwei hatten was miteinander. Schon wie er über die Kollegin spricht. Da spricht ein Verliebter. Sie wissen, was ich meine.« Dabei lachte Rotter wieder künstlich.

»Ja, gut, bleiben Sie aber dran. Möglicherweise kann man noch etwas über Jan Gerber in Erfahrung bringen. Sie wissen ja, Sie sind mein Favorit für die Beförderung zum Bereichsleiter. Wer so aufmerksam seinen

Dienst versieht, könnte später selbst Sicherheitsdienstleiter werden. Enttäuschen Sie mich nicht.« Meurer räusperte sich.

»Ich gebe mein Bestes, Herr Meurer.« Rolf hörte Schritte aus dem Nebenzimmer und war schon im Begriff, sich leise aus dem Vorzimmer zu schleichen, da hörte er wieder Schritte und wie ein zweites Mal die Bürotür von Richard Meurer geöffnet und geschlossen wurde. Er ging auf Zehenspitzen zur Verbindungstür, und als er in Meurers Büro sah, war dieses leer. Mit Herzrasen ging er direkt zum Schreibtisch, obenauf lag die Personalakte von Maria. Er schlug die ersten Seiten um und entdeckte die Aussage von Kurt Rotter. Schnell fotografierte er sie und schloss die Akte. Schon hörte er im Flur Schritte, die langsam näher kamen. Er schaffte es gerade noch in das Vorzimmer zu huschen, da stand schon Meurers Sekretärin vor ihm.

»Herr Klein, wollen Sie zum Chef?«

»Ja, eigentlich schon, aber er ist ja wohl nicht da.« Rolf lief der Schweiß über den Rücken. Das war gerade noch mal gut gegangen.

5

Jan ging in der B-Ebene auf den Jungen mit der roten Jacke zu. Die anderen Jungs, die auf einen Freier warteten, machten große Augen und versuchten Jan, in ihre Richtung zu locken. Als er vor ihm stand, schätzte er das Alter auf ungefähr 16 Jahre.

»Hallo, hast du Zeit?«, fragte Jan.

»Kommt darauf an, was du willst und was du zahlst«, sagte dieser und setzte sein schönstes Lächeln auf. Älter als 16 war er auf keinen Fall, sein Gesicht hatte ebenmäßige Züge wie eine römische Statue. Beim näheren Hinsehen erkannte Jan ihn als einen der Jungen auf der Speicherkarte von Hattinger.

»Kommt darauf an, was es kostet.«

»Also für 20 Euro blas ich dir einen. Wenn du mich ficken willst, 50.«

»Wo soll ich dich den ficken? Hier?«

»Na, in deinem Auto, oder wenn du keins hast, gehen wir hier in der Nähe ins Hotel.« Dabei legte er kokett den Kopf zur Seite und sah Jan an.

»Gut, gehen wir in ein Hotel. Wie heißt du denn?« Jan setzte sich in Bewegung.

»Wie soll ich denn heißen?« Langsam wurde das Gespräch für Jan zu anstrengend, aber er wollte unbedingt Beweise gegen Frank Hattinger sammeln.

»Wie heißt du?« Jan wurde etwas härter im Ton, und in diesem Moment merkte er, wie sein Gegenüber zumachte.

»Zeig mir erst einmal das Geld, sonst gehe ich nicht mit.«

Jan zog sein Portemonnaie hervor und holte einen 50-Euro-Schein hervor. Gerade, als der Junge ihn sich schnappen wollte, zog er ihn wieder weg. Dann sagte er:

»Hör mal, ich gebe dir die 50 Euro für was anderes.«

»Ach ja und für was?« Der Junge blickte ihn misstrauisch an.

Jan holte sein Handy hervor und zeigte ihm das Foto von Frank Hattinger.

»Kennst du den hier?« Dabei sah er ihm genau ins Gesicht. Der Junge wurde plötzlich ganz nervös und schluckte hektisch. Seine Augen flackerten hin und her. Dann sah er Jan angsterfüllt an.

»Du bist ein Bulle? Hab ich mir doch gleich gedacht. Aber ich sag nichts, sonst macht der Typ, wenn er mich erwischt, das nächste Mal kalt.«

»Also du kennst ihn? Hat er dich mal mitgenommen?«, fragte Jan.

»Ja, der ist pervers. Mehr sag ich nicht.«

»Ich will gar nicht viel wissen. Wann warst du mit ihm zusammen?«

»Den Tag weiß ich genau. Es war früh morgens. Erst hat er von mir Fotos gemacht. Da dachte ich noch, leicht verdientes Geld, dann hat er mich zusammengeschlagen, und je mehr ich um Gnade gebettelt habe, desto mehr ist das Arschloch in Fahrt gekommen. Mich hat nur der Typ vom Hotel gerettet. Der hat die Tür aufgemacht, weil er mich hat schreien hören.«

»Bist du danach zum Arzt?«

»Ja, hier musste ich genäht werden.« Er zeigte eine Narbe unter seinen Haaren.

»Pass auf, ich bin kein Bulle. Aber ich bin hinter dem her. Hier hast du die 50 Euro.« Damit gab Jan dem Jungen das Geld. Als dieser schon dabei war wegzugehen, fragte ihn Jan:

»Sagst du mir deinen Namen?«

»Tobias Weidinger.«

Dies war nun wieder ein Beweis mehr, dass Hattinger weiterhin gefährlich war, und vor allen Dingen, dass er die Schule nicht besucht hatte. Jan nahm Kurs auf das Hotel gegenüber dem Hauptbahnhof. Ein hässlicher 70er-Jahre Bau irgendwann einmal blau angestrichen. Als er jedoch die Empfangshalle betrat, war er positiv überrascht. Ein solches Ambiente hätte er hier drin nicht vermutet. Ein dicker Teppichboden schluckte die Schritte. Angenehme Loungemusik war leise im Hintergrund zu hören. Hinter dem Empfang stand ein älterer Herr, Jan schätze ihn auf Anfang 60.

»Guten Tag, mein Name ist Jan Gerber. Ich möchte Sie um eine Auskunft bitten.« Dabei zog Jan seinen Dienstausweis hervor und deckte mit einem Finger geschickt das Wort *Justiz* darauf ab, sodass sein Gegenüber nur den hessischen Löwen und Jans Foto sehen konnte. Jan hoffte inständig, dieser möge nun glauben, er käme von der Polizei.

»Ei, wie kann isch Ihne dann helfe«, sagte dieser freundlich und in feinstem Hessisch. Er trug ein Namenschild auf dem »Empfangschef Karl-Heinz Römer« stand.

Jan zog sein Handy hervor und zeigte ihm das Foto von Frank Hattinger.

»Haben Sie diesen Mann hier schon einmal gesehen?« Karl-Heinz Römer setzte seine Lesebrille auf, die er an einer Kette um den Hals hängen hatte, und sah sich das Foto genau an.

»Ja, leider Gottes. Der Drecksack hat son arme Bub, Sie wisse schon, was isch mein, son Stricher halt, hier in eim Zimmer bös malträtiert. Der hat den zsammegeschlaache. Im Zimmer nebenan hawe sie die Schreie gehört und misch hier unne agerufe. Da bin isch nuff und hab die Tür uffgemacht. Isch glaub, grad noch rechtzeitisch.« Karl-Heinz Römer stand das Entsetzen ins Gesicht geschrieben.

»Wie ging es dann weiter?« Jan konnte sein Glück kaum fassen, hier war nun ein Zeuge, den er jederzeit vorladen lassen konnte.

»Isch hatte es Handy in der Hand und hab dem gesacht, isch ruf die Polizei, und hab misch vor den Bub gestellt. Ei, da isser abgehaue.«

»Wissen Sie noch, wann genau das war?« Jan wurde euphorisch.

»Warte Se, da gucke isch emal nach.« Karl-Heinz Römer tippte etwas auf seiner Computertastatur, und nach kurzer Zeit sagte er:

»Das war der 6. September moijens um 8.30 Uhr ungefähr. Des weiß isch genau, weil am nächste Tag hat isch Urlaub. Wisse Se, mer sieht denne Perverse des ja leider net an. Sonst hätt der bei mir kein Zimmer gekrischt.«

»Unter welchem Namen hat der sich denn hier eintragen lassen?«

»Warte Se mal, hier, Thomas Enders heißt der.«

Jan bedankte sich und verabschiedete sich von Herrn Römer. Das Hotel war nicht weit vom Parkplatz entfernt. Er ging zum Kassenautomat. Martin Faber saß etwa 20 Meter entfernt und nickte Jan nur kurz zu, als dieser bezahlte. Er setzte sich in seinen Wagen und schrieb eine kurze SMS:

Pizza essen heute Abend 20.00 Uhr? Diese SMS ging an Maria und Rolf. An Alex schrieb er:

Hattinger hat während des Freigangs jungen Mann zusammengeschlagen. Habe Zeugen. War nie in der Schule. Alles Weitere heute Abend.

Er lehnte sich zufrieden zurück. Er war ein ganzes Stück weitergekommen.

6

Maria war ratlos. Schon seit Stunden konnte sie Alex nicht erreichen. Sie hatte ihm bereits mehrfach auf die Mailbox gesprochen. Auch auf eine WhatsApp-Nachricht kam bisher keinerlei Reaktion. Was war nur los? Leise Zweifel meldeten sich. Wollte er nur einige schöne Stunden im Bett mir ihr verbringen? War es ein Fehler gewesen, ihm von den Problemen in der JVA zu erzählen? Die Kraft, die sie geglaubt hatte, wiedergefunden zu haben, war wie weggeblasen. Sie sackte in sich zusammen, und Tränen stiegen auf. Sie sandte im Stillen ein Stoßgebet zu ihrer Großmutter.

Den Rat ihrer Freundin Corinna Loos-Fehrmann befolgend, hatte sie einen Termin bei Jörg Baier, einem Fachanwalt für Beamtenrecht, vereinbart. In Gedanken bei Alex, fuhr sie nach Darmstadt und fand die Kanzlei in einem gepflegten Bürogebäude. Das Entree versprach eine hohe Rechnung. Super freundliche und sehr gut gekleidete Vorzimmerdamen schmückten den Empfang. Maria wurde in einen großen, lichtdurchfluteten Besprechungsraum gebeten. Ein riesiger Konferenztisch mit zwölf Stühlen stand mitten im Zimmer, darauf ein Tablett mit Getränken und Gläsern. Maria sah aus dem Fenster und wartete einige Minuten, dann betrat ein jugendlich wirkender, sympathischer Anwalt im Maßanzug den Raum. Mit einem gewinnenden Lächeln kam er auf sie zu, streckte ihr die Hand zur Begrüßung entgegen und stellte sich vor.

»Jörg Baier, guten Tag, Frau Saletti. Nehmen Sie bitte Platz und erzählen Sie, was Sie zu mir führt.«

Maria zog einen der schweren Stühle unter dem Konferenztisch hervor, setzte sich und umriss in Kürze den Sachverhalt, dessen sie beschuldigt wurde.

»Das sind ja schwere Anschuldigungen, die man gegen Sie erhebt. Haben Sie irgendetwas Schriftliches erhalten?« Jörg Baier öffnete eine Flasche Wasser.

»Nein, nichts. Außerdem kann ich Ihnen versichern, dass das alles erfunden ist. Weder bringe ich Handys in die JVA noch habe ich ein sexuelles Verhältnis mit einem Gefangenen. Alles Lüge und Intrige.« Bei diesen Worten merkte Maria, wie ihr die Tränen in die Augen stiegen. Sie griff in ihre Handtasche, hatte aber kein Taschentuch dabei. Jörg Baier stand auf, nahm eine Packung Kleenex aus dem Regal und stellte sie auf den Konferenztisch. Hier wurde anscheinend öfter geweint.

»Also gut, aber warum wird gegen Sie intrigiert? Das macht ja niemand ohne Grund?« Baier sah Maria durchdringend an.

Maria setzte sich gerade hin und sagte:

»Wir haben den Verdacht, dass mit dieser Verleumdungsaktion ein Freigänger geschützt werden soll. Wir waren ihm im Zusammenhang mit Drogen auf der Spur, die er ganz sicher aus dem Freigang mit in die Anstalt bringt. Merkwürdigerweise ist eine Ausgangsliste fehlerhaft übermittelt worden, die das LKA im Zusammenhang mit der Toten angefordert hat, die man in Eppertshausen im See gefunden hat. Als ich dem nachgehen wollte, wie es zu diesem Fehler kam, wurde ich an die Pforte versetzt. Laut Ausgangsliste war der Freigänger an dem Tag, an dem diese Frau aus dem Wasser gezogen wurde, in der Anstalt. Ich bin aber 100-prozentig sicher, dass er an diesem Tag im Freigang war. Mein Vorgesetzter, Jan Gerber, der auch Frank Hattinger, das ist der Freigänger, im Verdacht hat, etwas mit dem Mord zu tun zu haben, versieht nun seinen Dienst in der JVA Weiterstadt.«

Jörg Baiers Augen wurden größer, er beugte sich mit seinem Oberkörper nach vorne, und nach kurzer Zeit sagte er:

»Sie glauben, dass diese Anschuldigungen gegen Sie nur Ablenkungsmanöver sind, die eine furchtbare Straftat vertuschen sollen? Sodass man vielleicht Beweismaterial beiseiteschaffen kann. Wollen Sie mir das hier sagen?« Er öffnete seinen obersten Hemdknopf, lockerte seine Krawatte und lehnte sich im Stuhl nach hinten.

»Ja, genau das meine ich. Ich weiß, es klingt, als hätte ich Drogen genommen, aber glauben Sie mir, wir sind uns ziemlich sicher, dass dieser Gefangene von oben gedeckt wird.« Maria hatte ihre Kraft wiedergefunden.

»Wer, Frau Saletti, ist *wir*?« Jörg Baier nahm einen großen Schluck Wasser.

»Wir, das ist mein Dienstvorgesetzter Jan Gerber, mein Kollege Rolf Klein und mein Freund Alexander Neubert. Er ist Beamter beim LKA und hat den Gefangenen Frank Hattinger auf einem Überwachungsvideo in der Darmstädter Fußgängerzone zufällig entdeckt, als dieser, laut stellvertretendem Anstaltsleiter Richard Meurer, in der Anstalt war. Auch ich habe innerhalb der Anstalt recherchiert und Beweise gefunden, dass Hattinger im Freigang war, als die Frau ermordet wurde. Daraufhin begannen die Anschuldigungen gegen mich.« Maria atmete tief durch, nun ging es ihr etwas besser.

Jörg Baier stand auf und lief durch den Raum. Dann sagte er:

»Also, ich werde dem Anstaltsleiter mal einen Besuch abstatten und Akteneinsicht verlangen. Aber, Frau Saletti, wenn da was dran ist, was Sie behaupten und jemand den Mörder deckt, müssen Sie auf sich aufpassen. Wenn einflussreiche Personen in die Sache verstrickt sind und es schon so weit geht, dass man Sie verleumdet und Dienstvorgehen oder Straftaten, die Sie begangen haben sollen, erfindet, hat man keine Skrupel mehr.« Er machte eine kurze Pause. »Ich denke, Ihr Leben könnte in Gefahr sein.« Der Satz erfüllte den Raum wie ein Donnerschlag.

Maria atmete tief durch, sah Baier direkt in die Augen und fragte:

»Glauben Sie, die würden so weit gehen?«

»Ich glaube schon. Wer einmal gemordet hat, geht diesen Schritt unter Umständen ein zweites Mal.«

7

Frank Hattinger begutachtete sein Gesicht im Spiegel. Nach der Attacke in der Kammerzelle hatte er ein blaues Auge und eine aufgeplatzte Unterlippe. Sein Kontrahent war so blitzschnell gewesen, dass er keine Chance gehabt hatte, sich zu wehren. Der Knastarzt befand nach kurzer Untersuchung keine Notwendigkeit einer Röntgenuntersuchung im nahegelegenen Krankenhaus. Hattinger wurde nach der schnellen Untersuchung durch den Anstaltsarzt von Rotter direkt zu Richard Meurer in die Verwaltung gebracht. Als er das Büro betrat, konnte man das Entsetzen in Meurers Gesicht ablesen.

»Ja, um Gottes willen, Herr Hattinger, wie sehen Sie denn aus?«

»Da sehen Sie mal, Herr Meurer, was einem hier drin alles passieren kann. Ich saß friedlich oben in der Kammerzelle und wartete, dass Herr Rotter mich abholt, und da kommt dieser Irre rein und schlägt einfach auf mich ein.« Hattinger befühlte vorsichtig seine Unterlippe.

»Dem Vorgang wird natürlich nachgegangen. Möchten Sie Anzeige erstatten?«

»Das überlege ich mir gerade. Aber auf der anderen Seite, ich habe keine Zeugen. Was wird mir das bringen?« Hattinger sah Meurer unschuldig an.

»Wenn Sie möchten, erstatten Sie Anzeige.« Meurer machte eine Pause und sah dabei Hattinger durchdringend an. »Aber ich glaube, Sie sind aus einem anderen Grund heute bei mir. Sie hatten mich gestern wissen lassen, dass Sie mich sprechen möchten.« Dabei nahm Richard Meurer das Anliegen-Formular in die Hand.

»Ja, Herr Meurer, es geht um meine berufliche Zukunft. Ich habe seit einiger Zeit das Gefühl, dass die von mir ausgesuchte Ausbildung nicht das Richtige für mich ist. Ich denke, dass ich damit später in Freiheit keine guten Chancen auf dem Arbeitsmarkt haben werde. Es gibt schon sehr viele Programmierer und IT-Spezialisten, und da wäre ich nur einer von vielen.«

»Ach ja, und was möchten Sie stattdessen machen?« Meurer schluckte, hatte seine Lesebrille auf der Nase und sah etwas skeptisch über seine Gläser.

»Ich dachte, ich bin gelernter Schlosser, da wäre es doch gut, wenn ich meinen Meisterbrief in Angriff nehme.«

»Schade, dass Ihnen das nicht schon früher eingefallen ist. Nun muss ich das neu bei der Strafvollstreckungskammer einreichen, und dort muss über den Antrag entschieden werden. Das kann einige Zeit dauern.«

»Ich war bereits bei der Handwerkskammer, und dort sagte man mir, dass es sowieso zu wenig Schlossermeister gibt und ein echter Bedarf besteht. Die Kosten für die Meisterschule sind auch kein Problem. Ich habe ja in der Haft Geld angespart, und außerdem ist ein Freund bereit, mich finanziell zu unterstützen.« Hattinger grinste.

Richard Meurer lehnte sich ein Stück zurück und atmete tief durch.

»Nun gut, Herr Hattinger. Ich werde sehen, was ich machen kann. Ich telefoniere zuerst mit der Strafvollstreckungskammer und höre mir mal an, was man dort von Ihrem Vorschlag hält.« Mit diesen Worten klappte er die Gefangenenakte zu.

»Danke, Herr Meurer. Ich habe noch etwas Privates zu erledigen. Ich möchte, wenn ich nicht mehr die Schule besuche, die nächste Zeit täglich für ein paar Stunden nach Frankfurt fahren, um diese Dinge zu regeln. Das werden Sie mir doch genehmigen?« Frank Hattinger stand auf und stand nun breitbeinig vor Richard Meurer. Dieser sah nach unten auf das Anliegen auf seinem Tisch, schluckte und murmelte:

»Ja, sicher, Sie waren schon so oft ohne Beanstandung im Freigang, dass ich das sicherlich vertreten kann, dass Sie die nächste Woche von, sagen wir, 9 Uhr bis 16 Uhr die Anstalt verlassen können.«

»Sehr gut, dann bekomme ich alles hin, was ich mir vorgenommen habe.« Hattinger grinste und drehte sich um. Rotter, der die ganze Zeit zur Sicherheit im Raum geblieben war, war ein wenig irritiert. Dann platzte es aus ihm heraus:

»Ja, geht das denn?« Er hatte die Worte noch nicht ausgesprochen, da herrschte Richard Meurer ihn an.

»Ich glaube nicht, dass ich Sie nach Ihrer Meinung gefragt habe.« Meurers Ton war scharf.

»Entschuldigung, Herr Meurer, ich dachte nur, ein Freigang müsste immer begründet werden.«

»Ist er. Herr Hattinger hat Vorbereitungen für die neue Ausbildung zu treffen, oder glauben Sie, ich weiß nicht, was ich hier genehmigen darf und was nicht? Sie können Herrn Hattinger nun wieder in seine Zelle bringen. Danke.«

Kurt Rotter sackte in sich zusammen, drehte sich auf dem Absatz um und verließ mit hängenden Schultern Meurers Büro, dicht gefolgt von Frank Hattinger, der immer noch grinste.

8

Das Handy war tot. Wie er es auch drehte und wendete, es gab keinen Mucks mehr von sich. Zuerst war es ihm nicht einmal aufgefallen. Während des gesamten Tages war er so mit der Recherche beschäftigt gewesen, dass er nicht ein einziges Mal auf sein Handy sah. Erst jetzt, als er Maria anrufen wollte, stellte er fest, dass der Akku offenbar völlig leer war. Er nahm das Ladekabel und steckte es ans Handy. Nichts. Marias Telefonnummer hatte er nur im Handy gespeichert. Vielleicht konnte er sie noch in der JVA erreichen. Schnell wählte er die Rufnummer, nach dreimaligem Läuten meldete sich eine männliche Stimme:

»JVA Dieburg, Maier am Apparat.«

»Guten Abend, mein Name ist Neubert. Ist Frau Saletti im Dienst?«

»Nein, Frau Saletti ist nicht da.«

»Gut, danke.« Er legte auf.

Was sollte er nun tun? Am besten, er fuhr direkt nach Dieburg. Sicherlich wartete sie schon auf ihn. Nach wenigen Minuten fuhr er schon auf der A67, wo zu dieser Uhrzeit starker Verkehr herrschte. Einigen Autofahrern ging es einmal wieder nicht schnell genug. Er fuhr bereits mit 150 Stundenkilometern, aber immer wieder kam von hinten ein Fahrzeug mit mindestens Tempo 200 und gab ihm mit Lichthupe zu verstehen, dass er auf die rechte Spur wechseln sollte. Seine Gedanken waren bei Maria, wie sehr hatte sie ihn verzaubert. Er freute sich darauf, sie in Kürze wieder in seinen Armen zu halten, und die Musik von Eros Ramazzotti mit seinen italienischen Liebesliedern trug noch mehr zu seiner emotionalen Stimmung bei. In einer lang gestreckten Rechtskurve musste er stark abbremsen, da die vor ihm fahrenden Fahrzeuge zum Stehen gekommen waren. Er drückte sofort auf die Warnblinkanlage, bremste scharf ab und kam so rechtzeitig zum Stehen. Er atmete auf, das war wirklich knapp gewesen. Dann hörte er ein Grollen, und Bremsen quietschten. Dann wurde es schwarz.

9

Um 20 Uhr standen sie bei Maria vor der Tür. Jan hatte eine gute Flasche Wein unter dem Arm und lächelte sie an, als sie die Tür öffnete:

»Einen Barolo habe ich dir mitgebracht, habe mir sagen lassen, der wäre sehr gut.« Mit diesen Worten überreichte er ihr den Rotwein und trat ein. Rolf folgte ihr, auch er war bester Stimmung. Maria versuchte, ihre Gefühle zu verbergen. Alex war weiterhin wie vom Erdboden verschwunden. Sie hatte ein ungutes Gefühl. Waren seine Liebesschwüre nur Lügen gewesen? Hatte sie sich so in ihm getäuscht? Sie setzten sich um Marias Wohnzimmertisch, und die Herren griffen bei den italienischen Vorspeisen, die Maria vorbereitet hatte, kräftig zu.

»Kommt Alex noch oder können wir anfangen?« Jan schaute in Marias Augen. Sie spürte, dass er erkannt hatte, wie es um sie stand. Sein Lächeln war aufmunternd gemeint. Nach dem Überfall in der Zelle war sie dünnhäutig geworden. Maria schluckte und drehte sich schnell um, denn sie kämpfte mit den Tränen. Mit belegter Stimme sagte sie:

»Ich versuche seit gestern, ihn zu erreichen. Ohne Erfolg.«

»Na gut, dann werden wir ohne ihn anfangen.« Rolf hatte die Situation auch erfasst und tat so, als wäre alles in bester Ordnung.

Jan begann und erzählte seine neuesten Erkenntnisse.

»Zum einen habe ich den Beweis, dass Hattinger nie in der Schule war.«

Rolf und Maria sahen ihn mit großen Augen an. Maria vergaß zu kauen und sagte mit vollem Mund:

»Das ist ja nicht möglich, die Schule hat doch die Auflage bekommen, seine Abwesenheit sofort zu melden.«

»Er hat einen anderen in die Schule geschickt, von Anfang an, somit hatte er täglich alle Zeit der Welt. Außerdem hat er am 6. September vormittags einen Stricherjungen in einem Hotel in der Nähe des Bahnhofs zusammengeschlagen. Der Empfangschef hat Hattinger anhand eines Fotos eindeutig wiedererkannt.« Mit diesen Worten lehnte sich Jan zufrieden zurück und trank einen großen Schluck Bier.

»Das würde ausreichen, um ihn sofort aus dem Verkehr zu ziehen. Dann ist es vorbei mit Freigang«, sagte Maria, die sich langsam entspannte.

»Ja, aber wenn wir ihn hochgehen lassen, kommen wir schlecht dahinter, was er in der Zeit wirklich gemacht hat, und das war bestimmt nichts Gutes. Wenn der mal nicht was mit dem Tod dieser Frau in Eppertshausen zu tun hat …« Jan sah Maria tief in die Augen. »Wir müssen ihn weiter gewähren lassen und so tun, als ob nichts wäre, damit wir so an etwaige Hintermänner herankommen.« Es trat eine Stille ein, in der man eine Stecknadel hätte fallen hören.

»Ich weiß, wer die Lügen verbreitet hat.« Rolf genoss sichtlich seinen Auftritt und machte eine bedeutungsvolle Pause. »Also, ich habe heute gehört, wie unser Kollege Kurt Rotter dem Meurer versprochen hat, noch mehr über deine Verfehlungen innerhalb der Anstalt in Erfahrung zu bringen. Er ist im Auftrag von Meurer unterwegs, um das angebliche Verhältnis mit Savic zu beweisen. Meurer hat ihm eine Bereichsleiter-Stelle oder mehr angeboten, wenn er erfolgreich ist. Auch gegen dich, Jan, soll er Informationen sammeln. Außerdem weiß ich nun, woher die Anschuldigung mit dem Einbringen von Handys kommt. Carlos Ribeiro hat ausgesagt, dass du dem Savic ein Handy in die Anstalt gebracht hast. Das hat mir übrigens der Savic gesteckt.« Rolf nahm sich ein Bruschetta und biss genüsslich hinein. Maria war einen Moment sprachlos und sah Rolf mit großen Augen an.

»Sag das noch mal. Carlos Ribeiro, den habe ich vor ein paar Tagen an der *Aral* Tankstelle in Darmstadt getroffen. Der war gerade entlassen worden. Der Schleimer, scheißfreundlich hat der mit mir gesprochen. Mir tat er noch leid, weil er gesagt hat, sie hätten ihn zum Sterben rausgelassen. Diese Ratte. Was hat der für einen Grund gehabt, so etwas auszusagen? Und der Rotter, das hätte ich mir ja denken können. Kommt im Dienst mit schwierigen Gefangenen nicht klar, hat Angst vor jedem und allem, aber für eine Beförderung tut der alles.« Maria lehnte sich zurück, der Appetit war ihr vergangen.

»Ich habe die Kammerkarte fotokopiert, die beweist, dass Hattinger am 7. September im Ausgang war. Bevor irgendjemand die Kammerkarte manipuliert, dachte ich, ich fotokopiere sie besser mal. Die Karte zu verändern, hat man vergessen.« Rolf lächelte verschmitzt. »Aber das Beste kommt jetzt. Unser Systemadministrator wurde von Meurer persönlich angewiesen, den Ausgang aus dem Protokoll zu löschen. Angeblich, weil der alte Maier sich vertan hat und es gleich gebeichtet hat.« Rolf sah triumphierend in die Runde.

»Der Meurer hat das veranlasst?« Jan sah Rolf durchdringend an. Alle drei dachten das Gleiche.

»Wenn wir alle Hinweise, die wir bis dato zusammengetragen haben, zusammenfassen, sieht es doch so aus: Hattinger war am 7. September im Freigang. Sein Anwalt Kriebel versucht, das zu vertuschen. Warum? Hat Hattinger vielleicht die Frau, die im See gefunden wurde, umgebracht? Kriebel selbst ist im Milieu schon aufgefallen, und Hattinger hat im Milieu gearbeitet. Er war da der Mann fürs Grobe. Daher möglicherweise eine Verbindung. Kriebel ist ein Sadist und bekannt in der Sado-Maso-Szene, weil er bei dem vereinbarten Codewort weitermacht, statt aufzuhören. Er hat es vor ein paar Jahren in einem Nobelklub für Sado-Maso-Anhänger einmal so übertrieben, dass sein Sexpartner laut um Hilfe schrie. Ich denke, es war ein Stricher, denn die Betreiber des Klubs haben Kriebel dann aus dem Klub geworfen, aber er hat wohl rumgepöbelt und gesagt, sie werden schon sehen, was sie davon haben. Wie er allerdings der Anwalt von Hattinger wurde, weiß ich nicht. Bei seinem Prozess vor neun Jahren hatte er einen anderen Anwalt. Kriebel vertritt ihn erst, seit es um seine vorzeitige Entlassung geht. Sein Rechtsanwalt von früher ist verstorben. Wie passt das zusammen?« Sie lehnte sich zurück und strich sich eine Haarsträhne aus dem Gesicht.

»War nicht der Meurer Abteilungsleiter in Schwalmstadt, bevor er bei uns Anstaltsleiter wurde?« Jan und Rolf sahen Maria an.

»Richtig, die müssen sich bereits aus der Zeit in der JVA Schwalmstadt kennen. Ein Knacki, der diese Woche von Schwalmstadt zu uns kam, hat den Hattinger in der Kammerzelle gleich ordentlich vermöbelt. Er hat mir erzählt, dass Hattinger einen Jungen dort in der JVA monatelang gequält hat. Dieser hat sich daraufhin das Leben genommen.« Rolf griff sich eine Flasche Bier.

»Ja, wir haben genug Beweise, dass Hattinger nicht die Schule besucht und während seines Freigangs Straftaten begeht. Die Aussage von Karl-Heinz Römer vom Hotel und vom Stricher Weidinger. Kriebel streut bewusst Verleumdungen über uns und macht uns das Leben schwer, damit wir keine Gedanken mehr an Hattinger verschwenden können.«

Alle sahen sich schweigend an.

»Ich denke, Ribeiro hat die Aussage gemacht, weil er von Hattinger unter Druck gesetzt wurde. Deswegen hat er auch gesagt, es tue ihm leid. Ich wusste gar nicht, was er damit meinte. Nun ist es mir klar. Aber warum wird so ein Mist in die Welt gesetzt? Damit wir Hattinger nicht mit Drogen in Verbindung bringen? Was hätte jemand davon? Doch eher, weil er etwas mit dem Mord an dieser Frau zu tun hat.« Maria knetete eine Papierserviette in ihren Händen.

»Nebeltechnik. Somit bist du mit deiner Verteidigung beschäftigt und hast keine Zeit mehr, über Hattinger nachzudenken.« Jan rieb sich das Kinn.

»Ich war bei einem Anwalt für Beamtenrecht. Weil mir und dir, Jan, beamtenrechtlich auch Dienstvergehen, zumindest mündlich, vorgeworfen werden. Er hat gesagt, wir sollen aufpassen. Wenn das so stimmt, wie wir vermuten, ist auch unser aller Leben in Gefahr.« Alle sahen sich schweigend an. Jan durchbrach die Stille:

»Ja, das ist es täglich, wenn wir auch nur ganz normal unseren Dienst versehen. Denk an vergangenes Jahr, Maria, als der Supulev dich angegriffen hat. Da bin ich mal nicht so ängstlich. Perfide sind die Lügen und die Intrigen, die ganzen Verleumdungen. Also, wie machen wir weiter?«

»Jörg Baier, mein Rechtsanwalt für Beamtenrecht, wird einen Termin mit Meurer vereinbaren und Einsicht in meine Personalakte verlangen. Aber wie ich an der Pforte an weitere Infos kommen soll, ist mir ein Rätsel.« Maria schaute mutlos in die Runde.

»Gut, ich halte Augen und Ohren offen, was der Rotter oder vielleicht auch noch andere Kollegen oder Knackis zum Besten geben. Vielleicht erfahre ich ja noch was.« Rolf zwinkerte Maria aufmunternd zu.

»Ich denke, wichtig wäre, die Verbindung von Meurer zu Hattinger genauer unter die Lupe zu nehmen. Wenn es in Schwalmstadt einen Vorfall gab, kann ich das möglicherweise von einem Kollegen erfahren, der mit mir eine Fortbildung in Wiesbaden gemacht hat. Der kam aus der JVA Schwalmstadt. Ich rufe ihn mal an.« Maria hatte sich aufrecht hingesetzt. Sie strahlte wieder Kraft aus. Jan, der diese Veränderung während des Gesprächs gesehen hatte, sagte:

»Ich verfolge Hattinger an meinem nächsten freien Tag. Wenn er nicht in die Schule geht, will ich sehen, was er macht.«

FREITAG, 28. SEPTEMBER

1

Er sah in seinen Terminkalender. Für den heutigen Tag war ein Termin mit einem Rechtsanwalt Baier eingetragen. In Klammern stand »Frau Saletti«. Offenbar hatte sich Maria Saletti einen Anwalt genommen. Nun gut, er war vorbereitet. Ihre Personalakte lag vor ihm und obenauf das Ermittlungsverfahren mit den Aussagen von Kurt Rotter und Carlos Ribeiro. Die Aussage von Rotter heftete er sicherheitshalber in eine neue Akte, die er Baier nicht vorlegen wollte. Wäre ja noch schöner, wenn sofort bekannt würde, wer ihm die Informationen besorgte. Einige Zeit später klingelte sein Telefon:

»Herr Meurer, an der Pforte ist gerade ein Herr Baier, ein Rechtsanwalt. Er möchte zu Ihnen. Kann ihn der Kollege zu Ihnen bringen?«

»Ja, sicherlich, ich warte schon auf ihn.« Wenige Minuten später klopfte es an seiner Tür, und ein Pfortenbeamter steckte seinen Kopf durch die Tür.

»Rechtsanwalt Baier für Sie, Herr Meurer.«

»Ja bitte.« Meurer richtete sich hinter seinem Schreibtisch auf und verzog keine Miene.

Als Jörg Baier eintrat, blieb Meurer bewusst auf seinem Stuhl sitzen. Sollte dieser kleine Anwalt gleich merken, wer hier was zu sagen hatte.

»Guten Tag, Herr Meurer, mein Name ist Jörg Baier, und ich vertrete Frau Saletti.« Baier blieb etwas unsicher im Raum stehen, da Meurer ihm keinen Platz anbot. Erst nach einer gefühlten halben Ewigkeit sagte Meurer:

»Guten Tag, Herr Baier, setzen Sie sich doch. Ich habe mir Frau Salettis Personalakte schon kommen lassen. Sie können Sie gleich einsehen.«

»Das ist gut, denn Frau Saletti war bei mir und erzählte mir, sie werde verschiedener Delikte beschuldigt. Nur schriftlich war ihr bisher nichts zugestellt worden.« Mit diesen Worten schaute Baier ihn prüfend an, stellte seinen Aktenkoffer ab und setzte sich auf den Stuhl vor Meurers Schreibtisch.

»Ja, dafür gibt es eine kurze Erklärung: In den letzten Wochen ist mir zu Ohren gekommen, dass Frau Saletti ein intimes Verhältnis mit einem Gefangenen haben soll, weiterhin habe ich hier eine Aussage von einem Gefangenen, der zu Protokoll gab, dass Frau Saletti ein Handy in die Anstalt eingeschmuggelt hat.« Mit diesen Worten nahm Richard Meurer die Personalakte von Maria in die Hand und reichte sie dem Rechtsanwalt. Jörg Baier öffnete sie und fing an, Seite für Seite zu lesen. Nach wenigen Minuten sagte er:

»Also, hier finde ich lediglich die Aussage eines Gefangenen, der zu Protokoll gibt, dass Frau Saletti einem Herrn Dragan Savic ein Handy mitgebracht haben soll. Herr Savic bestreitet dies, auch wurde Herr Savic befragt, ob er mit Frau Saletti ein sexuelles Verhältnis habe. Er hat dies verneint. Danach Ihre Aktennotiz, dass Frau Saletti aufgrund der Anschuldigungen eines Carlos Ribeiro an die Pforte versetzt wurde, damit kein weiterer Gefangenenkontakt möglich ist. Das ist, gelinde gesagt, ein wenig dürftig, Herr Meurer. Das intime Verhältnis wird von Herrn Savic bestritten, und von Frau Saletti sowieso. Wo, bitte, ist ein Zeuge, der diese Anschuldigungen bestätigen kann? Kann denn in einer JVA jeder Gefangene eine Beamtin beschuldigen, und ihm wird geglaubt?« Jörg Baier war in Fahrt geraten. Richard Meurer lehnte sich entspannt nach hinten und sagte:

»Also, Sie können mir glauben, dass wir nicht jede Verleumdung hier ernst nehmen. Aber das gute Verhältnis zwischen Herrn Savic und Frau Saletti ist leider auch Kollegen aufgefallen«, erwiderte Meurer.

»Aha, und vom Hörensagen wird dann ein Verfahren konstruiert. Also, das hier ist verwaltungsrechtlich sehr fragwürdig, und wenn nicht mehr dahinter ist, werde ich die Tage schriftlich den Antrag stellen, dass meine Mandantin wieder zurück in ihre alte Abteilung versetzt wird.« Jörg Baier hatte die Personalakte vor sich auf den Tisch gelegt und lehnte sich demonstrativ zurück.

»So einfach wird das nicht gehen, Herr Baier. Da ist das Ministerium dagegen. Sie wissen, die Justiz ist immer im Fokus der Öffentlichkeit. Stellen Sie sich vor, wir untersuchen den Fall nicht penibel, und später kommt heraus, dass Frau Saletti weiterhin Handys in die Anstalt eingebracht hat. Da wäre im Ministerium der Teufel los. So schnell geht es nicht. Das wird alles ganz korrekt und nach allen bestehenden Vorschriften behandelt.« Meurers Lächeln war verschwunden.

»Na, so ganz korrekt sieht nicht einmal die Personalakte aus.« Nach diesem Satz leistete sich Jörg Baier eine schöpferische Pause und fixierte Meurer mit seinem Blick.

»Ihnen ist doch sicherlich bekannt, dass eine Personalakte mit Seitenzahlen zu versehen ist, oder? Also hier drin fehlen alle Seitenzahlen, sodass man jederzeit Teile der Akte entfernen kann, beziehungsweise etwas beifügen kann. Ich fordere Sie hiermit auf, die Personalakte von Frau Saletti in meinem Beisein zu paginieren.« Jörg Baier, der vorher eher als Sunnyboy rüberkam, setzte sein strengstes Gesicht auf und wartete auf die Reaktion von Richard Meurer. Dieser spürte, wie der Zorn in ihm aufstieg, sein Gesicht rötete sich, jedoch hatte er sich soweit im Griff, dass er nach einem kurzen, tiefen Durchatmen die Akte an sich nahm und mit einem Kugelschreiber begann, Seite für Seite durchzunummerieren. Was bildete sich dieser kleine Anwalt eigentlich ein? Jörg Baier sah ihm genau auf die Finger und notierte sich die Zahl 32. Als Meurer fertig war, sah er Baier über seine Lesebrille hinweg an und sagte:

»So, war es das? Ich glaube, Sie haben verstanden, dass Frau Saletti noch weiter an der Pforte Dienst versehen muss. Sollten sich die Anschuldigungen gegen sie als haltlos erweisen, wird sie natürlich sofort zurück in ihre alte Abteilung versetzt. Ich wünsche Ihnen noch einen schönen Tag.« Richard Meurer schloss die Akte demonstrativ und sah Jörg Baier an. Dieser schüttelte verwundert den Kopf und sagte:

»Ich danke Ihnen, Herr Meurer, und wünsche auch Ihnen einen schönen Tag. Wie komme ich nun wieder hier raus?«

»Frau Reiter, meine Sekretärin, bringt Sie nach vorne.« Mit diesen Worten nahm Meurer den Telefonhörer in die Hand, und nach wenigen Sekunden stand eine ältere Dame im Büro und bat Jörg Baier, ihr zu folgen.

2

Maria schloss ihre Wohnungstür auf und, eine volle Einkaufstüte und die Post im Arm, schleppte sich in Richtung Küche. Sie stellte einige Lebensmittel in den Kühlschrank, der Rest verblieb in der Einkaufstasche. Dann sank sie auf den Küchenstuhl, als wäre alle Kraft mit einem Mal aus ihrem Körper gewichen. Sie fühlte sich schwach, zu schwach, um noch irgendetwas zu tun. Minuten verharrte sie so. Vor ihrem inneren Auge sah sie Alex und die wunderschönen Momente, die sie mit ihm verbracht hatte. Sie gab sich einen Ruck, stand auf und zog sich im Schlafzimmer einen Jogginganzug an. Ein Blick in den Spiegel deprimierte sie nur noch mehr. Sie glaubte, innerhalb der letzten Tage um Jahre gealtert zu sein. Seit Tagen versuchte sie vergeblich, Alex zu erreichen. Sie hatte ihm mehrfach auf die Mailbox gesprochen und auch einige WhatsApp-Nachrichten geschrieben. Von ihm kam keine Reaktion. Ihren Anruf im Landeskriminalamt in Wiesbaden hätte sie sich sparen können.

»Es tut uns leid, aber wir geben keine Auskunft über etwaige Mitarbeiter in unserem Haus.«

Warum hatte er ihr etwas vorgemacht? Wie eine Welle überkam sie die Traurigkeit, von der sie befürchtete, weggespült zu werden. Sie fühlte sich so einsam, so verlassen, dass sie die Beine anzog und beide fest umklammerte, als müsste sie sich irgendwo festhalten. Sie schaute aus dem Fenster in den Himmel und hielt im Stillen Zwiesprache mit ihrer Großmutter. Nonna Rosa war als Kind ihr ein und alles gewesen. Sie hatte ihr immer Mut gemacht, wenn Marias Träume von ihrem Vater sogleich ins Lächerliche gezogen wurden. Er hatte ihr nichts zugetraut, und nach dem Verschwinden ihrer Cousine war sie bei der gesamten italienischen Verwandtschaft in Neapel in Ungnade gefallen. Genauso wie sie jetzt in der Anstalt gemieden wurde. War es ein Fluch, oder warum konnte sie nichts für die Umstände und wurde für sie verantwortlich gemacht. Tränen liefen über ihre Wangen. Den Kopf auf den Knien, hörte sie im Geiste ihre Nonna, die sie beschwor aufzustehen und zu kämpfen. Sie hörte ihre Worte von damals: »Kind, hinfallen ist nicht schlimm, liegen bleiben eine Schande.« Es dauerte noch einige Minuten, ehe sie in der Lage war aufzustehen. »Also gut«, sagte sie laut zu sich selbst. »Zeit, wieder aufzustehen.« Sie nahm ihr Smartphone in die Hand, atmete tief durch und wählte die Rufnummer von Stefan Wagner, einem Kollege aus der JVA Schwalmstadt. Vor einigen Jahren hatten sie sich auf einem Lehrgang im Ausbildungszentrum in Wiesbaden kennengelernt. Die

Sympathie war sofort auf beiden Seiten. Und während des Lehrgangs, in dem es um Konfliktbewältigung ging, waren beide ein sehr gutes Team gewesen. Er war Marias Hoffnung. Ein Kollege, wie man ihn sich nur wünschen konnte. Er machte damals auf sie einen aufrichtigen Eindruck. Hoffentlich lag sie mit ihrer Einschätzung richtig. Beim dritten Läuten nahm er ab.

»Hallo, Stefan, hier ist Maria Saletti. Ich hoffe, du erinnerst dich an mich.«

»Aber sicher, schön, von dir zu hören. Was verschafft mir die Ehre deines Anrufs?«

»Ach, ich möchte dich gerne mal besuchen, oder wir treffen uns irgendwo, wenn du Zeit hast. Ich habe die nächsten Tage frei und komme gerne mal nach Schwalmstadt.«

»Das ist ja schön, dann sehen wir uns endlich wieder. Ich bin ab Montag mit neuen Anwärtern auf dem Schießstand. Wenn du magst, komm hin, und in der Mittagspause gehen wir was essen. So können wir ein wenig von alten Zeiten träumen.« Bei diesen Worten lachte Stefan laut auf, und auch Maria musste schmunzeln. Die »alten Zeiten« waren gerade mal zwei Jahre her.

»Okay, alter Mann, schicke mir bitte die Adresse des Schießstandes per WhatsApp, und dann sehen wir uns Montag um die Mittagszeit.«

»Mach ich. Prima, ich freue mich. Bis dann.«

MONTAG, 1. OKTOBER

Als sie am Montagvormittag in ihr Auto stieg, hatte sie eine weitere schlaflose Nacht hinter sich. Von Alex gab es nach wie vor kein Lebenszeichen. Wie gerädert stand sie auf. Ablenkung tat gut. Der Himmel war grau und wolkenverhangen und passte hervorragend zu ihrer Laune. Zum vielleicht 100. Mal schaute sie auf ihr Handy: Hatte Alex ihr eine Nachricht geschickt und sie sie übersehen? Fehlanzeige. Nur die Koordinaten des Schießstandes waren eingegangen. Sie stellte sich unter die Dusche und hoffte, das Wasser würde ihre düsteren Gedanken mitnehmen. 30 Minuten später stand sie vor ihrem Auto. Sie musste an ihrer Verteidigung arbeiten. Zeit, um eine Liebe zu weinen, hatte sie wieder, wenn sie in der JVA rehabilitiert war. Sie tippte die Koordinaten des Schießstandes in ihr Navi, startete den Wagen, drehte das Radio laut und fuhr los. Hattinger hatte neun Jahre von seiner Strafe in Schwalmstadt verbüßt. Sie war sich sicher, dass die Vollzugsbeamten über ihn irgendwas zu berichten wussten. Nach einer Fahrt von fast zwei Stunden kam sie in dem kleinen Ort an. Maria bewunderte die schmucken Fachwerkhäuser der Innenstadt, den Blumenschmuck an vielen Gebäuden und am Fahrbahnrand. Ein Schild am Straßenrand wies ihr die Richtung zum Schießverein. Als sie dort bei wolkenverhangenem und grauem Himmel aus dem Wagen stieg, vernahm sie bereits die Schüsse. Sofort fühlte sie sich in die Zeit ihrer

Ausbildung zurückversetzt. Was war sie bei dem ersten Schießtraining nervös gewesen. Heute, nach jahrelanger Übung, freute sie sich immer auf das Schießtraining.

Nach wenigen Schritten schlug ihr hinter der Eingangstür ohrenbetäubender Lärm entgegen, einige Meter weiter stand Stefan Wagner. Er trug Ohrenschützer, sogenannte *»Micky Mäuse«*, auf dem Kopf und erklärte gerade einem Schießneuling, wie man ein Ziel anvisierte. Maria steckte sich schnell die Zeigefinger in die Ohren, da der Auszubildende sein Ziel aufs Korn nahm und mit zitternden Händen am Abzug zog. Als das Magazin des Anwärters leer geschossen war, drehte sich Stefan um.

»Hey, meine Liebe, schön, dass du da bist«, sagte er sichtlich erfreut. Sie umarmten sich, dann sahen sie sich im Schießstand um und lächelten. Stefan griff in eine Kiste und gab Maria schnell einen Ohrenschutz, denn es wurde fleißig weitergeschossen. Die jungen Beamtenanwärter, drei Frauen und fünf Männer, waren hoch konzentriert. Alle trugen Gehörschutz und visierten die 25 Meter entfernten Schießscheiben an. Ein Kollege von Stefan stand neben einem jungen Mann und erklärte ihm, dass man während des Schießens ruhig weiter atmen sollte. Dankbar nahm Maria den Ohrenschutz und setzte ihn auf, da die jungen Damen und Herren gerade wieder ihre Ziele anvisierten. Nach etwa einer halben Stunde sah Stefan auf die Uhr und gab ein Handzeichen, welches das Ende der Übungen bedeutete. Alle entluden und sicherten ihre Waffen und gingen in einen Raum, in dem die 9mm-Pistolen in einen Tresor eingeschlossen wurden. Dann wurde offiziell die Mittagspause eingeläutet.

»Wir treffen uns hier wieder um 14 Uhr, dann werden wir die Waffen auseinandernehmen und reinigen.« Mit diesen Worten nickte er Maria zu, nahm seinen Ohrenschutz ab, legte ihn vor sich auf den Tisch und ging vor ihr her auf den Ausgang zu.

Als sie vor der Tür standen, sagte er:

»Komm, ich kenne hier in der Nähe eine kleine Gaststätte mit täglichem Mittagsmenü. Da schmeckt es echt gut, und wir können in Ruhe reden.« Sie nahmen Stefans Auto, und nach wenigen Minuten, in denen sie die üblichen Höflichkeitsfloskeln austauschten, waren sie an dem Lokal angekommen. Als sie ihre Getränke und ihr Essen bestellt hatten, sagte Maria:

»Also, der Grund, weshalb ich heute hier bin, ist ein wenig delikat. Aber ich weiß, ich kann mich auf dich verlassen, und du trägst das, was ich dir heute erzähle, nicht weiter.« Mit diesen Worten sah Maria Stefan fragend ins Gesicht.

»Das weißt du genau, aber das klingt ja interessant, um was geht es denn?« Stefan rieb sich das Kinn.

»Bei uns in der JVA Dieburg ist seit einiger Zeit Richard Meurer Anstaltsleiter. Er war viele Jahre bei euch in der JVA Schwalmstadt. Ich glaube, er spielt ein doppeltes Spiel. Anfangs war er mir gegenüber sehr arrogant, aber in letzter Zeit macht er einen auf väterlich. Der Rechtsanwalt eines Insassen hat gegen mich eine Dienstaufsichtsbeschwerde eingereicht, ich soll Drogen und ein Handy in die Anstalt gebracht haben. Außerdem wird mir auch eine sexuelle Beziehung zu einem Gefangenen vorgeworfen.« Maria machte eine Pause und sah Stefan durchdringend an.

»Aufgrund dessen darf ich derzeit nur noch Dienst an der Pforte machen. Bei der Anhörung zu den Vorwürfen war Meurer keinesfalls gegen mich. Er teilte dem Anwalt

Kriebel mit, er glaube die Vorwürfe nicht. Mir sagte er, er wäre gezwungen, den Vorwürfen nachzugehen, um jeglichen Verdacht gegen mich auszuräumen. Klingt ja plausibel, aber ich traue dem nicht. Meine innere Stimme sagt mir, der ist so falsch wie das Gold aus Catania.« Stefan sah sie fragend an.

»Ach, ein Spruch aus Italien, von meiner Großmutter. Der ganze Zirkus fing an, als ich nachgefragt habe, warum ein von Frank Hattinger durchgeführter Ausgang nicht auf einer Liste für das LKA aufgeführt war. Man hat Frank Hattinger im Zusammenhang mit der Toten überprüft, die man bei uns in der Nähe aus einem See gefischt hat.«

»Und da war ein Ausgang nicht auf der Liste?« Stefan beugte sich nach vorne.

»Ja, unglaublich. Wir wissen sogar, dass er auf Anweisung von Meurer nachträglich aus dem System gelöscht wurde. Ich habe dann den Pfortenbeamten gefragt, wie das sein kann, weil ich mir sicher war, dass er an dem Tag im Ausgang war. Seitdem werde ich gemobbt. Sie werfen mir vor, ich hätte den Kollegen beim Anstaltsleiter angeschwärzt. Also, wie ich es auch drehe und wende, ich werde aus dem Ganzen nicht schlau. Der Anwalt vom Hattinger, ein ganz windiger Geselle, hat in der Anstalt ordentlich Wind gemacht. Ich muss nun irgendwie meine Unschuld beweisen.«

Maria nahm einen Schluck Wasser und sah sich vorsichtig um, aber die Geräuschkulisse im Lokal schluckte die Unterhaltung der beiden. Nach einer kurzen Pause sagte Stefan:

»Der Meurer war bei uns nicht gerade beliebt. Ich nehme an, bei euch ist das nicht anders. Der hat sich doch sicher nicht geändert. Uns Kollegen an der Front hat er behandelt wie Idioten. Grüßen, wenn er morgens in die Anstalt kam, konnte er nur die, die mindestens ein Studium absolviert hatten. Ein echter Sympathieträger. Es gab da mal ein Gerücht, dass er eigentlich einer Sache hätte nachgehen sollen, es aber nicht getan hat. Ein junger Knacki, der gerade knapp in den Erwachsenenvollzug gehörte, ich glaube, der war 22 Jahre alt, nahm sich in Schwalmstadt das Leben. Es gab Stimmen, die behauptet haben, ein anderer Knacki hat ihn gezwungen, sich aufzuhängen. Er hätte mit einer glühenden Gabel, die er an einem Feuerzeug erhitzt hatte, vor ihm gestanden und ihm gedroht, wenn er sich nicht aufhängt, rammt er ihm die Gabel in die Eier. Wir haben das nicht geglaubt, aber man hätte der Sache nachgehen müssen. Der Meurer war damals dafür zuständig. Gemacht hat er nichts. Ich bin mir nicht sicher, aber der mit der Gabel könnte der Hattinger gewesen sein. Obwohl wir natürlich auch noch andere Größen des Strafvollzugs bei uns einsitzen haben, denen ich so eine Schweinerei zutraue.« Stefan hatte seine Serviette auf seinen Schoß gelegt und schwieg einen Moment, da das Essen serviert wurde.

»Bist du dir sicher mit dem Hattinger?« Maria war wie elektrisiert.

»Sicher bin ich mir nicht. Aber ich frage morgen mal in der Anstalt nach, der eine oder andere Kollege wird sich sicher noch daran erinnern.«

»Das wäre gut, dann hätten wir einen weiteren Beweis, dass die beiden irgendwie miteinander zu tun haben. Pass aber auf, dass es nicht auffällt, wenn du nach dem Hattinger und dem Meurer fragst. Du weißt ja, in der Justiz macht alles schnell die Runde.« Maria atmete zufrieden durch. Das Essen schmeckte beiden sehr gut, und als sie bereits den Kaffee bestellt hatten, sagte Stefan:

»Mir fällt noch etwas anderes ein. Vor etwa zwei Jahren, der Hattinger saß noch bei uns ein, da gab es einen Zwischenfall. An einem Morgen, ich hatte Dienst an der Pforte, kam ein junger Bursche, ich glaube der war etwa 14 Jahre alt, mit einem Haftbefehl und wollte sich bei uns stellen. Ich nahm den Haftbefehl entgegen und sagte ihm, dass er bei uns garantiert nicht die Haft antreten könne, da er viel zu jung sei. Er diskutierte noch mit mir rum und sagte, er wolle in Schwalmstadt seine zwei Jahre absitzen, da in Schwalmstadt die richtigen Ganoven eingelocht wären, er wolle auf keinen Fall in den Kinderknast nach Rockenberg. Na, du weißt ja, wie das dann ist, er wollte es nicht begreifen und wurde auch noch frech. Nachdem der etwa fünf Minuten mit mir vor der Pforte diskutiert hatte, kam der Anwalt von Hattinger angelaufen. Der Junge und er kennen sich, das war der erste Gedanke, der mir damals durch den Kopf schoss, und dann geschah etwas Merkwürdiges. Der Kleine wurde kreidebleich und lief, wie vom Teufel gejagt, davon.«

»Wie kommst du darauf, dass sie sich kannten?«

»Rechtsanwalt Kriebel war richtig erschrocken, als er den Jungen sah, und der Junge hatte Panik in seinen Augen.«

»Jetzt kannst du mir hoffentlich sagen, wie der Junge hieß?«

»Nein, kann ich nicht. Aber den Haftbefehl haben wir an der Pforte aufgehoben. Wir dachten, der kommt wieder und holt ihn sich ab. Vielleicht ist er ja noch da. Jedenfalls finde ich irgendwie raus, wie er heißt. Zur Not kann ich ja mal den kleinen Dienstweg nehmen und einen

Kollegen in Rockenberg anrufen. Der kommt auch aus Schwalmstadt. Der kennt den Jungen vielleicht. Ich weiß noch, er war verurteilt wegen Volksverhetzung und Störung der Totenruhe. Dafür hat der Kleine gleich mal zwei Jahre Haft bekommen. Total unverhältnismäßig. Andere rauben Leute aus und schlagen Rentner zusammen und werden verwarnt. Und der Junge mit 14 Jahren bekommt wegen ein paar Hakenkreuzen zwei Jahre Bau.« Stefan gab der Bedienung ein Handzeichen, dass er zahlen wollte.

»Wenn du mir den Namen des Jungen zukommen lassen könntest, wäre ich ein ganzes Stück weiter.«

»Ach, wenn es weiter nichts ist. Ruf mich mal nächste Woche an, dann denke ich, kann ich dir den Namen sagen.«

DIENSTAG, 2. OKTOBER

1

»Guten Morgen, Mama. Klappt es heute mit unserem Einkaufsbummel in Darmstadt?« Maria hatte ihr Handy zwischen rechtes Ohr und Schulter geklemmt und versuchte, sich beim Telefonieren die Schuhe anzuziehen. Sie wusste, wenn sie an diesem Tag daheim bliebe, würde sie verrückt werden. Depressionen konnte sie derzeit nicht gebrauchen. Sie musste all ihre Energien für ihre Verteidigung aufwenden. Sie wollte verdrängen, was nicht zu ändern war. Er hatte sie nur benutzt.

»Ja, mein Schatz, wann wollen wir denn losfahren?« Marias Mutter war die Freude in der Stimme anzuhören.

»Ach, ich könnte in circa einer halben Stunde bei dir sein. Schaffst du das?«

»Ja sicher, ich freue mich schon.«

»Gut, bis gleich.« Maria legte auf und sah kurz in ihr Portemonnaie. Wenn sie ihre Mutter mit ihrem Auto abholen wollte, musste sie den Innenraum noch ein wenig sauber machen. Es war Monate her, dass sie ihr Auto ausgesaugt hatte, und von ihrer Mutter eine Standpauke zu bekommen, weil das Auto zugegebenermaßen der reinste Saustall war, dazu hatte sie keine Lust. Sie fand mehrere 50-Cent-Stücke. Sie würde viele für den Münzsauger brauchen, das war klar.

Einige Minuten später stand sie in Dieburgs Industriegebiet an der Waschstraße. Die Münzsauger waren frei, und Maria parkte ihr Auto geschickt daneben, dass sie den Mülleimer und den Staubsauger ganz in ihrer Nähe hatte. Sie fing an, die Fußmatten rauszuholen, und als sie unter ihren Vordersitz griff, um die Matte nach vorne zu ziehen, spürte sie ein Stück Papier zwischen ihren Fingern. Sie hob es auf und warf einen Blick darauf. Der kleine Schmierzettel. Auf der einen Seite war ein seltsamer Zahlencode, mit dem Maria nichts anfangen konnte. Auf der Rückseite stand in Krakelschrift *»nix für ungut«*. Maria überlegte, an was sie dieser Spruch erinnerte. Sie schüttelte den Kopf und steckte den Zettel gedankenverloren in ihre Jackentasche. Sie saugte ihr Auto aus, und immer wieder kam ihr der Spruch ins Gedächtnis. Wer hatte diesen Spruch denn ständig zu ihr gesagt? Es gab doch jemanden, der immer wieder »nix für ungut« sagte. Ihre Nase fing an zu bitzeln, und Maria griff in ihr Handschuhfach, um ein Papiertaschentuch herauszuholen – und plötzlich wusste sie es. Carlos Ribeiro hatte immer »nix für ungut« gesagt. Er hatte diesen Zettel in ihr Auto geworfen, als sie ihn in Darmstadt getroffen hatte. Einen guten Grund gab es dafür sicherlich.

Nach etwa 15 Minuten war sie mit dem Ergebnis ihrer Reinigungsaktion zufrieden. Sie legte noch ihren Heiligen Christophorus oben auf das Armaturenbrett –

sicher war sicher – dann fuhr sie zu ihrer Mutter. Als sie die Haustür aufschloss, kam ihr eine hübsch gestylte, sehr gut gelaunte Mama entgegen. Sie hatte ein wenig Make-up aufgelegt und duftete zart nach einem frischen Parfum.

»Wie schön, dass du mich abholst und wir wieder einmal etwas gemeinsam unternehmen«, sagte ihre Mutter und umarmte sie fest.

Mutter und Tochter verbrachten einige entspannte Stunden in Darmstadt. Sie bummelten durch die verschiedenen Kaufhäuser und Boutiquen und genossen einen sehr guten Espresso in einer Eisdiele. Nach längerem Suchen fanden sie schöne Winterjacken, und Maria vergaß in dieser Zeit den Ärger in der JVA und die Wut auf Alex.

»Ich freue mich sehr, dass du trotz des Ärgers auf der Arbeit so guter Dinge bist, Maria. Du hast doch immer dein Corno bei dir?« Ihre Mutter strich ihr zart über die Wange.

»Ja, Mama, ich habe es immer bei mir.« Maria zog ihre Halskette ein wenig nach oben, und da hing es neben anderen Glücksbringern. Ihre Mutter lächelte zufrieden.

»Ich bin mir sicher, dass sich alles aufklären wird. Gib nicht auf und bleib positiv. Deine Brüder und ich stehen hinter dir.« Das war das einzige Mal an diesem Nachmittag, an dem Marias Mutter den Ärger erwähnte. Die beiden fuhren über die alte B26 durch den Wald nach Dieburg zurück. Die Blätter der Bäume hatten sich wunderbar verfärbt, und Maria liebte diese Strecke zu dieser Jahreszeit. Nach etwa 20 Minuten standen sie vor der Wohnung ihrer Mutter, und Maria reichte ihr die Tüten aus dem Auto.

»Ciao, Mama, war schön mit dir heute Nachmittag.«

»Ciao, amore mio, das machen wir bald einmal wieder.« Marias Mutter drückte sie und gab ihr einen Kuss auf die Wange.

Als Maria kurze Zeit später an ihrem Computer saß, versuchte sie sich mit der Zahlenkombination, die sie auf dem Zettel entdeckt hatte. Ihr Herz schlug schnell, als sie den Code eingab und auf »Enter« drückte. Aber nichts passierte. Verfluchter Mist, das wäre ja auch zu schön gewesen, dachte sie. Sie klappte den Laptop zu und überlegte, wie sie weiter vorgehen sollte.

2

Rolf saß an seinem Schreibtisch in der Kammer. An den letzten Tagen war nichts Außergewöhnliches passiert bis auf die Tatsache, dass Frank Hattinger ab sofort erst um 9 Uhr in den Freigang ging. Rolf schaute in seinen Computer, als Kurt Rotter in Begleitung eines Kollegen in die Kammer kam. Die Unzufriedenheit war ihm ins Gesicht geschrieben.

»Ich bin nur mal gespannt, wer bei der aktuellen Stellenausschreibung das Rennen macht«, hörte er ihn sagen.

»Eigentlich sollte für Januar eine Bereichsleiterstelle neu ausgeschrieben werden, aber angeblich hat der Meurer das zurückgezogen. Es wird erst nächstes Jahr im

Herbst eine solche Stelle wieder neu besetzt werden. Das soll mal einer verstehen. Auf eine Bereichsleiterstelle hätte ich mich beworben, aber was sonst noch ausgeschrieben ist, kommt für mich nicht infrage.« Nun war Rolf klar, warum Rotter so mürrisch dreinblickte. Sein ganzes Lügengerüst war umsonst gebaut, Meurer hatte ihn nur benutzt, und nun zeigte er sein wahres Gesicht. Auch musste er sicher sein, dass Rotter weiter intrigierte, das würde er sicherlich nicht mehr, wenn er als Bereichsleiter eingesetzt war. Deshalb hatte Richard Meurer die Vergabe dieser Stelle um ein Jahr verschoben. Als Kurt Rotter sich umdrehte, erblickte er Rolf, der hinter seinem Schreibtisch saß.

»Guten Morgen, Kurt.« Rolf war an Freundlichkeit kaum zu übertreffen. Kurt sah nach unten und murmelte ein kaum hörbares »Guten Morgen«, dann verließ er mit schnellen Schritten die Kammer.

MITTWOCH, 3. OKTOBER

1

Maria konnte es kaum noch abwarten, Stefan anzurufen. Nach kurzem Läuten ging er dran und kam auch ohne Umschweife gleich zur Sache:

»Ja, also es war damals so, dass der Hattinger im Verdacht stand, den Jungen zum Suizid genötigt zu haben. Er hatte ihn monatelang in der Mangel, und irgendwann konnte der nicht mehr. Aber als Kollegen dem Meurer den Hinweis gaben, das Verhalten von Hattinger in diesem Fall einmal zu untersuchen, wurde danach erzählt, Meurer und die Kripo wären der Sache nachgegangen, aber es hätte keinerlei Anhaltspunkte für eine Nötigung gegeben. Du weißt ja, wie das ist, damit ist die Sache dann erledigt. So, nun zu der anderen Sache mit dem Jungen, der sich selbst stellen wollte. Ich habe tatsächlich noch eine Kopie des Haftbefehls von diesem Jungen gefunden. Er heißt Peter Müller, geboren am 1. April 2001, Meldeadresse Beethovenstraße 9 in

Schwalmstadt, und das Ganze hat sich vor gut zwei Jahren ereignet. Das heißt, er müsste heute wieder auf freiem Fuß sein, wenn er nicht schon wieder einsitzt.« Stefan lachte.

»Das ist ja super. Vielen Dank, Stefan, damit hast du mir sehr geholfen. Du hast was gut bei mir. Melde dich, wenn ich dir mal helfen kann.«

»Nicht dafür. Ich drücke dir die Daumen, dass die Sache für dich gut ausgeht.«

»Danke dir. Ich bin fest entschlossen, die Lügen aufzudecken.«

2

Sie stapfte todmüde die Stufen zu ihrer Wohnung hinauf. Der Schlafmangel der letzten Tage machte sich bemerkbar, ihre Augen taten weh. Obwohl sie während des Dienstes in der Pforte nur gesessen hatte, fühlte sie sich, als hätte sie einen Marathon absolviert. Gedanken an die JVA, an Meurer und an Alex jagten durch ihren Kopf. Aus der Enttäuschung wurde langsam aber sicher Wut. Sie stellte den Rucksack vor ihrer Wohnungstür ab und suchte am Schlüsselbund nach dem passenden Schlüssel. Da hörte sie leise eine Stimme hinter sich:

»Nicht erschrecken, ich bin es.« Blitzschnell drehte

sie sich um und sah in die Augen von Alex. Er hielt ihr einen riesigen Rosenstrauß vor das Gesicht.

»Liebling, ich hatte einen Unfall, und mein Handy hatte den Geist aufgegeben. Ich konnte mich nicht bei dir melden. Es tut mir so leid. Verzeihst du mir?« Er sah sie sichtlich zerknirscht an. Plötzlich brachen in Maria alle Dämme, und sie fing furchtbar an zu weinen. Sie schluchzte und konnte sich überhaupt nicht mehr beruhigen. Alex nahm sie sanft in seine Arme und hielt sie fest.

»Es tut mir unendlich leid. Bitte, bitte verzeih mir.« Aber das hatte sie bei seinem Anblick bereits getan. Er hatte ein Pflaster auf der Stirn und trug eine Halskrause. Alex nahm ihr den Schlüsselbund ab, denn ihre Hände zitterten erbärmlich, und schloss die Wohnungstür auf. Gemeinsam gingen sie in ihr kleines Wohnzimmer und setzten sich auf die Couch. Maria liefen immer noch die Tränen über die Wangen, aber langsam fasste sie sich wieder. Nach einem ewig andauernden Versöhnungskuss fragte Maria:

»Was ist denn passiert?«

»Ich war auf dem Weg zu dir, als auf der Autobahn am Ende eines Staus ein Wagen in mich reinfuhr. Ich konnte dich an dem Tag nicht anrufen, weil mein Handy den Geist aufgegeben hatte. Im Dienst warst du auch nicht, und alle anderen Telefonnummern sind ja nur im Handy gespeichert. Da sieht man mal, wie abhängig man von den Dingern ist. Ich habe mich dann ins Auto gesetzt, das ist das Letzte, was ich weiß.« Sie sah ihn mitleidig an und küsste ihn vorsichtig auf die Stirn.

»Du hattest einen Schutzengel. Du könntest tot sein.«

»Ja, das stimmt.« Maria stand auf, holte eine Flasche Rotwein und sah ihn fragend an. Auf sein Nicken öffnete sie die Flasche und goss beiden ein Glas ein.

»Du kannst dir vorstellen, dass ich in der Zwischenzeit nicht untätig war«, schmunzelte sie und holte einen Zettel aus ihrem Portemonnaie.

»Ich denke, der ist von Carlos Ribeiro. Ich habe ihn beim Saubermachen in meinem Auto gefunden. Wie du siehst ist, auf der einen Seite ein Code, den ich nicht verstehe. Auf der Rückseite der Lieblingsspruch von Carlos Ribeiro – *nix für ungut.* Ich habe den Code natürlich gleich ins Internet eingegeben, aber es funktionierte nicht. Was meinst du, was das bedeutet?« Sie übergab den Zettel Alex.

Seine Augen wurden groß, als er sich den Zettel ansah.

6439cidrx234djke93kfvime.onion, dies war eine Seite im Darknet, da war er sich sicher.

»Bist du über den normalen Browser reingegangen?« Maria sah ihn an und nickte.

»Ich habe diese Zahlenkombination genauso eingegeben, aber es funktionierte nicht.«

»Alles klar, wo ist dein Laptop?« Er wurde ganz euphorisch. Maria räumte den Wohnzimmertisch frei und stellte den Laptop darauf. Alex klappte ihn auf und installierte den Browser *Tor.* Nach wenigen Minuten nahm er den Zettel zur Hand und gab den Code ein. Treffer. Eine Seite im Darknet öffnete sich.

3

Dirk Herzberg stand alleine und verloren vor der JVA Frankfurt. Der Haftprüfungstermin hatte ergeben, dass er als Täter nicht infrage kam. Die Schweizer Kollegen hatten seine Anwesenheit für die Zeit, in der Susanne getötet wurde, bestätigt. Ob er die Entführung in Auftrag gegeben hatte, sollte weiter ermittelt werden. Jedenfalls konnte sein Anwalt bewirken, dass er aus der Untersuchungshaft entlassen wurde. Ein Taxi, das man ihm gerufen hatte, rollte auf ihn zu. Eine große Leere erfüllte ihn. Alles, was ihm einmal etwas bedeutet hatte, war weg. Susanne, die für ihn das Allerwichtigste im Leben war, war tot. Seine Firma gab es nicht mehr. Freunde? Er hatte keine, das hatte er bereits gemerkt, als er in U-Haft saß. Niemand hatte nach ihm gefragt, geschweige denn einen Besuchsschein angefordert. Die Tatsache, dass er gegen Ende seines Studiums aus Hamburg hier nach Frankfurt gezogen war und somit hier nicht viele Leute kannte, spielte sicherlich eine Rolle. Er und Susanne waren sich selbst genug, und durch ihre beruflichen Tätigkeiten waren sie sehr eingespannt gewesen. Sie hatten keine Freundschaften gepflegt und hatten eher zurückgezogen gelebt. Katie, die hoffentlich von Frau Moosleitner versorgt worden war, wäre die Einzige, die sich ein wenig freuen würde, käme er jetzt nach Hause. Er nannte dem Fahrer die Adresse und hoffte, das Geld, welches ihm der Anwalt vorgestreckt hatte, würde reichen. Dann starrte er aus dem Fenster, ohne die Umgebung überhaupt wahrzunehmen. Wie würde es weitergehen? Wie sollte er weiterleben? Er wollte seinen Vater anrufen, aber wie sollte er ihm alles erklären? Nach etwa 30 Minuten hielt das Taxi vor seinem Haus. Er zahlte die Fahrt, raffte seine Habseligkeiten aus dem Kofferraum und betrat das Haus. Stille umfing ihn. Fürchterliche Stille. Auf dem Kaminsims stand ein Hochzeitsfoto von ihm und Susanne. Er nahm es in die Hände, fuhr mit dem Finger über ihr Gesicht, da wusste er, was zu tun war. Sollten es die anderen als Schuldeingeständnis werten, das war ihm jetzt egal.

4

Maria und Alex starrten wie gebannt auf den Bildschirm ihres Laptops. Es öffnete sich eine Plattform wie eine Art Marktplatz, auf der Aufträge eingestellt waren.

Suche Vollstrecker für die Bestrafung eines Betrügers.

Oder auch,

Wer entsorgt mir meine Frau?

Maria war sprachlos. »Es gibt tatsächlich im Darknet diese Seiten, wir sind schon seit Langem auf der Suche nach einem Zugang. Hier öffnen wir Terra Incognita«, freute sich Alex hingegen.

Maria schwieg und sah gebannt auf den Laptop. Leise sagte sie: »Wer macht so was? Wer sucht im Darknet einen Mörder für seine Frau? Gut, dass man säumige Kunden mit brutalen Methoden zum Zahlen bewegt, ist nichts Neues. Aber dass man das über das Darknet bestellen kann, wusste ich nicht. Hier wird jemand gesucht, der die Ehefrau *entsorgt.*« Maria sprach das letzte Wort aus, als höre sie es zum ersten Mal. »Ja, um Gottes willen, kann da die Polizei nichts machen? Offensichtlicher geht es doch nicht mehr.« Sie sah Alex entgeistert an.

»Wir sind hier leider machtlos. Durch die Verschlüsselung des Darknets weiß man nicht, wer mit wem kommuniziert. Diese *Tor*-Software leitet jedes Datenpaket über irgendwelche Rechner, bevor es beim Empfänger ankommt. Somit kannst du eine Spur nicht einfach nachverfolgen. Durch diesen Zugang jetzt kommen wir ein ganzes Stück weiter in der Ermittlungsarbeit. Ich gebe das an die Kollegen der Abteilung Cyberkriminalität weiter, sie werden hocherfreut sein.« Alex rieb sich die Hände.

»Also, wenn der Ribeiro mir den Zettel zugespielt hat, hat er den sicherlich dem Hattinger geklaut, sonst macht das doch keinen Sinn, oder?« Sie sah Alex fragend an.

»Das könnte passen. Warum sollte er dir sonst den Zettel ins Auto werfen. Ich werde mir die nächsten Tage diese Seite genau ansehen, vielleicht finde ich einen Hinweis auf den Hattinger. Du bist dir ja sicher, dass nur Ribeiro es gewesen sein kann?«

»Ja, 100-prozentig, vor allen Dingen, das *›nix für ungut‹*, da war es für mich klar. Weil den Spruch hat er auch gesagt, als er sich von mir verabschiedet hat. Er wollte sich damit vielleicht entschuldigen, weil er im Knast zu Protokoll gegeben hat, ich hätte Handys geschmuggelt. Sicherlich konnte er sich gegen den Hattinger nicht wehren und hat deshalb diesen Mist erzählt, weil der ihn unter Druck gesetzt hat.«

»Ja, das ist schlüssig. Es wäre gut, wenn wir alles, was wir wissen, zusammenfassen würden.« Alex sah Maria tief in die Augen.

»Das können wir machen, aber wenn du mich weiter so ansiehst, wird das heute nichts mehr.« Sie küssten sich leidenschaftlich und waren gerade dabei, sich gegenseitig auszuziehen, als Marias Handy klingelte. Der Name »Rolf« stand auf dem Display.

»Hallo, Maria, ich habe Hunger auf Pizza, kannst du mir schnell eine backen?«

»Das mache ich gerne. Magst du vorbeikommen?«

»Klar, und ich rufe Jan an, ich denke wir könnten so in einer Stunde bei dir sein.« Rolf klang voller Tatendrang.

»Geht klar«, sagte sie und sah Alex verführerisch an. Sie liebte ihn, da war sie sich sicher, aber ihre Empfindungen hatten sich, seit sie ihn einige Tage vermisst hatte, gewandelt. Sie spürte, Alex war ein unverzichtbarer Bestandteil ihres Lebens geworden. Sie machten da weiter, wo sie vor einer Minute unterbrochen worden waren, und als alle nach etwa einer Stunde in Marias Wohnung saßen, erklärte Alex zuerst, warum er sich tagelang nicht melden konnte.

Dann berichtete Maria die Neuigkeiten, die sie von ihrem Kollegen Stefan aus Schwalmstadt erfahren hatte: »Also, Stefan ist sich sicher, dass der Junge Peter Müller und Rechtsanwalt Kriebel sich kannten. Laut Stefan hatte er Panik in den Augen, als er ihn sah, und rannte davon. Stefan fand noch den Haftbefehl mit seiner Meldeadresse. Ich fahre da morgen mal vorbei, klingle und erfinde irgendeine Story, vielleicht wohnt er ja wieder bei seinen Eltern. Nun zum Hattinger: Er war auch in Schwalmstadt in einen Vorfall verwickelt. Er soll einen jungen Gefangenen dazu gezwungen haben, sich aufzuhängen. Das pfiffen in der JVA Schwalmstadt die Spatzen von den Dächern. Aber angeblich wurde das von der Kripo untersucht, und es kam nichts dabei heraus.« Maria blickte in die Runde.

»Das passt zu der Geschichte von dem Knacki, der vor Kurzem den Hattinger in der Kammerzelle verprügelt hat. Von ihm habe ich diese Geschichte auch gehört.«

»Also gut, dann gehen wir folgendermaßen vor: Ich fahre morgen nach Schwalmstadt und suche den Jungen.« Marias Tatendrang war merklich zurückgekehrt. Endlich konnte sie handeln und musste nicht hilflos zusehen. Die Tatsache, dass Alex wieder da war, verlieh ihr ungeahnte Energie. Alex holte tief Luft, bevor er begann:

»Jetzt kommt etwas, mit dem könnten wir den Durchbruch erreichen. Maria hat einen Zettel mit einem Internet-Code in ihrem Auto gefunden. Wir haben die Seite hier schon mal aufgemacht. Eine Darknet-Seite, auf der man zum Beispiel einen Mord in Auftrag geben kann.« Alex sah in die Runde.

»Ja, beim Saubermachen meines Autos habe ich diesen Zettel gefunden. Ich denke, er ist von Carlos Ribeiro. Er hat ihn in mein Auto gelegt, als ich ihn in Darmstadt zufällig an der Tankstelle traf. Außerdem steht sein Lieblingsspruch ›*nix für ungut*‹ auf der Rückseite.« Maria gab den Zettel an Jan weiter. Alle sahen sich an.

DONNERSTAG, 4. OKTOBER

1

Weiche Schaumberge umgaben ihn. Nur das klatschende Geräusch von nassen Händen, die Körper massierten, war zu hören. Seitdem er vor seiner Verhaftung einmal in einem Hamam gewesen war, war er verrückt danach. Diese Wärme und die kräftigen Männerhände, die ihn mit einem Ziegenlederhandschuh wuschen, beförderten ihn in eine Traumwelt.

Ein weiterer Wasserschwall wurde über ihn gegossen, und in seiner Fantasie war er in einigen Jahren ein reicher Mann. Die Plattform im Darknet, auf der er seine Dienste anbieten konnte, war wie für ihn gemacht. Auch der Messaging-Dienst, in dem er sich darüber austauschen konnte, wie die Entführung oder der Mord gewünscht wurde, ließ ihn Gänsehaut bekommen. Er war als *Mann für die schwierigen Fälle* sehr gefragt. Obwohl er sein Angebot erst vor einigen Tagen eingestellt hatte, gab es bereits mehrere Anfragen. Die Entführung war nicht so gelaufen, wie bestellt, aber er hatte vorab 5.000 Euro in Bitcoins dafür erhalten. Dass die Frau das Ganze nicht überlebt hatte, war ein Betriebsunfall. Sie war schön gewesen und zart, aber mit Weibern konnte er schon lange nichts mehr anfangen. Als er sie da hängen sah, mit ihren angsterfüllten Augen und um Gnade winselnd, da wusste er, sie musste sterben. Schon als kleiner Junge fand er das Weibchengetue der Mädchen in seiner Nachbarschaft zum Kotzen. Immer dieses Unterwürfige. Das Entsorgen der Leiche hatte er dem Auftraggeber der Entführung überlassen. Kurz darauf hatte er im Radio gehört, dass man die Frau in einem kleinen See in der Nähe gefunden hatte. Noch besser, so konnte man sicherlich keine Spuren von ihm an der Leiche finden.

2

Maria stand in der Beethovenstraße 9 in Schwalmstadt vor der Tür. Das Namensschild »Müller« war verblichen, der Hauseingang sah auch wenig einladend aus. Nachdem sie geklingelt hatte, hörte sie wahnsinniges Hundegebell und eine Stimme, die versuchte, diesen Lärm zu übertönen:

»Aus! Aus! Ich hab die Klingel auch gehört. Attila, Pumba, Max, aus!« Das Gebell wurde kurz darauf etwas gedämpfter, dann öffnete eine Frau mittleren Alters die Tür. Sie trug einen ausgeleierten Jogginganzug, ihre nackten, ungepflegten Füße steckten in Gesundheitslatschen, und ihre Haare hingen ihr strähnig vom Kopf.

»Wir kaufen nix, Sie sehen aus wie eine von *Vorwerk*. Ich will keinen Staubsauger für 2.000 Euro. Also, auf Wiedersehen.« Sie war im Begriff, Maria die Tür vor der Nase zuzuknallen, da sagte diese schnell:

»Frau Müller, es geht um Ihren Sohn Peter. Ist er vielleicht zu Hause?« Die Tür wurde wieder ein wenig geöffnet, und Frau Müller sah Maria skeptisch an.

»Was wollen Sie denn von meinem Peter?« Maria zog ihren Dienstausweis hervor und hielt ihn Frau Müller hin.

»Ihr Sohn saß vor einigen Jahren in der JVA Rockenberg ein, und dort gab es einen Zwischenfall, den wir gerade wieder auf dem Tisch haben. Peter war damals anwesend, dazu hätte ich ein paar Fragen.« Das Gesicht von Frau Müller wurde schlagartig traurig.

»Ich habe meinen Sohn schon über ein Jahr nicht mehr gesehen. Nachdem er aus dem Knast kam, war er nicht mehr derselbe. Er hat auf einmal Drogen genommen und geklaut.« Sie nahm ein schmutziges Taschentuch aus ihrer Hosentasche und putzte sich lautstark die Nase.

»Ich habe das erst überhaupt nicht kapiert, aber immer fehlte mir Geld im Portemonnaie, und ich habe ja sowieso wenig genug. Mein Mann ist schwer krank und kann nicht mehr arbeiten. Wir leben seit einigen Jahren von der Stütze, und dann klaut der mir noch das letzte Geld aus dem Portemonnaie.«

»Oh, das tut mir leid.« Maria wusste nicht, was sie sonst sagen sollte.

»Ja, irgendwann habe ich den Peter dann rausgeworfen und ihm den Haustürschlüssel abgenommen. Es konnte so nicht mehr weitergehen. Das ist jetzt über ein Jahr her.«

»Wissen Sie denn, wo er untergekommen ist?«

»Nein, keine Ahnung. Ein Schulfreund von mir, der in Frankfurt arbeitet, hat mir letztes Jahr erzählt, er hätte ihn in Frankfurt am Bahnhof getroffen. Er hätte schlimm ausgesehen und meinen Schulfreund angefleht, mir nichts zu erzählen. Hat der aber doch. Er meinte, er war so schmutzig, dass er glaubte, er würde am Bahnhof leben. Es bricht mir das Herz, aber was soll ich denn machen? Ich habe ihm gesagt, die Tür ist auf, wenn er mit dem Dreckszeug aufhört. Aber scheinbar ist ihm das wichtiger.« Frau Müller sah Maria mit wässrigen Augen an.

»Das ist wirklich schlimm, Frau Müller. Ich werde dann mal in Frankfurt nach ihm suchen. Haben Sie vielleicht ein neueres Foto? Wir haben zwar eines in der Akte, aber das ist schon einige Jahre alt.« Maria betete, dass Frau Müller kooperativ wäre.

»Wenn ich ihn sehe, sage ich ihm, dass wir miteinander gesprochen haben«, fügte sie schnell hinzu. Frau Müller nickte Maria kurz zu, drehte sich um und kam kurz darauf mit einem Foto zurück. Maria fotografierte es mit ihrem Handy ab. Frau Müller nickte müde und schloss dann ohne ein weiteres Wort die Haustür.

Mit dem Auto nach Frankfurt in das Bahnhofsviertel brauchte Maria länger als gedacht. Glücklicherweise war ein Parkplatz direkt vor dem Haupteingang frei. Maria ging zielstrebig in den Hauptbahnhof zu der Stelle, an der Jan das letzte Mal Tobias Weidinger gefunden hatte. Sie fragte verschiedene Jungs nach Peter Müller und zeigte ihnen das Foto, aber ohne Erfolg. So kam sie nicht weiter. Sie wählte die Telefonnummer von Jan.

»Na, Maria, gibt es etwas Neues?«

»Ja und nein. Ich weiß nun, dass der Junge, der vor Kriebel solche Angst hatte, im Bahnhofsviertel in Frankfurt unterwegs ist, aber hier komme ich nicht weiter.«

»Maria, das ist echt gefährlich dort. Bitte, hör auf. Hast du denn ein Foto von dem Jungen?«

»Ja, ich kann es dir schicken. Du hast ja hier bessere Connections«, sagte sie lachend.

»Ja, ich weiß, wen ich fragen kann. Geh bitte nach Hause. Bahnhofsviertel Frankfurt, wenn du da nicht auf der Hut bist, hast du schnell ein Messer im Bauch.«

FREITAG, 5. OKTOBER

1

Alex war in seinem Büro mit dem Sichten der Fotografien und Filme aus dem Darknet beschäftigt. Diese Plattform war für Kriminelle das reinste Schlaraffenland. Von Drogen über Waffen, kinderpornografischen Fotos bis hin zu Auftragsgewaltdelikten konnte man hier alles finden. Er lehnte sich zurück, rieb sich die Nasenwurzel. Eine Pause war überfällig. Es war sowieso an der Zeit, Heike Bender in die neuesten Erkenntnisse einzuweihen. Er schloss die Seite im Darknet und verließ sein Büro. Normalerweise war Heike um diese Uhrzeit in ihrem Büro anzutreffen, und so versuchte er einfach sein Glück. Er klopfte an und steckte seine Nase durch die Tür.

»Heike, wir haben neue Hinweise.« Sie blickte müde von ihrem Schreibtisch auf.

»Komm rein und lass hören.« Sie schob ihren Stuhl ein wenig nach hinten und richtete sich auf.

»Maria Saletti wurde der Zugang zu einer Darknet-Plattform zugespielt. Ich habe gerade begonnen, die Seite unter die Lupe zu nehmen. Den Code habe ich auch unseren Spezialisten von der Cyberkriminalität gegeben, vielleicht können sie ja noch mehr herausbekommen. Möglicherweise wurde so die Entführung in Auftrag gegeben. Außerdem ist Maria Saletti einem Jungen auf der Spur, der irgendetwas mit Rechtsanwalt Kriebel zu tun haben musste. Sein Verhalten vor ein paar Jahren vor der JVA Schwalmstadt fiel einem Beamten auf. Wie dem auch sei, es geht voran.«

2

»Guten Tag, Frau Saletti, hier spricht Jörg Baier. Wie geht es Ihnen?« Jörg Baiers Stimme klang fröhlich, geradezu euphorisch.

»Ach, was soll ich sagen. Es geht mir soweit ganz gut, aber ich möchte wieder in meine alte Abteilung zurück.«

»Ich glaube, das wird auch bald geschehen. Ich habe zufällig einen Studienkollegen bei Gericht getroffen und ihm die Fakten genannt. Er riet mir dazu, mich direkt an das Hessische Ministerium der Justiz zu wenden, dort würde man den Fall prüfen.«

»Und Sie glauben, die Herren vom Ministerium verfügen dann, dass ich wieder zurück in meine alte Abteilung darf?«

»Ja, davon gehe ich aus. Die Fakten, die in ihrer Personalakte standen, waren nicht der Rede wert. Deswegen gibt es kein Disziplinarverfahren. Ein Gefangener macht eine Aussage, keine Zeugen, kein Handyfund – nichts. Sie aufgrund dessen an die Pforte zu versetzen, ist nicht verhältnismäßig. In kurzer Zeit hat das Spiel von Herrn Meurer ein Ende.«

»Ja, hoffentlich ist das auch so. Ich danke Ihnen erst einmal für Ihre Bemühungen.«

»Kein Problem, das habe ich in Ihrem Fall wirklich gerne gemacht. Sagen Sie Ihrem Kollegen Herrn Gerber, sein Anwalt soll sich bitte mit mir in Verbindung setzen, dann kann auch er sicherlich schnell wieder zurück an die JVA Dieburg. Wir telefonieren nächste Woche einmal, wenn ich alles an das Ministerium geschickt habe. Bis dann, Frau Saletti, eine gute Zeit für Sie.« Jörg Baier hatte aufgelegt. Marias Herz machte einen Sprung, und plötzlich war sie unglaublich müde und kaputt. Die ganze Anspannung der letzten Wochen und Monate fiel von ihr ab. Sie holte ihr Smartphone aus ihrem Rucksack und schickte eine WhatsApp an Alex. *Alles wird gut.*

Der Kollege, der mit ihr an der Pforte Dienst hatte, sah sie schief an. Sie hatte die ganze Zeit über ein Lächeln im Gesicht und dachte, dass jeder, der sie sah, denken musste, dass sie verrückt war.

»Du weißt schon, dass man während des Dienstes hier vorne an der Pforte kein Handy benutzen darf? Aber sicherlich war das in der Abteilung vom Gerber bisher anders. Da habt ihr die Handys reingebracht, deshalb bist du ja nun hier.« Er lächelte sie arrogant an.

Maria grinste zurück, gab ihm aber keine Antwort. Schon ihre Großmutter sagte in einem solchen Fall einen guten Satz: »Was kratzt es den Mond, wenn ihn der Spitz anbellt.«

3

Am Tag nach dem Telefonat mit Bursche saß Senior in seinem Wagen und fuhr zur Waldhütte. Das Telefonat hatte ihn verunsichert, nein, sogar Angst gemacht. Er wollte die Spuren beseitigen. Seitdem er sie zum See gebracht hatte, war er nicht mehr dort gewesen. Ihm gehörte die Waldhütte, und so wollte er sich vergewissern, dass man keine Spuren finden konnte. Niemals würden sie ihn verdächtigen, und im Grunde hatte er nichts getan, lediglich die Waldhütte zur Verfügung gestellt. Aber so idiotisch sich Bursche in der letzten Zeit anstellte, traute er ihm nicht mehr. Die Jagd nach Geld hatte aus ihm einen anderen Menschen gemacht. Seit dem Studium kannten sie sich. Fast fünf Jahre hatten sie sich in der Verbindung ein Zimmer geteilt. Das war nun über 35 Jahre her. Seitdem waren sie befreundet, er konnte verstehen, dass Bursche das Geld zurückhaben wollte, das er aufgrund des Insidertipps von Fuchs verloren hatte. Die Idee, Susanne zu entführen, war auch nicht so schlecht, sollte seine Schwester ruhig einmal die andere Seite des Lebens kennenlernen. Seit sie auf der Welt war, wurde ihr von den Eltern jeder Wunsch erfüllt. Obwohl sie arm waren und sich wirklich nichts leisten konnten, wurde ihr alles ermöglicht. Sie war Mamas und auch Papas Liebling gewesen, er hasste sie, dennoch sollte sie bei der Entführung nicht sterben. Das hatte er nicht gewollt. Er hatte sich die Hütte vor einigen Jahren gekauft, als Zeichen seines Erfolges. Er konnte es sich leisten, zur Jagd zu gehen. Er fuhr an Dieburg vorbei, und einige Kilometer weiter nahm er die Abfahrt Eppertshausen von der Schnellstraße und fuhr in Richtung Wald. Nach einigen Kilometern hatte er den Zufahrtsweg erreicht. Der Schlagbaum war offen, ihm blieb fast das Herz stehen. Wer hatte ihn geöffnet? Waren Förster oder Jagdpächter im Wald? Er stellte sein Auto neben einen Graben und zögerte, sollte er wirklich zur Hütte gehen? Besser war es, zu Fuß zu gehen, so konnte er, wenn etwas ungewöhnlich war, sofort umdrehen und wie ein gewöhnlicher Spaziergänger den Rückzug antreten. Der Fußmarsch zur Jagdhütte war beschwerlich. Er trug die falschen Schuhe und fluchte vor sich hin. Die letzten Tage waren so verregnet gewesen, dass der Trampelpfad, der parallel zur eigentlichen Schneise zur Hütte führte, sehr aufgeweicht war, und er dadurch einmal mit dem linken Fuß fast bis zum Knöchel im Matsch versank. Warum war er nur heute auf die Idee gekommen, hierher zu fahren? Nachdem er die Hütte erreicht hatte, holte er den kleinen Schlüssel aus seiner Hosentasche. Beim letzten Mal hatte er ihn nicht wieder in das Astloch gelegt. Mit zitternden Händen schob er den Schlüssel in das Schlüsselloch und versuchte, ihn umzudrehen. Nichts bewegte sich.

Er hielt kurz inne, zog den Schlüssel heraus und besah ihn sich genau. Es war eindeutig der Schlüssel der Hütte, aber warum, zum Teufel, ließ sich das Schloss nicht öffnen? Wieder und wieder versuchte er es und hatte schon Angst, der Schlüssel könnte abbrechen. Schließlich gab er auf. Wie konnte das sein? Wütend trat er den Rückweg an und überlegte fieberhaft, wie er das Schloss wieder gangbar machen könnte. Graphitspray war das Einzige, was ihm einfiel. Er musste am nächsten Tag nochmals wiederkommen und mit ein wenig Graphitspray versuchen, dass der Schlüssel sich wieder bewegte. Der Fußweg zurück war noch beschwerlicher. Der Matsch in seinem Schuh drückte, und er spürte, dass er sich eine Blase laufen würde. Als er auf sein Auto zuging, sah er, dass das Heck seines Fahrzeugs bedenklich schief im Graben hing. Auch das noch. Jetzt nur nicht stecken bleiben. Vorsichtig stieg er ein. Seine Schuhe waren voller Matsch, und nun war auch der Fußraum in seinem Auto völlig verdreckt. Dieser Schmutz war ihm ein Graus. Er drehte den Zündschlüssel und trat die Kupplung, doch dadurch rollte sein Auto noch einige Zentimeter nach hinten, und Senior hielt die Luft an, als er den ersten Gang einlegte und Gas gab. Die Räder drehten durch. Ruhig bleiben. Gefühlvoll Gas geben. Er versuchte es ein paar Mal, die Schlammbrocken spritzten hoch, und nach einer gefühlten Ewigkeit hatte er es geschafft. Seine Hinterachse hatte wieder Halt und er konnte losfahren. Fluchend machte er bei der nächsten Waschstraße halt. Warum nur klemmte ausgerechnet heute dieses verdammte Schloss? Er musste es am nächsten Tag wieder in Ordnung bringen.

4

Jan war nun mit dem Foto von Peter Müller am Hauptbahnhof in Frankfurt unterwegs. Er nahm die Rolltreppe zur B-Ebene und schlenderte umher. Es dauerte nicht lange, da sprach ihn ein Junge von etwa 15 Jahren an.

»Na, suchst du was Bestimmtes? Ich kann dir vielleicht was geben.« Der Junge lächelte Jan verführerisch an und zeigte seine schlechten Zähne. Sein Mundgeruch erinnerte Jan an einen vollen Aschenbecher.

»Ja, möglicherweise kannst du mir tatsächlich helfen. Ich suche diesen Jungen hier.« Jan zeigte ihm das Foto von Peter Müller.

»Bist du sein Vater?«

»Nein, ich könnte ihm helfen. Er hat mal vor einiger Zeit in der JVA Rockenberg eingesessen, und da ist was mit ihm passiert. Das wollen wir aufklären. Es wäre für ihn von Vorteil, wenn ich mit ihm reden könnte.«

Der Junge sah Jan skeptisch an.

»Was springt denn dabei für mich raus?«

»Zehn Euro, okay?«

»Gib mir 20, und ich sage dir, wo er immer ist.«

»Gut, du bekommst die 20 Euro, wenn du mich zu ihm bringst.«

Der Junge überlegte einen Moment, nickte dann und trottete in Richtung Rolltreppe. Menschenmassen schoben sich durch den Bahnhof. Es war kurz nach 17 Uhr, und Scharen von Büromenschen hatten Feierabend. Draußen goss es in Strömen. Jan ging hinter dem Jungen her, als dieser am Ausgang Nord über die Mannheimer Straße lief. Sie gingen schnell am Hotel *Excelsior* und am Büro von *Eurolines* vorbei, dann bogen sie links ab, und nach etwa 100 Metern standen in einem Hauseingang mehrere junge Männer. Der Junge blieb stehen und streckte ihm seine geöffnete rechte Hand entgegen. Jan wartete kurz und versuchte, Peter Müller zu entdecken. Und da, tatsächlich, bei näherem Hinsehen und mit etwas Fantasie erkannte er ihn. Er sah schrecklich aus. Abgemagert und verwahrlost. Seine Kleidung war schmutzig, sein Gesicht wirkte wie tot. Heroin.

Er gab dem Jungen die versprochenen 20 Euro. Dieser grinste, drehte sich auf dem Absatz um und flitzte in Richtung Hauptbahnhof davon.

Jan näherte sich der Gruppe, und sofort löste diese sich auf. Nur Peter Müller und noch ein anderer Junkie konnten sich nicht so schnell entfernen. Anscheinend zeigte das Gift gerade seine entspannende Wirkung.

»Hallo, Peter!« Jan versuchte es auf die Kumpeltour. Wie in Zeitlupe antwortete Peter.

»Haalloo, kennen wir uns?« Er fixierte Jan mit seinen stecknadelkopfgroßen Pupillen. Jan merkte, dass heute eine Unterhaltung zwecklos war. Also versuchte er es mit einem Trick.

»Kannst du morgen um diese Zeit hier sein? Dann kann ich dir einen Job geben, bei dem du Geld verdienst.«

»Ich kann dir auch gleich einen blasen, kein Problem.« Peter Müller versuchte zu lächeln, doch sein Gesicht verzog sich nur zu einer Fratze.

»Nein, das will ich nicht von dir. Morgen, wenn du nicht so drauf bist, habe ich einen Job für dich. Okay?«

»Okay, ich bin dann morgen hier«, lallte Peter. Jan war sich nicht sicher, ob er in fünf Minuten überhaupt noch etwas von dem Gespräch wusste, aber einen Versuch war es wert, und er würde nächsten Tag nochmals herkommen.

5

Alex hatte sich bereits vom hessischen Polizei-Intranet abgemeldet und spülte gerade seine Kaffeetasse, als ein Kollege aufgeregt in sein Büro stürmte.

»Alex, komm rüber in mein Büro. Ich glaube, ich habe Fotos von Susanne Herzberg im Darknet gefunden. Bitte, komm und schau, ob sie es ist.« Manfred Köhler hatte die Bürotür von Alex offengelassen und war schon wieder in sein Büro zurückgerannt. Alex spürte, wie sein Herzschlag schneller wurde. Er warf das Geschirrtuch in die Ecke und war mit wenigen großen Schritten in Manfreds Büro. Als er auf den Bildschirm sah, war er sich sicher. Das war Susanne Herzberg. In ihren Augen konnte man die Todesangst sehen. Auf dieser Aufnahme war sie noch am Leben. Ein Hinweis, man könne einen Film käuflich erwerben, der ein besonderes Ende habe, wurde eingeblendet. Der Hintergrund des Fotos war sehr verschwommen. Die Technik würde von dem Hintergrund sicherlich noch mehr herausholen. Endlich ein Durchbruch. Alex klopfte seinem Kollegen anerkennend auf die Schulter.

»Das ist sie. Endlich sind wir ein Stückchen weiter. Hast du noch mehr Bilder?«

»Nein, nur dieses eine Foto. Aber irgendwie können wir vielleicht mit einer Malware an die IP-Adresse des Anbieters kommen.« Manfred sah Alex zuversichtlich an.

Alex nahm den Telefonhörer von Manfreds Telefon und wählte die Nummer von Heike Bender. Nach dem ersten Läuten war sie dran.

»Heike, Manfred hat ein Foto von Susanne Herzberg im Darknet gefunden.«

»Ich komme rüber.«

Als Heike sich das Bild von Susanne Herzberg ansah, wurde sie nachdenklich.

»Gibt es noch mehr von ihr auf dieser Seite?« Heike hatte ihre Brille aufgesetzt und sah genauer hin.

»Nein, bis jetzt noch nicht. Hier bietet einer den ganzen Film zum Kauf an. Aber wie soll ich weiterkommen, wenn wir nix kaufen dürfen?«

»Ja, gut, okay, ist halt so. Dann müssen die Kollegen von der Cyberkriminalität versuchen, an die Computer-IP zu kommen.«

Sie sah Manfred durchdringend an und nickte ihm anerkennend zu. Das war der Durchbruch, auf den sie lange gewartet hatten.

»Gut, ich gehe gleich mal zu den Kollegen von der Abteilung Cyberkriminalität. Soweit ich weiß, kann man mittlerweile durch Hacking mit einer Malware an die Computer-IPs kommen.«

SAMSTAG, 6. OKTOBER

1

Es war Samstag, und er hatte frei. Das gab ihm die Möglichkeit, mehr über Peter Müller in Erfahrung zu bringen. Gerade hatte er in sein altes Diktiergerät neue Batterien eingesetzt und die Funktion überprüft. Nun saß er entspannt mit seiner Frau am Frühstückstisch. Ihr besorgtes Gesicht war nicht zu übersehen.

»Jan, bitte sei vorsichtig. Du bist kein Polizeibeamter. Ich habe Angst, dass dir etwas passiert, dass du vielleicht von einem Junkie oder ehemaligem Insassen dort angegriffen wirst.« Jan schenkte sich einen Kaffee ein und sprach beruhigend auf sie ein:

»Das musst du nicht. Ich gehe lediglich ins Bahnhofsviertel und befrage einen Jungen, ob er schon einmal schlechte Erfahrungen mit diesem sauberen Rechtsanwalt gesammelt hat.«

»Aber trotzdem, dort bei den Junkies, wenn da einer durchdreht …«

Jan sah aus dem Fenster und versuchte, am Horizont das herannahende Wetter zu deuten. Seit Tagen regnete es immer wieder. Die Wolken hingen tief und schwer, und sicherlich würde es auch heute wieder nass werden.

Beide sahen sich an. Die Gefahr war ihm bewusst. Junkies waren unberechenbar, dies hatte er im Knast oft erlebt. Aber sein Wunsch, Kriebel und Hattinger zu überführen, war so groß, dass er die Bedenken seiner Frau nicht hören wollte. Einige Minuten später saß er in seinem Auto und fuhr auf der A3 in Richtung Frankfurt. Wie er es sich gedachte hatte, regnete es wie aus Kannen. Das Verkehrsleitsystem wies ein Tempo von 60 Stundenkilometern an, um Aquaplaning zu vermeiden. Die Autobahn war wie immer stark befahren, und so rollte er mit gemäßigtem Tempo, den ständig wechselnden Tempovorschriften folgend, mit dem fließenden Verkehr in die Innenstadt. Seine Scheibenwischer liefen auf Höchsttouren. Die Außentemperatur war plötzlich extrem gefallen, und seine Scheiben im Auto beschlugen. Nach diesem dramatisch heißen Sommer, ohne jegliche Abkühlung zwischendurch, würde sich sicherlich niemand über den Regen ärgern. Der Sommer war vorbei und hatte teilweise eine Wüstenlandschaft hinterlassen. Er kam schließlich an dem Parkhaus in der Mannheimer Straße an. Von Weitem schon sah er die rote Ampel, die bedeutete, dass es keinen freien Parkplatz gab. Langsam fuhr er im Bahnhofsviertel umher, um vielleicht einen der Parkplätze am Straßenrand zu ergattern. Er erreichte die Kaiserstraße und Moselstraße, in denen die Sexshops und Laufhäuser auch am Mittag gut besucht waren. Menschenmassen schoben sich über die Straßen. Ein Meer aus Regenschirmen dicht an dicht. Alle liefen auch noch weiter, als es für sie schon längst rot war. Das Frankfurter Bahnhofsviertel bedeutete hupende Autos und blockierende Lkws, eine Straßenbahn, die ständig klingelte, um auf sich aufmerksam zu machen. Viele Busse von *Eurolines* und anderen ausländischen Anbietern, die die Mannheimer Straße anfuhren, um ihre Fahrgäste aufzunehmen oder auszuspucken. Man sah dort in der Mittagszeit genauso den Banker, der im feinen Zwirn sein Mittagessen hastig an der Straße einnahm, wie den Junkie, der versuchte, irgendwie an den nächsten Schuss zu kommen. Nach mehr als zehn Minuten fand Jan einen Parkplatz. Würde es ihm gelingen, Peter Müller zu einer Aussage zu bewegen? Er stellte sein Auto ab und ging in Richtung Hauseingang, wo er ihn am Tag zuvor angetroffen hatte. Keine Menschenseele war zu sehen. Jan drehte um und begab sich zum Eingang Nordseite des Hauptbahnhofs. Viele Sinti und Roma waren unterwegs und bettelten die Passanten aggressiv an. Er bahnte sich einen Weg, nahm die Rolltreppe und war kurz darauf in der B-Ebene. Da sah er ihn schon von Weitem. Peter Müller stand mit einem anderen Jungen vor einer Säule und taxierte jeden Mann, ob er vielleicht sein nächster Freier würde. Die Männer, die auf der Suche nach schnellem Sex waren, übersahen ihn geflissentlich, denn er war so schmierig und stank dermaßen, dass man sich nur ekeln konnte. Jan ging vorsichtig auf ihn zu und wartete seine Reaktion ab. Als Peter Müller ihn erblickt hatte, dauerte es eine ganze Weile, bis er reagierte.

»Hallo, Peter. Wie geht es dir heute?« Jan versuchte, Peter in die Augen zu blicken, um den Status seines Drogenkonsums festzustellen.

»Ach, jetzt weiß ich, du bist der Typ von gestern. Du hast mir einen Job angeboten?«

»Ja, so was Ähnliches, aber dafür ist es besser, wir gehen woanders hin, okay?« Jan wartete, ob Peter einwilligte, aber dieser nickte nur und schlich hinter Jan her, der Kurs auf ein Schnellrestaurant nahm. Dort angekommen, fanden sie einen leeren Tisch in einer Ecke.

»Setz dich hin, ich hole uns was. Magst du einen Kaffee?«

»Ja, mit Milch und viel Zucker.«

»Auch einen Hamburger? Du siehst aus, als könntest du einen gebrauchen?«

»Ja, das wäre geil. Cheeseburger mag ich lieber.«

»Gut, bin gleich wieder da.«

Jan holte Kaffee und drei Cheeseburger und setzte sich dann zu Peter an den Tisch. Der Geruch, der von dem Jungen ausging, war im wahrsten Sinne des Wortes atemberaubend.

»Also, ich bin hier, um dich zu fragen, ob du diesen Mann kennst.« Jan holte sein Smartphone hervor und zeigte das Foto von Rechtsanwalt Kriebel. Peter hatte gerade vom Cheeseburger abgebissen, als er ihn offensichtlich erkannte. Er verschluckte sich und fing an zu husten. Nach einer Weile, nachdem er wieder Luft bekam, sagte er:

»Ja, das Schwein kenne ich. Aber wieso sind Sie hier und fragen mich das? Und was kann ich dabei verdienen? Mit dem Typen mache ich nix. Da können Sie mir zahlen, was Sie wollen.« Jan steckte sein Smartphone wieder ein, drückte in seiner Jackentasche bei seinem Diktiergerät auf Aufnahme und legte dieses, von Peter unbemerkt, neben sich auf einen Stuhl.

»Keine Angst, ich gebe dir nach dem Gespräch 20 Euro, aber ich möchte wissen, was dir passiert ist mit diesem Typen.«

»Nein, ich sage nichts, auch nicht für 200 Euro. Der hat damals gesagt, dass, wenn ich was erzähle, er Mittel und Wege findet, dass ich die Radieschen von unten sehe.« Peter sah Jan mit angsterfüllten Augen an.

»Ich verspreche dir, er erfährt nichts von unserem Gespräch. Erzähle mir, was war.« Peter überlegte einen Moment, dann sagte er: »50.«

Jan nickte.

»Also, den Typen habe ich auf einer Burg kennengelernt. So ein Treffen von einer Studentenverbindung, ich kam da rein zufällig hin. Ein Freund von mir aus dem Dorf hatte gesagt, wir könnten dort Getränke schleppen und ein bisschen helfen. Da bin ich hin, es war ja kurz, bevor ich in den Knast musste. Der Typ gehörte zu den Kerlen von der Verbindung. Na ja, nach ich weiß nicht wie viel Bier war ich ganz schön besoffen, und er hat mich mit seinem Auto zu einer Hütte im Wald gebracht. Ich weiß noch, im Auto hat er gesagt, er hätte Originaltonaufnahmen von Hitler. Ich bin damals total darauf abgefahren und dachte, das will ich mal hören. Als wir dann da angekommen waren, war nix mit Hitleraufnahmen. Er hat mich abgelenkt und dann, so schnell konnte ich nicht gucken, hat er mir einen Gürtel um den Hals geworfen und zugezogen. Mir wurde schnell schwarz vor Augen, und als ich wieder zu mir komme, spüre ich seinen Schwanz in meinem Arsch.« Die letzten Worte sprach Peter sehr leise, sein Blick wurde leer.

»Das ist ja furchtbar. Was hat er dann gemacht?« Jan schob Peter noch einen Cheeseburger hin.

»Ja, ich habe natürlich geschrien, aber je mehr ich geschrien habe, umso geiler wurde der und hat wieder zugezogen. Irgendwann hat er von mir abgelassen und gesagt, wenn ich jemandem was erzähle, würde er Mittel und Wege finden, mich fertigzumachen. Dann hat er mich zurück zur Burg gefahren.« Peter biss in seinen Cheeseburger. Jan holte abermals sein Handy hervor und zeigte Peter das Foto von Frank Hattinger.

»Nein, nie gesehen. Haben die was miteinander zu tun?«

»Das wissen wir noch nicht. Aber du hast mir sehr geholfen. Übrigens, eine Freundin von mir war bei deiner Mutter. Ich soll dir sagen, dass du immer nach Hause kommen kannst, wenn du mit den Drogen aufhörst.« Jan wartete die Reaktion von Peter ab. Der Junge sackte plötzlich in sich zusammen und schluckte nervös.

»Ich weiß, ich will ja aufhören damit, aber ich bin zu schwach.«

»Peter, hol dir Hilfe, du siehst echt schlecht aus.« Jan nickte Peter aufmunternd zu. Dann holte er die versprochenen 50 Euro aus seiner Hosentasche, drückte auf die Stopptaste seines Aufnahmegerätes und steckte es, unbemerkt von Peter, in seine Jackentasche.

2

»Diese Darknet-Plattform ist das reinste Paradies für kriminelle Aktivitäten jeder Art. Der Zugang, den wir nun haben, führt zu einem sogenannten Marktplatz. Man kann dort zum Beispiel Waffen und Drogen bestellen, einfach mit einem Mausklick. Manche Links, die dort angegeben sind, führen ins Nichts, jedoch ein Link, den ich gefunden habe, ist für uns sehr interessant. Er führt zu einem *Experten*, der seine Dienste *für die schwierigen Fälle* anbietet. Zum Beispiel Inkasso der besonderen Art, wie er schreibt. Er versichert äußerste Diskretion und ist zu allem bereit.«

»Ja, wenn man den Zusammenhang sieht, könnte er möglicherweise der Täter in der Entführung von Susanne Herzberg sein. Vielleicht einer, der im Auftrag die Frau entführt hat.« Timo Keller sah Heike Bender stirnrunzelnd an.

»Das Beste wäre, wir würden ihm eine Falle stellen. Ich könnte Kontakt zu ihm aufnehmen und einen lukrativen Auftrag in Aussicht stellen.«

»Ja, gut und schön. Aber selbst, wenn du dich mit ihm triffst, was soll er erledigen? Du weißt doch, wir dürfen keine Straftat begehen oder auch nur in Auftrag geben. Das würde uns vor Gericht um die Ohren fliegen. Wir müssen irgendwie die Identität dieses Experten herausbekommen.« Heike sah Timo fragend an.

»Ich habe da eine Idee, vielleicht fällt er ja darauf rein.« Timo holte sich eine Cola aus dem Kühlschrank und tippte Minuten darauf eine Nachricht.

Habe einen delikaten Auftrag. Interessiert?

Stunden vergingen, aber er erhielt keine Antwort. Es war zum verrückt werden. Würde er sich melden? Timo Keller durchsuchte weiter das Netz nach Fotos von Susanne Herzberg, eine Frau, die scheinbar niemandem in ihrem Leben auf die Füße getreten war und trotzdem sterben musste. Was hatte den Täter dazu getrieben? Kannten Opfer und Täter sich? Was hatte Susanne vor ihrem Tod getan, das ihn so in Rage gebracht hatte? Timo klickte sich akribisch durch Fotos und las auch die eine oder andere Beschreibung eines Tötungsdelikts, um vielleicht auf einen Tathergang zu stoßen, der mit diesem hier übereinstimmen konnte. Immer wieder wechselte er ins Darknet, um auf dem Marktplatz nachzusehen, ob der *Mann für die schwierigen Fälle* sich vielleicht gemeldet hatte. Aber nichts, es war zermürbend. Konnte Timo ihm eine Falle stellen?

3

»Mein Schatz, es freut mich, dass es dir so gut geht.« Alex zog seine Jacke aus und hängte sie im Flur auf. Sie fiel ihm um den Hals und küsste ihn leidenschaftlich.

Als die anderen um kurz nach 20 Uhr versammelt waren, begannen sie, die Faktenlage zu erläutern. Alex hatte den Laptop auf Marias Wohnzimmertisch so platziert, dass alle Anwesenden den Bildschirm gut einsehen konnten.

»Also, wir sind ein ganzes Stück vorangekommen«, begann er. »Maria hat beim Saubermachen ihres Autos einen Zettel entdeckt, auf dem ein Code aus dem Darknet notiert war. Wir vermuten, dass Carlos Ribeiro ihn in ihr Auto gelegt hat, als sie sich zufällig an der Tankstelle trafen. Dieser Code leitet zu einer Darknet-Plattform, einem sogenannten Marktplatz. Eine Person, die sich als Experte bezeichnet, hat hier seine Dienste angeboten.

Das LKA hat durch den Zugang zu dieser Website nun die Möglichkeit, eine Malware zu installieren, die nach und nach die Computer-IPs der User herausfindet.«

»Ich war heute im Bahnhofsviertel in Frankfurt und habe mit Peter Müller gesprochen. Er ist auf Heroin. Ich hatte ihn gestern schon gefunden, da war er aber so high, dass ein Gespräch keinen Sinn machte. Deshalb bin ich heute nochmals hingefahren, und das Glück war mit mir. Er war halbwegs bei Verstand, und ich konnte mit ihm sprechen. Ich habe zur Sicherheit das Gespräch aufgenommen. Also, hier ist es.« Damit legte Jan sein Diktiergerät auf den Tisch und drückte auf Wiedergabe. Nach wenigen Minuten hatten auch die anderen von der Vergewaltigung durch Rechtsanwalt Kriebel.

Maria schluckte und sagte als Erste:

»Der Kriebel ist ein Schwein. Wenn ich das hier höre, dann möchte ich nicht wissen, was er bisher noch alles angestellt hat. Das ist wirklich unfassbar. Spielte bei meiner Anhörung in Meurers Büro den Moralwächter und Saubermann und ist in Wirklichkeit ein Monster.«

»Mein Anwalt hat mir mitgeteilt, dass die Versetzung an die Pforte bald aufgehoben wird. Jan, du sollst deinem Anwalt auch den Hinweis geben, dass er sich direkt an das Hessische Ministerium der Justiz wenden soll. Ohne Beweise könne man uns nicht so einfach versetzen.« Sie strahlte über das ganze Gesicht.

MONTAG, 8. OKTOBER

1

Timo Keller saß aufgeregt hinter seinem Computer im LKA in Wiesbaden, er hatte sich eine List ausgedacht und wartete nun auf eine Reaktion seitens des *Experten.* Weder am Samstag noch am Sonntag hatte dieser eine Reaktion gezeigt, heute endlich fand er eine Antwort im Chat:

Bin für alles offen. Was verstehst du unter delikat?

Timos Herz raste, jetzt durfte er keinen Fehler machen und den Fisch von der Angel lassen. Schnell schrieb er:

Ein Typ hat mich verarscht und schuldet mir jetzt 100.000 Euro. Kannst du mir das Geld besorgen?

Es dauerte nur einen kurzen Moment, da kam schon die Antwort.

Wenn er im Raum Frankfurt wohnt, kein Problem.

Endlich ein kleiner Erfolg.

Timo schrieb:

Ich wäre bereit, dir 20 Prozent zu geben, wenn du das Geld eintreibst.

40 Prozent und ich mache es, kam prompt zurück.

Timo wartete bewusst einige Minuten, ehe er antwortete:

Gut, dann 40 Prozent. Wir müssen uns treffen, dann gebe ich dir alle Details, Foto usw. Der Mann ist schwer zu finden.

Timo schwitzte, saß gespannt vor seinem Rechner und wartete auf die Antwort. Nichts geschah. Würde sich der Experte mit ihm treffen?

2

Frank Hattinger überlegte hin und her, sollte er sich mit einem Kunden treffen? 40.000 Euro waren kein Pappenstiel, aber das Risiko eines persönlichen Treffens wollte er lieber nicht eingehen. Sollte dem Typen beim Inkasso etwas passieren, wüsste sein Auftraggeber, wie er aussah, das wollte er auf jeden Fall vermeiden. Wie konnte er seinen Kunden davon überzeugen, alles online abzuwickeln? Er zermarterte sich sein Gehirn. Schließlich schrieb er:

Treffen nicht möglich, alles online. Ich brauche Name, Adresse, Arbeitsplatz, Gewohnheiten und wo man den Mann antreffen kann.

Da kam die Antwort:

Dieser Mann ist schwer zu schnappen, er fährt nur ab und zu nach Frankfurt. Ich kann erst einige Stunden vorhersagen, wann er in Frankfurt ist. Er ist unscheinbar und fährt mit dem Zug, hat aber immer viel Bargeld dabei, weil er in einem Pfandhaus Gold und Brillanten aufkauft. Ein Foto kann ich dir online schicken.

Experte: *Wie erfahre ich, wann er in Frankfurt ist?*

Timo: *Am besten, du gibst mir deine Handynummer, dann schicke ich dir eine Nachricht, wenn ich weiß, dass er auf dem Weg nach Frankfurt ist. Ich erfahre es immer erst kurz vorher.*

3

Es schüttete wie aus Kannen. Heike stand am Fenster ihres Büros und hing ihren Gedanken nach. Durch den Zugang zu dem Marktplatz im Darknet waren sie nun in der Lage, durch eine Malware nach und nach doch an einige Computer-IP-Adressen zu gelangen.

Die Jahre im LKA hatten Spuren bei ihr hinterlassen, ihr Privatleben war auf der Strecke geblieben. Die ersten Jahre als Abteilungsleiterin war sie praktisch immer erreichbar gewesen und hatte sich in jeden Fall so festgebissen, dass sie zwar eine sehr gute Aufklärungsquote hatte, ihre Kollegen sehr gerne mit ihre zusammenarbeiteten und sie ein sehr gutes Team waren, ihr Ehemann aber irgendwann das Weite gesucht hatte. Er wolle nicht mehr mit ihrer Arbeit konkurrieren, hatte er bei seinem Auszug aus dem gemeinsamen Haus gesagt. Nun ging sie auf die 60 zu, war alleinstehend und in ihrer Freizeit musste sie sich um ihre pflegebedürftigen Eltern kümmern. Der graue Himmel entsprach an diesem Tag genau ihrer Stimmung.

Plötzlich stand Timo Keller in ihrem Büro.

»Heike, ich habe mit dem Experten Kontakt.« Er strahlte über das ganze Gesicht. Das waren genau die Momente, die Heike an ihrer Arbeit liebte.

»Ich habe ihm einen Auftrag in Aussicht gestellt und ihn um seine Telefonnummer gebeten, damit ich ihn zeitnah benachrichtigen kann.«

»Und, hat er sie dir gegeben?« Heike sah Timo stirnrunzelnd an.

»Er wird, er wird. Die 40.000 Euro, die ich ihm in Aussicht gestellt habe, lassen ihn unvorsichtig werden. Du weißt doch: Gier frisst Hirn.«

»Mal angenommen, dieser *Experte* hat nichts mit der Entführung von Susanne Herzberg zu tun. Dann müssen wir ihn laufen lassen, weil er nichts gemacht hat.«

»Ja, aber einen Versuch ist es allemal wert.« Heike nickte.

In dem Moment betrat Alex das Büro. Auch er sah zuversichtlich aus. Als Timo den Raum verlassen hatte, sagte er:

»Maria hat sich bei Kollegen in der JVA Schwalmstadt umgehört. Vor einigen Jahren ist einem Beamten ein Junge aufgefallen, der, wie vom Teufel gejagt, davonrannte, als er Rechtsanwalt Kriebel sah. Der kam damals in die JVA, um Frank Hattinger zu besuchen. Jan hat den Jungen gefunden, und der hat ihm erzählt, dass Kriebel ihn in einer Hütte im Wald vergewaltigt hat.«

»Jetzt haben wir was in der Hand. Wo ist der Junge, und wird er aussagen?«

»Das ist das Problem. Er hat bei dem Gespräch mit Jan sofort gesagt, dass er furchtbare Angst hätte, weil Kriebel ihm damals gedroht hatte, ihn umzubringen. Außerdem ist er auf Heroin. Jan hat die Aussage zwar auf Band, aber das bringt uns vor Gericht nichts.«

4

Maria hatte Frühdienst und saß bereits seit 5.40 Uhr an der Pforte. Sie war damit beschäftigt, ihren Kollegen die Türen zu öffnen. Der eine oder andere grüßte sie ganz normal. Einige aber taten so, als wäre Maria eine Persona non grata. Es schmerzte sie nur noch wenig, sie war unschuldig und würde dies auch beweisen können. Sie würden sie nicht kleinkriegen. Ihr Mut, der ihr früher so oft in schwierigen Lebenssituationen weitergeholfen hatte, war wieder da, ihr Kampfgeist war geweckt.

Als Richard Meurer erschien, war der Knastbetrieb bereits in vollem Gange. Meurer musste kurz warten, da auf der anderen Seite der Schleuse die Tür zur Anstalt offen war. Er nickte ihr freundlich zu. Seit Wochen hatte sie täglich sein tadelloses Äußeres bemerkt. Nie war er schlecht rasiert oder lag auch nur ein Haar falsch. Seine Schuhe, sein ganzes Outfit waren immer wie neu gekauft. Ein Mann, der wirklich großen Wert auf sein Erscheinungsbild legte. Er stand am Schlüsseltresor und nestelte nervös an seinem Schloss herum. Der Schlüssel fiel zu Boden, Meurer bückte sich, und Maria sah, dass sein Trenchcoat am Saum mit Schlamm verdreckt war. Merkwürdig! Den ganzen Tag ging ihr dieser Umstand nicht mehr aus dem Kopf. Wo hatte er sich den Mantel so schmutzig gemacht? Meurer war seltsam fahrig gewesen. Irgendwas an ihm war nicht koscher. Um 14 Uhr hatte sie Feierabend. Sie verließ die Pforte und ging zu dem nahe gelegenen Parkplatz der JVA. Nur die Führungsriege war im Besitz eines ausgewiesenen Parkplatzes. Dort stand der BMW von Richard Meurer. Er war frisch gewaschen, jedoch saßen in den Alufelgen noch Tannennadeln. Diese hatte die Waschanlage nicht abwaschen können. Irgendwas war da komisch. Ein Typ wie Meurer, der sonst richtig antiseptisch wirkte, kam so in die JVA? Warum? Was war mit ihm passiert? Tannennadeln in den Felgen konnten ein Zufall sein. Jedoch hatte Alex gestern erklärt, dass die Frau sehr wahrscheinlich irgendwo im Wald umgebracht wurde. Ein Eichenblatt, welches man an der Leiche sicherstellen konnte, stammte nicht aus dem Waldgebiet rund um den Aje-See. Hatte man sie in einem anderen Wald umgebracht und dann in den Aje-See geworfen? Meurers Outfit ließ ihr keine Ruhe, und vor ihr lag ein langer Nachmittag. Alex würde erst spät am Abend vorbeikommen. Sie konnte einfach einmal hinter Richard Meurer herfahren, wenn es ihr denn gelingen sollte. Warum nicht? Etwas an ihm war falsch, das hatte sie immer gespürt. Sie flitzte schnell nach Hause und zog sich um. Mit ihrem Auto war sie in zwei Minuten in der Marienstraße, einer Seitenstraße nahe der JVA, von wo aus sie den BMW von Meurer im Blick hatte. Es war fast 15 Uhr, als sie ihren Posten bezog, und siehe da, etwa eine Viertelstunde später lief Meurer mit seiner Aktentasche etwa 20 Meter an ihr vorbei zu seinem Auto. Viel früher als normalerweise. Marias Herz schlug schnell, sie war bereit. Ihr Auto war vollgetankt, und sie war fest entschlossen, Meurer zu verfolgen. Da sah sie ihn schon, er hatte seinen Blinker nach links gesetzt und fuhr in Richtung evangelische Kirche. Maria bekam feuchte Hände, aber sie war sich sicher, das Richtige zu tun, und fuhr ihm hinterher. Wenige Meter weiter bog Richard Meurer in die *Aral* Tankstelle ein. Maria konnte auf dem nahe gelegenen Parkplatz eines Autohauses stoppen und beobachtete ihn. Er tankte, ging in den Verkaufsraum, kam mit einem Benzinkanister wieder heraus, befüllte diesen, ging wieder hinein, bezahlte, setzte sich in sein Auto und fuhr in Richtung B45/B26. Nun musste sie aufpassen, dass sie ihn nicht verlor. Sein Auto verfügte über weit mehr PS als ihr Golf. Sie folgte ihm in gebührendem Abstand. Ihre Sonnenblende war runtergeklappt, und sie hatte sich ein Basecap tief in die Stirn gezogen, sodass er sie, wenn er in den Rückspiegel sah, nicht sofort erkennen konnte. Zur Sicherheit ließ sie immer zwei andere Fahrzeuge zwischen sich und Meurer. Er nahm die Auffahrt zur B45 und gab Gas. Maria trat auf ihr Gaspedal, der Motor heulte auf, und sie sandte ein Stoßgebet gen Himmel. Meurer schoss über die Schnellstraße, setzte sich auf die linke Spur und brachte immer mehr Abstand zwischen sich und Maria. Sie glaubte schon, sie würde ihn verlieren, da blinkte er und nahm die Ausfahrt Eppertshausen. Maria stockte der Atem, sollte er tatsächlich in die Nähe des Aje-Sees fahren? Es war sicherlich kein Zufall, dass er ausgerechnet in diese Richtung fuhr. An einer Straßengabelung stand Maria mit ihrem Auto direkt hinter ihm, das Herz blieb ihr fast stehen, als er länger in den Rückspiegel sah. Er bog nach rechts in Richtung Eppertshausen und setzte kurz darauf abermals den Blinker in Richtung Messel. Die Straße, die zum Aje-See führte.

5

Alex stand im Besprechungsraum der Soko und besah sich die Fotos und Notizen an den Wänden. Der Raum war mit großen Whiteboards versehen, an denen mit Magneten die Aufnahmen vom Leichenfundort sowie von der Leiche angebracht waren. Die Fotos der toten Susanne Herzberg hingen direkt vor ihm. Der Gedanke an den Albtraum, den diese Frau durchmachen musste, ließ ihn wütend werden. Warum, verflucht noch mal, kamen sie nicht wirklich weiter? Dieser Kriebel konnte der Schlüssel sein, jedoch hatte man bisher keine Verbindung zwischen ihm und Susanne Herzberg finden können. Er ging in Gedanken die Fakten noch einmal durch. Dirk Herzberg hatte mit seiner Anlageberatung früher sehr gut verdient. Nun war er pleite. Das bedeutete, dass er auch anderen unsichere Anlagen empfohlen hatte. Hatte vielleicht einer der Anleger, den er schlecht beraten hatte, so versucht, an das verlorene Geld zu kommen? Möglich wäre es. Er musste diesen Kriebel verhören, aber mit welcher Begründung konnte er ihn vorladen? Er zermarterte sich den Kopf. Sein Blick fiel auf die Notizen, die Heike an die Wand geschrieben hatte.

Michael Sobeck, einschlägig vorbestraft, hat Alibi.

Erika Moosleitner, meldete Entführung.

Freundin Sabine Schwarz, wusste nur Gutes zu berichten.

Sekretärin Angela Krüger, berichtet von Streit zwischen Susanne und Dirk Herzberg.

Bruder R. Meurer unverdächtig.

Er stutzte, dies war doch der Name des Anstaltsleiters, der ihm die E-Mail mit den Ausgangszeiten von Frank Hattinger hatte zukommen lassen. Wieso hatte er bei den Besprechungen den Namen niemals gehört? Seine Gedanken überschlugen sich, als er in sein Büro ging und den Computer hochfuhr. Nach wenigen Minuten hatte er die Mail gefunden. Absender R. Meurer, Anstaltsleiter JVA Dieburg. Bingo, er hatte eine Verbindung. Richard Meurer war der Bruder von Susanne Herzberg, geborene Berger. Scheinbar war seine Schwester das Kind einer weiteren Ehe seiner Mutter. Wenn das mal kein Zufall war. Alex spürte das Adrenalin durch seine Adern rauschen. Aber warum sollte der seine Schwester entführen lassen? Er erbte nichts oder nur, wenn der Ehemann als

Täter überführt wurde, dann war dieser nach dem Erbrecht aus der Erbfolge ausgeschlossen. Alex durchforstete das Internet nach Fotos und Berichten von Richard Meurer. Er fand verschiedene Aufnahmen als Wohltäter, einmal mit den Rotariern, ein anderes Mal bei einem Benefiz-Fußballspiel für notleidende Kinder. Er zoomte die Fotos näher heran. Meurer war ein großer, stattlicher Mann von mindestens ein Meter 95 oder größer. Neben ihm wirkten die Anwesenden wie kleine Männchen. Er sah auf den Bildern sehr gepflegt aus, picobello der Anzug, das Hemd und die Krawatte. Auf einem Bild hatte er seinen rechten Arm um einen Fußballspieler gelegt, seine riesengroße Hand ließ die Schulter des Spielers fast verschwinden und, wie sollte es anders sein, er trug einen auffälligen Siegelring. Wo hatte er diesen Ring nur schon einmal gesehen? Mit großen Schritten verließ er sein Büro, dies war ganz klar eine Verbindung und möglicherweise der Grund, warum der Ausgang von Frank Hattinger vertuscht werden sollte. War Meurer der Auftraggeber von Hattinger? Wie eine Eingebung schoss ihm ein Gedanke in den Kopf. Er drehte auf halber Strecke wieder um, setzte sich an seinen Computer und gab den Namen »Rechtsanwalt Bernhard Kriebel« ein. Berichte und Bilder erschienen. Auf einem der Fotos war er ganz deutlich zu sehen, der Siegelring mit dem gleichen Wappen wie bei Richard Meurer.

6

Maria fuhr langsamer und ließ sich mit ihrem Auto etwas zurückfallen. Sie konnte jetzt nicht riskieren, dass Meurer sie entdeckte. An einer Kreuzung, an der sie nicht sicher war, wohin er gefahren war, dachte sie schon, sie hätte ihn verloren. Sie betete zu ihrer Großmutter, sie möge ihr helfen, und fuhr geradeaus über die Kreuzung in Richtung Offenthal, da sah sie in der Ferne seinen BMW, der gerade links in den Wald abbog. Maria bremste ihr Auto ein wenig ab und versuchte, im Vorbeifahren etwas zu erkennen. Meurer war ausgestiegen und zog sich offensichtlich andere Schuhe an. Sie fuhr einige 100 Meter weiter und wendete ihr Auto. Sie hatte Glück, hinter ihr war kein Fahrzeug, sodass sie ganz langsam an die Einfahrt des Waldweges heranrollen konnte. Meurer lief gerade mit großen Schritten in den Wald. Den Benzinkanister trug er in der rechten Hand. Maria stockte der Atem, wollte er den Wald anzünden? Bei dieser Trockenheit der letzten Monate brauchte man ganz sicher kein Benzin dazu. Schon ein kleiner Funke würde ausreichen, um eine Katastrophe auszulösen. Er wollte Spuren vernichten, sodass man ihm nicht mit dem Mord in Verbindung bringen konnte. Maria bog ganz langsam in den Waldweg ein. Sie hielt hinter Meurers Wagen an und schlich geräuschlos in Richtung des Trampelpfades, auf dem Meurer verschwunden war. Ihr Herz klopfte ihr bis zum Hals. Was würde sie tun, wenn er sie hier entdecken würde? Sie zog sich instinktiv ihr Basecap tiefer ins Gesicht und stellte den Kragen an ihrer Jacke hoch. Meurer ging etwa 100 Metern entfernt weiter den Trampelpfad entlang. Maria verließ den Pfad und lief parallel dazu durch den Wald. Das Knacken der Äste unter ihr war verräterisch, sie hielt ab und an inne und hatte Angst, dass Meurer diese Geräusche wahrgenommen hatte. Aber er lief unbeeindruckt weiter. Nach etwa zehn Minuten Fußmarsch entdeckte sie im Wald eine kleine Hütte. Meurer war augenscheinlich mit dem Öffnen der Tür beschäftigt. Da er zu weit entfernt war, pirschte sie sich näher heran. Sie wählte jeden ihrer Schritte mit Bedacht, denn nun würde sie sicherlich ein Knacken der Äste verraten. Meurer rüttelte an der Tür und hatte offensichtlich Mühe, das Schloss zu öffnen. Endlich bekam er die Tür auf und ging hinein. Maria hockte sich ins Dickicht hinter einen Baum und überlegte fieberhaft, was sie nun tun konnte. Sie kroch in gebückter Haltung zwischen den Büschen näher an die Hütte heran. Er wollte die Holzhütte in Brand stecken, das war klar. Warum sonst hatte er einen Benzinkanister mitgenommen. Was sollte sie tun? Zurück zu ihrem Auto zu laufen, war zu gefährlich. Die Gefahr, dass er sie entdecken konnte, war zu groß. Vergeblich versuchte sie zu telefonieren.

7

»Wir brauchen die Aussage von diesem Peter Müller.« Heike hatte ihre Stirn in Falten gelegt. »Dass beide den gleichen Siegelring tragen, ist ja mal kein Beweis, aber dass der Junge erzählt hat, dass dieser Kriebel ihn vergewaltigt hat, das bringt uns schon weiter. So können wir ihn wenigstens vorladen und verhören.«

»Okay, ich telefoniere mit Jan. Er ist sicherlich bereit, mit mir nach Frankfurt zu fahren. Wir werden mit dem Jungen sprechen und ihm sagen, wie wichtig seine Aussage für uns ist.« Alex ging in sein Büro und rief Jan mit seinem Handy an:

»Hallo, Alex.«

»Jan, ich brauche deine Hilfe. Wir müssen so schnell wie möglich Peter Müller in Frankfurt finden und ihn davon überzeugen, dass er gegen Kriebel aussagt. Hast du Zeit?« Alex zog beim Telefonieren schon seine Jacke an.

»Natürlich, ich nehme mir Zeit. Wenn kein Stau auf der A3 ist, bin ich in circa 50 Minuten am Hauptbahnhof.«

»Bestens, wir treffen uns am Parkplatz in der Mannheimer Straße. Bis gleich.« Alex legte auf, griff sich seinen Autoschlüssel und fuhr seinen Computer herunter. Auf dem Weg zu seinem Auto überlegte er fieberhaft, wie er Peter Müller von einer Aussage überzeugen konnte.

Fernreisebusse blockierten mal wieder die Straße. Arme Geschöpfe, die irgendwann mal geglaubt hatten, Drogen zu nehmen wäre nicht so schlimm, liefen wie Getriebene rund um den Bahnhof. Entweder, um Drogen zu verkaufen, damit sie sich ihre Sucht finanzieren konnten, oder aber, um sich Freiern für ein paar Euro anzubieten. Alex parkte sein Auto und blieb darin sitzen. Er lehnte sich zurück und hörte von Weitem die Sirenen eines Rettungswagens. In unmittelbarer Nähe zum Parkplatz stand ein junger Mann winkend auf der Straße, scheinbar, um den Rettungskräften den Weg zu zeigen. Auf den Rettungswagen folgte ein Notarztwagen. Beide Fahrzeuge hielten halb am Gehweg, damit der Verkehr rund um den Hauptbahnhof nicht ganz zum Erliegen kam. Die Sanitäter sprangen aus dem Fahrzeug und rannten dem jungen Mann hinterher, der wild gestikulierend in einem Hauseingang verschwand. Alex blickte sich um, und kurz darauf entdeckte er Jan, der mit seinem Auto auf den Parkplatz fuhr. Er gab ein Signal mit der Lichthupe. Jan hob kurz die Hand zum Zeichen des Erkennens und suchte sich einen Parkplatz. Wenige Augenblicke später standen sie sich gegenüber, und Alex sagte:

»Wir wollen diesen sauberen Herrn Rechtsanwalt jetzt mal genauer unter die Lupe nehmen, dazu brauchen wir die Aussage von Peter Müller.« Alex nahm Kurs auf den Eingang Nordseite, und Jan ging neben ihm her.

»Alles klar. Dann müssen wir ihn von der Aussage überzeugen.« Jan blieb plötzlich stehen und sagte:

»Stopp, wir laufen in die falsche Richtung. Der Müller ist oft da vorne, wo gerade der Rettungswagen steht.« Beide gingen nach rechts über die Straße und bogen dann links ab in die Karlsruher Straße. Als sie näherkamen, sahen sie eine Traube von Menschen im Hauseingang stehen. Jan versuchte, in der Menschenmenge Peter Müller zu entdecken. Die Sensationsgier war groß, alle sahen gebannt auf den Boden, wo die Rettungskräfte augenscheinlich versuchten, ein Leben zu retten. Ein Sanitäter machte die Herzdruckmassage, ein anderer hielt eine Infusion in seiner Hand, und der Notarzt gab sein Bestes, eine Blutung zu stillen.

»Ich habe mich bereits umgesehen. Peter Müller ist nicht hier«, sagte Jan zu Alex. Ein Junkie, der neben ihnen stand und offenbar die Szene seit Anfang beobachtet hatte, sagte lapidar:

»Wenn Sie den Peter Müller suchen, dann müssen Sie sich beeilen. Der stirbt denen da vorne gerade unter den Fingern weg.« Dabei nickte er mit dem Kopf in Richtung Rettungskräfte.

8

Frank Hattinger saß an einem Computer im Internetcafé und zermarterte sich das Gehirn. Sein ganzer Körper war angespannt. Die schönen Bilder vor ihm auf dem Bildschirm waren nicht in der Lage, seine düsteren Gedanken abzuschütteln. Manchmal zogen ihn irgendwelche Dinge direkt in seine Kindheit zurück, die alles andere als schön gewesen war. Er wurde im Alter von acht Jahren seiner Mutter weggenommen und in einem Heim untergebracht. Alkohol und Tabletten hatten sie zerstört, und sie ließ ihren Frust an ihm aus. Schon für die kleinsten Missgeschicke bekam er eine Tracht Prügel, dass sogar die Nachbarn Mitleid mit ihm empfanden. Ihr war der Alkohol immer wichtiger gewesen als er. Tagelang lag sie besoffen im Wohnzimmer, immer wieder schrie sie ihn an, er solle ihr Schnaps kaufen gehen. Woher er das Geld nehmen sollte, hatte sie nicht gesagt. So hatte er früh angefangen zu stehlen. Ein alter Nachbar steckte ihm ab und zu einen Fünfer zu, den er im Keller versteckte, damit sie nicht drankam. Die ersten Jahre seiner Kindheit waren der reinste Horror gewesen. Erst, als er in das Heim kam, wurde es erträglicher. Er bekam regelmäßig zu essen, und jemand wusch seine Wäsche. Die Betreuer waren nett. Aber die Wunden und Narben auf seiner Seele trug er ein Leben lang mit sich herum. Er verspürte oftmals große Wut und Hass, es kam wie eine Welle, die er nicht aufhalten konnte. Er hasste Frauen, die, wenn sie wollten, nett und, wenn man nicht nach ihrer Pfeife tanzte, grausam und verletzend sein konnten. Mit Mühe schob er die Erinnerungen beiseite, er wollte an das alles nicht mehr denken. Besser war, von der Zukunft zu träumen, in der er bereits das Geld ausgab, welches er in einigen Tagen in seinen Händen halten würde. Die traurigen Zeiten waren bald Geschichte, nun war er mal an der Reihe und würde das Leben in vollen Zügen genießen. Einen Typen am Bahnhof abpassen und ihm die Kohle aus den Rippen zu leiern, wäre wohl nicht sonderlich schwer. Er musste noch ein wenig mehr über ihn herauskriegen, aber er hatte es früher auch mit ganz anderen Typen aufgenommen. Sollte er bewaffnet sein, lag die Sache natürlich ein wenig anders, aber davon war ja nicht auszugehen. Er brauchte ein gutes Foto, und ja, es war wichtig, dass er erfuhr, wann der Mann mit der Bahn in Frankfurt ankam. Keinesfalls wollte er sich den

Deal durch die Lappen gehen lassen. Er musste seine Handynummer weitergeben, dann könnte das Geschäft laufen. Er öffnete den Browser *Tor* für das Darknet und gab seinen Code ein. 40.000 Euro waren nun mal nicht zu verachten.

9

Marias Herz schlug ihr bis zum Hals. Sie musste schnell handeln, denn sonst wären alle Beweise vernichtet. Sie stand in der Nähe der Tür und hörte gluckernde Geräusche, der Geruch von Benzin drang bis zu ihr. Sie lugte vorsichtig hinein und sah, wie Meurer das Benzin gleichmäßig in der Hütte verteilte. Sie musste ihn stoppen – aber wie nur. Sie griff an ihr Corno und sprach im Geiste mit ihrer Großmutter, sie möge ihr beistehen, da hatte sie die rettende Idee. Direkt neben der Tür stand ein Hackklotz, der offensichtlich dazu benutzt wurde, das Feuerholz für die Hütte zu spalten. Die Tür, die gerade sperrangelweit offen stand, ging nach außen auf. Hätte sie die Kraft, den Hackklotz schnell vor die Tür zu schieben, um diese zu blockieren? Sie musste es versuchen. Sie nahm ihren ganzen Mut zusammen, sprang leichtfüßig wie eine Katze zur Hüttentür, warf diese krachend zu und schob ein dünnes Holzstück wie einen Keil unter die Tür.

Fast im gleichen Augenblick hörte sie von innen Richard Meurer fluchen und an der Türklinke rütteln. Sie ruckelte mit aller Kraft, die sie besaß, den Hackklotz vor die Tür. Im ersten Moment wollte er sich nicht bewegen, und sie befürchtete, sie würde es nicht schaffen, doch schließlich kippte sie ihn und rollte ihn vor die Tür. Meurer saß in der Falle. Ein verzweifelter Schrei drang aus der Hütte, schließlich öffnete er die Fenster, da er drohte, in den Benzindämpfen ohnmächtig zu werden. Allerdings konnte er so nicht entkommen, die Fenster waren vergittert. Maria rüttelte an der Tür. Er konnte sie auf keinen Fall öffnen. Sicherheitshalber schob sie noch einen zweiten Keil unter die Tür. Erst dann lief sie den Waldweg zurück in der Hoffnung, irgendwo Empfang zu haben.

10

»Heike, wir haben seine Telefonnummer.« Heike schien erst überhaupt nicht zu begreifen, was er gesagt hatte, und stierte ihn ungläubig an.

»Bist du sicher? Nicht, dass es ein Fake ist.«

»Nein, ich habe ihm 40.000 Euro in Aussicht gestellt, da ist er unvorsichtig geworden. Gier frisst Hirn. Es ist immer das Gleiche. Ich werde sofort eine Abfrage beim Telefonanbieter starten, wem das Handy gehört.«

»Und bitte auch gleich ein Bewegungsprofil, damit wir wissen, ob der Eigner des Handys vielleicht etwas mit dem Tod von Susanne Herzberg zu tun hat. Ich verständige Alex.« Heike drückte auf die Schnellwahltaste auf ihrem Telefon, und sofort nach dem ersten Läuten hörte sie seine Stimme.

»Alex, wir sind einen großen Schritt weiter. Wenn er uns nicht verarscht hat, hat der *Experte* seine Handynummer preisgegeben. Timo setzt sich gerade mit dem Provider in Verbindung, damit wir die Identität sowie ein Bewegungsprofil vom Provider erhalten.«

»Na, wenigstens was. Ich habe schlechte Nachrichten. Peter Müller, unser Zeuge, was diesen Rechtsanwalt angeht, ringt gerade um sein Leben. Irgendjemand hat ihn in der Nähe des Bahnhofs abgestochen. Hoffen wir mal, dass er durchkommt.«

»Das ist doch kein Zufall, oder was meinst du?«

»Ich kann es dir nicht sagen. Nur wir wussten von der Aussage, die er bei Jan gemacht hatte. Es sei denn, er hat es selbst weitererzählt, aber was ich von Jan weiß, hatte er eine Heidenangst. Außerdem, wer erzählt schon rum, dass er einmal vergewaltigt wurde. Für mich passt das nicht zusammen. Ich bleibe noch hier am Bahnhof und höre mich etwas um, vielleicht war es ja auch ein Streit im Drogenmilieu.«

»Gut, mach das und halte mich auf dem Laufenden.«

Heike stand an der Kaffeemaschine und goss sich eine große Tasse ein. Noch immer gab es keinen greifbaren Anhaltspunkt, nichts, was sie auf die Spur des Mörders gebracht hatte. Dirk Herzberg war aus der Untersuchungshaft entlassen worden, war aber schon wieder nicht telefonisch erreichbar. Das Bewegungsprofil dieser Telefonnummer konnte sie einen Schritt weiterbringen.

11

Frank Hattinger sah auf die Uhr. Er hatte noch eine Stunde Zeit, ehe er den Zug nach Darmstadt nehmen musste. Ein Tag in Freiheit verging wie im Flug.

Er schob sich den Rest einer Bratwurst in den Mund, wischte sich mit der Serviette den Senf aus den Mundwinkeln und sah sich um. Die Bahnhofshalle war voll, am Gleis 1 fuhr gerade ein ICE ein, und irgendwo spielte jemand mit einer Panflöte diese langweiligen Melodien. Dann glaubte er, seinen Augen nicht zu trauen, als er Jan Gerber, den Sicherheitsdienstleiter der JVA, zusammen mit dem LKA-Beamten, der ihn in Dieburg verhört hatte, durch den Bahnhof laufen sah. Das konnte nichts Gutes bedeuten. Beide hielten keine zehn Meter entfernt an einem Asia-Imbiss und sahen sich um. Er wendete schnell sein Gesicht ab und zog das Basecap tiefer. Waren sie am Ende hinter ihm her? Konnten sie ihn mit dem Tod dieser Frau in Verbindung bringen? Er schwitzte, binnen Sekunden war sein Kragen durchweicht. Mit einem Blick in Richtung Asia-Imbiss vergewisserte er sich, dass sie ihn noch nicht entdeckt hatten. Langsam und unauffällig mischte er sich unter eine Gruppe von Reisenden, die den Bahnsteig entlanggingen. So konnte er unmöglich auffallen. Als er fast am Ende des Bahnsteigs angekommen war, versteckte er sich hinter einem der aufgestellten Automaten und schaute vorsichtig nach hinten. Sein Herz raste, und er scannte den gesamten Bahnsteig ab. Was hatte Gerber mit dem Mann vom LKA hier zu tun? Er atmete tief durch, nahm ein Taschentuch aus der Hosentasche und wischte sich den Schweiß von der Stirn und aus dem Nacken. Langsam normalisierte sich sein Herzschlag. Sie hatten ihn nicht entdeckt.

12

Ein ganzes Stück entfernt hockte Tobias Weidinger auf einer Bank. Sein Magen knurrte, er fühlte sich schlecht und brauchte dringend Geld für einen Schuss. Weit und breit war kein Freier in Sicht. Die letzten Tage waren schlecht gelaufen. Sein linker Arm war übersäht von Einstichstellen, teilweise waren daraus Abszesse entstanden. Er schob den Ärmel seines Pullovers über den Arm und sah sich um. Er erkannte ihn auf der Stelle. Etwa 20 Meter weiter stand dieses Arschloch, das ihn im Hotel zusammengeschlagen hatte. Sein Atem stockte, und er hatte Angst, aber dann kochte in ihm eine Wut hoch, die er kaum noch beherrschen konnte. Vor seinem geistigen Auge erschienen die Bilder wie kurze Blitze. Das Hotelzimmer, wie er erst vor der Kamera posiert hatte. Das war schön, er fühlte sich toll, es war das erste Mal, dass er sich so vor der Kamera zeigte. Doch dann schlug dieser Typ zu, ohne Vorwarnung. Er spürte jetzt noch den Schmerz, als sein Kopf auf die Heizung knallte. Am liebsten wollte er zu diesem Schwein gehen und ihm ins Gesicht schlagen, nein – treten, in seine verdammte Fresse treten. In Gedanken sah er sich auf Hattinger eintreten und -schlagen, bis dieser um Gnade winselte. Etwas in ihm veranlasste ihn aufzustehen und langsam in seine Richtung zu laufen, da hörte er die Ansage aus dem Lautsprecher:

»Auf Gleis 11 fährt ein: ICE aus Hamburg. Planmäßige Abfahrt 13.14 Uhr. Bitte Vorsicht bei Einfahrt des Zuges.«

13

Die Seniorengruppe war voller Vorfreude. Ein ganzes Jahr lang hatten sie auf diesen Augenblick gewartet. Die Fahrt nach Hamburg war ein lang gehegter Traum der fünf alten Herrschaften. Obwohl sie bereits die 70 überschritten hatten, waren sie an hübschen Mädchen immer noch sehr interessiert. Herbert Schröder stand in gebührendem Abstand am Gleis 11 und versuchte, den herannahenden Zug zu erspähen. Seine Begleiter standen bereit und hielten ihre Koffer in der Hand, obwohl der Zug noch nicht in den Bahnhof eingefahren war. Die Sonne, die durch das Glasdach des Bahnhofs schien, blendete ihn ein wenig, und er kniff die Augen zusammen, da hörte er einen Schrei und ohrenbetäubenden Lärm von kreischenden Bremsen. Direkt vor ihm stand der blutverschmierte Triebwagen des ICE, der sie nach Hamburg bringen sollte. Auf einem seiner Radkästen hing ein Basecap mit der Aufschrift *Jungle Boy*. Kurz darauf sah er mehrere Sanitäter den Bahnsteig entlang rennen. Und ein blonder Junge von etwa 15 Jahren, offensichtlich drogensüchtig, ging mit schnellen Schritten an ihnen vorbei.

14

Alex saß wieder in seinem Auto und fuhr durch Frankfurt, als sein Handy klingelte. »Na, mein Liebling, schön, dass du anrufst.«

»Schatz!« Sie schrie fast hysterisch. »Ich habe Meurer in einer Waldhütte eingesperrt und Polizei und Feuerwehr gerufen. Er wollte die Waldhütte in Brand stecken und Spuren vernichten.«

»Wo bist du und bist du verletzt?«

»Nein, ich bin okay. Die Hütte ist im Wald zwischen Messel und Offenthal. Ich habe Angst, dass er sich befreien kann, obwohl ich jede Menge Holzscheite unter der Tür verkeilt und einen Hackklotz vor die Tür der Waldhütte gerollt habe.« Sie redete schnell und atemlos. Im Hintergrund hörte Alex dumpfe Schläge und das Fluchen und Schreien eines Mannes. Ganz leise hörte er auch das sich nähernde Martinshorn. »Gott sei Dank, die Polizei. Kannst du herkommen?«

»Ich bin, so schnell es geht, bei dir. Bitte schicke mir die GPS-Daten.« Alex jagte mit seinem Auto durch die Frankfurter Innenstadt. Sollte er geblitzt werden, heute war es egal. Ein Signal auf seinem Handy zeigte ihm an, wohin er genau fahren musste. An der Autobahn angekommen, setzte er sich auf die linke Spur und fuhr, als wäre der Teufel hinter ihm her. Ihm vorausfahrende Fahrzeuge wurden mit Lichthupe und dichtem Auffahren gnadenlos zur Seite gedrängt. Seine Angst um Maria raubte ihm fast den Verstand. In Langen nahm er die Abfahrt von der A661. Die auf rot springende Ampel missachtete er und fuhr laut hupend über die Kreuzung weiter in Richtung Offenthal. Sein Navi gab ihm das Ziel im Wald in 9,8 Kilometern an. Als er über eine kleine Bergkuppe fuhr, sah er von Weitem schon die zuckenden Blaulichter am Straßenrand. Mehrere Polizei- und Feuerwehrfahrzeuge standen am Fahrbahnrand. Der Verkehr schob sich schleppend an dem Geschehen vorbei. Alex fluchte vor sich hin, es dauerte ihm viel zu lange. Kurzerhand stellte er sein Fahrzeug weit rechts am Fahrbahnrand ab, betätigte die Warnblinkanlage, sprang aus dem Auto und rannte in Richtung der Einsatzfahrzeuge.

Er bog in den Waldweg ab und sah in einiger Entfernung Maria, Gott sei Dank war sie unversehrt. Anstaltsleiter Meurer stand wild gestikulierend zwischen zwei Polizeibeamten und sprach von einem fürchterlichen Irrtum. Der Benzingeruch war schon von Weitem wahrnehmbar, nicht auszudenken, wenn jetzt ein kleiner Fehler zu einem Inferno führen würde. Maria war bei näherem Ansehen etwas blass um die Nase, lächelte aber erleichtert, als sie ihn sah. Außer Atem stoppte er vor den Polizisten.

»Mein Name ist Alexander Neubert, ich bin Kriminalkommissar vom LKA.« Dabei zog er seinen Dienstausweis aus der Jacke und zeigte ihn den anwesenden Polizeibeamten. »Es ist davon auszugehen, dass Herr Meurer Beweise in einem Tötungsdelikt vernichten wollte. Herr Meurer muss zum LKA nach Wiesbaden gebracht werden. Die Hütte hier müssen wir weiträumig absperren, damit nicht noch mehr Spuren vernichtet werden. Könnten Sie das bitte veranlassen?« Die anwesenden Beamten schauten ihn mit großen Augen an. Richard Meurer bekam die Hände in Handschellen gelegt. Er sagte kein einziges Wort mehr und starrte nur vor sich hin.

Ein stattlicher Feuerwehrmann schaute Alex abschätzig an:

»Das mit der Spurensicherung wird wohl nichts werden. Die Hütte muss sofort unter Schaum gelegt werden, da der Wald stark brandgefährdet ist. Mit dem Ausbringen des Benzins ist eine große Explosionsgefahr entstanden.« Seine Kollegen von der freiwilligen Feuerwehr standen bereit.

»Ich bitte Sie, warten Sie. Können Sie denn nicht einfach hier einmal die Hütte sichern und bereitstehen, falls es akut wird? Der Mann hat nicht umsonst das Benzin in der Hütte ausgebracht. Es geht um den Tod der jungen Frau, die im Aje-See unweit von hier gefunden wurde.« Der Feuerwehrmann überlegte und sagte dann:

»Wenn das so ist, okay. Wir messen jetzt erst einmal die Explosionsgefahr und bleiben mit allen Löschzügen vor Ort. Aber bitte sagen Sie Ihren Kollegen von der Spurensicherung, sie sollen einen Zahn zulegen.« Er nickte Alex zu, wandte sich zu seinen Kollegen und erteilte in ruhigem Ton die Anweisung, die Waldhütte weiträumig abzusperren und niemanden durchzulassen.

Alex nahm Maria nun in die Arme und hielt sie ganz fest.

»Wie bist du nur auf die Idee gekommen, hinter ihm herzufahren?«, fragte er leise.

»Ach, ich weiß auch nicht. Es kam mir so seltsam vor, dass er schmutzig in die Anstalt kam, und dann sah ich in seinen Alufelgen noch Tannennadeln und Reste von Waldboden, irgendwas sagte mir, da stimmt was nicht. Aber gut, dass ich es gemacht habe, oder?« Sie küssten sich. Alex nahm sein Handy aus der Hosentasche und wählte die Nummer von Heike Bender. Mit knappen Worten erzählte er ihr, was vorgefallen war, und dass Richard Meurer, der auf dem Weg zum LKA war, heute noch verhört werden musste und man einen Durchsuchungsbefehl für seine Wohnräume benötigte. Heike pfiff leise durch die Zähne:

»Sehr gut, Alex. Da können wir deiner Miss Marple ja nur Danke sagen. Auch wenn Meurer Benzin ausgegossen hat, bin ich mir sicher, dass die Kriminaltechnik noch verwertbare Spuren finden kann. Das war ja wirklich in letzter Minute. Wenn er die Hütte angezündet hätte, wären alle Beweise vernichtet gewesen. Ich schicke die Techniker sofort los. Bitte, bleibe so lange vor Ort, bis sie eingetroffen sind.«

15

Er saß auf einem Stuhl im Verhörraum des LKA in Wiesbaden. Alex und Heike beobachteten ihn durch die verspiegelte Scheibe im Nebenraum. Ein Hüne, der irgendwie auf ein Normalmaß zusammengeschrumpft war. Er zitterte stark, obwohl der Raum angenehm temperiert war. Richard Meurer starrte vor sich hin. Wie würde das Verhör nun laufen? Alex hatte mit Heike die Taktik besprochen. Sie würden ihn knacken, da gab es keinen Zweifel. Sie betraten nach einigen Minuten gemeinsam den Raum und setzten sich ihm gegenüber. Alex schaltete den Voicerecorder an und begann:

»Herr Meurer, Sie sind hier, da Sie versucht haben, Ihre Waldhütte in der Nähe von Offenthal in Brand zu stecken. Wir sind davon überzeugt, dass diese Hütte dazu benutzt wurde, Ihre Schwester nach einer Entführung gefangen zu halten. Frau Susanne Herzberg wurde auch in dieser Hütte getötet. Ist das richtig?« Ein Zucken durchfuhr Richard Meurer, er holte tief Luft und begann:

»Ja, das ist richtig. Ich war insofern daran beteiligt, dass ich wusste, dass meine Schwester entführt werden sollte, und habe dafür meine Hütte zur Verfügung gestellt. Die Idee zur Entführung hatte Bernhard Kriebel, wir sind seit dem Studium befreundet. Wir waren in der gleichen Studentenverbindung. Dort habe ich auch Dirk Herzberg kennengelernt und auf irgendeinem Volksfest meiner Schwester vorgestellt. Beide wurden schnell ein Paar. Dirk hat dann die letzten Jahre einen kometenhaften Aufstieg hingelegt. Investmentfonds. Und er war wohl auch eine Zeit lang äußerst erfolgreich. Dazu kam noch, dass das Business meiner Schwester einschlug wie eine Bombe. Die beiden verdienten jährlich Millionen. Dann aber hat er einen großen Fehler gemacht und war über Nacht ein armer Mann. Bernhard Kriebel hatte ihm in einer Geldanlage vertraut und auch fast 200.000 Euro verloren. Er war stinksauer und wollte sich das Geld so zurückholen.« Er holte Luft und griff nach der Wasserflasche, die auf dem Tisch stand, und schenkte sich ein Glas ein, das er in einem Zug leerte. Dann fuhr er fort, er wollte offensichtlich reinen Tisch machen. »Ich dachte nicht, dass es so ausgehen würde. Ich wollte meiner Schwester, die eigentlich meine Halbschwester ist, nur eins auswischen. Ein Leben lang wurde sie bevorzugt. Sie war hübsch und klug, unsere Mutter vergötterte sie. Ständig bekam ich erzählt, was sie wieder Tolles gemacht hatte. Es war nicht auszuhalten.«

»Sie sagen uns, dass Bernhard Kriebel die Entführung geplant und ausgeführt hat?«

»Er hat sie geplant, ja. Er hat über Darknet und Handy einen Kontakt hergestellt zu einem Insassen, der fast täglich in den Freigang geht. Er war mir bekannt aus der Zeit in Schwalmstadt, und ich hatte ihn bei Kriebel einmal erwähnt, als wir von der Entführung sprachen.« Alex und Heike sahen sich an.

»Es war also Frank Hattinger, der Ihre Schwester entführt und umgebracht hat?«

»Ja, das ist richtig. Deshalb habe ich ja auch an besagtem Tag versucht, den Freigang zu vertuschen.« Eine Träne lief über seine Wange, sein Gesicht war ansonsten regungslos.

»Als ich abends nach ihr sehen wollte – ich hatte Angst sie hätte nichts zu trinken, es war ja so heiß – da war sie schon tot.«

»Haben Sie die Leiche Ihrer Schwester in den Aje-See geworfen?« Kurze Zeit sagte Meurer kein Wort, dann schrie er die Worte fast heraus:

»Ja, ja, ja ich habe sie in den See geworfen.« Er warf sich schluchzend über die Tischplatte. Alex trat mit Heike vor die Tür und bat einen Kollegen, Richard Meurer in eine Zelle zu bringen.

»Lass uns zusammen zu diesem Kriebel fahren, vielleicht haben wir ja Glück und treffen ihn an.«

Etwa 30 Minuten später standen sie vor Doktor Bernhard Kriebel im Frankfurter Westend. Das Apartment hatte eine riesige Fensterfront mit Blick auf die Frankfurter Skyline und war äußerst geschmackvoll eingerichtet. Der Ausblick, den Bernhard Kriebel die nächsten Jahre würde genießen können, würde leider weniger spektakulär sein.

»Herr Kriebel, Sie stehen im Verdacht, die Entführung von Susanne Herzberg in Auftrag gegeben zu haben. Wir verhaften Sie hiermit. Alles, was Sie ab jetzt sagen, kann …« Kriebel unterbrach Heike.

»Ja, ja, ja. Ich bin selbst Anwalt und kein schlechter. Ich kenne meine Rechte.« Alex legte ihm Handschellen an und brachte ihn zum Auto.

16

Auf der Zentrale der JVA Dieburg ging gerade ein Anruf ein.

»JVA Dieburg. Klein.«

»Viertes Polizeirevier Frankfurt. Stöver, mein Name. Wir haben heute im Bahnhof bei einem tödlich verunglückten Mann den Ausgangsschein eines Freigängers gefunden. Er lautet auf den Namen Frank Hattinger.«

SAMSTAG 8. DEZEMBER

Carlos Ribeiro streifte durch die Freßgass in Frankfurt und bettelte den einen oder anderen Passanten an. Den Blick nach unten gerichtet, erkannte er zunächst nicht gleich, wer sich ihm näherte.

»Hallo, Herr Ribeiro.«

»Hallo, Frau Saletti. Schön, Sie mal in Frankfurt zu sehen.« Er strahlte über das ganze Gesicht.

»Wie geht es Ihnen?« Maria schaute sich Carlos Ribeiro genauer an. Er sah besser aus als das letzte Mal in Darmstadt.

»Ach, ich habe wieder Kontakt mit meiner Familie, und die helfen mir ein wenig, solange ich noch hier bin.« Bei diesen Worten blickte er sie traurig an.

»Haben Sie denn meinen Zettel gefunden, den ich vor ein paar Monaten in Ihr Auto geworfen habe? Ich wusste nicht genau, um was es dabei geht, aber dem Hattinger war dieser Zettel sehr wichtig. Das habe ich gemerkt. Ich habe gehofft, ich kann damit etwas wiedergutmachen.« Bei diesen Worten blickte er Maria schuldbewusst an.

»Ja, vielen Dank, den habe ich gefunden und dadurch konnte der Mord an der Frau, die im Aje-See gefunden wurde, aufgeklärt werden. Das war sehr gut, dass Sie mir den Zettel zugespielt haben.«

»Da bin ich aber erleichtert. Es tut mir sehr leid, dass ich damals eine Falschaussage gemacht habe, aber der Hattinger hat mich so unter Druck gesetzt, da habe ich diesen Mist erzählt. Ich hoffe, Sie hatten nicht zu viel Ärger.« Carlos Ribeiro schluckte nervös.

»Nein, schon gut. Wir haben uns gedacht, dass der Hattinger Sie unter Druck gesetzt hat. Nix für ungut. Daran habe ich erkannt, dass der Zettel von Ihnen war.« Maria lächelte Carlos Ribeiro an.

»Übrigens, Frank Hattinger kann niemanden mehr quälen, der ist im Hauptbahnhof vor einen Zug gestürzt.«

SONNTAG, 9. DEZEMBER

Zwei Monate waren seit der Verhaftung von Meurer und Kriebel vergangen. Das LKA hatte noch weitere Erkenntnisse über Bernhard Kriebels Schandtaten, Gott sei Dank war er nun hinter Gittern.

Die ersten Wochen danach vergingen für Maria und Alex wie im Flug. Jan und sie wurden kurz nach Bekanntwerden von Meurers Treiben rehabilitiert und Maria konnte wieder auf *ihrer* Station Dienst tun. Sie und Alex schwebten auf Wolke sieben und waren einfach nur erleichtert, dass alles so gut geendet hatte.

Während warm die Wintersonne in ihr Schlafzimmer fiel, besah sie sich ihren großen Schatz. Er lag neben ihr und atmete noch gleichmäßig. Sie würden den heutigen freien Tag genießen, nichts und niemand konnte sie aufhalten. Sie hatten einander gefunden, ein Glück, das sie mit Worten nicht beschreiben konnte. Da ertönte das Signal für eine WhatsApp:

Sehr geehrte Frau Saletti, sehr geehrter Herr Neubert,

ich habe mich für Sie entschieden. Wenn Sie möchten, können Sie die Wohnung haben.

Liebe Grüße

DANKE

Dieses Buch ist für mich etwas ganz Besonderes. Und ich möchte hiermit den Menschen danken, die mir mit Rat und Tat zur Seite standen und es so möglich machten, Maria Saletti zum Leben zu erwecken.

Danke an Rainer Wekwerth, Annika Bühnemann und Jurenka Jurk, deren Kurse mir das professionelle Schreiben näherbrachten.

Einen großen Dank für Hilfe, Freundschaft, Inspiration und Kritik an Jürgen Gesell, der geduldig alle Manuskripte zuerst las.

Tausend Dank an meine Freundin Astrid Lutze, die so wundervoll ist und meine Welt zusammenhält, auch wenn diese gerade aus den Fugen gerät.

Einen herzlichen Dank an Peter Schumacher, der meine Fragen zur Polizeiarbeit geduldig beantwortet hat. Ich danke Stefan Manus, der mich in Fragen zur Arbeit der Feuerwehr kompetent beriet.

Ganz besonderen Dank an meine Testleser Christina Staudinger, Lisa Lamp, Matthias Wühle und Janin Maier für ihre aufmunternde Kritik. Dank auch an Astrid Rösel für ihre Anregungen und Verbesserungen.

Und last but not least:

Tausend Dank an meine Lektorin Claudia Senghaas die mit ihrer Herzlichkeit und Fröhlichkeit meine Zweifel zerstreute und an mich glaubte.

Und natürlich ein großes Dankeschön an alle anderen Mitwirkenden im Gmeiner-Verlag ohne deren professionelle Arbeit es dieses Buch heute nicht gäbe.